btb
Aus Freude am Lesen

btb

Buch

Jakob Malde ist ein gläubiger Mann. Seit ihm als Kind Gott am Rande eines Erdbeerfelds erschien, ist der evangelische Christ davon überzeugt, eine ganz persönliche Beziehung zu Gott zu haben. Doch als sein Vater stirbt und er auf Gottes Beistand hofft, schweigt der Herr. Das Warten auf Gott wird für Jakob Malde zur Besessenheit, und schließlich steigert sich seine innere Verlassenheit zu blanker Wut. Aus heiterem Himmel heraus begeht Jakob einen Mord. Jetzt muss Gott sich doch zeigen! Was ist das für ein Gott, der so etwas geschehen lässt? Jakob stellt ihn immer mehr in Frage – und beschließt, so lange weiterzumachen, bis er eine Antwort bekommt…

Autor

Tore Renberg wurde 1972 in Stavanger geboren. Seit seinem Debüt 1995 hat er mehrere preisgekrönte Romane geschrieben, die durch ihre Sprachgewalt und ihre ungewöhnliche Themenwahl jedes Mal für heftigen Wirbel sorgten. Arbeit als Drehbuchautor und Musiker.
Mit »Das Wunder im Erdbeerfeld« liegt erstmals ein Renberg-Roman in deutscher Sprache vor.

Tore Renberg

Das Wunder im Erdbeerfeld

Der Roman über Jakob Malde,
seinem Gott ewiglich verbunden,
der Welt für immer verloren,
gesehen, geliebt, geachtet

*Aus dem Norwegischen
von Günther Frauenlob*

btb

Die norwegische Originalausgabe
erschien 1998 unter dem Titel »Renselse«
bei Tiden Norsk Forlag, Oslo

Umwelthinweis:
Alle bedruckten Materialien dieses Taschenbuches
sind chlorfrei und umweltschonend.

btb Taschenbücher erscheinen im Goldmann Verlag,
einem Unternehmen der Verlagsgruppe Random House

1. Auflage
Deutsche Erstveröffentlichung Oktober 2002

Umschlaggestaltung: Design Team München
Umschlagfoto: Mauritius/Nonstock
Satz: Uhl + Massopust, Aalen
RK · Herstellung: Augustin Wiesbeck
Made in Germany
ISBN 3-442-72920-3
www.btb-verlag.de

Draußen, auf den Feldern der Erleuchtung, lag ich.

Knie, Hände und Kopf zur Erde gewandt – dort war es, wo ich Ihm zum ersten Mal begegnete.

Oh, das waren keine kleinen Dinger, sie waren wirklich groß wie Kiwi, rot wie Clownsnasen und genauso fest, wie Erdbeeren es sein müssen. Ich kniete auf der Erde und arbeitete mich mit schnellen Fingern und scharfen Nägeln durch die tiefgrünen Pflanzen. Der Salzgeruch des Meeres wurde von den süßen, realistischen Beeren überlagert.

Die Sonne briet meinen kurz geschorenen, sommerbraunen Nacken. Ich schwitzte, obschon eine gleichmäßige, klare Brise von der Nordsee herüberwehte. Ich schwitzte mit dem Eifer des Elfjährigen und starrte auf die kiwigroßen Beeren, die sich in dem grünen Plastikkorb vor meinen Knien auf anderen kiwigroßen Beeren häuften.

Es war Freitag, der 29. Juli 1983.

Süß, es roch süß und frisch, meine Finger sahen aus, als erröteten sie vor meinen Augen, und ein rotes, saftiges Rinnsal rann an dem Rand meiner Nägel herab. Zähe, klebrige Finger, die sich durch die Pflanzen blätterten, die Erdbeeren am Stiel abknipsten und in den Korb legten. Eifrige Hände, ein klarer Kopf eines kleinen, konzentrierten Knirpses, der sich Zentimeter für Zentimeter durch die Reihen der Pflanzen bewegte. Wenn ich einen Korb voll hatte, aß ich drei Beeren, zerdrückte sie mit meinen Backenzähnen, presste zwischen Zunge und Gaumen den Saft aus ihnen heraus und ließ ihn in mich hineinrinnen.

Wir hatten früh am Morgen begonnen, vier gleichaltrige Jungs und drei Mädchen. Der Bauer saß in einem rosa Klappstuhl am Rande des Ackers und beobachtete uns. Die Sommerferien gingen ihrem Ende entgegen, nicht aber die warmen Tage an der Westküste: Norwegen würde in diesem Sommer, an den ich mich mit nervösem Magen und plötzlicher Freude als meinen hebräischen Sommer erinnere, noch bis Ende August gedörrt werden. Seit der ersten Juniwoche hatte es nicht mehr geregnet. Es wurde elf Uhr, dann zwölf Uhr und schließlich halb eins.

Wusste ich, dass Er kommen würde?

Wieder füllte ich einen Korb bis an den Rand und steckte mir die Beeren in den Mund. Zuerst eine, ich zerkaute sie, presste sie aus, ließ die Zunge den Geschmack aufnehmen und schluckte. Dann die andere und gleich darauf die dritte, bevor ich zum Bauern ging und den Korb ablieferte. Er nickte, machte ein Kreuz auf seinem Block, und ich nahm einen neuen Korb und beeilte mich, zurückzukommen. Ich kniete mich hin und meine Finger streckten sich den Pflanzen entgegen.

Als der Korb halb voll war, geschah etwas – meine Magenmuskeln spannten sich an und meine Oberarme begannen, schwach zu zittern. Meine Zunge lag wie Schmirgelpapier in dem halb offenen, ausgetrockneten Mund. Ich spürte einen ungeheuren Druck im Körper, als würde ich zu Boden gezogen, als wolle ich mich mit der Erde vereinen, aber ich wollte nicht aufgeben. Ich fühlte mich von der Sonne geblendet, erdrückt, aber ich wollte nicht aufhören. Nicht weil ich die Kronen brauchte, die wir für jeden Korb bekamen, nein, Vater konnte mir Geld geben, wenn es das war, was ich brauchte, ja und ich konnte mich wohl auch in die schützenden Arme von Großmutter werfen, wenn Großvater nicht zusah, und einen Fünfer abstauben. Nein, es war nicht das Geld, es war die Aufgabe: Ich liebte Aufgaben, Herausforderungen, *Ziele*. Ich kroch auf den Knien an den Erdbeerpflanzen entlang, um die sechs anderen Kinder auf dem Acker zu besiegen, und in diesem Augenblick, in dem mein Körper so überwältigt wurde, lag ich in Führung: drei Körbe vor dem Zweiten. Ich wollte nicht aufgeben, aber der Druck wurde immer größer, die Sonne wurde immer stärker, ich krümmte mich, fingerte in den Erdbeerpflanzen herum und biss die Zähne zusammen, als wollte ich sie zerspringen lassen. Es nützte nichts, ich musste rennen, es musste aus mir heraus. Ich traf eine Entscheidung, gab dem Druck nach, richtete mich auf und warf einen Blick auf die Uhr – zehn vor halb eins. Ich rannte los, vorbei an den überraschten Kindergesichtern, vorbei an dem Bauern, der, den Kopf auf der Brust, in seinem Klappstuhl hockte, vorbei an dem Haus und hinüber zu dem uralten Klohäuschen, das die Erdbeerpflücker benutzen durften.

Wusste ich es?

Gab es etwas in mir, das wusste, was geschehen würde?

Er war, als müsste ich weinen, als wenn eine Riesenhand meinen Magen gepackt hätte und wild hin und her schüttelte. Ich rannte mit kurzen Schritten und zusammengepressten Beinen, die Zunge klebte auf meiner trockenen Unterlippe und unter mir sah ich, wie meine wackligen Füße im Gras versanken. Noch im Laufen öffnete ich den Reißverschluss, riss die Tür auf, zog die kurze Hose hinunter, warf den Riegel vor, während ich auf die Holzbank sackte – und ließ alles aus mir herausschießen. Alles. Es fühlte sich an, als würde die Nahrung vieler Monate aus mir herausströmen und im gleichen Aufwasch auch die Schlacke und die Scham eines guten Jahrzehnts mit sich reißen. Es war ein körperlicher Schmerz, das Herz aber tat einen Seufzer der Erleichterung. Ich schloss die Augen, als sich der Gestank auf den zwei Quadratmetern des Klohäuschens ausbreitete und sich schwer über den beißenden Dunst, der dort ohnehin schon herrschte, legte.

Dann kamen die Tränen. Kleine, klare, deutliche Tränen, in denen mehr lag, als sie wussten.

Ich hockte mit geschlossenen Augen da und versuchte, wieder Atem zu schöpfen. Vor meinen Augen ein Bild des Friedens: ein Krebs, der im flachen Wasser über meine Zehen kroch.

Dann begann es in dem Raum nach *Zimt* zu riechen.

Es knisterte hinter meinen Lidern, ich riss die Augen auf. Und da stand Er, vor mir, gleich neben der Tür. Mit weißem T-Shirt, hellbrauner, über dem Knie umgeschlagener, kurzer Hose mit großen Taschen und einem kräftigen, schwarzen Gürtel und rotbraunen Joggingschuhen. Ohne Socken. Die Haut seines Gesichts war straff, der Blick seiner großen Augen, die unter kräftigen dunklen Augenbrauen lagen, durchdringend. Blaue Augen? Grünblaue? Es schien ihm sehr warm zu sein, die Sonne hatte seine Nase und seine Wangen verbrannt und auf seiner Stirn perlten kleine Schweißtropfen. Vielleicht war Er weit gelaufen. Ich weiß nicht, und ich weiß auch nicht, warum es ausgerechnet nach *Zimt* roch, aber es war ganz eindeutig, als ob jemand vor meiner Nase die Rinde eines Zimtbaumes zerrieb. Aber das tat ja niemand: Ich erkannte Ihn sofort, so wie jemand, der sich selbst verloren hat, intuitiv nickt, wenn er sich endlich findet und sich selbst wiedererkennt – endlich, da bist du.

Er war es, das wusste ich.

Jakob?

Ja, sagte ich mit brüchiger Stimme.

Gut, dass wir uns endlich treffen, sagte Er.

Er trat einen Schritt auf mich zu und streckte mir eine Hand entgegen. Ich schloss die Augen und spürte zwei warme Finger, die mir die Tränen unter meinen Augen trockneten.

Als sie mich fanden, saß ich mit weit vorgebeugtem Oberkörper da, die rechte Hand umklammerte eine fast aufgebrauchte Rolle Toilettenpapier, die linke hielt ich merkwürdig verdreht hinter meinen Rücken, während mein selig verklärter Blick auf meinen Knien ruhte. Die Lippen zu einer Art Kussmund verzerrt. Du sahst wirklich nicht so aus, als seist du auf dem Klo ohnmächtig geworden, sagte der Bauer, der seinen Klappstuhl verlassen und mich gefunden hatte. Eher als hättest du einen Engel gesehen, sagte der. Beinahe, dachte ich, als ich mit ihm ins Haus gehen durfte, um zu duschen, und ein großes Glas Milch von seiner Frau bekam. Beinahe, dachte ich und trank die Milch und duschte lauwarm. Keinen Engel, sondern Gott.

Ich ging nach Hause. Die Äderchen in meinen Augen platzten, als ich über die Felder rannte, hinauf zum Haus, heim zu Vater und Mutter. Elektrisch – mein ganzes Ich, meine Haut, meine Seele, im eigentlichen, unmittelbaren Verständnis: Ich war elektrisch leicht, aber ich hatte ein festes Fundament. Jetzt war es geschehen, doch ich konnte es niemandem erzählen.

In der Küche saß Mutter mit ihrem Häkelzeug. So hatte sie bereits gesessen, als ich des Morgens gegangen war. Ihre Finger arbeiteten unablässig und ihre rechte Hand sah aus, als pilkte sie. Ich schaute sie an – erwiderte sie meinen Blick? Ich glaube, das eine Auge hob sich ein wenig, bevor sich ihr Blick wieder senkte und im Häkelzeug verlor. Ich kann es nicht mit Sicherheit sagen, dachte ich und ging ins Wohnzimmer. Vater hockte auf seinen nichts ahnenden Knien im Küchengarten vor den Rettichpflanzen. Vom Wohnzimmer aus konnte ich seinen starken Rücken sehen, doch wenn es auch ein starker Rücken war, es war eben nur ein Rücken. Mutter, Vater, ich kann es euch nicht sagen, denn ihr werdet mir nicht glauben, und ich müsste euch dann für eure Ungläubigkeit hassen. Ich ging zurück zu Mutter, schmiegte mich an sie, doch sie reagierte nicht. Ich erinnere mich daran, dass ich in mein Zimmer hinaufging, mich langsam auszog und unter die Bettdecke kroch; ich blickte auf meine Hände und obgleich ich geduscht hatte, waren sie noch immer rot, meine Erbeerhände. Ich legte sie oben auf die Decke. Ich war ein anderer, der, der ich sein sollte, der, auf den ich immer gewartet hatte. Der, der gesehen hatte – was? Gott.

Im Vogelbeerbaum draußen vor dem Fenster hatten sich Spatzen versammelt. Sie blieben den Rest des Freitags dort sitzen, manchmal tschilpten sie wild durcheinander. Der Blitz schlägt immer gleich ein, doch der Getroffene ist nicht gleich seinem getroffenen Bruder.

Man weiß doch nie genau, warum man sich an bestimmte Dinge erinnert, wenn sie plötzlich auftauchen.

Warum ausgerechnet jetzt?

Ich blickte mich im Auto um – auf dem geschwungenen Armaturenbrett lag ein langes, helles, an den Spitzen gespaltenes

Haar. Das Auto hatte vor mir einen Besitzer mit langen Haaren, dachte ich und versuchte mir vorzustellen, wer sich von dem Wagen getrennt haben mochte, ein Mensch, der nichts davon wusste, dass ich ihn jetzt gekauft hatte.

Warum ausgerechnet jetzt? Weil es auch ein Freitag war?, fragte ich mich, als mich die Erinnerung an den tropischen Tag im Polo übermannte und ich den Tag meiner Sehnsucht, den 29. Juli 1983, vor Augen hatte. Aber wenn man sich jeden Freitag an alle seine Freitage erinnern würde und jeden Donnerstag an alle Donnerstage, – das wäre eine schöne Bescherung. Nein, ich stellte das Auto ab, riss mich zusammen, schaltete in den ersten Gang, zog den Schlüssel ab und sagte zu mir selbst, dass ich mich einfach glücklich schätzen sollte, an diesem langen Tag einen so guten Start gehabt zu haben: den größten Augenblick meines Lebens erneut zu erleben. Wiedererlebt in seinem ganzen Ablauf, ohne einen einzigen Sprung, klar und rein wie damals, vor mehr als fünfzehn Jahren. Manche Erinnerungen verblassen und verlieren ihren Glanz, andere wiederum, äußerst wenige allerdings, scheinen widerspenstiger.

Darüber dachte ich nach, als ich an diesem bläulich kalten Freitag, dem 11. Dezember, unmittelbar vor der Eingangstür des Hauses aus dem Auto stieg. Ich schaute an der Fassade hoch zum Fenster in der vierten Etage, das nun nicht mehr mein Fenster sein würde. Gut, es ist an der Zeit, dachte ich und ließ den Schlüsselbund um meinen Zeigefinger kreisen. Es ist an der Zeit, dachte ich, noch warm und rot vom Juli 1983. Doppelt erhitzt, denn ich spürte, dass die Sehnsucht im gleichen Maße stärker geworden war wie die Sorgen und Ängste: Sie liefen miteinander um die Wette, wollten Hand in Hand »nach Hause«.

Werde ich Dich wieder sehen?

Ich schloss das Auto ab – man kann ja nie wissen – und ging in die vierte Etage hinauf, sah, wie sich der in der kalten Luft kondensierende Atem in der Wärme des Hauses auflöste, als ich die Treppe emporstieg. In der leer geräumten Wohnung versuchte ich noch einmal zu begreifen, warum ich ausgerechnet an diesem Freitagmorgen im Dezember meinen Tag der Offenbarung gesehen hatte. Ja, und ich meine *gesehen*, erlebt, von innen – etwas ganz anderes als nur etwas »von damals« zu denken. Oh ja, ich meine, wenn man von etwas in sich selbst übermannt wird. Etwas, das einfach kommt, wenn man plötzlich Bilder sieht und Gefühle, Empfindungen im Hirn explodieren, und man sich umschaut. Man blickt sich um, wo kam das her? Gab es einen Grund, eine Ursache? Ja, ich nahm das als ein Zeichen: eine Nachricht. Ich hatte ein Zeichen bekommen, oder eher eine Bestätigung.

Zimtstaub im Auto? Nein, lass das, denk nicht an so etwas. Manche Erinnerungen scheinen ohne Absender zu sein. Auch wenn ich weiß, dass es eine Lüge ist, irgendwann muss man die Suche aufgeben und auf die Verklärung warten, dachte ich und schritt durch die leeren Zimmer. Blickte voller Zynismus an die weißen Wohnzimmerwände und auf die noch weißeren Flecken, wo die Plakate und Bilder gehangen haben. Nägel und Haken. Ich kann nicht spachteln.

Und hier hast du gewohnt? Ich ließ die Blicke die Wände hassen. Was? Du Nichts! Hier hast du gewohnt? Ich empfand nichts mehr für diese Räumlichkeiten, gleichgültig ließ ich mich auf den einzig noch vorhandenen Hocker fallen, der unter dem Fensterbrett des Küchenfensters stand; wirklich gar nichts mehr. Mit den Möbeln hatte ich nach und nach alle Erinnerungen an meine Person und meinen Körper ausgelöscht. Am Abend zuvor hatte ich zwei Kartons und einen bis zum Rand gefüllten Rucksack hinuntergetragen und im Kofferraum des kleinen Polos verstaut, den Rest hatte ich in einem Lager untergebracht. Ich würde alles nach Weihnachten holen.

Ich werde fahren, sagte ich laut vor mich hin.

Niemand antwortete, aber die Wände hatten plötzlich eine metallische Akustik und durch das offene Küchenfenster zog es kalt herein.

Ich werde nach Hause fahren, endlich nach Hause, sagte ich noch immer rot, warm und verschwitzt und nach den so bewussten Erlebnissen vielleicht auch ein wenig erleichtert.

Die lebhafte Erinnerung verblasste auf der Stelle, als es unten auf der Straße laut hupte. Die Erdbeeren wurden braun und schrumpften zusammen. Gottes Gesicht war plötzlich nicht mehr auf der Innenseite der Klohäuschentür. Mein Polo stand dem Müllwagen im Weg. Es war nicht mehr 1983, es war nicht mehr Hochsommer, keine Erleuchtung, kein Zimt, keine Erdbeeren. Hier waren alle Offenbarungen in weite Ferne gerückt und die Ernüchterung dafür umso näher: Es war Freitag, der 11. Dezember 1998, verkündet von einem Müllwagen. Aber ich würde ihm widersprechen, dachte ich im Stillen, ich werde dir widersprechen, ich werde nach Hause fahren.

Es war ganz früh am Morgen, ich hatte mich entschlossen, noch im Dunkeln loszufahren. Ich wollte, dass sie sagen würden: *Nein, er ist verschwunden, seitdem hat ihn niemand mehr gesehen, manche sagen, er sei nach Hause gefahren*, wenn denn noch jemand da war, der etwas sagen konnte. Ich hielt mich am Geländer fest und nahm zwei Stufen auf einmal, ging geradewegs zum Ausgang und nickte den Müllmännern zu, die draußen warteten. Sie trugen orange Overalle, dicke Handschuhe und sahen reichlich ärgerlich aus. Einer hatte einen Bart und die Arme vor der Brust verkreuzt. Einen kurzen Augenblick lang blieben wir stehen und musterten uns beinahe, die Müllmänner und ich, dann beeilte ich mich, in den Polo zu kommen und ihn mindestens fünfzehn Meter nach vorne zu fahren. Die Müllmänner nickten und der mit dem Bart sagte, dass es dort gut sei. Ja, das stimmt wohl, sagte ich und ging wieder hinein. Drinnen sah ich gefrorene Erdbeeren vor mir, die jemand aus dem Eis genommen, dann aber weggeworfen hatte, weil sie sich nicht gehalten hatten, und diese gefrorenen Erdbeeren waren fünfzehn Jahre alt, und nun – genau in diesem dummen Augenblick – drehten sie sich in dem Müllwagen draußen vor der Tür. Unsinn, alles nur Unsinn, aber mein Herz klopft.

Werde ich Dich wieder sehen?

Es ist über fünfzehn Jahre her, fünfzehn trockene Jahre.

Trocken? Ja, hätte ich sie in die Hände nehmen können, sie wären in meinen Fingern zerbröselt wie sonnengetrockneter

Tabak. Fünfzehn Jahre. Mein Herz schlug bis zum Hals, als ich daran dachte, wie ich diesen Abschnitt meines Lebens ausgleichen konnte, nein, wie ich ihm einen Wert geben konnte, damit es wieder geschah: Es wird wieder geschehen! Oh ja, es war in mir herangewachsen, es hatte in mir gelegen und sich entwickelt wie eine Geschwulst, fünfzehn Jahre lang, aber Geschwülste machen sich nicht immer gleich bemerkbar, weshalb ich erst in den letzten Jahren feststellte, dass die Sehnsucht die Überhand bekam. Werde ich Dich nicht wieder sehen? Noch einmal?

So war es auch damals gewesen, jeder Tag ein Sehnen nach Gott. Mit dem Unterschied, dass ich Ihn vor dem Tag meiner irdischen Bekehrung noch niemals gesehen hatte. Aber hatte meine Sehnsucht nicht nach Ihm verlangt, nach Ihm gesucht? Doch – doch – doch. Überall, laut und leise, ohne Unterlass. Immer wusste ich, eine bessere Zeit würde kommen. Als Siebenjähriger stapfte ich einmal durch den Wald auf der anderen Seite der Insel und trat dabei auf einen trockenen Zweig – und gleich darauf hörte ich jemanden niesen. Es war Abend, ich kam vom Fußballtraining, es war schon dunkel, und ich sah mich um. Bist Du da? Ich hörte Schritte, schwere Schritte. Warst das nicht Du? Ein Zapfen fiel von einer Kiefer. Ich suchte nach Ihm, wo immer man nach Ihm suchen konnte, draußen, drinnen. Draußen im Wald, in den Ruderbooten am Meer, im Sommer beim Tauchen unter Wasser und unter den Kieselsteinen auf dem Hügel vor der Kirche. Drinnen, unter den Schulbänken in den abgeriebenen Würstchen der Radiergummis, im Wohnzimmer, in den Gesangbüchern der Sonntagsschule, in mir selbst und im Schuppen nach dem Sonnenbad mit Katrine. Wo bist Du? Ich zweifelte niemals, niemals, denn ich wusste, der Zweifler war die Welle im Meer, die vom Wind hin- und hergeworfen wurde, so stand es geschrieben. Aber wie war Er? Wie sahst Du aus? Hattest Du einen Körper, konnte man Dich anfassen?

Jedes Mal, wenn ich nach Gottes Gesicht fragte, zitierte Großvater aus dem 2. Buch Mose 33,20. Er lächelte mir zu, zeigte auf mein Herz und sagte, Gott müsse ich *dort drinnen* finden, als wenn ich das nicht schon längst getan hätte. Vor langer Zeit, und immer hatte es Gott *hier drinnen* gegeben. Ich wollte Ihn *dort draußen* haben. Großvater erzählte von Moses, der den Herrn gefragt hatte, ob er seine Herrlichkeit nicht einmal sehen dürfe, und von Gott zur Antwort erhalten hatte: »Mein Angesicht kannst du nicht sehen; denn kein Mensch wird leben, der mich sieht.«

Sollte ich, Dein Junge, niemals Dein Gesicht sehen? Sollte es ein Entweder-oder geben, ein Du oder ich, und würde ich im Fall eines Falles bei Deinem Anblick zu Boden geworfen werden? Nein, nein, das wusste ich! Abends legte ich den Kopf auf die Kissen und wusste, es gab kein Du oder ich, es gab uns.

Es würde der Tag kommen, Du würdest kommen und Du würdest sein: der Eine.

Dass wir uns niemals treffen würden, von Angesicht zu Angesicht, uns nie vereinen würden? Sollten wir uns niemals berühren – ich nie in Deinem Schoß liegen und Du niemals mit Deiner kühlen Hand über meine fieberheiße Stirn streichen? Die Ruhe spüren, spüren, wie richtig das alles war.

Dein Äußeres, ich musste es sehen. Die zügellosen Gedanken der Nacht entwarfen Bilder von Dir, auch wenn sie nicht das Recht dazu hatten. Schlechte Bilder aus der Feder der Fantasie, die nichts weiter zeigten, als meine Unzulänglichkeit, über deren klägliche Versuche sich Deine Schönheit über alle Maßen erheben würde.

Ich wartete, aber ich wartete mit der Geduld, die nur derjenige hat, der weiß, dass das Erwartete auf dem Weg und unausweichlich ist.

Und jetzt saß ich da, der lebende Beweis dafür, dass auch derjenige, der Dein Angesicht gesehen hat, leben kann, leben und verlangen. Ich saß da, lebendig, auf einem Hocker, auf dem ich nie wieder sitzen würde, und in einer Wohnung, in der ich nie wieder schlafen würde, Freitag der 11. Dezember, und wusste, dass mich meine Reise zu Dir führen würde. Mit meinen Sorgen, meiner Sehnsucht und meiner Scham, wir würden unsere

Allianz nach fünfzehn Jahren erneuern, noch einmal würden wir uns treffen, und es durfte ruhig noch intensiver werden: mehr Zimt, größere Erdbeeren.

Fünfzehn Jahre, sage ich, und meine es so. Aber es waren fünfzehn vorherbestimmte Jahre, ich hatte immer das Gefühl, dass mein Leben bestimmt wurde, und so wollte ich leben. Ich bekam zwar kleine Hinweise, bevor Er schließlich zu mir kam, aber das waren immer nur schwache, undeutliche Vorahnungen. Sie reichten nie aus, um meine Hände an dem zu hindern, was sie taten. Eines Nachts blinkte der Sternenhimmel wie eine Lichtorgel, die Sterne warnten mich, mich nicht von meiner Begierde gefangen nehmen zu lassen: Da war ich erst neun Jahre alt. Dann kam Er schließlich auf die Felder, und das Vorherbestimmte bekam eine bestimmte Form – so sollst du leben, Jakob. Leer, klar, abgewandt von der Welt. Ich hatte unseren Gott gesehen, Er hatte mir Seine Gnade erwiesen und ich empfing sie, obgleich ich sie nicht verdiente; ich konnte auf Ihn vertrauen. In der Grundschule hielt ich die Hände an den Seiten meines Körpers. Die weiterführende Schule begann ich mit gesenktem Blick, und nach dem Gymnasium strebte ich nach reinen, klar definierten Arbeitsstellen und möglichst wenig verpflichtenden Kontakten zu anderen Menschen. Zwei Jahre lang arbeitete ich als Aufseher in einem Museum. Ich sah dort viele Gemälde, geschaffen als Ausdruck intensiver Inspiration, doch sie ließen mich kalt. Ich war ein halbes Jahr arbeitslos, bevor ich als Taxifahrer begann. Das war nichts für mich, ich fuhr Tag und Nacht die Straßen auf und ab. Dort blieb ich nur drei Monate. Danach versuchte ich, Geschichte zu studieren. Aber wenn das Leben als Taxifahrer nichts für mich war, als Student fühlte ich mich noch schlechter, wohl wegen der anderen Studenten und der Geschichte. Geschichte, ohh, sie wurde einfach zu stark für mich, sie lenkte mich von allem ab. Auch am Empfang des Meteorologischen Instituts ging es mir nicht viel besser, aber das war wenigstens eine Arbeit mit einer gewissen Routine. Die Tage wurden gleichmäßig und leer. Aber schließlich bemerkte ich, wie ich eintrocknete, worin mein eigentlicher

Betrug bestand. Die Tage, die rein und klar sein sollten, und in denen ich meinen ruhigen Blick auf die kräftig gewölbten Schären im Meer richten sollte, die Tage der Reinheit, der Entsagung jenseits aller Zeit, wurden zu Tagen voller Gleichgültigkeit und Leere. Ich schwand dahin, ich konnte mich kaum noch an Gottes Antlitz erinnern, ich spürte, dass ich einen Betrug größer als je zuvor beging, obgleich das Tatenlose ja mein Ziel gewesen war. Die Askese war zur Idiotie gereift. Ich beging Verrat, und ich wusste das und sagte »Meteorologisches Institut« vielleicht einhundertzwanzigmal am Tag, oder noch öfter. Ich glaubte, nein *ich wusste*, aber ich handelte nicht.

Das muss ein Ende haben, sagte ich mir immer öfter. Du musst endlich damit aufhören, Wasser ins Meer zu tragen. Als ich im Frühling zu einer Personalversammlung gebeten wurde, um zu hören, dass im Herbst das ganze Haus umstrukturiert werden sollte, begriff ich mit jubelnder Deutlichkeit: Ich war es, der aufhören sollte. Es fühlte sich wie das endgültige, praktische Glied dieser langen Kette meiner Aufbrüche an, auch wenn die Administration mir klar zu machen versuchte, es handele sich um Effizienzsteigerung und Rationalisierung und das müsse nicht zwangsläufig mit Kündigungen einhergehen. Ich hatte erneut ein Zeichen erhalten: Geh fort, Jakob, werde Handlung. Viele der anderen begannen heimlich, Stellenanzeigen zu studieren. Ich half ihnen und munterte sie auf. Auf jeden Fall breitete sich eine übertriebene Furcht im Hause aus, aber das ist ja vielleicht ganz natürlich. Als es dann so weit war, wurden nur ein paar Stellen verschoben, ein Großraumbüro in der zweiten Etage eingerichtet und nur einer der Sachbearbeiter verlor seinen Job, erhielt aber im gleichen Atemzug ein Angebot von einer der Wetterstationen. Harald, der Mann in der Kantine, fragte mich im September, was ich tun würde, wenn es mich träfe, und ich antwortete ihm, ich habe Pläne im Westen. Pläne!, sagte er und zwinkerte mir zu. Pläne, bekräftigte ich und sah ihn an, und was ich sah, war Unverständnis.

Als kleiner Junge las ich oft in der Bibel und obwohl ich zu Hause und auch in Großvaters Predigten Erzählungen aus den

Evangelien und die Geschichten über die Patriarchen hörte, las ich das alles mit immer größer werdenden Augen. Aber je älter ich wurde und je mehr mein Geist einschrumpfte, desto weniger las ich. Ich empfand die Worte nicht mehr als groß genug, die Geschichten erschienen mir zu bildlich. Als Kind hatte ich keine Schwierigkeiten, mir die Sintflut vorzustellen, doch jetzt war alles verblasst, die Geschichten entfernten sich von mir. Ich sah, wie sie mir zum Abschied zuwinkten, dabei waren sie einmal ein Teil von mir gewesen, wie meine Familie; Abraham und Sara, Isaak und Rebekka, Rachel, für die ich immer so starke Gefühle empfand – jetzt waren sie alle fort, als wenn sie zu Figuren aus Grimms Märchen geworden wären. Nach unserer Begegnung im Juli 1983 hatten sie nicht mehr so viel mit Ihm und mir zu tun: mit uns. Aber in unregelmäßigen Abständen tauchten dennoch vereinzelte Bilder und Sätze auf, die auf mich zeigten, sie tauchten auf wie Maulwürfe aus ihren Löchern, während ich aß oder eine Telefonverbindung zu einem der Sachbearbeiter schaltete. Plötzlich sah ich, während ich in meinem Teller rührte, den brennenden Busch vor mir. Im Laufe der letzten Jahre hatte ich immer wieder den gleichen Satz aus der Bibel gehört, und das war kein zufälliger Maulwurf, das war mir klar, denn obwohl der Satz beinahe stimmlos war und nur aus reiner Bedeutung bestand, wusste ich, wer ihn sprach, wieder und immer wieder. Ich blickte auf meine Hände hinab, sie lagen in meinem Schoß, sie umklammerten einen Telefonhörer und der Satz umspülte mich und hatte Finger, Zeigefinger, und diese schweren Finger zeigten auf mich: *Was hilft's, so jemand sagt, er habe den Glauben, und hat doch die Werke nicht?*

Jetzt umklammerten meine Finger einen Schlüsselbund mit einem Autoschlüssel.

Taten? Handlung?

Ja, ja, ja, Taten und Handlungen, wenn es nur keine Geschehnisse wurden, Dinge, die einfach geschahen, dachte ich und glaubte, es knackte schwach in meinen Schläfen.

Ich spürte ein leichtes Kopfweh, führte die Hand an die Stirn, als könne ich diese Kopfschmerzen berühren und wegwischen. Aber es waren keine Kopfschmerzen, es war eine Beule, die von dem Sturz gestern im Bad herrührte.

Es pochte in den Schläfen.

Die Augen hatten sich geöffnet und der Blick richtete sich auf die Unterseite des Waschbeckens. Ich hatte gerade geduscht, hatte die Hähne zugedreht und gespürt, wie es in mir hochstieg, in meinem Kopf knisterte, durch meinen Körper strömte, als dusche jemand meine Arterien mit geschwollenen, heimatlosen, elektrisch geladenen Gehirnzellen. Von Schwindel gepackt, griff ich nach dem Duschvorhang und sah kurz und wie in einem Blitz das Gesicht eines Mädchens vor einem Zimtbaum. Dann setzte alles für ein paar Sekunden aus. In dieser Zeit musste ich gestürzt sein und den Duschvorhang mitgerissen haben. Die Zunge war heil, die Mundhöhle benommen, aber ich war unverletzt, nur diese große epileptische Beule auf der Stirn. Ich kenne mich selbst.

Was war in mir geschehen? Wie lange hatte ich dort gelegen?

Ich hängte den Vorhang wieder auf, wusch mir das Gesicht mit kaltem Wasser und taumelte ins Schlafzimmer, nicht niedergeschlagen, aber doch erschöpft. Dort drinnen versuchte ich mich unter der letzten, nach dem Packen noch verbliebenen Decke zu erinnern. Ich fuhr mit dem Zeigefinger über die Beule auf meiner Stirn, als sei sie Blindenschrift, der Finger blind und ich der Sehende. Aber nein, keine Spur, keine Geschichte, kein Gesicht oder wütende Jahreszahl. Die Welterinnerung war aus meinem epileptischen Körper entwichen, und ich saß mit den weniger wichtigen Wahrnehmungen da, halb bei Bewusstsein und fieberwarm. Ich sprach mit der Decke – bist Du da? – aber alles blieb still. Auf meiner Wange fand ich Augenwimpern, es waren die meinen.

Gleich darauf bemerkte ich kleine, blasse Samentröpfchen auf meinen Schenkel tropfen. Das waren die Reste eines Orgasmus: Also hatte ich es getan. Im Wasserstrom des Duschkopfes hatte ich mich nach Hause gesehnt, zurück zu Küste, Äckern, Krebsen, warmem Wind, nassen Knöcheln und faltiger Haut, weichen Händen, Krebsen, Krebsen! Aber nichts war geschehen. Ich war nicht zu einem guten Menschen geworden, niemand hatte mir die rechte Hand abgehackt, ich hatte ein kleines Mädchen gesehen und war nicht ertrunken.

Ich hatte die Augen geschlossen, den Atem angehalten, das Wasser angedreht und an mich selbst Hand angelegt, onaniert, aber ich war nicht nach Hause gekommen. Gehe unter, einmal, zweimal, dreimal, schluchzend, kommend, erstickend, vielleicht in einer kurzen Sekunde.

Vielleicht war ich in einer kurzen Sekunde ein guter Mensch?

Ich kann schwimmen: achtundzwanzig, neunundzwanzig, dreißig.

Ich hatte mich mit der Decke abgetrocknet und war um acht Uhr abends in dem leeren Zimmer eingeschlafen. Für mich verhieß das Aufbruch, Umzug, und etwas, das ich als »Willen« ansah, als ich einen letzten schläfrigen Blick auf die kahlen Wände warf. Ich wachte um ein Uhr in der Nacht auf, verwirrt und unruhig. Es war dunkel im Zimmer, und ich musste an einen Zimmerbrand denken, als ich die Nachttischlampe anknipste und der Lichtschein auf ein Feuerzeug fiel, das unter dem Regal lag, das ich demjenigen, der die Wohnung gekauft hatte, überlassen sollte. Ich ertappte mich selbst dabei, wie ich darauf wartete, dass aus dem Feuerzeug Flammen züngelten. Sie taten es nicht. Zimmerbrand kann sich wie Delirium anhören, aber das ist etwas anderes. Den Rest der Nacht schlief ich nur schlecht, immer wieder stand ich auf und erledigte irgendwelche Kleinigkeiten. Um halb drei saugte ich ein letztes Mal Staub. – Viertel nach vier füllte ich mit einem blauen Kugelschreiber den Nachsendeantrag der Post aus – zehn nach halb sechs drehte ich alle Heizkörper ab.

Aus dem Wohnzimmerfenster, das zur Straße hinausging, konnte ich im Licht der gerade entzündeten Straßenlaternen den Polo auf dem Parkplatz erkennen. Ich dachte an das Elektrizitätswerk, das Wand an Wand an das Meteorologische Institut grenzte und an all die Menschen, vorwiegend Männer, denen ich in den drei Jahren zugenickt hatte. Ich hatte nie mit ihnen gesprochen, sondern immer nur angemessen genickt. Ja, ich möchte sagen: beinahe jeden Tag, wenn sie ins Elektrizitätswerk gingen und ich ins Meteorologische Institut und mich an die Rezeption setzte.

Ich denke an einen von ihnen, John, er stellte sich nach eineinhalb Jahren vor, weil er meinte, wir hätten einander jetzt so lange gegrüßt, dass die Scheu nun wirklich ein Ende haben müsse – das war John. In den letzten anderthalb Jahren spielten wir hin und wieder Schach, ich gewann und er verlor, aber er wollte es lernen. John war eine leise, gleichmütige Person, ein wenig leidenschaftslos, aber ich respektierte das Leben, das er führte. Sagte ich leidenschaftlos? Es gab eine allumfassende Ausnahme in Johns nüchternem Leben, er betrieb wie ich Ahnenforschung. Er nutzte seine Freizeit dazu, Kirchenbücher und lokale Geschichtsschreibung zu studieren. Er konnte seine Familie bis ins 14. Jahrhundert zurückverfolgen und hatte ein wissenschaftliches Verhältnis zu seiner Forschung. Es war nicht einfach ein persönliches Studium seiner eigenen Familie, so emotional wie bei mir, nein, für John war es ein System, das uns in seiner letzten Instanz erzählen würde, was den Menschen ausmacht, worin seine Entwicklung letztendlich lag. Er sprach von Verbindungen und roten Fäden, die sich durch alle Glieder der Generationen zögen. Er studierte das Schicksal jedes Einzelnen und verglich sie miteinander und mit sich selbst. Er konnte sich mit der angeheirateten Tante eines entfernten Verwandten vor vielen hundert Jahren aufhalten und dort, in dem, was er als Einstellung dieser Tante ansah, ein bestimmtes Einfühlungsvermögen ausmachen, das heute nur noch sehr wenige Menschen haben. Da siehst du, Jakob, wie Eigenschaften durch die Geschichte wandern, sagte er. Ich sagte, er sei verrückt. Er schaute mich an, lächelte und erwiderte, alle Wissenschaftler stießen zu Beginn ihrer Forschung auf Widerstände, auch wenn das eine humorvolle Replik war, weiß ich, dass er wirklich an das glaubte, was er tat. Das verlangt Respekt.

Wie kannst du damit zufrieden sein, nur hundert Jahre zurückzugehen?, platzte es aus ihm heraus, als ich John nach nur vierzehn Zügen matt setzte. Mit dem Springer. Ich blickte ihn an, stundenlang hatte er sich über einen Ehebruch im Jahre 1855 ausgelassen, der letztlich zu zwei Selbstmorden geführt hatte. Ich blickte ihn an und sagte, ich könne nicht weitergehen, ohne zu wissen, was geschehen sei. Soso, sagte John, und sammelte die Schachfiguren zusammen, soso, das ist ehrenhaft. Aber John und ich konnten nicht richtig miteinander warm werden. Wenn ich von Gott sprach, begann er Vergleiche zu den Mythen anderer Kulturen zu ziehen, so drückte er sich aus. Ja, jetzt war es vorbei. Als wir im November nach der letzten Partie auseinander gingen, geschah das einzig mit einem anerkennenden Händedruck.

Ich klatschte bei dem Gedanken, dass ich diesen Scheißjob jetzt endlich hinter mir hatte, erleichtert in die Hände. Mein prosaisches Leben hatte damit ein Ende. Harald, der Mann aus der Kantine, kam an meinem letzten Arbeitstag noch einmal zu mir, machte viel sagende Geräusche mit der Zunge am Gaumen und sagte »Im Westen?« »Pläne?« Ich nickte und sagte, ja, so ist es.

Noch nie zuvor hat ein Auto für mich so viel Bedeutung gehabt wie an diesem Freitag.

Oh, Herr, mein geliebter Gott, jetzt komme ich heim. *Heim* – Kinderweinen – ich hörte ein Kind weinen, als ich in der Küche saß, die epileptische Beule an meiner Stirn betastete und in Erwartung des Autos mit den Füßen zappelte. Dann ging ich ins Schlafzimmer, öffnete das Fenster und lehnte mich zum Hinterhof hinaus. Das Kinderweinen hallte an den Wänden wider und klopfte wie der Singsang eines Klageliedes an alle Fenster. Das werde ich von hier mitnehmen, dachte ich und blinzelte. Das werde ich von hier mitnehmen, zwei Jahre lang habe ich dieses intensive, fast aufdringliche Weinen aus einer der Wohnungen vernommen. Ich zählte sie, vierundsiebzig. Niemand da. Wie viele Male habe ich nicht mit dem Finger dorthin gezeigt und gehofft, Er möge meinen richtenden Finger wahrnehmen, der wie ein Stein am Fensterglas kratzte: Greif ein. Aber nein.

Ich schloss das Fenster und das Weinen wurde leiser, ich wünschte mir, mit dem Kind weinen zu können, es wie mit einem Megafon für die Welt verstärken zu können, nein, nicht für die Welt, für Gott. Ist das ein kleiner Junge? Ich glaube, es ist ein verlassener kleiner Junge.

Nein, mein Gott hat mich nie verlassen, aber ich muss mir wohl eingestehen, dass ich in meiner Ungeduld versucht habe, Ihn zu verlassen. Wenn ich glaubte, er wirke taub und so weit entfernt, wenn ich Ihn wie das Echo des weinenden Kindes anklagte, dann versuchte ich Ihn zu verlassen. Das ist meine große Sünde. Ich habe aufgegeben, matt und gleichsam betäubt von all der Schlechtigkeit in dieser Welt habe ich mir gewünscht, dass er zu einer Chimäre wird, Mythos und Geschwätz, ein Windstoß zwischen dünnen Blättern in dicken Büchern. Aber jedes Mal – Gott sei's gedankt – hatte ich das Gefühl, dass ganz in der Nähe jemand stand, auf dem Kies, am Waldrand. Er, ich kann Ihn nicht sehen, aber ich weiß, dass Er da ist. Er, im Dickicht der Äste, mit gesenkten Schultern und Joggingschuhen. Und jedes Mal schien es mir, als hörte ich Ihn rufen: Mein Sohn, verlass mich nicht! Und ich danke Ihm für jeden dieser Rufe und glaube, der Regen wird dichter. Ich drehe mich um, ohne richtig zu verstehen. Keine Reue, kein Mitleid, leichte Gedanken – glitzernde Septemberpfützen. Alles, was ich sehe, ist Seine Angst und dass es schwer von den Ästen tropft. Alles, was ich sehe, ist Sein Mitleid, das auf mein mangelndes Mitleid deutet, und wie sich die Blätter nach unten zu biegen beginnen. Dann wende ich mich um und denke jedes Mal den gleichen Gedanken, ein Bild, das Gemälde eines großen Malers: Gott, Liebe in einer Menschenmenge.

Nein, er hat mich nicht verlassen. Aber manchmal habe ich eine Art Müdigkeit bei Ihm bemerkt, in der Luft im Zimmer, in den Steinen im Wald. Als trage Er ein fleckiges T-Shirt und habe zerzauste Haare. Schlappe Figur, müde Stimme, als sei Er noch schläfrig und im Begriff, mich aufzugeben. Dann habe ich gesagt: »Nein, Du bleibst hier«, und Ihm ein Glas Milch auf den Tisch gestellt.

Das Gästebett hergerichtet und die Tür offen stehen lassen.

Kommst Du?

Ich habe gewartet.

Ich habe Ihn gesehen, für einen kurzen Augenblick, dort draußen in der Welt. Ich weiß, Er kämpft sich auf der Suche nach verlorenen Kindern durch Schneestürme, ich weiß, Er liebt mich. Und ich weiß, dass Er auch zu mir kommen wird.

Das Weinen hatte aufgehört, und ich ging zurück ins Wohnzimmer. Das da, das waren Koliken, sagte ich zu mir. Ich wusste, das Kind würde auch noch nach meinem Umzug weinen, das war, ohne es selbst zu wissen, seine nutzlose Bestimmung, die tauben Ohren all der anderen zu mahnen. Mir liefen unablässig Schauer über den Rücken, wenn ich spürte, dass dieses Kind etwas mit mir zu tun hatte.

Ich fingerte an dem Schlüsselbund herum – sagte ich nicht gerade, dass ich keinerlei Empfindungen dabei hatte, diesen Ort hier zu verlassen? Doch, ja, aber trotzdem schienen meine Füße in den Schuhen und meine Socken im Einerlei der vergangenen Tage festzuhängen. Gefühllosigkeit ist doch nichts anderes als ein abgelöstes Gefühl. Ich tippte mit den Fingern auf die Papiere, die vor mir lagen, ließ den Schlüsselbund am Zeigefinger kreisen: Mach dich endlich auf den Weg, flüsterte ich und hörte, wie der Müllwagen um die Ecke in eine andere Straße mit anderen Mülltonnen bog. Nimm die Blätter auf, dachte ich, nimm jetzt diese Papiere mit, setz dich ins Auto und fahr los. Hier gibt es nichts mehr zu tun, das war's. Fahr los, es reicht, mach endlich einen neuen Anfang. Ich nahm den dicksten der drei Umschläge vom Tisch auf und sah dabei aus einem der anderen die Ecke einer Fotografie herausragen.

Ich finde es komisch, dass ich im Lebensmittelladen nicht hemmungslos in Tränen ausgebrochen bin, über dem Schaltknüppel, und erst recht in dem Moment, in dem ich am Montag vor meiner geplanten Abreise den Umschlag mit dem Sichtfenster öffnete. Ich hatte begonnen, zu packen, hatte einen Teil der Möbel im Lager am Kai verstaut, und dann kam die Post. Das Echo hallte durch das Treppenhaus, wenn der Postbote die Briefkastenschlitze zuwarf. Ich kannte dieses Geräusch. Ich war es gewohnt, Reklame und sonstigen Unsinn aus dem Kasten zu fischen, und so erwartete ich nichts. Ich würde nach Hause kommen, nach Hause, zu Dir! Und nach Hause zu Vater, ich hatte ihn so lange nicht gesehen, Vater, und jetzt war er krank.

Als ich las, dass Vater tot war, ging ich Kaffee kochen.

Zwinkerte ich mit den Augenlidern? Zitterten meine Knie? Ich trank Kaffee und schaute aus dem Fenster, es sammelten sich keine Gedanken. Danach ging ich zur Ecke am Lebensmittelladen hinüber, um von der Telefonzelle dort den Beerdigungszeitpunkt abzusprechen. Ich hasse Telefone, sie klingeln mich an. Ich wartete auf die Tränen. Als ich am Telefon war, lauschte ich meiner eigenen Stimme. War sie brüchig? Aber alles, was ich fand, waren Vaters Hände, wenn er an der Hauswand die Netze aufhängte und Tang und Muscheln entfernte, wenn wir die Fische schlachteten und ich sah, wie seine große Hand die Eingeweide herauszog oder die Ruder packte und rief »Hoi, Junge« oder irgendetwas anderes. »Komm, mein Junge.« Ja, ich fand diese verstreuten Erinnerungen, aber sie fügten sich nicht zu einem Gefühl zusammen, sie wirkten noch für Stunden wie Daten auf mich. Ich hatte Vaters Totenbett nur um wenige Tage verpasst, er konnte mich nicht mehr segnen, aber vielleicht konnte ich ihm meinen Segen geben. Er hat es gerade geschafft, sechzig zu werden. Ich habe nur gute Erinnerungen an ihn, wenn auch sie Löcher und Risse haben wie die ganze Familie. Aber gute Erinnerungen sind unbeholfen.

Ich zog die Telefonkarte aus dem Schlitz und versuchte mich zu erinnern, was ich gesagt hatte, ob ich mit einer Frau oder einem Mann gesprochen hatte. Es gelang mir nicht, es sammelten sich keine Gedanken – es gibt besondere Muster, sich innerlich zu schützen. Eine alte Frau mit Gehhilfe und Einkaufsnetz bat mich, ihr die Tür zum Lebensmittelladen aufzuhalten, danke, *Jakob*, sagte sie. Ich hatte sie nie zuvor gesehen, doch sie wohl mich. Noch einmal versuchte ich, meine Gedanken auf Vater und die Beerdigung zu konzentrieren, aber alles stürzte auf mich ein wie Kinder auf ein Trampolin; Gehhilfe, Telefonkarten und der montäglich bewölkte Himmel über der Telefonzelle wurden wie Würfel in der hohlen Hand meiner mangelnden Konzentration hin- und hergeschüttelt.

Ich stand in meiner Wohnung und hielt den Brief noch in der Hand, als es an der Tür klingelte. Ich legte ihn zur Seite. Es war die Nachbarin, die sich für die gute Nachbarschaft bedanken wollte – sie musste die ruhige Nachbarschaft meinen. Wir hatten einander nie gesehen. Ich schwitzte und sie wollte mich partout zum Abschied umarmen, ich spürte, sie, da, die zwei Brüste an meinem Oberkörper.

Sie werden also umziehen, sagte sie, schade.

Ja, sagte ich.

Sie schaute mich an, lehnte sich richtiggehend vor und schien auch noch hereinkommen zu wollen. Ich blieb etwas zur Seite gewendet stehen, als sich ihre Augen auf mein Gesicht hefteten.

Sie sehen traurig aus, sagte sie.

Es sank in mir herab: So, man sieht es also, dachte ich, wenn ich auch selbst meine Trauer nur als bloße Leere empfinde.

Nein, ich fühle mich nur einfach leer, sagte ich.

Schade, dass Sie umziehen, sagte sie.

Ich schloss die Tür und bemerkte einen roten, punktförmigen Ausschlag auf meinen Händen.

Doch, manchmal treffe ich Frauen, sie können auf der Straße an mir vorbeigehen, auf einem Fernseher in einem Schaufenster erscheinen; oder wie eben, als es an der Tür klingelte. Sie wollen etwas von mir und klingeln an meiner Tür. Ich schaue sie an und denke, was gibt's? Meine Rippe ist das nicht. Mutter? Meine Träume? Etwas Weiches, Vorsichtiges, das ich nicht verstehe, Körper, Absichten, Geheimnisse. Sie erschrecken mich, es zieht in meinen Zähnen, wenn sie vor mir im Supermarkt in der Schlange stehen, sie sehen mich an, und ich blicke zu Boden, draußen auf der Straße starre ich auf Hydranten und Laternenpfähle, abgestellte Kinderwagen ohne Kinder. Ja, es ist unbegreiflich, dass *ich* einer von ihnen gewesen sein soll.

Aber das bin ich. Und diese eine warst du, Mutter. Aber kann ich mich an etwas davon erinnern? Nein, es ist verloren, und damals kannte man mich nicht.

Ich halte mich mit diesem Gedanken auf, während Vaters Gesicht wie ein Geruch nach Zitrone den Raum erfüllt, und gleich darauf lasse ich den Gedanken in Frieden, hoffentlich für den Rest dieses Lebens.

Gute Nacht, sündiger Mensch, sagte er. Nicht Vater, sondern Großvater, er verlangte von mir, dass ich wusste, wer ich war, und das bedeutete nicht, ein Lamm den Wölfen zum Fraß vorzuwerfen, aber das wusste ich ja. Früher, vor dem Juli 1983, habe ich Spatzen mit Kichererbsen geschossen und ihnen die Köpfe abgerissen. Ich schaute sie an und sah wie die daunigen Körper in meinen Händen zerplatzten: schiiie. Danach hab ich ihnen gut zugeredet und gesagt, sie hätten ja nicht wissen können, dass sie mich treffen würden. Dann wurden Großvaters Worte plötzlich richtig, und ich konnte schlafen. Großvater hielt Gottesdienste ab, bis er fünfundsiebzig war, drei Jahre vor seinem Tod, und wenn sie auch zum Schluss nicht mehr sonderlich einfallsreich waren – er wiederholte alte Predigten –, so waren sie doch auf jeden Fall *echt*. Er zweifelte nicht, er ließ sich nicht von dummem Gerede oder runden Augen verführen. Dass Gläubige Zweifler seien und all dieses Geschwätz – da kann man ja gleich behaupten, Fisch ist gleich Fleisch – sagte er immer. Sein ganzes Leben lang kämpfte er für eine felsenfest verankerte Kirche, eine klare und reine Theologie. Zu Hause in der Stube erteilte er den Freidenkern eine Abfuhr und sagte, das schlimmste Übel unserer Zeit sei die Pervertierung des Barmherzigkeit-Gebotes. Es wird der Tag kommen, sagte Großvater, es wird Gerechtigkeit geben und eine Zeit, die besser ist als die unsrige. Als er mich konfirmierte, betonte er, das sei ein Pakt fürs Leben, und ich lächelte ihm zu und sagte, ja, danke. Er erwiderte mein Lächeln, zufrieden und überzeugt. Wir respektierten einander, und obgleich ich ohne Decke schlafen musste, wenn ich bei Großmutter und Großvater zu Besuch war, weil ich – ja, was hatte ich getan? Nein, ich habe es vergessen. Aber auch, wenn ich ohne Decke schlafen musste, und am nächsten Morgen dann erkältet aufwachte, obgleich mich Großmutter doch noch zugedeckt und Großvater einen wütenden Blick zugeworfen hatte, kann ich das wirklich sagen. Wir respektierten einander. Gebote müssen hart sein, weiche Gebote sind nichts als Unsinn!

Wie ich mich nach dem Geschrei der Möwen sehne, dem Geschrei der Möwen, Wind, immer mehr Wind, helleren Gesichtern, Krebsen! Erdbeeren.

Was mich ärgert ist nur, dass ich es Großmutter nie gesagt habe. Sie hätte mir vermutlich geglaubt, wenn ich ihr gesagt hätte, dass Er mir auf dem Erdbeerfeld erschienen war – ihr Glaube war der innerlichste von allen. Ich erinnere mich daran, als kleiner Junge hatte ich geglaubt, Gott wohne in Großmutters Wärme, deshalb kroch ich immer in ihren Schoß.

Ein gelbes, staubiges Licht fiel durch das Küchenfenster, als ich den Brief erhielt. Es spiegelte sich in dem Plastiksichtfenster des Briefumschlages, der sich in der Zugluft ein bisschen bewegte.

Ich drehte den Kopf nach rechts.

Vater, sagte ich leise, und spürte – Trauer? Nein, als Erstes war da Leere. Ich konnte mir sein Gesicht nicht vorstellen. Ich suchte, ich krümmte die Zehen in den Socken, saugte an meiner Zunge und rieb mir die Nase, aber ich fand ihn nicht. Sehe ich ihm ähnlich? Ich studierte mein eigenes Spiegelbild. Dann begann sich die Leere aufzufüllen, aber noch immer nicht mit Trauer, sondern mit Reihen von Holzgattern, die sich auf dem Weg den Hügel hinauf hinter mir schlossen. So fühlte es sich an. Und hinter jedem Holzgatter lag eine Geschichte, ein Gesicht, eine Hand und eine wichtige Handlung. Wenn ein Mensch von uns geht, nimmt er Geschichten mit sich. Ich nahm den Briefumschlag und legte ihn zu den zwei anderen in die Tasche. Dann reinigte ich mit den Schneidezähnen meine Nägel und dachte an Vater, der immer von mir verlangt hatte, endlich mit dieser Unart aufzuhören.

In der Tasche lagen drei Hosen, sechs T-Shirts, Unterwäsche für zwei Wochen, eine zum Bersten volle Kulturtasche, Tabletten, Pullover, Schuhe und eine Decke. Alle Sachen waren so frisch gewaschen, dass es nach Wäscherei roch, als ich den Reißverschluss aufzog und den Briefumschlag in die innere Seitentasche schob. In einem anderen Briefumschlag steckte eine Fotografie, die ein kleines Mädchen zeigte.

Sag Mutter doch »Gute Nacht«, Jakob.

Sie saß im Ohrensessel und häkelte. Ihre Hände sahen aus wie eine kleine Maschine, vielleicht waren sie auch so etwas. Sag Mutter jetzt »Gute Nacht«. Vater schaute mir in die Augen, wenn er das sagte, geh zu ihr hinüber und sag »Gute Nacht«. Sie kann dich hören. Sie braucht das, Jakob. Jeden Abend, und ich ging, baute mich vor ihr auf und sagte *Gute Nacht dann, Mutter*, und sie häkelte mit ihren Händen, nein – »ihre Hände« häkelten. Es sah immer so aus, als steckte jemand in ihren Fingern. Sie hob den Kopf, lächelte sie? Aber nicht zu mir, nicht zu jemand anderem, sie lächelte den Worten zu, glaube ich, den Worten, als handelte es sich um eine Art Anleitung. Ein paar Minuten später stand sie im Bad und putzte sich die Zähne. Und gleich darauf lag sie auf dem Bauch im Bett und schlief. Am nächsten Tag saß sie dann wieder im Ohrensessel und häkelte. Wir hatten eine ungeheure Menge von gehäkelten Spitzendecken, immer die gleichen. Die meisten davon lagen in einer immer voller werdenden Tüte auf dem Dachboden. Was geschah mit ihr? Mutter saß im Sessel, häkelte, aß, schlief, und immer empfand ich es so, als entziehe sie sich mir. Die meisten werden sich wohl vorstellen können, wie Menschen mit, wie ich das nenne, blanken Augen aussehen, nicht blank wie nach Tränen oder zu viel Alkohol, nicht blank und kalt wie Eis, nein: ganz einfach blank. Augen, die, wenn sie sehen, nach innen schauen; so waren ihre Augen. Was war mit ihr geschehen – was in aller Welt hatten sie ihr angetan? Wird mir das jemals jemand sagen? Ihr Gesicht, die schmalen Wangenknochen und die Fältchen an den graublauen Augen. Mutter war hübsch. Vater ist lieb, Mutter ist hübsch, dachte ich immer im Stillen. Ein Mensch, der sie nicht kannte – wer kannte sie? –, würde in Anbetracht der Fältchen vielleicht an Lachfältchen denken, aber das waren keine Lachfältchen. Und dieser Mensch hätte vielleicht auch gesagt:

Ja, sie ist eine schöne Frau, vielleicht ein wenig traurig. Ich habe mich entschieden, mich nicht an Mutter zu erinnern, eine praktische Entscheidung. Ich habe gesagt: Häkeln, Schlafen, Essen, Häkeln. Als die Erinnerung kam, langsam durch den Nebel heranhinkend, habe ich die Hände gehoben und gerufen: Nein, *weiche von mir,* als wenn sie jemals auf mich zugekommen wäre. Ich pflegte zu sagen, dass ich meine Mutter nicht kannte. Es gab Vater und mich, wir gingen zusammen fischen, zogen die Krebse aus den Reusen und reparierten die langen Leinen. Es war nicht wahr, aber es war praktisch. Dann nützte es nichts mehr, die häkelnden Hände suchten mich heim, wo auch immer ich war, wenn ich am Waschbecken stand und spülte, saß sie hinter meinem Rücken auf einem Küchenstuhl und ich konnte hören, wie ihre arbeitenden Nadeln aneinander klickten, es pochte in meinen Schläfen. Ging ich an einem Spiegel vorbei, musste ich mich in das Spiegelbild vertiefen und dann glaubte ich, ihr Gesicht zu sehen. Bin ich sie? Was gibt es da, tief in mir drin? Was in aller Welt haben sie nur mit ihr gemacht? Jemand muss es mir verraten, dachte ich, und schloss das Küchenfenster.

Leise Stimmen waren im Zimmer zu hören. Leise, alt bekannte, schmerzende Stimmen – ein Mädchen und ein Junge.

Sollen wir baden gehen?

Ja, lass uns baden gehen.

Jetzt?

Ja.

Sonst nichts, mehr sagten die Stimmen nicht.

Bist Du das? Kann es nicht endlich Ruhe geben?

Voller Sentimentalität werde ich mich an einen Tag erinnern – ich glaube es war im Mai – als ich dreizehn war. Bei allen Kindern gibt es solche Tage, wenn sie zum ersten Mal allein sein dürfen, nicht alleine auf dem Zimmer oder alleine im Garten, sondern richtig alleine. Wenn man voller Freude sieht, wie die Eltern mit dem Auto in Richtung Stadt entschwinden, und man weiß, dass man vollkommen alleine ist. Nichts um einen herum ist verändert, aber doch ist alles neu: das Haus, die Zimmer, der

Garten, der Kiesweg, die Wolken. Die Erinnerung daran ist stark wie Plexiglas. Auch wenn ich nichts tat, ich war einfach alleine. Natürlich kann ich mich deshalb so gut daran erinnern, weil ich damals so abrupt aus meiner gerade gewonnenen Einsamkeit gerissen wurde und sich warme Hände über meine Augen legten, als ich mit geschlossenen Lidern auf dem Stuhl in der Küche saß. Ich zuckte nicht zusammen, denn ich hatte das erwartet, aber Er war es nicht. Die Hände entfernten sich und vor mir stand Tante Karen, Vaters Schwester. Wir umarmten einander. Eine gute und unkomplizierte Erinnerung. Mutter und Vater kamen heim und waren sehr überrascht – aber glücklich über diesen unerwarteten Besuch.

Oh, fliege, fliege mit mir in einen anderen Tag. Wann denn? Daran erinnere ich mich nicht, aber ich sehe Vater und mich. Die Erinnerung ist warm. Er sagte, dass ich mir einen Spiegel vorstellen solle. Jakob, stell dir einen Spiegel vor, ja? Ich ging zu dem großen Spiegel, der im Flur des Erdgeschosses neben dem Telefontischchen hing. Dann sollte ich mir einen Menschen vorstellen, der sich darin spiegelte, ganz einfach, Großmutter vielleicht, oder irgendjemand sonst. Ich blickte auf die spiegelnde Fläche, das war ich, *das dort*, das mich anstarrte. Dann sagte Vater, ich solle mir vorstellen, dieser Mensch würde aus dem Spiegel weggehen. Ich trat zwei Meter zur Seite. Vater sagte, der Spiegel habe diesen Menschen jetzt vergessen, und dann kam er zu mir und nahm meinen Kopf zwischen seine großen ruhigen Hände. Das Gehirn ist ein Spiegel, sagte er, aber es ist ein Spiegel, der alles bewahrt und aufeinander aufbaut. Ich war sieben Jahre alt, glaube ich, und fragte Vater, was denn geschehen würde, wenn er zerbrach? Wenn der Spiegel in Stücke geht oder zu lügen beginnt? Das tut er ständig, aber Gott ist damit beschäftigt, die Teile wieder zusammenzufügen. Vater liebte es, sich in kurzen, geheimnisvollen Sätzen auszudrücken, und dann schaute er mich immer lange und durchdringend an, sodass ich ein Gefühl bekam, als habe ich für einen Augenblick in der Nähe einer warmen Kochplatte gestanden.

Neben dem Spiegel hatte eine Fotografie gehangen. Vater

hatte gesagt, man müsse immer eine Fotografie neben einen Spiegel hängen.

Vater glaubte immer, er mache es mir mit seinen Vergleichen klar und einfach. Der Spiegel im Flur, der vergaß, das Gehirn im Kopf, das die ganze Welt bewahrte. Merkwürdig ist nur, dass ich es nie als wichtig empfand, die Welt zu bewahren: Wer der Welt Freund sein will, der wird Gottes Feind sein. Eine andere Sache ist, dass ich mich seit diesem Mal immer wieder mit dem Spiegel im Flur verwechselt habe. Wenn es einen Anlass dafür gab. Mutter? Nein, sie ist im Flur vor dem Spiegel, sie sitzt da und häkelt. Und Gott kümmert sich um die einzelnen Teilchen, aber – kann er denn nicht richtig sehen?

Wasch dich, Mund, mäßige dich, Gedanke.

Ich verstehe es nicht ganz, aber versuche doch, mir einen Spiegel vorzustellen.

Manchmal bin ich ganz ängstlich, elektrisch und ängstlich. Aber nicht wegen »dir« oder »denen« oder »euch allen« dort draußen. Wer seid ihr? Die Flure in der Meteorologie. Die Flure, Telefone, Schlüsselbunde, Papiere, nichts. Ich fürchte mich nicht vor euch, ich stelle mir vor, ihr seid Schneebälle, die in den Pausen von warmen Winterhandschuhen geknetet werden. Ich fürchte mich nur vor mir selbst, was in mir geschehen ist, durch mich. Ich habe hypersensitive Erinnerungen an bestimmte Geschehnisse, ich kann sie wiedergeben, wie Gott sie erlebt haben muss, wenn Er alles so mitverfolgt hat wie jenen Tag, an dem ich auf dem Erdbeerfeld unterbrochen und nach Hause geholt wurde. Andere Geschehnisse hingegen sind ausradiert. In meiner Erinnerung gibt es große, mächtige Löcher, da weiß ich nicht, was meine Hände getan haben. Meine Erinnerung ist von dem Moment im Juni 1980 an ausgelöscht, als ich das Ufer verlassen habe, und setzt erst wieder an einem Morgen des Jahres 1981 ein, an dem ich vom Möwengeschrei über dem Dach geweckt wurde. Oder von dem Tag im Jahre 1984, als Großvater starb, bis zu dem Moment, in dem ich 1986 in dem kräftigen, hellen Licht einer Frühlingsnacht draußen auf der Wiese aufwache und einen Krankenwagen mit grellem Blaulicht vorne vor dem Haus stehen sehe. Ich stelle mir vor, wie das Licht des Leuchtturms über die Insel kreist. Es sind lange, lange Perioden, in denen ich nicht zur Stelle war.

Ich denke an Lakunen. Lauwarmes Wasser, das in den Körper schmilzt und das Gehirn befeuchtet, Stille und Ruhe bringt, nasse Tücher über die Elektrizität deckt.

Ich schreibe nicht, ich denke. Und meine Gedanken sind gleichermaßen ein Bekenntnis, eine Sehnsucht und ein Gebet, und sie richten sich an Dich, geliebter Gott. Du, der Du eine, meine Herrlichkeit bist, mein Trost und mein Meister. Du, der Du mich leitest, und ich, der ich mich leiten lasse. Du, der Du mich strafst, und ich, der ich mich strafen lasse. Du, der Du für mich weinst, und ich, der ich Dich weinen lasse. Du, der Du mich sehen wirst, und ich, der ich heimkehren werde, zurück zu Dir, zu euch, zu Vater, Mutter und den Mythen der Familie. Du wirst mich sehen, Du wirst mich hören.

Oh! Vergebung, hatte jemand gesagt. Wer? Wer? Der Herr hat dir vergeben. Ja, das weiß ich. Das weiß ich. Aber ich selbst werde mir niemals vergeben können. Nur erkennen und spüren, wie der Zunder meines Gewissens in mir zischt. Ja, sich selbst kann man am wenigsten vergeben. Anderen vergeben? Das ist einfach, ja, man schmeichelt sich selbst, wenn man anderen seine Vergebung zuteil werden lässt. Aber *sich selbst* – sich selbst kann man niemals vergeben, nur spüren, spüren, welche Bürde man trägt.

Denk nur, wie es in mir gekocht haben muss. Wie es sich einen Weg in meine Gehirnzellen gebahnt und die Macht über mich bekommen haben muss. Kinderepilepsie. Das hört sich an wie das Klappern einer Babyrassel.

Die Anfälle, die ich als Kind gehabt hatte, die nächtlichen Krämpfe, die Erregungen und der Schweiß. Es beruhigte sich mit den Jahren und verschwand völlig, als ich sechzehn Jahre alt war. Der Körper wurde ruhig, der Blick geradlinig, und plötzlich war ich ein ganz normaler Jugendlicher, der irgendeine Schulbank drückte.

Ja, es war wirklich ein *ganz normales Leben*. Ich glaubte, ich hätte es abgelegt, es wäre verschwunden, wie Vater es immer geglaubt hatte. Du wächst da heraus, hatte er gesagt.

Sie haben niemals herausgefunden, warum ich ein derart elektrisches Gehirn habe. Es gibt zwei Arten von Epilepsie, die eine ist die symptomatische; da kennt man die Ursachen für die Anfälle. Gehirnschäden, Komplikationen bei der Geburt. Die andere, diejenige, unter der ich litt und leide, ist die idiopathische Epilepsie, etwa die Hälfte aller Epileptiker leiden an dieser Art; man kennt die Ursachen nicht. Erblich? Ich weiß nicht, vielleicht werde ich es niemals erfahren. Es handelt sich um rückwärts gewendete Funktionsstörungen einiger Gehirnzellen. Plötzliche elektrische Entladungen, großflächige Änderungen der Gehirnchemie, unbekannte Veränderungen. Das alles kann ich mir vorstellen, ich kann es spüren, elektrisch. Aber warum? Was passiert da?

Die Ärzte behaupteten, ich würde da herauswachsen, es mit dem Wachstum verlieren, und Vater sagte, das ist gutartig, Jakob.

Wir saßen, eingehüllt in handgestrickte Wollpullover, im Ruderboot, es war ein Herbsttag Anfang der Achtzigerjahre. Vater hatte gerade einen Witz über einen siamesischen Zwilling erzählt, der glaubte, er sei eine Katze, die wiederum glaubte, sie sei ein Mensch – und der spürte, dass er irgendwo an einem anderen Ort auf der Welt einen Bruder habe – als er mir also auf die Schulter klopfte und sagte, du wächst da heraus. Ich lächelte und zog einen Steinköhler aus dem Wasser, ich hatte schon drei Steinköhler und einen Dorsch, während er noch nichts gefangen hatte. Ich sollte da ja herauswachsen. Nimm das mit Ruhe, Jakob, es ist ja gutartig. Da, pass auf, es beißt schon wieder, Junge, das nenne ich wirklich einen Fischer!

Ich glaubte Vater. Ich wachte mitten in der Nacht auf, ohne richtig wach zu sein, meine Kopfhaut schwitzte. Sie sagten, der Speichel schäumte in den Mundwinkeln, Jakob saß aufrecht im Bett und starrte vor sich hin. Seine Hände waren vom Körper abgespreizt, als wolle er nach etwas greifen. Ich erkannte sie nicht, weder Vater noch Mutter, sagte Wortfetzen und halbe Sätze, halluzinierte. Es war eine Art Verschwommenheit, so denke ich jedenfalls heute daran, eine Art von bedingter Bewusstlosigkeit. Wie oft geschah das? Ein paar Mal im Jahr. Gutartige Kinderepilepsie. Du wächst da heraus, Jakob. Ja, ich wachse da heraus. Meistens begann es mit Albträumen und anschließend konnte ich mich dann an den Albtraum, nicht aber an den Anfall, an das Erwachen, das ja kein Erwachen war, erinnern. *Ich* wachte nicht auf; das war nicht ich, der kleine Jakob, der da mit Schaum vorm Mund und abgespreizten Armen merkwürdige Laute und fremde Worte von sich gab – wer war das, der da in mir erwachte?

Die Albträume, die den Anfällen vorausgingen, waren abstrakt – ja, sie konnten an Gemälde erinnern, die ich als Erwachsener gesehen hatte, Farbspiele, die auf mentale Art das Leiden des Krieges widerspiegeln sollten. Manchmal erweckten sie den Anschein von flimmernden Musikvideos mit scharfen Lichtblitzen, aber das war vor der Zeit der Musikvideos, und ein jeder kann sich wohl vorstellen, wie sich Flugzeuge für die Menschen im Mittelalter angehört haben müssen. Die Geräusche, die ich in diesen Musikvideos hörte, waren keine Musik, es war Gejammer und Maschinenlärm. Natürlich waren die Albträume abstrakt, aber für mich, das kleine Opfer, waren die Abstraktionen das Schlimmste, meine Fantasie erkannte nur zu gut, was das alles bedeutete. Die Lichtblitze waren Gottes Nägel und sie schnitten sich durch die Haut meiner Schenkel. Das maschinelle Kreischen der Wut war das Kreischen meiner Trommelfelle, die niemals platzten, aber immer kurz davor waren.

Merkwürdig genug gewöhnt man sich auch an solche Geschehnisse. Eines Tages ertappt man sich selbst dabei, auf die Furcht zu warten und das macht das Ganze nur noch schlimmer, verstärkt es, und man merkt plötzlich, wie man abends, wenn sich die Zeit, ins Bett zu gehen, nähert, schon im Voraus zu weinen beginnt.

Erst als Erwachsener habe ich konkrete Träume bekommen –

Gesichter, Häuser, Boote und Tiere – aber nur sehr selten kann ich mich daran erinnern.

Manchmal bekam ich epileptische Grüße von aktiven Gehirnzellen, wenn ich wach war. Plötzliche verstärkte Sinneswahrnehmungen mitten am helllichten Tage. Als habe jemand ein Vergrößerungsglas und ein Mikrofon vor meine Sinne gehalten, sodass sich alle Eindrücke verdoppelten, verdoppelten: Oh, du redest so laut, das Licht ist so hell, meine Hand bewegt sich so schnell. Alles bekommt für ein paar Sekunden eine elektrische, hektische Aura. Dann ist es vorbei. Was war geschehen? Selbst wenn ich es wüsste, selbst wenn sie es mir gesagt hätten – Jakob, das ist ein gutartiger Anfall, das ist nicht gefährlich – würde ich dennoch glauben, dass da mehr dahinter steckt. Etwas, das in mir heranwuchs, etwas, das in mir erwachte.

Spürst du das?, fragte ich Vater. Spürst du, wie *alles so schnell geht*?

Was denn?, fragte Vater, der wusste, was mit mir geschehen war.

Alles, erwiderte ich. Und wie es *auf der Haut kribbelt*.

Du wächst da heraus, Jakob. Bleib nur ruhig sitzen, das geht wieder vorbei.

So ist das, wenn sich die Angst selbst in kleine Portionen aufteilt. Nach und nach breiten sich diese wie ein dumpfes Gefühl im Magen aus und steigen von da wie zerborstene Erinnerungen an alles, was man mit denen erlebt hat, die man vermissen wird, zum Gehirn auf.

Sieh: Ich hatte mein Gesicht nach Westen gewendet, zum Fenster im Wohnzimmer. Es juckte in meinen Handflächen, und ich wusste warum. Ich stampfte mit den Füßen auf den Boden und betrachtete die kahlen Wände. Die ganze Zeit über sah es so aus, als wolle es zu schneien beginnen, unten auf der Straße bremste ein Auto mit quietschenden Reifen, ein Fahrer auf dem Weg zur Arbeit, der noch nicht begriffen hatte, dass Vögel Bruchteile von Sekunden, bevor die Reifen die kleinen Körper treffen, auffliegen. Ich verspürte Lust, nach unten zu gehen und es ihm zu sagen, ihn im Nacken zu packen und zu sagen, die schlafen doch nicht. Irgendwo im Haus klingelte ein Telefon und in meinem Kopf sagte ich: Meteorologisches Institut? Meteorologisches Institut? Gravdal? Der ist gerade in der Mittagspause. Ich lachte über diese alten Sätze. Ich warf einen Blick auf die Mülltüte, die neben der Eingangstür stand. Der Stamm einer Pflanze, die ich weggeworfen hatte, ragte aus ihr heraus. Jetzt wusste ich, ich hätte sie der Nachbarin schenken können, die sich dafür bedankt hatte, nie etwas mit mir zu tun gehabt zu haben, aber egal. Egal: Ich nahm mit der einen Hand die Mülltüte und mit der anderen die Tasche. Die Jacke hatte ich mir über den Arm auf die Tasche gelegt. Mein Portmonee lag auf dem Telefontischchen und ich nahm es schließlich in den Mund. Es muss bescheuert ausgesehen haben, aber mich sah ja niemand und wenn schon. Ich dachte: 11. Dezember 1998, ganz offensichtlich hatte ich einen Drang, das zu manifestieren, nicht für die Welt, sondern für mich, für mein eigenes Leben. Zitterte mein einer Mundwinkel nicht ganz leicht? Es war, als wenn das Datum, der Monat und die Jahreszahl als Startschuss fungierten und es schien ganz egal zu sein, dass ich selbst nicht richtig wusste, was jetzt begann. Peng.

Ich stampfte – hart – auf den Boden. Das half. Familie, dachte ich, und fühlte mich allem eine Idee näher. Ich warf einen Blick auf die Uhr, perfekt. Es war fünf nach sieben.

Ich schob die Lehne des Stuhls noch dichter an die Wand. Waren alle Fenster geschlossen? Alle Fenster geschlossen. Jetzt gehe ich. Ich gehe jetzt hinunter und setze mich ins Auto. Ich werde nach Hause fahren, nach Hause, zu Dir. Ich schloss die Tür mit den Fingern ab, die aus der Lasche des Müllbeutelverschlusses herausragten und begann, die Treppe hinunterzugehen. Ich schmatzte. Es fühlte sich gut an, es fühlte sich unglaublich gut an, es fühlte sich an, als säße ich auf einem Plumpsklo, meinem Plumpsklo, und fiele vornüber auf meine Knie. Es rinnt aus mir heraus. So fühlte es sich an, als nähme ich jetzt erst wirklich die Fäden der Bekehrung auf, jetzt konnte ich es als

Ruf bezeichnen. Kurz darauf, als mein Gesicht die scharfe Dezemberluft traf, fand ich, es fühle sich an, als ob *ich ein großes Glas Milch trank*.

Dort draußen öffnete ich den großen Abfallcontainer und wollte den Müllbeutel hineinwerfen. Ich warf ihn auch weg, aber ich musste ihn auf eine Katze werfen. Eine tote Katze lag auf dem Berg Abfall, und es war eine Katze, die ich zuvor schon einmal gesehen hatte. Aber wann? Wann? Ich sah, dass mein Müllbeutel das Fell der Katze verdeckte und hoffte, dass sie wirklich tot war und nicht, wie der norwegische Politiker in dem Gefangenenlager, von dem ich einmal gehört hatte, in dem Grab erwachte und nicht mehr herauskam.

Ich schloss die Augen. Es war kalt. Katrine, flüsterte es in mir, und ich beugte mich zu meiner Tasche hinunter. Ich öffnete die kleine Seitentasche mit den Umschlägen und nahm einen von ihnen heraus. Ohne auf die Fotografie zu schauen, steckte ich sie in die Innentasche meiner Jacke.

Knapp vier Minuten später hielt ich an der Ampel vor dem Bahnhof unten am Hafen an.

Drei tibetanische Mönche in schokoladenbraunen Gewändern stiegen mit großen Koffern in den Händen aus dem Nachtzug. Sie blieben auf dem menschenleeren Bahnsteig stehen, fassten sich an ihre kahlrasierten Schädel und betrachteten neugierig ein Reklameplakat. Der Atem stand ihnen in der kalten Luft vor den Mündern wie der Schein einer Taschenlampe, vielleicht war das ja so deutlich, weil es dort in Tibet, wo sie herkamen, so warm war. Das ist da doch warm, oder? Alle drei trugen Hornbrillen. Ob sie kastriert worden waren, fragte ich mich, und stellte mir drei reine, einfache Körper vor. Der kleinste der Mönche nickte und zeigte auf mein Auto, das an der Ampel auf Grün wartete. Ich zog die Augenbrauen zusammen – ich? – bis ich einen Mann mit einem Plakat über den Fußgängerüberweg vor meinem Kühler gehen sah. Auf dem Plakat stand »Welcome« und ein merkwürdiger Name: Lalila, oder Lamilda? Ist das der Dalai Lama, fragte ich mich, aber als sie lächelnd und mit ihren nickenden, kahlen Köpfen näher kamen und es grün wurde und ich fahren musste, wurde ich unsicher. Tibetanische Mönche. Waren das *tibetanische* Mönche? Ich fuhr los, jemand hupte hinter mir, vor einer Schule stand ein Hund und bellte einen Fahrradständer an. Ich blickte auf meine Hände, die ruhig auf dem Lenkrad lagen, noch, noch, und spürte ein schwaches Zittern gerade oberhalb der Knie. Ich fuhr aus der Stadt hinaus und bald schon veränderten sich die Gerüche, sie wurden schärfer, als ich im Halbdunkel an den verwaisten Weiden vorbeifuhr – tibetanische Mönche? Ich zweifelte immer mehr und begann die Unwissenheit zu hassen, diese dumme Unwissenheit, dachte ich und blätterte mich in Gedanken durch Atlanten, Volksgruppen, Orden und religiöse Trachten. Tibet, Nepal, Punjab. Oh, lass mich das alles vergessen, Welt. Und die geraden Laternenpfähle, an denen ich vorbeifuhr, wurden zu Bildern einer weinenden Gesellschaft und das Licht dort oben zu einem klitschnassen Einauge.

Nein, nicht weinen, dachte ich, als ich erkannte, dass die Laternenpfähle einfach *Laternenpfähle* waren und lediglich all dem ähnelten, auf das sie ihr Licht warfen, einer unmoralischen Gesellschaft ohne Gedanken, Glauben oder Gefühle.

Trotz all der guten Gründe für den Ärger: Jetzt sehe ich, wie leicht dieser Morgen war. So unglaublich leicht – sich schon da reiner zu fühlen, dem Verfall die Faust entgegenzustrecken, den Schnee vorherzusehen und die Spur zu wechseln, Blinker rechts. Mein geliebter Gott, das waren leichte Stunden.

Der Polo rollte sachte auf einen frierenden Neger auf einem Mountainbike ohne Reflektoren zu. Die Haut seines Gesichts verlor sich im Dunkel des Fahrradweges. Das Weiß der Augen und die Zähne leuchteten. Ich fuhr mit zwanzig Stundenkilometern und der Neger drehte vorsichtig den Kopf zur Seite, als ich neben ihm herfuhr. Ich nickte ihm zu, aber er sah das nicht. Ich begann zu spekulieren, wohin willst du? Wer bist du? Aber ich würde niemals erfahren, wie kalt ihm war, und wir würden uns nie mehr treffen. Ich setzte den linken Blinker, bog in die Auffahrt zur Autobahn ein, und die Geschwindigkeit nahm zu.

Ich frage ja bloß, dachte ich, als ich kurz darauf einen großen Bogen um eine überfahrene Katze machte, die so platt gefahren war, dass fast nichts mehr von ihr übrig war. Noch eine tote Katze. Ich dachte daran, wie man in den anderen Autos einen kleine Hupser unter den Reifen gespürt haben musste, wenn man irgendwann vor mir in den frühen Morgenstunden über sie gefahren war.

Oh, hast du das gespürt – diesen Hupser?

Gibt es auf dieser Welt überhaupt einen einzigen Menschen, der seine Hand auf sein Herz legen kann, bis er die Wärme spürt, die aus ihm selbst herausströmt und der sagen kann: Hier hast du einen guten Menschen?

Das war es, was ich fragte, nicht um unerwartete Antworten zu erhalten, sondern um bestätigende Ablehnung von allen Menschen der Geschichte zu erfahren. Nicht bei Menschen der

90er-Jahre, das waren verantwortungslose, selbstzufriedene Menschen, die sich die Zähne putzten und glaubten, dann rein zu sein, nein, von denen erwartete ich keine Einsicht. Aber von den Alten, von den Propheten und alten Weisen, die ich in meinen Gedanken an den Lagerfeuern sitzen sah. Sie antworteten mir alle, und ich schaltete in einen kleineren Gang, als ich mich einer rund um die Uhr geöffneten Esso-Tankstelle näherte. Merkwürdig, aber immer wenn ich eine Tankstelle sehe, denke ich an Feuer.

Ich kaufte zwei Halbliterflaschen Farris blau und fragte das Mädchen hinter der Kasse, ob es das nicht mehr in Glasflaschen gebe, das Glas würde viel besser die Kohlensäure und die Kälte bewahren.

Doch, eigentlich schon, sagte sie.

Eigentlich?

Sie hatte einen Ring in der Augenbraue, es sah schmerzhaft aus.

Manchmal, sagte sie, und lehnte sich vor. Manchmal ist es Plastik und manchmal Glas. Sie lehnte sich über den Tisch nach vorne, ich blickte zu Boden und bog vielleicht ein wenig meinen Rücken, *lehn dich nicht vor.*

Haben Sie etwas verloren? Sie lehnte sich zu mir herüber.

Nein, nein, erwiderte ich, beugte mich noch weiter hinunter und tat so, als wischte ich etwas von meinem Hosenbein weg. Ich blickte direkt auf eine Reihe von Spiritusflaschen, Sonderangebot.

Die nehme ich auch noch, sagte ich, und stellte eine Flasche Spiritus auf den Tisch. Sie hatte sich jetzt wieder aufgerichtet und auf einem Schild auf einer ihrer Brüste stand »Britt-Ellen«.

Sonst noch etwas?

Lehn dich nicht vor!

Hä?

Nein, bloß das noch, sagte ich, und hielt ihr ein Päckchen Stimorol vor die Augen. Sie bat mich, es ihr zu geben, damit sie es biepen könne, wie sie sich ausdrückte. Britt-Ellen, dachte ich und setzte mich ins Auto. Und wieder sah ich ein

Feuer, ein Feuer, und das war wirklich merkwürdig, denn das war nicht das Feuer zu Hause, sondern ein ganz anderes. Vielleicht bin ich einmal an einer brennenden Tankstelle vorbeigefahren, vielleicht mit Vater. Das muss ein gewaltiger Anblick gewesen sein.

Sie sah wenigstens nicht aus wie Mutter, Britt-Ellen. Mutter hätte niemals einen Ring in der Augenbraue getragen, Mutter bewegte ja ihre Augenbrauen nicht. Und ganz sicher habe ich nicht an dieses Feuer 1986 gedacht, nein, das war etwas anderes. Ich drehte den Verschluss von einer der Farris-Flaschen und hörte, wie die Kohlensäure rauschte. Ich spürte, wie kalt die Flasche in meiner Hand lag, und wusste doch, dass das nicht mehr lange der Fall sein würde. Ich trank, es war erfrischend und ohne Geschmack. Der Motor startete – so empfand ich das, als ob das Auto startete und ich erst dann den Zündschlüssel herumdrehte.

Auf den Äckern entlang der E18 lag dicker, noch unbeweglicher Dunst, er schien dort einfach wie Gas hinter den Lichtern der Laternenpfähle zu hängen. Ich dachte an Märchen und wurde ruhig, auch wenn ich wusste, dass der Tag die Lichter an den Pfahlspitzen auslöschen und den Dunst vertreiben würde.

Ich war nicht gut gelaunt, obwohl ich es eigentlich hätte sein sollen. Ich hätte vor Freude darüber, dass ich endlich aufgebrochen war, jubeln sollen. Ich hatte es mir doch immer gewünscht, über den Teer der Straßen zu gleiten von Ost nach West, nach Hause zu kommen, nach Hause zu meinem Gott. Aber ich jubelte nicht, ich war voller Verachtung. Warum? Über wen? Diese leichten Stunden, sie waren es, denen meine Verachtung galt. Denn, was für eine Leichtigkeit war das? Es sind nicht die leichten Tränen auf einer von aller Schuld gereinigten Wange, nicht ein Staubkorn im weißen Licht eines klaren Septembertages an der Hauswand. Oh nein, es ist der Leichtsinn, die oberflächlichen Augen in den Gesichtern der Unbeweglichen, liebe Britt-Ellen, liebe Menschenmasse: Diese Leichtigkeit ist es, die es mir so schwer macht. Und in dieser Schwere liegt meine Verachtung.

Lebt ihr?

Was? Lebt ihr?, frage ich, und niemand antwortet. Die Äcker liegen still, die Autobahn ist gerade und lang, und niemand antwortet, denn sie leben nicht.

Zwei Kilometer weiter die nächste Tankstelle, dieses Mal eine staatliche. Vor meinen Augen fing sie Feuer.

Das Feuer begann wegen eines Kurzschlusses im Sicherungskasten im Keller. Es war Frühling, Mai, und wir hatten gerade das Haus gestrichen. Ich weiß, ich habe beim Streichen geholfen, die Pinsel über die Planken gestrichen, aber ich kann mich nicht daran erinnern. In den Armen eines Nachbarn schlug ich draußen auf dem Rasen die Augen auf, 1986. Sie sagten, die anderen seinen panisch geworden, als die Flammen am Haus emporschlugen, ich aber sei ruhig geblieben, habe die Tür meines Zimmers geschlossen und mich dann am Rettungsseil heruntergehangelt. Dein Vater lebt, sagten sie und zeigten auf einen Mann, der in eine Wolldecke gehüllt drüben am Krankenwagen saß. Ja, sagte ich und schloss die Augen, das ist Vater. Ich erinnere mich noch an die Hitze der Flammen.

Eine Frau kniete sich vor mir ins Gras und sprach mich leise an. Sie nahm mich in die Arme. Sie trug einen weißen Kittel.

Deine Mutter ist nicht mehr rechtzeitig herausgekommen, Jakob. Sie sagten, sie sei nicht mehr wach geworden.

Die Frau im Kittel sprach mit mir, und ich blickte zu Vater hinüber, während sie auf den Knien im Gras hockte und über Mutter redete – nicht mehr rechtzeitig herausgekommen, nicht mehr rechtzeitig herausgekommen. Ich starrte auf das Gras unter ihren Füßen, die kleinen Füße der Frau im Kittel, und mir war so, als würde sie immer wieder das Gleiche sagen: Deine Mutter ist nicht mehr rechtzeitig herausgekommen.

Wie heißt du?, fragte ich.

Sie schaute mich mit großen Augen an. Ich heiße Gunnilla, sagte sie.

Die Feuerwehrleute rannten um uns herum, aber was half das noch, sie kamen zu spät, die Feuerwehr kommt immer zu spät, das ist ja ihr Job, zu kommen, wenn es schon begonnen hat. Gunnilla beugte sich näher zu mir, sie wollte mir ganz bestimmt auf die Schulter klopfen, mich anfassen, aber ich wich zurück, als sie es wie ein Gutenachtlied vorbrachte, aber das war kein Lied: Deine Mutter ist nicht mehr rechtzeitig herausgekommen. Eine Bahre wurde an uns vorbeigeschoben. Unter dem Tuch lag ein Mensch. Meine Mutter ist nicht mehr rechtzeitig herausgekommen. Ich fühlte viel zu wenig, als ich dreizehneinhalbjährig dasaß und hinter mir mein Elternhaus abbrannte. Ich habe immer ein schlechtes Gewissen gehabt, weil ich so schrecklich wenig fühlte. Mutter rollte auf einer Bahre an mir vorbei, und ich erinnere mich daran, ich dachte: Das musste so kommen.

Ich habe nie richtig verstanden, was mit ihr geschehen war. Ich kannte sie nicht, und für mich fühlt es sich so an, als habe sie mich verlassen. Hat sie mich verlassen? Hast du da gelegen, Mutter? Unter diesem Laken? Hätten wir es nicht gut haben sollen, zusammen? Es heißt doch immer: Mütter seien warm und gut mit viel Platz in ihrer Seele, und sie lebten nur für ihre Kinder. Stark, voller Frieden. Warum war das nicht so? Mutter häkelte. Gunnilla brachte mich zu Vater, wir weinten alle drei.

Ich blinkte und fuhr aus der Tankstelle heraus und sah Vater und mich vor mir. Ich in Vaters Armen draußen auf dem hell erleuchteten, fleckigen Rasen. Mutter, die auf einer Bahre vorbeigeschoben wurde.

Das ist nicht richtig, dachte ich, das stimmt nicht. Ich weiß es, das ist wieder so eine Sache, die nicht stimmt. Sie konnte nichts dafür, das wusste ich und sah, wie die Tachonadel von 30 auf 40 auf 50 auf 60 auf 70, ja fast bis auf 75 emporkletterte, während ich mit den Fingern auf das Lenkrad trommelte: Das stimmt nicht.

Ich kenne dieses Gefühl. Manchmal ähnelt es dem rasenden epileptischen Kribbeln auf den Wangen, dem hauteigenen Morseapparat, der einem zu erzählen versucht, dass etwas nicht in Ordnung ist, irgendetwas zu schnell gegangen ist... Da leuchtet etwas zu stark.

Es kam. Das, was mir wie eine lange Zeit, in der ich einfach nur gefahren bin, erschienen war – dreißig Minuten? Eine Stunde? Aber – bedeutet es etwas, wie lange das war, wenn es mir nur lang erschien? Nein. Ich fuhr einfach nur, ich glaube, ich habe nicht einmal den Gang gewechselt. Wohngebiete, Hügel, kahle Äcker, Gärten und Scheunen. Unmengen von Lastwagen, die Zeit der Schwertransporte, TIR, und ein großes Motorrad mit zwei kalten Menschen darauf.

Was bedeutet das eigentlich? TIR.

Ich fuhr einfach nur.

Jetzt begann es über den Äckern hell zu werden. Ganz richtig, der Dunst verschwand und die Äcker wurden zu subventionierten Flecken eines verschwenderischen Budgets, ich sah schon wieder die Bauern auf ihren Traktoren vor mir, obgleich die Saison vorüber war, es war tiefster Winter.

Ich habe einen Wunsch, der vor allen anderen lodert. In glasklaren Bildern zu denken, mit klaren, durchdringenden Meinungen. Oh! Bitte! In dem Garten vor einer Villa sah ich eine mächtige Buche und wollte sagen: Buchen, Buchen, Buchen, und ihr hättet mich verstanden. Und wenn ich schließlich Gott auf einem Moped in einem Kreisverkehr gesehen hätte, hätte ich gerufen: Gott, Gott, Gott und hätte gesehen, wie sich das Verständnis auf euren Gesichtern wie Scham, Freude und noch einmal Scham ausgebreitet hätte. Das Verständnis, das sich ausbreiten und eure Gesichter bekehren wird. Glasklare Sätze und unzweideutige Offenbarungen, das ist es, was ich mir wünsche. Erleuchtung, und es wird Frieden geben. Keine Angst, sondern schweres Gewissen auf ausgestreckten Armen. Kleine Steine am Ufer, Tang auf unseren Handflächen. Oh, muss das nicht so sein? Oh, muss es so nicht werden? Lass es so werden, Frieden, Frieden, Verklärung und Frieden! Oh, ich fuhr einfach, fuhr und fuhr.

Wenn man das Fahren Schlaf nennen kann, dann wurde ich von einem kleinen Mädchen, das an einem Fußgängerüberweg wartete, geweckt. Sie trug einen orangenen Schulranzen und eine blaue Pudelmütze und streckte die Hand aus, um den Autos zu signalisieren, dass sie die Straße überqueren wollte. Mir. Ich hielt vor ihr an und sie begann über die Fahrbahn zu gehen, weiße Reflektorpüppchen baumelten von ihrer Jacke herab. Ich schaute zu den Pedalen hinunter, als sie mein Gesicht hinter der Windschutzscheibe suchte. Katrine, das bist nicht du, sagte ich, aber manchmal hilft auch die Weisheit der ganzen Welt nicht, und obgleich sie es nicht war, war sie es doch, in mir drin. Meine Hand legte sich auf die Innentasche und ich sah uns vor mir. Wir rannten von zu Hause über die Äcker auf die steinernen Hügel zu.

Ein paar Minuten später fuhr ich an einer Grundschule vorbei.

Die Fahrt an diesem Freitag brachte mich nicht nur Meter, Kilometer und Meilen näher an den Ort, den ich *Zuhause* nannte, sondern sie führte mich auch entsprechende Maßeinheiten durch mich selbst und mein Leben. Vielleicht war es das gleichmäßige Motorengeräusch des in die Jahre gekommenen Polos, das so eine Stimmung heraufbeschwor, wie wenn man am Brunnen seines eigenen Lebens ein Resümee zog. Ich weiß nicht, aber ich trank wie ein Maultier aus diesem Brunnen und es bekam mir gut, wenn auch das, was ich trank, harte Erinnerungen waren, Erinnerungen an schwere Tage.

Und wünschte ich mir das nicht? Doch, sicher wünschte ich mir diese Trennung, ich wollte, dass alles im Zeichen des Aufbruchs, der Konfrontation und der Echtheit stand. Sich selbst in der Tür zu begegnen. Sich selbst? Ja, wer immer dann auch auftauchte, ich würde ihn willkommen heißen.

Kurz vor Askim kam das Jahr 1997 über mich, wie bestellt. Das vergangene Jahr war ein Jahr der Vorbereitung gewesen, das hatte ich schon zeitig im Winter begriffen. Immer öfter hatte ich abends mit geschlossenen Augen im Halbschlaf dagesessen und versucht, mir mein geliebtes Vestland vorzustellen, die Insel, die Erdbeerfelder, die Gesichter meiner Familie. Wenn ich auf dem Weg zurück vom Meteorologischen Institut an der Marienkirche vorbeikam, wurde mir weich in den Knien.

Mein Schamgefühl und meine Angst waren dann so groß, dass ich es aus Furcht vor den anklagenden Blicken der Gemeinde, die auf mich gerichtet wären, nicht wagte hineinzugehen. John sagte, ich sehe müde aus und schlug eine Campingtour vor, aber ich lehnte dankend ab. Bei unserer zweiten Schachpartie im September 1997 erzählte er, er habe einen Bruder mit Epilepsie, Kjell-Inge. Aus irgendeinem Grund sagte ich ihm nicht, dass ich selbst bis zu meinem sechzehnten Lebensjahr an einer gutartigen Form von Kinderepilepsie gelitten hatte und hin und wieder noch kleine Reminiszenzen verspürte, eine Hand, die sich zu schnell bewegte, oder ein Geräusch, das zu laut war für diese Welt. Warum erzählst du mir das, fragte ich.

Tja, du erinnerst mich ein wenig an ihn, sagte er und machte einen fatalen Zug mit seinem Turm.

Ich erinnere dich an ihn?

Ja, an meinen Bruder.

Noch ein Grund, es sein zu lassen, dachte ich, und außerdem verfiel dieser Bruder in tonisch-klonische Krämpfe, oder Grand Mal, wie man das früher nannte, dozierte John, als er glaubte, mit jemandem zu reden, der von Epilepsie keine Ahnung hatte. Ich versuchte zu staunen. Wirklich. Ich ließ es sein. Aber er hatte irgendetwas in mir angestoßen, dieser John, das spüre ich jetzt. Das sah ich ganz deutlich, als ich Ende Oktober mitten auf dem Boden des Wohnzimmers zu mir kam. Mit schmerzendem Kopf, und es roch nach frischem Urin.

Neben mir auf dem Boden lag ein zerbrochener Teller, an meinem Knöchel ein Hähnchenschenkel und auf meinem Bauch ein kleines Röschen Brokkoli.

Du wächst da heraus, sagte Vater.

Ich wusste es, mit einem Mal wusste ich es, und ich spürte, dass ich das all die Jahre gefürchtet hatte, ohne es mir selbst einzugestehen: Es würde wiederkommen, stärker. Es wächst in dir heran, du wächst da nicht heraus, Jakob. Große, generalisierte Anfälle. Und mit ihnen begann auch all das andere, die kleinen, partiellen Anfälle, die Halluzinationen, der Schweiß und die

Bewusstseinsstörungen; jetzt kam alles Schlag auf Schlag. Es war in mir herangewachsen, herangewachsen und erwacht. Ich benutzte John als Helfer, ohne dass er es wusste, ich fragte ihn indirekt um Rat, indem ich mein Interesse für seinen Bruder, Kjell-Inge, bekundete. Nein, Kjell-Inge versucht ohne Medikamente auszukommen, sagte John.

Anfänglich bekam ich Angst, aber schon bald schien es in mir einen Platz zu haben, wie aufmarschierte Zinnsoldaten. War das nicht richtig? Lag nicht etwas Richtiges darin? Doch, ich meine, fallen zu müssen und dass es meine Bestimmung war, nur mit halbem Bewusstsein herumzulaufen. Und solange ich auf der Arbeit keine Anfälle hatte, sollte es ruhig in mir stecken. Im Laufe des Winters, etwa gegen Neujahr, hatte ich einen weiteren großen Anfall, dieses Mal etwas risikoreicher, denn ich wachte neben der geöffneten Waschmaschine im Keller auf. Ich hatte mir in die Zunge gebissen und das Blut rann in die frisch gewaschenen Kleider, die um mich herum verstreut lagen. Aber ich akzeptierte das Ganze mit einer Art furchtsamen Ruhe – Strafe?, nein, keine Strafe, aber ein Gefühl, wie in der Nähe von *dem Richtigen* zu sein.

Hast Du in mir gesteckt? War es in diesen Momenten, in denen Du in mir wieder zu glühen begannst?

Mit jedem Tag des sich langsam dahinschleppenden Jahres 1998 wurde es deutlicher, und die Nächte wurden zunehmend elektrisch, je mehr die Gehirnzellen ihren Funkenregen durch mich jagten: Fünfzehn Jahre mussten verschwinden. Du musst heim, Jakob.

Aber ich sollte nicht heim zu der milden, gutartigen Kinderepilepsie, an der der Vierjährige erkrankt war, den Tränen, den Krämpfen und Albträumen. Oder doch: Tränen und Krämpfe wohl doch, aber es sollte mehr sein als damals. Es sollte wie Erdbeeren und Zimt sein.

Ich bin froh: Vater hat nicht mehr erfahren, dass es wieder über mich gekommen ist. Ich habe es ihm nicht gesagt. Ich ließ ihm den Glauben, ich sei da herausgewachsen. Hatte er Angst gehabt? Hatte Mutter Angst? Großmutter hatte Angst. Verwirrung auf der Autobahn: Ich sah mich selbst in der Praxis des Arztes, Jahr auf Jahr, Test auf Test: *Was stimmt mit dem Jungen denn nicht?* Ich saß auf einem hohen Stuhl, vor mir ein lächelnder Arzt. Er sagte, es ist nicht gefährlich, du bist nur ein bisschen angegriffen. All diese Worte: Fenemal, Ophtalmoskopie, Elektroden, EEG, Gehirnzellen, benign, malign, und was weiß ich nicht noch alles. Partielle Anfälle, keine großen Anfälle, kein Grand Mal.

Einmal bin ich auf eine große Liege gelegt worden, und man hat mich gebeten, die Augen zu schließen.

Sie schoben mich in eine große, blassweiße Maschine, sie war metallisch und blank, und es brummte und tickte, sie registrierte mich. Registriert ihr mich? Wen seht ihr da? Die Erinnerung betrügt mich, wie sie mich auf der Autobahn zu betrügen begann, 1997 war zu 1984 geworden, und in mir purzelte alles durcheinander, ich sah meine Epilepsie in Jahren, in denen ich noch nichts von ihr bemerkt hatte. Bis ins Jahr 1997. Und ich suchte sie, wo hatte sie gesteckt? Sie fühlte sich beinahe wie eine richtige Person an, die sich zehn Jahre lang hinter einem Vorhang versteckt und gewartet hatte. Die sich aufgeladen hatte? Geschlummert. Grand Mal, das hört sich wie der Name eines Bahnhofs an, dachte ich und sah wieder die »tibetanischen« Mönche vor mir, die am frühen Morgen aus dem Nachtzug gestiegen waren.

Ich schaute mich um. Ein fernes Rattern erreichte meine Ohren.

Das Gefühl, an Eisenbahnschienen entlangzufahren. Das stimmte nicht, um mich herum waren nur Wald und Äcker. Das Rattern nahm ab.

Du wächst da heraus. Vater, Vater, Vater, du hättest sagen sollen, das wächst in dir heran.

Ich dichtete einen Vers und drehte die Heizung im Auto hoch, sie funktionierte nur schwach. Der Kopf geht zu Boden, der Bach geht durch die Wiese, der Unterleib geht schlafen, alle brauchen ein gutes und sicheres Zuhause, der Kopf geht wie ein helles Licht zu Boden und es wird ganz ruhig, wird ganz ruhig.

Ich hatte einen Vers gedichtet, mit großer, mächtiger Bedeutung. Das war mein Vers, nur meiner.

Nichts, dachte ich und fühlte, dass ich mich von dem heller werdenden Tag abhob. Die Wolken im Westen – und ich sah, was in ihnen steckte, sonst nichts. Bist Du das? Bist Du hier? Jetzt, wird es jetzt ruhig werden? Um mich herum wurde es hell, hell, Funken sprühten und ich erhob mich in die Lüfte.

Hätte mich nicht ein Sattelschlepper mit deutschem Kennzeichen darauf aufmerksam gemacht, dass ich mit Fernlicht fuhr, wäre ich wohl noch weiter in die Luft und das Licht entschwunden, und dann wäre ich vorbeigefahren und hätte schließlich anhalten und drehen und zurückfahren müssen, um nach der Stichstraße hinunter in die kleine Siedlung zu suchen.

Glück – nein, ich bin mit Fernlicht gefahren.

Er hatte es mir am Telefon ausführlich erklärt, ich müsse einfach so und so fahren und dann abbiegen und dann wieder rechts fahren. Es war natürlich eine bescheuerte Art und Weise gewesen, aber wir hatten das alles halb im Schlaf besprochen, ich sollte mit dem Schlüssel vorbeikommen, wo ich doch ohnehin da vorbeifuhr. Das sei doch wohl in Ordnung. Natürlich, in einer Siedlung mit eingefrorenen Hecken herumkurven. Ich sah Straßenschilder und zählte Hausnummern. Er war gerade aufgestanden, als ich in dem großen zweigeschossigen Haus klingelte, Helge Berntsen.

Ja, siehst du, so sieht das aus, sagte er und präsentierte mit seinen Armen den leeren Raum hinter sich. Ich werde diesen Ort wohl vermissen, ja.

Auf dem Boden hinter der Tür lag eine Aufziehente. Wir gingen ins Wohnzimmer.

Wo du jetzt hinkommst, gibt es aber weniger Platz, sagte ich und gab ihm den Schlüssel. Der ist für die Haustür, der silberne hier für die Wohnung und der für den Keller. Ich schwatzte und erklärte herum – und der kleine hier ist für den Speicher. Helge rieb sich die Augen.

Fährst du? Er zeigte auf das Auto draußen vor dem Fenster. Nach Hause?

Ja, erwiderte ich, so soll es wohl sein.

Es ist hart, seinen Vater zu verlieren.

Ja, es ist hart, seinen Vater zu verlieren – *verlieren, nur verlieren, ich habe jemanden verloren, hast du dir die Augen gerieben?*

Das stimmt, sagte ich.

Das ist etwas anderes als ein Haus, ein Boot und eine Frau zu verlieren, sagte er und seufzte, wobei er ein Lego-Männchen vom Boden aufhob. Mir war nicht klar, ob er wirklich versuchte, die Tragödien gegeneinander abzuwiegen, oder ob das einfach so aus ihm herausrutschte. Er roch nach Erdbeermarmelade und Kaffee, und es war kalt, saukalt. Auf dem Küchentisch lag eine Zeitung. Helge stellte das Lego-Männchen auf die Anrichte. Wir gaben uns die Hand.

Klasse, dass wir das auf diese Art erledigen konnten, sagte er und gähnte. Sorry. Er sagte das – »sorry« – und ich dachte, jetzt würde sich die Wohnung verändern.

Kein Problem, sagte ich, ich musste ja ohnehin hier vorbei.

Ja, gut, dass es noch solche Menschen gibt.

Das kannst du wohl sagen.

Hä?

Das hast du doch gesagt oder?, sagte ich.

Helge lachte, er klopfte mir auf die Schulter und lachte, dann gab er mir noch einmal die Hand, bedankte sich für den Deal und den fairen Preis, wie er sich ausdrückte; wenn es mehr Menschen wie dich gäbe, würde die Welt anders aussehen, ja, ganz bestimmt.

Helge und ich trennten uns, und mir kam alles so klebrig vor, klebrig wie von billiger – der billigsten – Marmelade. Er winkte mir vom Wohnzimmerfenster aus zu, wobei er die Schlüssel hochhielt, sie mir zeigte und mit der anderen Hand den Daumen in die Höhe streckte. Ich winkte nicht zurück, sondern fuhr davon und spürte, wie er in der noch frischen Erinnerung heranwuchs, heranwuchs zu einem Symbol. Für was? Ein Symbol für die Idioten, für die Falschen und Widerlichen. Ich versuchte mir »Helge« in meiner Wohnung vorzustellen, das ging erstaunlich gut. Danach versuchte ich, ihn mir in einer Kirche vorzustellen, das ging weniger gut, da sah er aus wie ein Weihnachtsmann an einem Badestrand. Ich dachte an Gott. Wann werden wir uns treffen? Ich fuhr an teuren, zweigeschossigen Einfamilienhäusern vorbei, in allen Einfahrten lag Kies. Ein Hund stand an einem Fahrrad und kläffte, als hätte er Tollwut. Ich schaute ihm in die Augen; er hörte auf zu kläffen und legte sich hin. Die Pedale begannen sich schwach zu drehen.

Bist Du hier?

Ich schaute mich um.

Fuhr langsamer und starrte die Fahrradpedale an, aber nur ein paar Sekunden, sie drehten sich ruhig im Wind. Ich wagte nicht, den Gedanken zu Ende zu denken, aber irgendwie schien er sich selbst zu denken, und was er dachte, war: Er ist bei mir. Ich werde Dich bald treffen. Nicht wahr?

Dicke Wolken hinter den Ackerflächen dort im Westen. Ich weiß nicht, dachte ich meine Gedanken mit der persönlichen Sprache der Geschichte? In mir waren Körper und flüsternde Münder, sich immer wieder ablösende Gedanken, die Wolken kamen aus dem Mittelalter, und natürlich bin ich böse, dachte ich, wenn auch die Risse in den Kleidern zielgerichtet sind, wie Fußbälle »Dicke Wolken dort im Westen«, dachte ich und schlug mit den Armen um mich.

Die Gesellschaft kann dem Druck nicht standhalten.

Ich werde alles sagen!

Vater ist jetzt tot, möge er in Frieden ruhen. Mutter schläft, sie leidet keinen Hunger. Gott treibt sich in den Wäldern herum. Ich stellte den Rückspiegel richtig ein und richtete mich auf, damit ich meine Augen sehen konnte, sie waren groß und starrten vor sich hin, anämisch. Ich werde alles sagen, was ich weiß, den Rest werde ich in Erfahrung bringen, ich werde die Brotkrümel unter der Parkbank finden, an denen die Vögel achtlos vorbeigeflogen sind. Ich werde das vorsichtig unter dem Kinn gebundene, rote Häubchen des Zweijährigen sehen, und – ich breitete die Arme aus – alles wird neue Farben bekommen! ICH WERDE ALLES SEHEN UND ALLES WIRD MICH SEHEN! Nicht ein Detail wird ausgelassen werden, geliebter Gott, nicht die Form des Regentropfens, nicht das Lokalkolorit der Gedanken. Das habe ich gesagt, und ihr müsst mir glauben, ich bin böse, ich heiße Jakob Malde! Ich bin an der Küste aufgewachsen, *ich bin ein kranker Mensch, ich bin ein böser Mensch, ich bin ein kranker Mensch,* ich bin Jakob Malde ... ich faselte.

Ich faselte und spann herum und wäre fast in einen weißen Lattenzaun mit einem Briefkasten gefahren, doch es gelang mir, den Wagen wieder auf die Straße zu lenken. Ich verlor die Kontrolle, faselte wie besessen, aber ich sagte nicht ein einziges unwahres Wort. Ich sage niemals ein unwahres Wort.

Ich bemerkte plötzlich, dass ich mitten auf der Straße fuhr, und versuchte, mich zu beruhigen. Machte Atemübungen, bis die Monotonie wieder an ihrem Platz war. Es half, die Räder rollten brav über den Asphalt.

Kleine Wäldchen mit dünnen Nadelbäumen, Lichtungen und ein wildes Tier. Das war der Inhalt der nächsten Stunden.

Ich wurde immer schläfriger, das Fahren machte mich müde und die Augenlider wurden schwer. Gegen zwölf Uhr hielt ich an einer Raststätte knapp hundert Kilometer von Oslo entfernt an, um etwas zu essen.

Während ich im Salat, der in Thousand-Island-Dressing badete, rührte, sah ich ihn in einem Wintermantel aus der Toilettentür treten. Er warf einen flüchtigen Blick zu mir herüber.

Doch, das war Er. Fünfzehn Jahre danach.

Ich wollte mich gerade erheben, meine Oberarme zuckten, ich wollte ihm sagen, er müsse jetzt bei mir bleiben, ich sei es, Jakob, ich! Siehst Du mich nicht? Aber da war er schon verschwunden.

Ich schaute aus dem Fenster, aber da war niemand. Der Parkplatz war leer, abgesehen von meinem kleinen, blauen Polo.

Merkwürdig – ich nahm das merkwürdig gelassen, wie wenn man einen Tipp für ein Pferd erhält, auf das man erst ein paar Tage später setzen wird. Aber was für ein Pferd! Ein Vorzeichen, das mich mit tiefer Ruhe erfüllte. Heute kann ich es nicht verstehen, aber ich war ruhig. Ich kann nicht verstehen, dass ich nicht über meinem Salat zusammenbrach, wie in den Armen des Bruders, von dem man fünfzig Jahre getrennt war und den man dann endlich wiedertraf. Aber nein, die leichten Zuckungen in den Oberarmen verschwanden. Es musste mit dem Gefühl der Geborgenheit, der Sicherheit zu tun haben, vielleicht auch mit diesem Anflug von Triumph? *Es geht um uns, ich wusste es die ganze Zeit, Du wirst kommen.*

Sei geduldig, Jakob, flüsterte ich auf meinen Teller.

Ich entschloss mich, aufzuessen, auch wenn ich nur noch Salat hatte und es sich dabei nur um Dressing handelte, in dem altes Gemüse herumschwamm. Ich würde Ihm nicht hinterherrennen, hätte Er mit mir sprechen wollen, dann wäre Er zu meinem Tisch herübergekommen. Dann hätte er sich zu mir gesetzt, mit mir gesprochen, mich angesehen. Ich ließ ihn noch einmal vor meinem inneren Auge erscheinen: seinen Mantel, der flüchtige Blick, den Er mir zugeworfen hatte, die gleichen Augen wie damals, 1983, in dem Klohäuschen.

Es waren die gleichen Augen, aber dieses Mal sagten sie »komm« und nicht »bleib«. Neben mir lag eine Zeitung auf dem Tisch. Ich warf einen Blick auf die Titelseite und wollte die Schlagzeile lesen, als der Raum zu kreisen begann. Ich hörte die Laute aus der Küche, ein Wasserhahn, der aufgedreht wurde, jemand zog die Toilette ab, mir wurde schwindelig. Ein kreischendes Geräusch wie von einem Sägewerk dröhnte aus den Wäldern und dahinter knackte ein Lagerfeuer. Meine Hände rührten die Gabel fieberhaft durch den Salat, ich wurde zu *jemandem, dem, der sich bewegt?* Anfall? Die Aura verschwand nach ein paar Sekunden, meine Hände standen vor meinem Gesicht. Durch sie hindurch sah ich das verblüffte Gesicht der Kellnerin, die mich vom Tresen aus anstarrte. Ich hielt meine Hände vor mein Gesicht, sie waren warm, dann legte ich sie auf meine Haut und hatte ein schlechtes Gewissen, es tat gut. Jetzt beginnt es, Jakob.

Die Bedienung kam zu mir herüber. Ist alles in Ordnung?

Ich schaute sie streng an, legte die Hände auf beiden Seiten des Tellers flach auf den Tisch und sagte: Der Salat ist nicht frisch.

Sie wollte mir einen neuen Teller bringen, aber das hätte nicht geholfen, außerdem hatte ich ja fast alles aufgegessen. Sie hatte überhaupt keinen Busen, sagte aber, es täte ihr Leid.

Das ist hier nur eine ganz gewöhnliche Raststätte, sagte sie. Wissen Sie.

Nur eine ganz gewöhnliche Raststätte?

Sie zog ihre Augenbrauen zusammen und ihre Stirn bekam einen unruhigen Ausdruck.

Wie meinen Sie das?

Eine ganz einfache Frage. Das soll eine gewöhnliche Raststätte sein? Finden Sie, dass das, was Sie hier sehen, wenn Sie sich umschauen, oder was Sie hören, eine ganz gewöhnliche Raststätte ist?

Mein Gott, sagte sie, und all das wegen einem Salat!

Einem Salat.

Ja, einem Salat, und dabei blickte sie mich an und nicht den Salat.

Ich machte eine Geste mit der Hand, und sie drehte sich um, um zu gehen.

Gibt es hier in der Nähe ein Sägewerk?

Sie hielt inne und drehte sich wieder um. Hä?

Ein Sägewerk, sagte ich, ob es hier in der Nähe ein Sägewerk gibt?

Ein Sägewerk… sie stutzte… ja doch. Viele Leute arbeiten hier im Wald.

Ja, das wird wohl so sein, flüsterte ich.

Hä?

Ja, das wird wohl so sein, sagte ich laut.

Sie ging. Meistens geht eine epileptische Aura mit einem anschwellenden, hochsteigenden Gefühl im Körper einher, es steigt vom Bauch bis in den Kopf hoch. Das ist für sich schon ein eigener kleiner, partieller Anfall, der nach ein paar Sekunden wieder abklingt, Sekunden, die auf den Betroffenen wie Minuten, ja wie Stunden wirken können. Die Aura kommt mit einer Vielzahl von sinn- und gefühlsverwirrenden Varianten und dadurch wird das Zeitgefühl beeinträchtigt. Welche Zeit vergeht dabei? Gefühllos, kribbelnd, alles überflutend. Das kann auch eine Vorwarnung für einen baldigen großen Anfall sein. Grand Mal, Elektrizität. Andere Male aber, wie damals in der Raststätte, bleibt es dabei, ich spüre es im Kopf, es kribbelt und braust in meinem Körper, und dann beginnt es: Die Zeit vergeht zu schnell. Alles geht rasend schnell, ich kann mir selbst immer wieder sagen – *alles – geht – langsam – Jakob* –, alles ist wie immer, doch die Welt rast an meinen Augen vorbei, und ich bekomme das Gehör von Hunden, Geräusche steigen aus der Welt empor, ich sehe wie eine Eule. Und ich spüre, da steckt noch mehr in mir, ich weiß es. Ich greife nach einem Glas Milch auf dem Küchentisch: und es fühlt sich an, als ob ich – *er* – mit der Hand danach schlägt. Niemand kann sehen, was mit mir geschieht: Seht doch, da sitzt ein Mann in einer Raststätte und isst Salat, aber warum hält er sich die Hände vor das Gesicht? Oh, aber ich kann sehen, was in euch, ihr Elenden, vor sich geht. Ihr redet so laut, ihr geht so schnell, ihr wollt mir etwas tun. Das Licht wird so hell und knistert und der Raum beginnt sich um mich herum zu drehen, Rom wird in einer Sekunde erbaut, aber ich reiße es nieder, deine Augen verschwinden.

Vor meinen Augen erscheint ein Stachelschwein mit Eis zwischen den Stacheln.

Was ist in mir geschehen?

Kommst du?

Auf einer Bank im Park: eine Taube. Ich weiß, was eine Taube ist, *aber ich erkenne sie vor mir auf dem Boden nicht wieder*. Ein Ball? Ein Wasserball? Ich trete gegen den Wasserball. Im Gras neben der Rutsche liegt eine verunglückte Taube, ich sitze hier auf der Bank. Sind das bloß abnorme elektrische

Entladungen in meinem Gehirn – karge Gehirnzellen? Ich weiß, dass es aufhört, ich muss bloß warten, dann beruhigt sich die Zeit wieder, das Licht wird wieder wie zuvor, und ihr redet auch wieder ganz normal. Aber waren wir am gleichen Ort? Nein, etwas war in mir, etwas, das in euch nicht war.

Ruhe jetzt, Ruhe jetzt, Jakob.

Schaut nur: Er ist der Ruhige, er ist Jakob.

Ich sehe noch immer das Stachelschwein mit dem Eis zwischen den Stacheln.

Die Gabel in der Hand, ich wartete, bis die Gabel in der Hand zwischen den Fingern klar und blank wurde, dann legte ich sie auf den Teller und nahm den Umschlag aus der Innentasche. Ich nahm die Fotografie heraus. Sie schaute mich an. Ich biss die Zähne aufeinander und steckte alles zusammen wieder in die Innentasche.

Ich ging an der Kasse vorbei zur Tür. Die Bedienung machte einen Knicks.

Auf dem Tresen stand eine kleine Schale Zimt und ein Schild mit der Aufschrift: Pudding 20 Kronen. Ich dachte an den samstäglichen Grießpudding meiner Kindheit, jeden Samstag ging ich zu Großmutter und bekam Grießpudding mit guter Butter, Zucker und Zimt. Das ist es, was ich eine einfache klare Kindheitserinnerung nenne. Manchmal kam Katrine mit. Ein toller Pudding, Großmutter, danke. Katrine machte einen Knicks und Großmutter sagte, bedanke dich nicht bei mir, danke dem Herrn.

Ich atmete schwer, als wäre ich erschöpft, und öffnete die Tür, hinaus in die Kälte des Tages. Fasste an meine Innentasche und spürte mit den Fingern den rechteckigen Umschlag. Hatte sich die Stimmung verändert? Ich fühlte mich wie die Sicherheit selbst, wenn sie denn eine Person sein konnte. Draußen auf dem Parkplatz standen jetzt noch zwei andere Autos, ein blauer Opel und ein brauner Ford Taunus, aber die Menschen, die die Autos gefahren hatten, waren nirgends zu sehen. Dann spürte ich etwas Nasses auf meiner Wange, eine Träne, das Auge reagierte auf die scharfe Luft. Ich blinzelte und nach ein paar Sekunden sah ich wieder scharf, aber es kamen noch mehr Tränen. Da sah ich Ihn auf der anderen Seite der Straße im Wald verschwinden. Ich begriff, dass ich weinte. Träne, fließe an mir hinunter! Auf der Straße fuhren Autos vorbei, große und kleine, in beiden Richtungen, immer mehr, und ich wünschte mir, keines von ihnen zu werden.

Jakob Malde
geb. 1972

Vater: Johannes Malde (1938–1998)
Geschwister: Karen Malde (geb. 1941)

Großmutter: Therese Malde (1912–1988, geb. Jensen)
Geschwister: Emilie (geb. 1912), Jonas (1917–1985), Kristian (geb. 1922)
Urgroßmutter: Signe Evelyn Jensen (1884–1976, geb. Oma)
Urgroßvater: Sjur Olaf Jensen (1875–1934)

Großvater: Jakob Aron Malde (1906–1984)
Geschwister: Siren Malde (1901–1903)
Urgroßmutter: Edel Synnøve Malde (1882–1943, geb. Eggen)
Urgroßvater: Werner Johs. Malde (1871–1956)

Mutter: Elise Malde (1951–1986, geb. Hetlelid)
Geschwister: Aina Hetlelid (1952–1958)

Großvater mütterlicherseits: Arne Egil Hetlelid (1927–1991)

Großmutter mütterlicherseits: Erna Hetlelid (1929–1978, geb. Gjendesheim)

Das bin ich. Das bin ich da an meinem Fliegenfänger.

Ich klebe hier wie an einem Fliegenfänger fest, dachte ich, und auch wenn ich ihn wegwerfe, wird der Schmerz der gefangenen Fliege zurückbleiben. *Oh, das tut so grausam weh,* lieber Vater, liebe Mutter, liebe Großmutter und Großvater, ihr zerrt und reißt in mir. Versuche ich es zu vergessen, bleibe ich doch an diesem Ort. Ich bin es. Siehst du ihn? frage ich und bin mir nicht sicher, ob ich schlecht höre, ob es nur der Staub ist, der auf den Schaltknüppel hinabrieselt, oder das erstickte Echo schmerzhafter, alter Erinnerungen, aber doch, doch, jemand antwortet.

200 Meter, Ausfahrt rechts, Rastplatz.

Ich fuhr ab und hielt den Polo neben einem Holztisch mit Bänken an, kurbelte das Fenster herunter und holte tief Luft. Trank den Rest der ersten blauen Farrisflasche, wobei ich mit den Augen den Rastplatz inspizierte. Es war, wie ich es vorhergesehen hatte, das Farris war warm und die Kohlensäure entwichen.

Warum habe ich überhaupt damit angefangen?

Was für eine Frage, ich weiß doch, warum ich damit begann – weil nichts stimmte, weil alle Geschichten so schiefe Zähne haben und weil ich im Fallen ihr Gesicht gesehen habe.

Langsam kam Siren vom Kofferraum nach vorne. Ich hatte darüber nachgedacht, ob ich alles, was ich brauchte, auch wirklich mitgenommen hatte, hatte in Gedanken noch einmal die Tasche geöffnet und alle Sachen durchwühlt: Socken, Pullover, Kulturtasche, bevor ich meine Unterlagen erblickte: meinen

Stammbaum. Und ich sah mich selbst vor drei Jahren in der Küche sitzen, als ich zum ersten Mal ernsthaft begann, die Geschichte zu durchforsten, die Geschichte der Familie: Ich saß, die Alben aufgeschlagen vor mir, am Küchentisch, und überall lagen Fotos, Briefe und Notizen. Was wollte ich? Ich hatte im Staatsarchiv nachgeforscht, alte Kirchenbücher kopiert und alles zu einem Stammbaum zusammengestellt. Er lag zusammen mit den anderen Unterlagen in der Tasche hinten im Kofferraum: Das bin ich. Geordnet, zusammengepuzzelt, systematisiert. Und jetzt? fragte ich mich und blickte über den verdreckten Rastplatz. Jetzt? Jetzt steht es da und all die Namen und Zahlen beginnen zu wachsen. Manche der Namen stehen fest wie in Stein gemeißelt, ich weiß nichts über sie, aber sie rufen mich auch nicht. Signe Evelyn Jensen – vielleicht habe ich sie einmal in den Sommerferien gesehen mit Wespen im Zucker, kaltem Saft und knackenden Eiswürfeln. Andere Namen und Zahlen sind beinahe friedlich, ich sehe saubere, nüchterne Grabsteine vor mir und einen Friedhof, auf dem es niemals, basta, niemals regnet. Aber dann beginnt mein Blick über das Blatt zu flackern und es beginnt zu knirschen und zu knattern, da stimmt was nicht, nein, da stimmt was nicht.

Was in aller Welt haben die hier nur gemacht, dachte ich und ließ meinen Blick über den auf dem ganzen Rastplatz verstreuten Müll schweifen.

Da stimmt was nicht, und ihr entfernt euch von mir, alle zusammen, als wenn ihr euch in eure eigenen, kleinen Buchstaben zurückziehen würdet.

Siren, es war ihr Gesicht, das mir erschien, und es ist ein Gesicht, das ich niemals je gesehen habe. Vielleicht gerade deshalb. Siren, über die immer gesprochen worden war. Sie war das große Thema, ja der Mythos unserer Familie. Sie war, seit ich ganz klein war, durch die Münder der Familie gegangen, heimlich und leise, aber voller Kraft. Sie sprachen über sie, Großvater, Großmutter, Vater, Siren, was hatten sie gesagt? »Es ist einfach gestorben.« »Neunzehnhundertunddrei.« »So kluge Augen, wie bei alten Menschen.« »Sie machte irgendetwas mit ihnen allen.« Merkwürdige, gestelzte Sätze, aber starke Stelzen, die von starken Körpern getragen wurden: »Und sie starb einfach, September neunzehnhundertunddrei, am frühen Morgen, plötzlicher Kindstod.«

Als ich meinen kleinen Stammbaum ordnete und sie dabei mitten auf dem Blatt erblickte, wurde es deutlicher. Sie begann zu funkeln. Es wurde klarer, da stimmte etwas nicht. Die Buchstaben schienen eine Last zu werden und ich spürte, wie ich mir wünschte, sie hinter anderen Buchstaben in einem dicken Buch verstecken zu können, in dem das Alphabet so oft wiederholt wurde, dass man sie selbst mit einem Computer nicht hätte finden können. Vielleicht würde sich das Schicksal dann selbst aus den Augen verlieren. Doch das tat es nie. Und als ich sah, wie sie auf mich zukam, öfter und öfter, knisternd und elektrisch mit, ich glaube, ausgestreckten Armen auf mich zukam, dachte ich, das müsse etwas mit mir zu tun haben. Sie und ihr Schicksal, das hatte etwas mit mir zu tun. *Ich war da, dort hatte alles begonnen.* Und als ich sah, wie ihr Name dem von Mutter zu ähneln begann, mehr als nur im Klang oder in der Gleichheit der Silben, musste ich ganz einfach aufsehen. Ich kann mich daran erinnern, ich ging in den Keller, um eine Maschine weiße Wäsche zu waschen. Ich erinnere mich daran, ich fühlte mich, als ob ich gemeinsam mit dem Waschmittel in die Trommel rieseln würde, in das Wasser der Maschine, wobei mir alles klar vor Augen war, und auch das hektische Spülen konnte das Bild nicht auslöschen, ich sah es vor mir; sie ähnelten sich, Siren und Mutter, und auch ich sah ihnen ähnlich, wir rotierten alle verwirrt herum. Sie gingen ineinander über, während ich mich unter die Laken und Tennissocken in der Maschine mischte.

Siren konnte sich ganz plötzlich hinknien, sie war ja so klein und konnte nicht laufen, aber trotzdem. Sie kniete sich hin und richtete sich auf und es sah dann so aus, als wolle sie der Familie eine Rede halten.

Alles nur Geschwätz? Ich versuchte, alles sachlich anzugehen, mir selbst immer wieder zu sagen, das sind Fantasien, Jakob, Fantasien, aber dann standen diese Fantasien vor meinen Augen und riefen mir zu: »Glaub an uns, glaub an uns!« Aber was sollte ich glauben? Und wer kann es mir jetzt noch verraten, fragte ich mich und sah, wie sich das Mittagslicht auf die Felder legte, die dem Rastplatz mit all dem Müll gegenüberlagen.

Hinter mir war ein kleines Wäldchen.

Wer konnte es mir jetzt noch verraten? Gibt es überhaupt jemanden, der *es weiß*, der mir sagen kann, was geschehen war? Einen Menschen? Und ich werde es verstehen, dachte ich und drehte das Radio an und gleich darauf wieder aus, als ich hörte, dass ein Meteorologe heiter bis wolkig über Jan Mayen vor sich herleierte und ein Tiefdruckgebiet über den Orkney-Inseln und den Hebriden: Ich werde es verstehen, dachte ich, ich werde es verstehen. Ich wurde richtig wütend, während ich da im Wollpulli im Auto saß und sich das Mittagslicht, das hier in unserem nördlichen Winter nur so kurz andauert, über das Auto legte. Es muss für alle, die an dem Parkplatz vorbeigefahren sind, vollkommen verrückt ausgesehen haben, ein Mann, der wild gestikulierend, brüllend und mit wedelnden Armen hinter dem Lenkrad eines abgestellten Autos saß: Ich werde es verstehen!

John lächelte verständnisvoll, als ich ihn fragte, ob er dieses Gefühl nachvollziehen könne.

Welches Gefühl, fragte er.

Das Gefühl eben, sich selbst da drin zu finden, entgegnete ich und zeigte dabei auf den Stammbaum.

John lächelte nur.

Manchmal tut es gut, jemanden zu treffen, der einen versteht. Das sieht man ganz deutlich, sagte er und deutete auf Siren, und ich glaubte ihm, als er es sagte: Da ist etwas geschehen.

Je mehr ich an John dachte, desto mehr begriff ich, welchen Wert er hatte.

Man merkt, dass etwas nicht in Ordnung ist, wenn die Erinnerungen an seine eigene Vergangenheit nicht nur dann kommen, wenn man es sich wünscht, ja richtiggehend darum bittet und die Attacke der Gedanken provoziert, sondern stattdessen zu den merkwürdigsten Zeiten mit den delikatesten Einzelheiten wie von selbst durch einen rinnen. Warum?, fragt man sich, wenn es geschieht. Warum jetzt? Aber nichts scheint die Fragen beantworten zu können, und man weiß, dass es keine anderen Gründe haben kann als solche, die die Menschen so fälschlich als Zufall oder Mystik herunterspielen, die aber eigentlich Seine kleinen Zeichen sind, so wie es mir widerfahren ist, als ich auf dem Rastplatz sitzend meine Ahnentafel durchforschte, die Geheimnisse der Familie von Siren bis zu John und unseren Schachpartien: Da war es so, als würde sich mein Mund öffnen. Mein Mund öffnete sich. Und aus ihm drang ein Gesang, ein alter Gesang, sehr alt: Ich bin klein, mein Herz ist rein, soll niemand drin wohnen, als Jesus allein.

Der Mund sang mit einer Stimme, die aus meinem Inneren kam. Hatte ich den Text richtig in Erinnerung gehabt? Und wer, wer hat das Recht mich dafür anzuklagen, dass ich im Auto geweint habe?

Erst Jahre später bemerkte ich, dass ich bei dem Lied die Hände gefaltet hatte. Das hatte ich auch damals so gemacht, wenn ich das Lied als kleiner Junge im Stillen unter meiner Decke sang.

Parfüm breitet sich wie Röteln aus, und ich bekomme Ausschlag davon und muss mich kratzen, als hätte ich Flöhe. Aber Mutter – ich glaube, ich kann mit Recht behaupten, dass sie nicht ein einziges Mal Parfüm getragen hat. Roch sie nach etwas? Ich wurde traurig, als mir klar wurde, dass ich nicht einen einzigen Geruch mit meiner Mutter verband. Ich legte meine Hände demonstrativ auf das Lenkrad und versuchte es: Rosmarin, aber der Rosmarin lachte mich aus. Parfüm, woher auch immer es kam, ließ mich an Großvater denken. Dabei war er doch ein richtiger Mann! Er schaute Großmutter immer streng an, wenn sie samstags Ohrringe anlegte, aber sie tat das immer mit einem Lächeln ab und sagte, sie trage die nur, weil der Enkel zum Pudding käme. Großvater räusperte sich dann immer und verschwand in seinem Arbeitszimmer. Dort brütete er über seinen Büchern. Aber obgleich Großvater ein richtiger, kräftiger Mann war, hatte Großmutter ihn im Griff, sie brauchte eigentlich nur Aron! zu sagen – und er wurde weich wie eine Daunendecke.

Dort drinnen hockte er, hinter der Tür, hinter dem schweren Schreibtisch mit all den Büchern und Schriften. Den Kopf in der Bibel versunken, schrieb er etwas für die Predigt heraus und tippte dabei immer mit den Fingern der anderen Hand auf die Tischplatte.

Ich bin nach ihm benannt worden, und darum sagte Großmutter immer nur Aron und allenfalls Jakob Aron, ich sollte meinen Namen in Frieden tragen können. Sie kam mit ihren großen, warmen Händen dreimal in der Woche zu uns und räumte auf, putzte und schrubbte das ganze Haus: Jakob, du kannst mir helfen und die Stühle beiseite stellen. Und pack hier bei dem Teppich mal mit an. Während Mutter dabeisaß und zuschaute. Ja. Als Kind hatte ich mir dabei nie etwas gedacht, das war ja immer so gewesen, und ich glaubte, das müsse so sein, Großmutter kam ja zu uns. Aber jetzt begreife ich, dass die Menschen es damals merkwürdig finden mussten, wenn die Frau des Pastors, die ja selber ein Hausmädchen hatte, zu ihrem Sohn zum Putzen ging.

Ich will das sagen, wie man das von Heiligen sagt: Großmutter war zu gut für diese Welt. Manchmal suche ich die Erinnerung an sie, drehe und wende sie im Licht der Nachttischlampe hin und her, halte sie gegen die Sonne, als suchte ich nach versteckten Flecken, auf dass sie uns allen ähnlicher würde. Aber nein, sogar eine Fliege, die ihr in der Luft entgegenflog, würde bei einem einzigen Blick von ihr ehrfürchtig erstarren.

Warum haben wir nicht auch so ein Mädchen wie Jorunn?, fragte ich, als ich begriffen hatte, dass ihr Kommen merkwürdig war. Jorunn war ihr Dienstmädchen. Ihr habt doch mich, erwiderte mir Großmutter.

Großmutter war in ihrem Handeln sicher, sie war schön und gut zu Großvater. Sie las mit ihm die Predigt. Sie war das Oberhaupt der Gemeinde, saß in ihrem strengen Gewand kerzengerade in der ersten Reihe und lächelte, wenn er mit dröhnender

Stimme von der Kanzlei aus die Predigt verkündete. Das waren gute Zeiten für dich, Gott, da wurdest du auf starken Sätzen und soliden Gedanken getragen. Und wenn ich schwitzte, wenn ich einen Anfall hatte, schien Großmutter mit mir zu schwitzen, aber das war natürlich nicht so, sie saß einfach da, hielt meinen Kopf in ihrem Schoß und flüsterte mir etwas zu. Sie erzählte Geschichten, über Siren und Großvater, dem eine Schwester fehlte, seine Schwester. Hättest du auch gerne eine Schwester?, fragte sie und lächelte. Ja-a. Sie tätschelte mir den Kopf und ihr Atem war wie kalte Waschlappen auf meinen Empfindungen. Manche sagen, Epileptiker besitzen die Fähigkeit, alles zu lösen, alle Zusammenhänge zu begreifen, aber dass es dennoch nicht möglich ist. Nein? Ich weiß nicht, ich schwitze, ich kratze mich, aber ich glaube, nein, ich weiß: Es gibt elektrische Zusammenhänge und knisternde Lösungen.

Ich öffnete die Tür und stieg aus dem Auto. Das klare Licht brannte angenehm auf meiner Haut. Setzte mich an den Holztisch auf dem Rastplatz. Auf der Straße fuhr kaum ein Auto. Oh ja, das hat wirklich eine große, alles umfassende Bedeutung: eine Schwester, eine Schwester zu vermissen. Vermisse ich eine Schwester?

Ich glaubte, etwas am Straßenrand zu erblicken.

Eine Jacke? Ein Bündel?

Ich stand auf und ging zur Straße hinüber. Beugte mich vor und blickte in einen schwarzen Müllsack hinein, der voller Zeitungspapier war, und darin eingehüllt lag eine tote Katze. Noch eine tote Katze, so etwas. Ich fuhr mit den Fingern über den schlappen Körper, er war feucht. Im Dunkel des Müllsacks erkannte ich eine grau getigerte Katze und als ich meine Finger aus dem Sack herauszog, waren sie rot. Ich schaute mich um, keine Autos. Ich ließ den Sack liegen und wischte das Katzenblut auf dem Asphalt ab. Aber ich blieb dort stehen, etwas hielt mich dort auf der Straße zurück, etwas sagte mir, dass ich dort stehen bleiben sollte und dass keine Autos kommen würden. Ich blickte nach vorn über die Teerdecke und die Straße erwiderte meinen Blick, wir ähnelten einander, die Straße und ich. Wir waren wie das Dunkel, durch das sich gebrochene weiße Striche zogen wie Nähte. Und der Split, dachte ich, was wird aus dem Split. Ich konnte mich nicht von dem Gedanken trennen, dass ich diese Straße war. Der Split, die kleinen Steinchen, die eigentlich nie richtig still lagen, wenn man genau hinschaute – das waren unsere Erinnerungen, hart, schelmisch und noch warm von der ständigen Berührung durch die Räder der Autos. Und die Autos, Herr mein Gott, ich wusste, was die Autos waren, und ich zwinkerte mit den Augen, als ich sie in meinem Kopf vor mir sah: die elektrischen Entladungen der Gehirnzellen. Funken in allen Regenbogenfarben, hart und metallisch, und genauso hilflos, wie ich sie mir immer vorgestellt hatte. Vielleicht hatten sie tief in ihrem Inneren einen Willen, so wie ich auf dem Asphalt stand, einen Willen und seine Wünsche, aber was half das schon? Konnte es helfen, dachte ich, als ich begriff, wie leicht es war, einer Gefahr ausgesetzt zu werden, was auch immer es sein mochte – ein Lastwagen, ein Elch oder jemand in einer umgekehrten Entladung, der auf der Suche nach einem anderen, mit dem er zusammenstoßen konnte, umherraste. Und das Bild wurde perfekt, wenn auch unverständlich, als ich in einer kurzen Eingebung die von Straßen umschlungene Erdkugel vor mir sah.

Schwester. Der Vergleich zerfiel, als ich die Augen öffnete und nicht erkennen konnte, dass der Straße, von der ich glaubte, sie sei mir ähnlich, eine Schwester fehlte. Ich senkte meinen Blick auf den Müllsack vor meinen Füßen. Und was bitte ist das?, fragte ich mich. Dann hörte ich das ferne Brummen eines Fahrzeugs und beeilte mich, zurück auf den Rastplatz zu kommen. Ich setzte mich an den Tisch und kurz darauf fuhr ein grauer Mitsubishi vorbei.

Ich stand mitten auf dem Rastplatz und ließ meinen Blick über all den Müll schweifen. Es gab auch frische Reifenspuren, die von zwei Autos stammen mussten.

Sie glaubten wohl, dass ich sie nicht hörte? Sollten sie doch glauben, dass ich sie nicht hörte, wie sie über mich tuschelten, als ich klein war. Wenn er nur nicht wie Werner wird, sagte Großmutter. Nein, antwortete Vater, nein, er wächst da heraus. Urgroßvater hatte sehr unter der Fallsucht, wie sie es nannten, gelitten. Damals wusste man noch nicht, was Epilepsie war, und die Gerüchte kursierten. Noch früher hatte man Epileptiker kastriert und ihnen geraten, das Blut anderer Menschen zu trinken. Urgroßvater hatte starke Halluzinationen gehabt und war noch dazu oft gefallen. Ich habe meinen Urgroßvater nie getroffen, aber ich habe Bilder von ihm gesehen, er sah aus wie Vater, nur strenger.

Er war aus der Stadt hierher gekommen, sein Name war Werner Johs. Malde und sie sagten über ihn, er sei gekommen, Gottes Wort entlang der Küste zu verbreiten. Meine Kinder, hier ist das Auge Gottes, es sieht euch an. Er war nicht einfach nur Pastor wie Großvater, er war auch Arzt, aber niemand hat mir je gesagt, warum man ihn seines Amtes enthob, nicht einmal das haben sie mir erzählt. Sie wollten, dass auch Vater Pastor wurde, aber es war genug. Das reicht, hatte Vater gesagt, und war Neurologe geworden, nachdem er Ende der Fünfzigerjahre zuerst ein paar Jahre in einem Geschäft in Bergen, einem Geschäft für Männerbekleidung, gearbeitet hatte. Vater – in einem Modegeschäft! Urgroßvater war 1888 oder 1889 mit achtzehn Jahren aus Schweden nach Norwegen gekommen, er wollte den Ort kennen lernen, aus dem seine Eltern stammten. Zuerst wohnte er ein paar Jahre in Stavanger, er war Hauslehrer und unterrichtete die Tochter eines Reedereibesitzers, aber er fühlte sich nicht wohl, und Großvater meinte, diese Zeit habe ihn von seinem Gott entfernt. Schließlich war auch die Reederfamilie nicht mehr mit dem fallsüchtigen Lehrer zufrieden, der ihre Tochter immer zu Tode erschreckte, und sie ließen ihn gehen. Er wollte Arzt und Pfarrer werden und nutzte jede freie Minute für seine Studien. Und gerade das Letztere sollte zu seiner Bestimmung werden, er wollte mit ganzer Seele Pastor sein, mit jeder Pore seiner Haut, und so reiste er an der Küste entlang nach Norden, um Gott den Menschen auszuteilen, wie er es nannte. Ich finde immer, dass sich das so anhört, als wollte er

Flugblätter austeilen, und ich weiß auch nicht, ob ich ihnen Recht geben kann: Gott austeilen? Als würde Er auf einem Lager liegen. Nein, Ihn in sich selbst zu spüren, zu sehen, wie eng man mit Ihm verbunden ist, wie die Maschen eines Stacheldrahtes. Ich weiß nicht, Urgroßvater heiratete 1899 Edel Synnøve Eggen, die Tochter eines erfolgreichen Fischzüchters, und 1901 bekamen sie ein Kind. Zu dem Zeitpunkt war meine Urgroßmutter erst neunzehn Jahre alt, aber es war damals ja ganz normal, so früh Kinder zu kriegen. Es ist merkwürdig, aber für mich waren diese Menschen immer Menschen in – Anführungszeichen, ja. Figuren eines Theaterstückes, Gestalten mit Herrschaftshäusern und Handschuhen, unwirklich, doch dann begann das Stück von mir zu handeln. Plötzlich nahmen sie Gestalt an, rissen sich von den Rahmen los und nahmen mich zu sich. Und es gibt so vieles, über das ich nichts weiß, ich will sie verstehen, sie sollen mich nicht anlügen.

Urgroßvater und Urgroßmutter bekamen im März 1901 ein Kind, ein Mädchen. Sie nannten es Siren, und Großvater behauptete immer, sie sei ein Wunschkind gewesen und wunderschön, ein Wunschkind, das nicht genug Kraft für das Leben hatte. Ich habe immer wieder von Siren gehört. Großvater: Ich hätte so gerne eine Schwester gehabt. Es heißt: 1903, plötzlicher Kindstod, Unterernährung, obwohl sie nicht arm waren. *So kluge Augen, wie bei alten Menschen.* Sie hat immer in mir weitergelebt, ein kleines Mädchen, das in mir gestochert und gebohrt hat, das mich über Sachen ausgefragt hat, mich beobachtet hat, nach mir gegriffen hat, das ich aber nie habe festhalten können. Was wollte ich? Ich sehe sie vor mir, ein kleines Wesen, das mir etwas zu sagen hat, aber nicht weiß, wie es sich ausdrücken muss. Wasser? *Es funkelt schwach über der Wasserfläche vor meinen Augen und ich schwimme, ich kann schwimmen, achtundzwanzig, neunundzwanzig, dreißig.*

Warum ist das so?, frage ich mich und erhebe mich von der Bank auf dem Rastplatz. Strecke meine Beine aus. Warum ist das so, mit Siren und Mutter, dass ich nicht glauben kann, was sie sagen. Oder, dass in allem, was sie sagen, etwas anderes wohnt.

Nein, jetzt komm endlich in Gang, flüsterte ich mir zu und ging zum Auto.

Der schwarze Müllsack lag noch immer am Straßenrand und wieder ließ ich ihn liegen.

Aber als ich den Handgriff der Polotür anfasste, hätte ich beinahe das Gleichgewicht verloren, ich war auf eine Flasche getreten, die am Boden gelegen hatte. Ich beugte mich hinunter, es war eine Colaflasche. Ich schaute mich um, wieder sah ich all den Müll, der auf dem Rastplatz herumlag, und entdeckte am Waldrand hinter dem Auto eine graue Mülltonne. Ich verspürte einen solchen Drang, eine gute Tat zu tun, und lief über den ganzen Rastplatz und sammelte den Müll zusammen. Kronenkorken, Flaschen, alles sollte weggeworfen werden. Zum Schluss lief ich zur Straße und holte den schwarzen Müllsack mit der Katze. Ich warf alles in die Mülltonne am Waldrand und hatte ein gutes Gefühl dabei. Als ich über den Schotter des Parkplatzes lief, verwischte ich mit meinen Füßen die Reifenspuren. Noch einmal ließ ich meinen Blick über den Rastplatz schweifen, jetzt gab es nur eine Bank mit einem Tisch und einen blauen Polo. Das Ganze sah fast wie eine Fotografie aus, so gut war das Arrangement, so schön die Farben, blaues Auto auf graubraunem Grund, kalte bräunlich blasse Bäume, die aschfahle Bank und der braune Tisch, der grauschwarze Asphalt und der gelblich blasse, kalte Himmel. Nur etwas Rotes fehlte. Ich holte die leere, blaue Farrisflasche aus dem Auto und warf auch sie in den Mülleimer, dann stand ich einen kurzen Augenblick mit offenem Mund da und starrte in den Nadelwald. Fichten, unbegreiflich viele Äste mit umso mehr und umso unbegreiflicheren Mengen Nadeln.

Ich hielt den Atem an. Ein Mann ging durch den Wald.

Nein, Er war es nicht, es war ein Mann. Er hatte einen Bart, trug einen Rucksack und hatte einen Spaten geschultert. Er nickte mir zu und ging dann weiter zwischen den Bäumen hindurch.

Am Ende sollten alle Gewächse verschwinden: die Baumgrenze. Entlang der eingefrorenen Flüsse ins Landesinnere. Die Nadelwälder wurden immer seltener, die Bäume niedriger, die Kälte beißender. Ich fuhr durch Täler, die zwischen mächtigen Bergen eingeklemmt waren. Diese farblose Jahreszeit aus grau, blassgrün und braun. Es ging bergan und ich näherte mich langsam der Vidda, doch noch sollte es eine Weile dauern. Als ich über das Alter der Gebirge nachdachte, empfand ich mich selbst als Pygmäen in der Ewigkeit der Riesen, klein, kleiner, der allerkleinste.

Alles begann einzuschrumpfen, und als zum siebten Mal die gleichen Nachrichten im Radio gebracht wurden, glaubte ich das Gefühl für die Zeit zu verlieren und summte Psalmen vor mich hin. Krankenhauskosten, Ölinvestitionen, Europarat. Keine anderen Autos auf der Straße – merkwürdig, wo sind denn alle? Ich nahm die Dinge, wie sie kamen, ich war ruhig, so lange es dauerte. Die Temperatur war gesunken und ich drehte die Heizung höher und suchte im Handschuhfach nach den Handschuhen, doch unter der Straßenkarte fand ich lediglich noch ein weiteres Päckchen Kaugummi.

Der Spiritus, den ich von Britt-Ellen gekauft hatte, lag unter dem Sitz und rutschte im Takt mit Hügeln und Kurven sachte hin und her. Mein Blick fiel darauf und ich musste nicht ohne Scham über mich selber lächeln. Dann nahm ich ein Kaugummi, doch ich spuckte es rasch wieder aus dem Fenster, ich mag keine Kaugummis, sie erinnern mich an Langeweile, an die

Programmansagerinnen im Fernsehen. Es war kalt, sehr kalt draußen und ich kurbelte das Fenster wieder hoch.

Erst als es dunkel wurde und ich oben am Hang eine Kirche erblickte, wurde mir klar, dass ich seit dem Morgen beinahe acht Stunden am Stück gefahren war. Es war eine alte Holzkirche, eine Stabkirche inmitten eines modernen Wohnviertels mit Fertighäusern. Einen Augenblick lang diskutierte ich mit mir selbst darüber, ob die Dunkelheit kam oder das Licht entschwand. Ich entschied mich für das Letztere, ich glaubte, dass sich das Licht beschämt zurückzog. Schattenrisse legten sich wie die Konturen einer Nachmittagsgardine auf die Felder. Es gab viel Ödland, aber es war auch nicht schwer zu verstehen, warum die Landwirtschaft in dieser kargen Landschaft an ihre Grenzen gestoßen war. Ich fuhr zwanzig Stundenkilometer zu langsam, das Auto fuhr zwanzig Kilometer zu langsam. Und dann bremste ich plötzlich, ohne in den Rückspiegel zu gucken, aber es war, als ob jemand für mich geschaut hätte, denn weder vor mir noch hinter mir waren andere Autos. Ich wendete und fuhr ruhig zurück zu dem Abzweig, der zu der Kirche und dem Wohngebiet führte.

Eine Erscheinung. Diese – Siedlung. Eine Kirche, eine Hand voll Häuser, eine Gemeinde, dachte ich, mehr braucht man eigentlich nicht. Aber warum ist es trotzdem nicht genug? Menschen mit Gedanken. Kleine, unbedeutende Gedanken. Ich kurbelte das Fenster herunter und sog die Luft ein, sie stach in der Nase.

Die Kirche, es tat gut, diese Kirche zu sehen. Sie sah einsam aus.

Es gibt Menschen, und sie seien verflucht in alle Ewigkeit, die behaupten, der Glaube sei ein Pflaster für die Tapferen aber geistig Armen, ein Luftschloss für die Schmutzigen und Unbeholfenen. Wie eine Umarmung, mit der man sich selbst umfangen wollte, weil man ein Mensch war? Ich sage *war*, denn niemand von diesen wird jemals *sein*. Weil man es nicht lassen kann, die Welt als mehr zu sehen, als sie ist, dieses Staubkorn, das niemand von seiner Schulter bürsten kann, ohne nach oben zu blinzeln und seinen Blick über den Himmel schweifen zu lassen auf der Suche nach Dem, der es dort hingelegt hatte. Oder die kulturelle Suggestion, die Zementmischmaschine der Traditionen. All das, behaupte ich, sind raffinierte Entschuldigungen, um die Tage und Nächte nicht ernst zu nehmen. Ein Beweis für Gott? Willst du einen Beweis für Gott? Ich nahm die beiden Kaugummipackungen und warf sie aus dem Fenster.

Du willst einen Beweis für Gott?, dachte ich, als ich ein paar Meter vor der Ausfahrt zu dem Hügel mit der Kirche und der kleinen Siedlung abbremste. In dem Moment, in dem du um den Beweis bittest, hat Er sich dir gezeigt, aber das weißt du nicht, du weißt nicht, dass deine Gedanken ein Gnadenbeweis sind. Ja, denn was kein Auge sieht und kein Ohr je hörte, was nie geschah, in keines Menschen Gedanken je einen Platz fand, all das hält Gott für denjenigen bereit, der Ihn liebt. Oh, wenn du das nicht siehst, kann ich dir den Beweis nicht geben, ich kann nur auf mich selbst deuten und sagen, dass ich dir ähnlich bin, in deiner Unwissenheit; unsere Bosheit, unsere Unvollkommenheit und unsere befleckten Körper. Ich kann mich nur mit dir vergleichen, nur sagen, was alle wissen, aber nicht zu denken wagen: Verleugnung ist eine willentliche Handlung, sich wundern, ein Schlafen in der Stunde.

Ich spürte es in meinen Füßen, als ich den Motor ausmachte, es war ein langer Tag gewesen. Meine Knie hatten, abgesehen von ein paar kurzen Pausen, beinahe acht Stunden angewinkelt ausgeharrt. Erst jetzt roch das Auto nach Benzin. Auf dem lederbezogenen Beifahrersitz lag eine leere Chipstüte, ich konnte mich nicht daran erinnern, welche gegessen zu haben, schmeckte aber das Salz im Mund. Der Fahrersitz, auf dem ich saß, war mit gelblich weißer Schafwolle bezogen, die Zunge war trocken. Ich hatte Durst.

Es war mein Herz, das gegen die Innentasche pochte, ich aber dachte, es sei der Briefumschlag mit dem Foto von Katrine, der auf mein Herz schlug. Wenn ich gesagt habe, dass ich diese Reise für Ihn machte, für die Familie, und um mit fünfzehn Jahren Lethargie aufzuräumen, auf dass die kommenden Jahre besser würden, so wusste ich doch auch ganz genau, dass ich diese Reise für sie machte.

Ein kleiner Junge hob neben der Kreuzung eine Grube aus, oder was immer er dort machte, vielleicht wollte er einen Bach umleiten. Er trug eine bunte Strickmütze, aber ich konnte seinem Gesicht ansehen, dass er kalte Finger hatte, seine Haut straffte sich über seinen pickeligen Kiefer und seine Zähne waren zusammengebissen. Er hatte Dreck unter den Nägeln und war völlig in sein Tun vertieft. Ich dachte, er hat seine Welt und das ist eine Welt mit einer Richtung, das bedeutet etwas. Schön? Ja. Gut? Als ich aus dem Auto stieg, spürte ich, wie trocken die Kälte war: klare Gebirgsluft.

Er blinzelte mich misstrauisch an. Daunenjacke und Jeans. Strickmütze und lange Unterhosen, dachte ich und betrachtete sein blau gefrorenes Gesicht. Schmale Lippen, schlanke Nase mit großen Nasenlöchern und helle Augenbrauen. Ich fragte, ob dort oben etwas los sei und zeigte zur Kirche hoch. Er sprach schnell mit einem singenden Inlandsdialekt, und ich konnte nicht anders, ich musste lächeln und ihn bitten, es noch einmal zu sagen. Lass mich dich hören, sprich mit mir.

Was denn?, fragte er und streckte die Hände vor sich aus, als wolle er mir den Dreck unter seinen Nägeln zeigen, wie schmutzig seine Finger waren.

Ob dort oben in der Kirche gerade etwas läuft.

Er schaute zur Spitze des Hügels hoch. Nee, weiß nich', ich geh' nich' so in die Kirche.

Einen Moment lang dachte ich daran, ihn nach seinem Namen zu fragen. Ich spürte eine Art von Wärme im Körper, es war lange her, dass ich jemanden getroffen hatte, den ich so mochte. Seine Nase triefte, aber das störte nicht. Im gleichen Atemzug wurde mir aber auch bewusst, dass ich diesen Lümmel im Nacken packen und ihm erzählen sollte, dass er dort oben in der Kirche sitzen sollte und spüren, wie sich seine Furcht im Körper ausbreitet.

Hier wohnen wohl nicht viele, sagte ich und deutete mit einer Armbewegung auf die wenigen Häuser der Siedlung.

Hier gibt's Tauwürmer, sagte er und vergrub seine Hände wieder in der Erde.

Würmer?

Tauwürmer, sagte er, das sind Tauwürmer.

Für mich sind das Würmer, sagte ich, er schaute mich beleidigt an. Kann man die jetzt, bei der Kälte, finden?

Na klar, sagte er.

Und was machst du dann damit?

Ich mach die tot, sozusagen, ich schneid' die einfach durch, sagte er und erklärte mir, dass sie trotzdem weiterlebten. Aus einem können fünftausend werden, bestimmt.

Aber brauchst du denn fünftausend? fragte ich.

Fischen, sagte er und blickte mich rasch an, als hätte ich überhaupt nichts begriffen. Vater und ich gehen fischen.

Ich sah keinen See, aber er deutete vage nach oben in die Berge, und ich verstand, dass es sich um irgendwelche Bergseen handeln musste. Würmer? Ich hatte keine Ahnung, wo im Winter Würmer sind. Eine Männergestalt ging über den Kies des Kirchenhügels auf die großen Türen zu. Der kleine Junge, vielleicht war er neun, nein, elf Jahre alt, nickte, er nickte nur, ohne noch etwas zu sagen, als hätte ich gewusst, wer der Mann war und was er ist, das Offensichtliche an den Geschehnissen.

Oh, fischen, sagte ich, ja, das ist etwas anderes.

Was?, fragte er und schaute mich eindringlich an.

Äh, ich meine nur, dass… ja, wenn die zum *Fischen* sind, meine ich.

Was machst du hier?, fragte er und blickte mich beleidigt an. Seine Nase rann jetzt doch etwas zu stark.

Ich will nach Westen an die Küste, sagte ich. Kratzte mich am Kinn, ich sollte mich rasieren.

Ja, aber hier?

Ich habe einfach angehalten, sagte ich.

Aha, brummte er und grub weiter, seine Zähne hart aufeinander gebissen. Ist das dein Auto?

Ja, das ist mein Auto, erwiderte ich, ein Polo.

Das sehe ich, sagte er.

Ich blickte ihn an. Er grub in der Erde. Hast du denn schon Würmer gefunden?

Noch nicht.

Nein.

Bald.

Ja, bald. Wurmblut ist leicht orange, dachte ich, und konnte mich an das, was er tat, erinnern, damals als Kind, aber nie im Winter. Daran konnte ich mich nicht erinnern. Die Würmer in zwei Stücke zu zerreißen. Ich wollte ihm das nicht sagen, aber ich wusste, dass es nutzlos war.

Woher kommst du, fragte er, woher.

Ich stamme eigentlich von einer kleinen Insel draußen vor Bergen. Als ich klein war, bin ich mit meinem Vater auch immer fischen gegangen.

Aber nicht hier, sagte er und schaute sich verwirrt um.

Nein, nicht hier.

Hab' ich mir gedacht, sagte er und vergrub seine Hände noch tiefer in der kalten, harten Erde. Als machte es ihm besonderen Spaß, wenn die Erde hart war. Er zog seine Mütze tiefer über die kalten Ohren, und eines der Ohren klappte dabei um und blieb irgendwie außen hängen, aber ich konnte da nichts machen.

Wir starrten einander an. Ich lächelte, versuchte zu lächeln.

Na, glaubst du, dass es bald anfängt zu schneien?, fragte ich und nickte mit dem Kopf zum Himmel.

Warum, fragte er, ohne mich anzuschauen.

Nein, sagte ich, warum auch, warum. So früh im Dezember, es muss so früh im Dezember noch nicht schneien. Du bist dreckig, sagte ich und nickte wieder mit dem Kopf.

Warum nickte ich schon wieder mit dem Kopf?

Er schaute auf seine Hände. Das ist Erde, sagte er.

Ich sagte ihm etwas verwirrt »Auf Wiedersehen«, ich spürte, dass ich etwas durcheinander war und dachte, wenn du neun bist, war ich vor siebzehn Jahren genauso alt wie du. Ich fasste an die Innentasche meiner Jacke. Der Junge war mir ähnlich, so dreckig und klein, und wahrscheinlich fühlte ich mich deshalb bei dem Gespräch mit ihm so zu Hause. Ich hatte Lust, ihm zu sagen, *das da, das, was du machst, die Grube, der Graben, die Würmer und die kleine Kreuzung, das ist wichtig, du und ich, wir verstehen einander*. Der Polo stand etwas abseits am Straßenrand, er stand dort gut, und ich ging zur Kirche hoch und fragte mich, ob ich den Wagen abgeschlossen hatte.

In der Kirche war Licht, und die Tür, die große Kirchentür stand auf. Aha, an einem Freitag um vier, Weihnachtsvorbereitungen, jetzt schon? Advent, knotige Gebete, harte Knöchel. Ich wusste, woran ich dachte.

Ein bisschen schwindelig? Hämmert es im Kopf? Winden sich die Berghänge?

Nein, Kirche, Siedlung, zwei Höfe. Ich bohrte meine Füße in den Kies, sie standen fest, keine Elektrizität, es hämmerte nicht im Kopf, klarer Blick, dort oben geht ein Mann, dort unten hockt ein Junge und ich befinde mich zwischen ihnen. Ein paar Grad unter Null, beißende Kälte, viel zu kalt, um in der Erde zu graben, setz dich auf eine Bank in der Kirche, schlafe und fühle, wie Er in dir schläft. Ich spürte es in meinen Schläfen, als hätte ich Eiswürfel in meinem Mund, Sommer, Saft, und musste an alte Engelsbilder denken, Bilder, wie sie Großvater an seine Konfirmanden ausgeteilt hatte: Sie könnten hier über die Berghänge herabschweben, niemand würde es bemerken.

Dass sie so weit von der Küste entfernt leben können, dachte ich und schnalzte mit der Zunge.

Als ich fast oben an der Kirche war, rief er mir nach.

Wie heißt du?

Wieder hörte ich diesen singenden Dialekt. Seine Frage war wie eine Forderung und ich erstarrte, schämte mich, und sagte: »Jakob.«

Okay, sagte er und ging zurück zu seiner Grube.

Ich fuhr mir mit der Hand an die Brust, um zu überprüfen, ob der Umschlag noch in der Innentasche war, als hätte ich ihn irgendwo verlieren können. Minusgrade, ich sah den Mann wieder aus der Kirche kommen und ging schneller, damit er mich sah. Dabei lächelte ich halbherzig und ertappte mich selbst dabei, überschwängliche Gastfreundschaft von den Bergbauern und Kirchgängern zu erwarten. Wärme, die den Boden viele Meter tief auftauen ließ. Umschlag in der Innentasche, dachte ich und fand einen Moment lang, dass sich das wie eine Phrase des Wetterberichts anhörte. Dieses Mal spürte ich die Kälte an meinen Handflächen.

Von weitem hatte er so alt ausgesehen, siebzig, vielleicht fünfundsiebzig Jahre, aber als ich auf seiner Höhe war, sah ich, dass sein schleppender Gang mit irgendeiner Verletzung am Bein zu tun haben musste. Er humpelte nicht, aber er ging so langsam, als wollte er das Leben verzögern. Er war nicht alt, nicht einmal fünfzig. Ich bekam Lust auf einen Kaffee, etwas Warmes. Später am Abend sprach er über seinen verkrüppelten Körper. Zuerst habe er nur Schmerzen gehabt, Schmerzen in den Muskeln und Gelenken, wenn er sich bewegte, doch dann erfuhr er, dass es eine Art von Muskelschwund war. Das lag in der Familie. *Bald wird der Tag kommen*, sagte er und lächelte mich an, jaja, bald wird der Tag kommen. Er machte eine Bewegung mit einer seiner Handflächen, die einem plumpen Schlag ähnelte, und meinte: Dann liege ich da. Jaja, dann liege ich da und kann mich nicht mehr rühren. Das ist das Merkwürdige, sagte er und senkte seine Stimme, flüsterte, als ob er ein Geheimnis verriet. Das ist das Merkwürdige, sie verschwinden einfach, schwinden, gehen in Rauch auf. Nein, nicht Rauch: nichts. Die Schmerzen, die ich jetzt habe, werden der einzige Beweis dafür sein, dass ich diese Muskeln je hatte, sagte er und schlug sich mit der Handfläche auf den Ellenbogen – *verstehst du das*.

Ja.

Ja, aber auch die Schmerzen werden verschwinden, sagte er und lachte, als er meinte, die Schmerzen werde er in guter Erinnerung behalten. Ich sagte, er könnte ja immer an – ja, Fußballturniere in der Jugendzeit – denken?

Falls du dich an die Muskeln erinnern willst, meine ich.

Er drehte sich abrupt zu mir um, nein, sagte er, nein, nein, nein, nein: Wir sind gerudert, oh, wie wir über die spiegelglatten Seen dort oben gerudert sind. Das werden schlimme Erinnerungen. Er erzählte, dass der Junge, den ich unten an der Kreuzung getroffen hatte, sein Sohn sei, Arve, zehn Jahre alt. Kannst du dir das vorstellen, sagte er mit Tränen in den Augen, kannst du dir vorstellen, so einen Vater zu haben? Kannst du dir vorstellen, einen Vater zu haben, der nicht laufen kann? *Einen Vater, der nicht* – er stammelte, stotterte und blickte sich um – *nicht* – er nahm eine Angelrolle, die auf dem Telefontischchen neben dem Sofa lag – *nicht* – er hielt die Rolle gegen das Licht der Stehlampe hoch – *nicht einmal eine Rolle wie diese hier hochheben kann*! Ich nahm ihm die Rolle ab und suchte nach Worten, es hat keinen Zweck, Kirchendienern zu sagen, sie könnten mit Gott leben, das wussten die allzu gut. Aber hat er, dein Sohn, Arve, zehn Jahre, einen Körper, fragte ich mich.

Arvid blickte zu mir auf. Er will, dass wir fischen gehen, sagte er.

Dein Sohn?

Ja. Mein Sohn will, dass wir fischen gehen. Aber das schaffe ich nicht mehr.

Von weitem hatte er viel älter ausgesehen. Wir schauten einander an und ich ging auf ihn zu. Wieder fasste ich mir an die Brust: das Bild in dem Umschlag in meiner Innentasche. Er dachte vielleicht, ich sei außer Atem oder so etwas, und schaute mich merkwürdig an. Ich schaute ihn ja auch merkwürdig an, schließlich musste ich ihn ja fünfundzwanzig Jahre jünger machen, als ich noch vor ein paar Sekunden gedacht hatte.

Jaha, sagte er, dein Auto?

Er zeigte den Hügel hinunter, ohne mich anzuschauen, wie der Junge mit der Grube. Ich dachte, wir werden uns nicht anschauen.

Ja, ja, das ist meins, sagte ich und schaute zum Auto hinunter. Das kann dort doch stehen oder muss ich es hier hinauf fahren?

Er nickte, aber ich wusste nicht, wie er das meinte. Zum

zweiten Mal in nur wenigen Minuten spürte ich, wie mein Körper kribbelte, vielleicht mag ich diesen Menschen. Er lächelte und bewegte sachte seinen Oberkörper, ohne seine Beine und Füße zu bewegen, ich wusste da ja noch nichts von seiner Muskelschwäche. Es sah merkwürdig aus in der friedlichen Landschaft. Ein Baum im Wind.

Ich bin ziemlich lange gefahren, weißt du. Und es wird jetzt ja so schnell dunkel, und als es zu dämmern begann und ich die Häuser hier sah und die Kirche, dachte ich, dass ich eigentlich auch hier anhalten könnte.

Er nickte und sagte, dass es hier immer schon so gewesen sei. Ja, und es wird jetzt wirklich früh dunkel.

Ja sicher, sagte ich. Aber, ich machte ein Zeichen, aufzubrechen, aber ich weiß nicht, ob es hier einen Ort gibt, wo man einkehren kann?

Ich schaute mich um, eine blöde Frage: zwanzig Wohnhäuser in einer kleinen Siedlung, das lang gestreckte Tal, die fast senkrechten Bergflanken, die steilen Wiesen ohne Schafe, der Schneemangel in der Kälte, die Kirche, ein roter Briefkasten, ein Kolonialwarenladen mit Lebensmitteln, Angelzeug und bestimmt auch einem begrenzten Apothekensortiment. Ein gelbes Kilometerschild mit Pfeil. Er lachte.

Einkehren! Nein, hier kannst du nirgendwo einkehren, aber.

Nein, das war wohl eine blöde Frage, erwiderte ich. Eigentlich habe ich angehalten, um mir die Kirche anzuschauen.

Er stand noch immer mit leicht schwankendem Oberkörper da. Er sah wirklich aus wie ein Baum, dann drehte er seinen Kopf etwas nach hinten und blickte zur Kirche zurück. Eine alte Stabkirche. Er erzählte, dass er dort arbeite, er sei der Küster, und das sei schon recht einsam. Aber so hätte das Ganze wenigstens einen Sinn. Wir stellten uns gegenseitig vor. Jakob. Arvid. Der Sohn war halbwegs nach ihm benannt, Arve.

Hast du Schmerzen?

Arvid zeigte auf meine Brust, meine Hand presste sich während der ganzen Zeit auf die Innentasche.

Nein, sagte ich und spürte, es war genau das: ein Schmerz.

Ich muss eine Sekunde innehalten. Es hämmert in meinem Kopf. Mir ist schwindelig. Sollte ich es jetzt erzählen? Versteh es, es ist das Kribbeln in meinem Gesicht. Scham? Ja, natürlich, Menschen ohne Schamgefühl und wertlos. Gott? Ja, sechzehn Fuß tief in mir drin. Jesus ist ein Mann mit ausgetretenen Sandalen und starkem Selbstbewusstsein. Es vergeht schnell wieder, das flimmernde Licht vor mir, die immer lauter werdenden Stimmen. Das Gefühl, die Zeit würde immer schneller verrinnen, während ich dasitze und zuschaue. Arvid stand vor mir und deutete auf meine Brust. Hast du Schmerzen? Jetzt ist es vorbei, ich habe —————— los jetzt ——— ein neunjähriges Mädchen —————— Katrine —————— alle brauchen ein gutes und sicheres Zuhause.

Er deutete auf meine Brust, Arvid, mit einem dicken, stumpfen Finger.

Hast du Schmerzen?

Ich atmete, ich atmete aus, ich schaute ihn an, er hatte nichts bemerkt, ich atmete aus. Nein, sagte ich.

In der Innentasche hatte ich die Fotografie. Sie lag in dem zweiten von den drei Briefen, die mir ein paar Tage vor meiner Abreise per Post zugestellt worden waren. Zuerst kam der Brief mit der Nachricht über Vater. Die Beerdigung, Vater ist jetzt tot, ich begreife, dass ich sein Gesicht nie wieder sehen werde. Ich setzte mich ins Auto, ich reiste ab, Richtung Küste, Richtung Westen, nach Hause, heißt es, zu dem Haus auf der Insel. Dann öffnete ich einen harten Umschlag ohne Absender. Näherte mich mit meinen Fingern dem Umschlag, fingerte an ihm herum, riss ihn auf und spürte, wie ich mich an einer scharfen Kante schnitt, es war eine Fotografie, nur eine Fotografie.

Es war eine Fotografie von einem Mädchen, eine Fotografie von Katrine als – ja, Achtjährige? Ein glückliches Gesicht, eine Nahaufnahme mit strubbeligen Haaren und roten, frischen Wangen.

Ich setzte mich wieder auf den Hocker in der Küche, ich verkraftete das nicht. Katrine starrte mich an, und ich hatte nur noch einen Gedanken, als ob ich eine Rechenaufgabe im Kopf gehabt hätte: Juli 1980.

Es knistert ein bisschen auf der Wasserfläche vor meinen Augen und ich schwimme, *ich kann schwimmen*. Die Fotografie ist gut und scharf: Ein Mädchen schaut mich an, sie ist klein, es ist eine Nahaufnahme, sie lächelt nicht, das Foto wurde zwei Sekunden vor der Verwunderung aufgenommen. Sie ist neugierig, sie hat eine fast erwachsene Falte zwischen den Augen und ihre Haare sind strubbelig, rote Wangen und Sommersprossen auf der Nase. Die Farben sind ein wenig gedämpft. Das Bild schneidet sie unmittelbar unter dem Schlüsselbein ab.

Hast du da was?

Arvid lächelte mich an, er war direkt, das erinnerte mich an irgendetwas. Ich fasste mir wieder an die Innentasche, machte den Reißverschluss der Jacke auf und holte den Umschlag heraus. Die Fotografie, ich nahm die Fotografie hervor und gab sie ihm. Er schaute sie an, lächelte wieder, ja wer ist denn das? Deine Tochter?

Ich habe dieses Mädchen getötet, sagte ich.

Starrte vor mich hin, in die Luft. Nicht auf ihn, nicht hinter ihn, einfach auf irgendetwas zwischen uns, während wir vor der Kirchentür standen. Jetzt wurde es mit jeder Minute dunkler, so kalt, aber noch immer kein Schnee. Arvid hielt die Fotografie in den Händen.

Ein bisschen schwindelig. Ich konnte spüren, wie sich die Nägel strafften, hören, wie sie sich krümmten? Nein. Warum zuckte ich mit dem Kopf?

Arvid war kurz davor, etwas zu sagen, sein Gesicht sah so aus, als wolle er eine einfache Bemerkung machen, er knöpfte sich den Anorak zu.

Dieses Mädchen, sagte ich noch einmal. Sie hieß Katrine. Diese Fotografie ist neunzehnhundertachtzig gemacht worden, ich glaube von jemandem, der sie gut kannte.

Arvid schaute zu seinem Sohn am Fuße des Hügels hinunter. Wir gingen über den Kies, weg von der Kirche, ich konnte später dorthin gehen, er würde mir sicher aufschließen. Ich erwartete, dass er etwas sagte. Wir gingen aus Rücksicht auf seinen Muskelschwund langsam.

Ein Mann zeigt dir eine Fotografie von einem hübschen Mädchen und sagt, dass er sie getötet hat. Ich hatte das über Jahre vorbereitet, wusste, dass sie eines Tages über meine Lippen kommen würden, die Worte, sie lagen da wie eine Leichenparade und warteten, während sich die Familien zu Hause umzogen, keiner die Kraft aufbrachte, die Hörer der klingelnden Telefone abzuheben, und auf der Anrichte ein halb leeres Glas Milch stand.

Ich sagte, dass ich nicht rauchte, es mich aber nicht störte, also bitte, und sagte ja zu Kaffee und belegten Broten. Naja, belegte Brote: Brotscheiben mit Käse oder Marmelade. Ziemlich dunkel und eng in seinem Wohnzimmer, ich setzte mich auf ein braunes Sofa. An der Wand hing ein Bild von einem kleinen Boot mit Außenbordmotor und ich dachte an Vater, Krabben und Möwengeschrei. Es war unordentlich dort drinnen, auf dem Sofa lagen Zeitungen, unter dem Fernseher waren Staubfussel, und hinter der Stehlampe hing ein Hochzeitsbild von Arvid und seiner Frau. Geschieden? Nein, ich begriff sofort, dass sie nicht geschieden waren, sie war auf Reisen, einer Konferenz, sie war eine Frau, die auf Konferenzen ging. Deshalb war es so unordentlich, es war eine Art von Unordnung, die sich einstellte, wenn Mutter fort war.

Ich sah einen Schraubenzieher.

Als er mit dem Kaffee hereinkam und sich auf den Stuhl neben dem Fernseher setzte, spürte ich, wie trocken mein Mund war. Ich zeigte ihm die Fotografie noch einmal, trank einen Schluck Kaffee und hatte noch niemals zuvor einen solch starken und plötzlichen Drang zu sprechen verspürt, über all das zu sprechen, als hätte ich Gott vor mir.

Sie sieht so gesund aus, sagte er plötzlich und plump.

Gesund?

Ja, gesund und –

gesund

Arvid schaute auf, gesund, ja.

Wir waren acht Jahre alt, oder – sie war neun, sagte ich. Ich fand immer, dass sie jemandem ähnlich war, den ich aber trotz alledem nicht richtig kannte, so, wie sie mich anschaute, als wären wir eins. Verstehst du? Nein, er verstand nicht, sagte aber, er könne zuhören. Zucker? Milch? Ich zeigte auf die Fotografie. Es war Sommer neunzehnhundertachtzig und völlig windstill, die Küste, die Nordsee, das Meer sah nicht aus wie Meer, sondern wie warmes Eis. Katrine und ich – *das musst du verstehen* – wir waren so vertraut.

Ich verkreuzte Zeigefinger und Mittelfinger: so.

Sommer neunzehnhundertachtzig, sagte ich, wir waren eins. Sie wohnte gleich neben uns, dort draußen auf der Insel. Was soll ich sagen? Wir waren jeden Tag zusammen, es gab niemanden außer uns auf der Welt. Sie hatte rote Wangen und dünne, helle Haare, kurz. Es waren Sommerferien, wir hatten ein Abkommen, wir hatten uns versprochen, an niemanden außer uns zu denken, wir versprachen uns bei Treu und Ehre, Kreuz am Hals und Messer im Herzen, beieinander zu sein, wenn unsere Körper schliefen. Wenn wir in unseren Betten lagen, trafen wir uns in Gedanken unten am Strand. Katrine sagte, dass die Eltern auf der Veranda in der Sonne lägen. Ich sagte, dass Großvater Esther und Ruth studierte, und wir lachten darüber. So Sachen, weißt du. Katrine spürte, wo Mutter war, ich sagte, ich wisse es nicht, auch wenn ich es wusste. Deine Mutter ist merkwürdig, sagte Katrine. Vater war auf einer Reise, und wir lachten über die Ähnlichkeit von »Kopf« und »Topf«, und keiner von uns wusste, was Neurologie war. Jeden Tag gingen wir baden, ja, wir versteckten uns zwischen den Felsen, wo uns niemand sehen konnte, wo nur wir uns sahen. Wir fassten einander an, wir wussten nicht, was wir taten, als wir es taten. *Ich hab es dir gesagt, du musst das verstehen, wir waren so.*

Arvid nickte und aß, ließ seine Finger knacken.

Da schien er mir plötzlich jemand anderem ähnlich zu sehen, so wie man ganz plötzlich, beim Anblick eines Menschen denkt: An wen erinnert der mich? Aber ich verdrängte das, Arvid, dachte ich, das ist Arvid, Arvid.

Sein Sohn kam herein und fragte, warum denn der – ich – hier war. Sein Auto steht dort unten. Arvid sagte, sie hätten ganz einfach Besuch. Ich habe vorher schon mit ihm gesprochen, sagte der Sohn, er heißt Jakob oder so.

Ja, Jakob, sagte ich.

Gott geht jetzt durch den Wald. Er geht mit gebeugtem Rücken zwischen den Nadelbäumen hindurch, sein Mund ist halb geöffnet. Hört er mich?

Der Junge ging auf sein Zimmer.

Bloß das Ticken der Standuhr in ihrem Wohnzimmer, und ich hatte das Gefühl im Innern eines Ballons zu sprechen, aber ich sprach und Arvid aß höflich.

Du musst versuchen, dir das vorzustellen, sagte ich: so windstille Tage am Meer, und dabei denke ich an Orte, wo es normalerweise bläst, stürmt, hagelt. Und Eltern, die beinahe verschwinden, nicht wahr. Zu Gabeln werden, Tellern, Abwasch, der sich selbst spült, Autos, die starten und langsam in Richtung der Slalomhügel davonrollen. Und wir zwei, Katrine und ich … Ja, ich muss das so sagen, wir liebten uns. Und wir wuchsen, sodass alles andere zu Sandkörnern unter unseren Zehennägeln zusammenschrumpfte – *verstehst du, wie wichtig das war*?

Arvid legte seine Hände zwischen seine Oberschenkel und wieder erinnerte er mich spontan an jemand anderen. Sein Blick huschte zum Fenster und erzählte mir, dass er so etwas selbst nicht erlebt, aber davon gehört hatte, dass so etwas mit Kindern geschehen könne. Huschte sein Blick zum Fenster? Wer war das nur, dem er so verdammt ähnlich sah?, fragte ich mich und versuchte, es zu verdrängen, aber es gelang mir nur halbwegs und ich spürte, dass ich mindestens zu zwei Personen sprach.

Ja, sagte ich, hör zu. Wir waren dabei, zu einer vollständigen Einheit zu werden. Nein, nicht Schizophrenie, nicht Friktion, nein: zwei wie eins. Aber du musst wissen, wer ich vorher war und hinterher wurde, ich war jemand vollkommen anderes, wenn ich nicht mit Katrine zusammen war. Und dann kam dieser Tag, sagte ich und bat ihn, sich die Fotografie anzuschauen. Das ist Katrine, sagte ich und spürte, wie sehr ich mir wünschte, so über sie zu sprechen, als wäre sie noch immer hier. Das ist Katrine. Ich zeigte auf sie. Ich war acht, sie neun.

Wir saßen da und ich redete einfach. Ich habe das noch niemals zuvor getan, nicht einmal mir selbst habe ich diese innerste und traurigste Geschichte meines Lebens so wie jetzt erzählt.

Über dem Fernsehapparat hing eine Wanduhr, ich begann meinen Blick auf den Schraubenzieher zu konzentrieren, der auf einer Zeitschrift auf einem Sitzkissen lag.

Dann kam dieser Tag. Ende Juli, und wir waren uns näher als jemals zuvor. Wir flochten unsere Finger ineinander. Katrine sagte, ihr Kopf jucke, weil es so trocken sei und ich kratzte mich. Solche Sachen. Es juckt in meinem Hals – Katrine hustet und lächelt. Es wurde ein Uhr und wir gingen zum Strand hinunter, zum Meer, und es wurde zwei Uhr und weit hinten am Horizont fuhr ein Frachter vorbei, er ging nicht unter und die Sonne bewegte sich am Himmel und nie gab es Wolken. Katrine hielt ihre Hand vor meinen Mund und sagte

jetzt –

nein, warte –

j – jetzt –

j – j – jetzt!

Jetzt sehen wir das Schiff nicht mehr.

Ihre Haare standen in alle Richtungen ab, daran kann ich mich erinnern, so dünn waren sie, und es gab uns zwei, immer nur uns zwei, so waren wir.

Es wurde halb drei und wir hatten nichts gesagt, wir hatten nur aneinander gelehnt am Strand zwischen den Felsen gesessen, unsere Liebe gespürt und gedacht, dass niemand, niemand uns berühren darf. Wir waren braun gebrannt von der Sonne, das Wasser war warm. Es war windstill und wir hatten keinen Hunger. Dann wurde es drei und Katrine flüsterte, dass wir schwimmen sollten. Ich kann mich an ihren Mund erinnern, an ihr Flüstern: *Lass uns schwimmen gehen.*

Ja, ja, lass uns schwimmen. Auch ich flüsterte. Jetzt? *Jetzt.*

Arvid unterbrach mich. Ihr habt da zusammen gespielt?, fragte er.

Ja, wir hatten eine Art Spiel, vielleicht. Ich weiß nicht, wie man das nennen soll, »Spiel«, »Pakt«, ja, ein »Spiel«, ein ernsthaftes Spiel. Zuerst musste einer von uns hinausschwimmen, während der andere auf dem Strand zwischen den Felsen in der Sonne lag. Ein bisschen hinausschwimmen, eine halbe Minute, oder so. Ja, eine halbe Minute. Dann musste der andere aufschrecken, von seinem Sonnenbad aufwachen, sich die Augen reiben und sich an das Licht gewöhnen, zumindest so tun, als ob. *Nur so tun, als ob, aber so, dass man im Innersten seines Herzens daran glaubte* – und bemerken, dass der andere Mensch an seiner Seite nicht mehr da war. Und der andere ist ja der, den du liebst. Und dann sah man, dass der andere dort draußen war, ein paar Meter entfernt im Wasser und mit dem Kopf immer wieder untertauchte. Zuerst nur mit dem Kopf, so wie eine auf und ab schwappende Boje, an der jemand vorbeigefahren ist. Und dann glaubte man vielleicht, dass alles in Ordnung war und winkte. Aber der andere winkte dann nicht zurück, und so wurde derjenige, der am Strand zurückgeblieben war, zuerst unsicher, denn der Körper verschwand, doch schnell wurde aus der Unsicherheit Sorge und Angst, weil der Körper nicht wieder auftauchte, bis er oder sie sich ins Wasser stürzte, weil ihm oder ihr plötzlich klar wurde, dass der andere in Lebensgefahr war. Dann ging es darum, denjenigen, den man liebte, zu retten, und sich selbst, denn er würde ertrinken, wenn man ihm nicht zu Hilfe kam. Hinausschwimmen, unter den Armen zupacken, retten, retten, das Leben zurückholen.

Anschließend weinten wir zusammen, saßen beieinander und ließen uns von der Sonne trocknen, weinten, wir waren gerettet, ein anderer Mensch hatte sich für dich geopfert, für uns.

Der Junge ging draußen auf dem Flur vorbei zur Küche. Tat er das? Arvid reichte mir das Tablett mit den Broten, die Schritte auf dem Flur verstummten. Ich fuhr fort, ich konnte jetzt nicht anders. Gott steht am Waldrand, sieht Er mich? Hört

Er schlecht? Ja, in diesem Moment beginnt Er, schlecht zu hören, steht da und murmelt etwas zu Seinen Bäumen. Ein bisschen ähnelt Er einem Jungen, der die Handflächen gegen die Ohren presst und *mimimimimimimimimimimimimi* sagt, wenn die Eltern streiten.

Arvid hielt die Fotografie in seinen Händen und drehte sie um. Zitterte er? Ein bisschen? Nein, das war ich.

Dann schien es mir, als beginne das Licht der Stehlampe mit einem Mal zu flackern und in meinen Augen zu stechen, ich sah den Kaffee in seiner Tasse schwappen und der Schraubenzieher auf dem Kissen wuchs. Die Türen schlugen. Ein großes Auto fuhr unten auf der Straße vorbei. Ich hielt für eine kurze Sekunde inne, Arvid schaute mich ganz merkwürdig an und warf einen Blick auf die Uhr hinter dem Fernseher.

Ist etwas nicht in Ordnung?

Ich nahm die Serviette und wischte mir den Mund ab.

Ist etwas?

Ich habe mich nur an dem Kaffee verschluckt.

Ja, das tut weh, sagte er und schaute wieder aus dem Fenster, er glaubte wohl, der Junge gehe da draußen vorbei, aber das tat er nicht. Ich fuhr fort. Ich räusperte mich, hustete und ähnelte ein wenig meinem Vater. Jetzt war ich total verwirrt: An wen erinnerte er mich nur so? Aber an diesem Tag Ende Juli, sagte ich, als Katrine ein bisschen schwimmen will, bin ich ganz und gar bei mir, ich habe keine Anfälle, ich weiß, wo ich bin, ich habe keine…

Anfälle? Arvid blickte mich an.

Ja, ich meine – *was hatte ich gesagt.*

Ich machte eine Pause, ich lächelte ihn an, kristallklar? Anfälle? Doch, die Felsen sind Felsen, die Sekunden Sekunden, mein Körper hängt an der Zeit, ich spüre das Wasser an meinem Knöchel, als ich den Fuß hineinstelle.

Katrine machte eine Geste mit dem Kopf. Lass uns schwimmen.

Wer zuerst?

Ich, sagte ich.

Sei aber vorsichtig, ich bleib einfach hier liegen.

Ja, das ist nicht gefährlich, sagte ich und spürte das Wasser an meinen Beinen.

Ich schwamm hinaus, ich zählte bis dreißig und ließ meinen Körper sinken. Tauchte unter. Da sah ich Katrine am Strand winken, das war das Zeichen: ich tauchte noch einmal unter. Ließ den Körper in dem warmen Wasser absinken. Und noch einmal hoch, Katrine winkt, Wasser im Mund, noch einmal hinunter. Eins-zwei-drei. Ein bisschen schwindelig, über mir der Himmel, Salzwasser in Mund und Nase, räuspere mich, huste. Dann spürte ich, wie mich Hände umfingen, sie war es, sie zog mich an Land. Ich war gerettet, ich spuckte ein bisschen Wasser, ich war gerettet, ich lächelte.

Was für eine Angst ich hatte.

Du darfst nicht von mir gehen.

Wir bleiben für immer zusammen.

Wir sagten so etwas, wir sagten all die Sätze mit so wichtiger Bedeutung, klare Bilder.

Jetzt bin ich an der Reihe.

Jetzt bist du an der Reihe.

Du bleibst einfach hier liegen.

Ich bleib einfach hier liegen, sei aber vorsichtig.

Das ist nicht gefährlich.

Die Sonne stand hoch am Himmel, der Körper lag zwischen den Felsen, und das Licht war stark, so stark, dass die Augenlider ihm nicht allein widerstehen konnten. Aber das ist nicht schlimm, ich liege hier einfach. Sei vorsichtig, ja!

Arvid schaute aus dem Fenster, ich blickte ihn an.

Sie schwamm hinaus. Ich legte mich auf dem Rücken auf das kleine ebene Fleckchen zwischen den Felsen, schloss die Augen und starrte auf die Innenseiten meiner Lider, rot, rosa. Ich zählte langsam bis dreißig. Eins, zwei – *ich spürte die Steine unter meinem Rücken* – drei, vier – ich kann mich genau daran erinnern: wie deutlich ich lebe, wie klar alles ist. Achtundzwanzig, neunundzwanzig, dreißig, und ich stand auf. Katrine, ich konnte Katrine einige Meter vor mir im Wasser erkennen, ihr Kopf tauchte unter, der weiße Körper und die Haare verschwanden leicht gekrümmt unter der Wasseroberfläche.

War ich ein bisschen spät?

War sie ein bisschen weit draußen?

So tun, als ob, so tun, als ob, aber so, dass man im Innersten seines Herzens daran glaubte.

War ich ein bisschen spät?

Nein, ich war nicht spät, ich machte einen Schritt und spürte das Wasser an meinem Knöchel, ich kann schwimmen, achtundzwanzig, neunundzwanzig, dreißig. Jetzt sah ich nichts. Kein Mädchen, die gekräuselte Wasseroberfläche, die Sonne hoch am Himmel, es knistert ein bisschen auf der Wasserfläche vor meinen Augen. Wo bist du? Katrine, wo bist du? Ich schwamm, mein Körper glitt, ich kann schwimmen. 1–2–3. 28–29–30. Ihr Körper kam hoch, ganz sacht merkte ich, dass ich keine Angst hatte. Jetzt bemerkte ich das: ich weine nicht. Ich hatte keine Angst. Ich wollte weinen, ich wollte Angst haben, Angst um sie, ich liebte sie. Ich liebe dich, sagte ich zu mir selbst und fand den Satz plötzlich nicht mehr wichtig, nicht wichtig genug. Was war das? Katrine mit den dünnen, hellen Haaren, sie lagen ganz flach da, dunkler, als der Kopf wieder auftauchte und ich

bei ihr sein sollte
meine Arme sollten bei ihr sein
sie umschlingen
sie festhalten
sie hochheben, bei ihr sein
sie ans Land bringen

in meine Arme nehmen und wir würden weinen und uns versprechen, einander niemals zu verlassen. Nein! Ich stand beinahe verkehrt herum im Wasser, ich drückte sie unter die Oberfläche, was tust du? Die Sonne ist so stark, ist sie nicht ein bisschen schwach? Was tust du? Drücke ich sie unter das Wasser? Wer hält sie unter dem Wasser fest? Bin ich nicht stark?

Sie strampelte, ich hielt sie fest, ich hielt sie unten, sie strampelte, ich hielt sie unter dem Wasser fest, ihre dünnen Arme, ich wollte das nicht – wollte ich das, gab es etwas in mir, das das wollte? Ich wollte das nicht, aber ich bin stark und Vater liest und Gott schläft und Mutter hat keinen Hunger und ich weine nicht und schrei' nicht so, dachte ich: »Schrei nicht so.« Seht ihr mich jetzt? Siehst du mich jetzt? Bin ich stark? Sie zuckte, glaube ich, ich glaube, Katrine zuckte unter dem Wasser, ich weiß nicht, das ist nicht sicher. Aber jetzt, jetzt musste sie gerettet werden. Ich nahm alle Kraft, die in mir stecken musste, ich zog sie hoch, hinter mir her, ans Land, und ich konnte es sagen, wie die wichtigsten Worte: Du darfst nicht von mir gehen, Katrine. Du darfst nicht von mir gehen. Sie lag vor mir da, auf der kleinen Fläche zwischen den Felsen, und ich weiß nicht, ich habe sie getötet.

Ich blickte zu Arvid auf und sagte, weißt du, an was ich als Erstes gedacht hab? Weißt du, was ich dachte, als sie da vor mir lag?

Nein, das muss ich dir verraten.

Ich dachte, es gibt einen Gott.

Arvid blickte wieder auf die Fotografie. Na so etwas, sagte er.

Na so etwas.

Dass es einen Gott gab? Er schaute mich an.

Ich verstand meine Hände, sagte ich. Ich verstand das jetzt, meine Hände, und ich dachte, dass Gott schwach war, dass Er nicht mehr viel Kraft hatte. Aber dass Er gut war? Oh ja. Es war nur so, dass ich schlecht war, wir schlecht waren, und Er mich – ja, so habe ich das gesehen – aus den Händen verloren hatte. So stellte ich mir das vor, ich war ihm aus den Händen geglitten.

Ich musste lächeln, ich dachte an das klare Wasser, und auf einmal fiel mir wieder ein, dass der Frachter plötzlich nicht mehr zu sehen war, als sie da vor mir lag.

Aus den Händen verloren, sagte ich.

Atmete sie?

Nein.

Sie atmete nicht?

Nein.

Aus den Händen geglitten, sagte Arvid. Mit acht Jahren denkt man nicht so.

Doch, sagte ich.

Denkst du jetzt so?, fragte er und schluckte, sein Blick huschte wieder zum Fenster.

Nein, sagte ich. Ich habe mich geirrt. Gott ist nicht schwach, Gott ist souverän, Er bewegt sich jenseits von schwach oder stark, Er *ist*. Ich war es, der stark war. Ich war es, der eingriff und mich selbst erkannte. Er ist gut, weißt du. Und ein guter Mensch, und Gott muss *wie* ein Mensch sein, ein naiver Mensch, und naive Menschen können von schlechten Menschen betrogen werden. Und was Gott nicht gesehen, nicht gehört, nicht gespürt hat, ist, dass es keinen vollkommen guten Menschen gibt, das total Naive gibt es nicht. Nur Gott selbst, Er ist kein Mensch, Er ist *wie* ein Mensch.

Arvid schüttelte den Kopf, er schüttelte den Kopf. Sie atmete nicht?

Nein.

Er erhob seine Stimme. Ich verstehe, was du meinst, sagte er. Schuldgefühle, ja.

Schuldgefühle?

Ja, dass du dich – Arvid hielt einen Augenblick inne – schuldig fühlst, sagte er.

Dass ich mich schuldig fühle?

Ja, dass du fühlst, dass du, ich meine… Er nahm noch einmal die Fotografie in die Hände. Das ist eine traurige Geschichte, sagte er.

Eine traurige Geschichte?

Oh, ja, das ist eine traurige Geschichte.

Ich blickte ihn an, lange, er hatte nicht ein einziges Wort gehört. Er zuckte im Stuhl zusammen, als es in der Küche klapperte, erhob sich und ging mit einer Entschuldigung hinaus. Ich schaute auf meine Hände hinunter. Mit wem hatte ich gesprochen? Arvid kam herein und setzte sich wieder, sein Sohn hatte bloß die Bratpfanne auf den Küchenboden fallen lassen.

Ja, also wirklich, sagte er und trank den Rest von seinem Kaffee.

Was?

Ach, ich dachte nur gerade, dass ihr beide gute Schwimmer sein musstet. Ach was, ich weiß auch nicht, was ich sagen wollte – Arve kann nicht schwimmen.

Arve?

Ja, mein Sohn, er ist wasserscheu wie seine Mutter.

Das geht wohl vorüber, sagte ich.

Ja du, sagte er, das war ja wirklich eine Geschichte. Liest du die heilige Schrift?

Die heilige Schrift, wiederholte ich, so hatte ich dieses Wort seit Großvater nicht mehr gehört. Nein, sagte ich, nicht so oft.

Nachdem er gesagt hatte, ich solle die letzte Scheibe Brot nehmen, und dreimal wiederholte, was für eine schlimme Geschichte das sei, wollte er von mir wissen, was ich von Jesus meinte. Ich wusste nicht, was ich sagen sollte, bist du völlig gefühllos? Hast du nicht gehört, was ich gesagt habe? Jesus, sagte ich, der heilige Geist, das sind Mystifizierungen, das Geschwätz von dummen Menschen. Es ist Gott, Gott, ganz einfach Gott. Soll Gott aus drei Teilen bestehen?, fragte ich, oh nein, wie kann ein derart gespaltener Mensch – ja, das ist schon richtig: ein Mensch – wie könnte ein derart gespaltener Mensch das alles verrichten, was Er getan hat? Die Weltmeere beherrschen, uns erschaffen, uns auferstehen lassen, damit wir die Erde bevölkern. Du weißt, sagte ich, drei Leute sind eine schlechte Gesellschaft.

Interessant, sagte Arvid, aber da haben wir wohl den Unterschied zwischen uns, ja, wir sind, was Jesus betrifft, nicht der gleichen Meinung. Das ist es, dass Gott in der Person von Jesus auf die Erde *herabsteigt*. Ich war etwas verwirrt, das Bild von Katrine lag vor uns auf dem Tisch und er wollte über Theologie diskutieren. Ich sagte, ich sei der Meinung, Jesus sei so von sich selbst überzeugt wie ein Staatsmann, er habe eine selbstzufriedene Ader, und ich möge seinen überheblichen und gleichzeitig ermahnenden Ton nicht. Was er tat, kann doch jeder tun, sagte ich, sich hoch in die Luft werfen und rufen: Seht!

Gott den Herrn! und dann die Glückwünsche der Umstehenden einheimsen. Aber niemand vermag zu tun, was Gott tut.

Dann liest du die heilige Schrift doch, sagte er.

Jetzt nicht mehr, erwiderte ich, aber sie ist in mir. Und ich bin deiner Meinung, dort liegt die Wahrheit, ob Gott durch Jesus auf die Erde herabsteigt, oder nicht. Das hat er nicht nötig, sagte ich.

Das hat er nicht nötig?

Das braucht er nicht zu tun. Bist du niemals deinem Gott begegnet?

Arvid zog die Augenbrauen zusammen. Doch, das bin ich wohl, sagte er.

Bist du das, bist du sicher?

Begegnet oder nicht begegnet, sagte Arvid. Zweifelst du nie? Er schaute seinem Sohn nach, der auf dem Flur vorbeiging.

An Gott? Nein.

Nie?

Nein, und er ist eins, nicht drei, eins. Nein, ich zweifle nicht.

Arvid schaute mich an, als hätte ich gelogen. Nein, sagte er, das kannst du so nicht meinen.

Doch, entgegnete ich, doch. Er hatte mir nicht zugehört, die Fotografie von Katrine lag zwischen uns auf dem Tisch.

Wir sind alle manchmal frustriert.

Was?

Ich meine, wir sind doch alle manchmal frustriert über Gottes… er zögerte. Ja, wie soll ich das ausdrücken?

Ich weiß nicht, wovon du redest.

…Gottes Abwesenheit, sagte er. Wenn wir uns umschauen, wir sehen die Ungerechtigkeit, tagaus, tagein starren wir der Ungerechtigkeit ins Auge und verstehen nicht, warum Er all das geschehen lässt. Das ist es, was ich meine.

Ja, sagte ich.

Ich sagte, ja.

Ich wollte nein sagen, Gottes Nähe, aber ich blickte Arvid an, Arvid, den ich noch vor ein paar Sekunden verachtet hatte, und den ich jetzt verstand.

Greife ein.

Was? Arvid schaute zu mir auf.

Ich habe nichts gesagt, sagte ich.

Du hast gesagt: »Greife ein.«

Nein.

Mir war so, als hätte ich dich »greife ein« sagen hören.

Nein.

Nein, na dann.

Es wurde still, viel zu lange, ich fixierte den Schraubenzieher.

Der Sohn ging zum dritten Mal über den Flur an der Wohnzimmertür vorbei. Ich dachte, er lausche unserem Gespräch, aber es gab jetzt immer weniger zu hören. Die Wanduhr wurde lauter. Arvid lehnte sich im Stuhl nach vorne.

Ja, das war wirklich eine Geschichte, die du da erzählt hast. Nein, es ist wohl nicht leicht, mit so etwas zu leben, sagte er und nahm die Fotografie auf. Das verstehe ich.

Das Gewissen, sagte ich, das Gewissen muss einem eine Bürde sein, sonst ist es nur ein Jucken, wie Furcht. Man muss es ernst nehmen, damit leben, in ihm leben. Nur so kann man rein werden.

Rein?

Ja, rein.

Es wurde wieder still, bis Arvid fragte, wie man mit so etwas leben könne. Und nach einer Weile beantwortete er die Frage selbst, fast mit einem Grinsen, ja, ja, Kinderspiele?

Das Urteil über mich ist gesprochen worden, sagte ich.

Wir alle werden unserer gerechten Strafe nicht entgehen, erwiderte er. Was hast du anschließend gemacht? Sie atmete nicht?

Ich habe sie wieder hinausgetragen, ins Wasser.

Du hast sie wieder ins Wasser getragen?

Ich habe sie wieder ins Wasser getragen.

Stille im Wohnzimmer. Ich nahm ein Brot mit Käse und Gurke und fantastisch viel Butter, sodass ich schlucken musste, ohne etwas auf der Zunge zu schmecken. Die Wanduhr, das Ticken der Wanduhr wurde lauter. Ich wollte fragen, ob sie verreist war, die Frau auf dem Hochzeitsfoto, aber ich tat es nicht. Es war still im Zimmer, wir saßen da und schauten aneinander vorbei, und er murmelte etwas wie, man hasst den, den man liebt. Rein, du, flüsterte er, *rein*. Ich dachte, hast du überhaupt auch nur einen verschwindend kleinen Bruchteil von deinem Leben verstanden? Kratz mit deinen Nägeln an der Kinderhaut! Ich musterte ihn, ein Mann in einem Lehnstuhl neben einem Fernseher, auf dem ein gläserner Weihnachtsmann stand, ich mochte ihn nicht mehr.

Ich blickte aus dem Fenster, es war sternenklar.

Man muss sich entscheiden, dachte ich und reihte ein paar Gedanken auf. Sternenklar, ein Glasweihnachtsmann, sie liegt auf der kleinen, ebenen Fläche zwischen den Felsen vor mir, versinkt im Wasser. Warst Du da?

Plötzlich fragte er, ob ich krank sei.

Jetzt ganz ruhig, dachte ich. Eine bessere Zeit als diese wird kommen.

Bist du krank?

Die Gesellschaft kann dem Druck nicht standhalten.

Bist du krank?

Nein, erwiderte ich und lächelte, aber nicht wegen ihm, es kann aber sein, dass ich eine Erkältung bekomme. Ich bin nicht krank. Während ich sprach, begann sich der Raum unter meinem Blick zu bewegen, Schwindel; ich, ich – und dann hörte es wieder auf. Arvid sagte, er wisse nicht recht, was er tun solle.

Du musst nichts tun, sagte ich.

Nein, ich meine, wo du schlafen kannst, sagte er. Ich kann entweder das alte Gästezimmer ein bisschen zurechtmachen … er sprach zu sich selbst, ja, das kann ich machen.

Ich hatte eigentlich vor, weiterzufahren.

Nein, man braucht doch nachts seinen Schlaf, sagte Arvid und stand auf.

Vielleicht ja.

Obwohl es schon nach zehn Uhr war, bat ich darum, mir

noch die Kirche anschauen zu dürfen. Er warf einen Blick auf seine Armbanduhr, ja, das geht wohl. Draußen vor der Tür ließ er zum dritten Mal seine Fingergelenke knacken, und ich begann mich zu fragen, ob das ein Zeichen war. Ich saß alleine in der Kirche, lange.

Um mich herum rauschte es, eine Art Wind. Worte, Lichtquellen, Wassertropfen.

Gott ging draußen vorbei, es knackte in den alten Wänden. Warst Du damals da, dachte ich. Was war der Sinn? Warum hast Du nicht eingegriffen? Mein Blick fiel auf die Altartafel, die nackten grünbemalten Bankreihen. Dort in der Kirche hatte ich eine gute Zeit, auch wenn mir niemand auf meine Fragen antwortete. Ich legte meine Stirn auf die Rückenlehne der Bank vor mir. Ich spürte, dass ich hätte schlafen können. Auf dem Weg zurück zum Haus blieb ich stehen und blickte hinauf zum Sternenhimmel, der immer klarer wurde. Konnte er noch klarer werden? Ich kam auf Gedanken wie »Entweder beginnt es zu regnen oder nicht«, »Entweder gibt es jetzt einen ordentlichen Winter mit Schnee, oder das wird nichts mehr«. Ich fühlte mich erleichtert, gut und leicht. Eine ziemlich junge Frau, die schwanger sein konnte, ging vorbei. Sie machte einen Knicks.

Arvid erzählte von den Muskelschmerzen, seiner Krankheit und schaute dabei beständig auf die Tür zum Kinderzimmer, *so ein Vater*. Ich konnte im Gästezimmer schlafen, und falls es dort unordentlich gewesen war, dann hatte er, während ich in der Kirche gewesen war, aufgeräumt. Das Auto könne ruhig dort unten stehen bleiben, sagte er. Der Sohn musterte mich durch den Türspalt, als ich mir im Bad die Zähne putzte. Spuckst du den Schaum überhaupt nicht aus?, fragte er. Doch, am Schluss, sagte ich und hatte den ganzen Mund voll Zahncreme. Ich fragte mich, wo seine Mutter war. Ich schlief ein und später erinnerte ich mich tatsächlich daran, was ich geträumt hatte. Ich träumte, im Auto zu sitzen und zu fahren. Im Radio liefen Kinderlieder auf einem speziellen Kinderliedersender und alle Texte handelten von gläsernen Weihnachtsmännern. Die Kinder, die diesen Kinderliedersender hörten, hatten keine

Körper, sondern Gehirne, die kleine Bescheide an die Luft abgaben, gerichtet an Körper, die im Himmel auf sie warteten. Sie warteten, sie hatten schon in alle Ewigkeit gewartet. Kurz bevor ich einschlief, dachte ich an Katrine, an das warme Wasser und dann glitt ihr Gesicht in ein anderes über, das von Siren, das wiederum zu dem von einer Frau wurde, die eine Straße hinunter ging. Sie trug meinen Glauben, eingeschlungen in eine Schlinge unter dem Arm, es war meine Mutter.

Nein, wie leicht man doch den Halt verliert und seine Gedanken abschweifen lässt, wenn man unter die Decke schlüpft und sich langsam, ganz langsam dem Schlaf überantwortet.

Oh, ja, es gibt einfache Laute, die so präzise auf das emotionale Kontrollzentrum deines Ohres drücken, dass sie beinahe an Dich in Deiner alles umfassenden Einheit gemahnen. Ich denke dabei zum Beispiel an das dumpfe Klackern eines eng geführten Taus an einer Fahnenstange im Wind. Das ist ein Herbstgeräusch, ein Geräusch der Küste, ein Geräusch, das mit keinem anderen Geräusch zu verwechseln ist. Das vollkommen Unvergessliche. Ein anderes von diesen einzigartigen Geräuschen, die mich so mit Frieden erfüllen, ist das Geräusch eines weinenden Säuglings. Der Frieden liegt nicht in der Trauer des Weinens, sondern wieder darin, dass dieses Geräusch mit keinem anderen zu verwechseln ist, auch wenn sich all diese weinenden Kinder in diesem seltsamen Augenblick einander ähnlich sind.

Obgleich der gestrige Tag lang und reich an Begebenheiten gewesen war, wachte ich in dem Gästezimmer früh und erholt auf. Und ich erwachte von dem Geräusch eines Weinens. Aber es war kein Säugling im Haus. War es das Geräusch eines Traumes? Vielleicht wurde ein Kinderwagen am Haus vorbeigeschoben. Der Raum war feucht und ich legte meine Hand zwischen meine Beine, ohne dass etwas geschah.

In meinem Gesicht breitete sich ein wohl bekanntes Kribbeln aus und die freitäglichen Eingeständnisse huschten in Rückblicken an mir vorbei. Was hatte ich gesagt? Ich fühlte mich schwer, wie wenn man sein Herz erleichtert hat, schwer und richtig, hatte ich doch endlich von Katrine erzählt. Was aber hatte ich über Dich gesagt, mein Gott? Ich schämte mich für die Worte, die sich einen Weg durch meinen Mund gebahnt hatten, dafür, dass ich mich in Deine Pläne, Deine Griffe, Deine große Linie, die sich durch uns alle und durch alles um uns herum zieht, eingemischt hatte. Ich verstand, dass meine Versuche, Gottes große Güte zu beschreiben in einer blasphemischen Karikatur eines naiven Wesens geendet hatten. Vergib mir, sagte ich in den noch dunklen Raum hinein, vergib mir meine kläglichen, unzulänglichen Worte.

Fast instinktiv drehte ich mich zur Seite und zog die Schublade des Nachtschränkchens heraus. Es lag eine Bibel dort und ich knipste die Lampe an. Ich hatte auf einmal Lust, die Geschichte über den armen Jephthah und seine nichts ahnende, Trommel schlagende und nach allem, was ich weiß, merkwürdig namenlose Tochter zu lesen, doch noch während ich versuchte, mich daran zu erinnern, ob diese Geschichte im »Buch der Ritter« stand oder in einem der Bücher Samuels, schlug sich die Bibel von alleine auf den Seiten der »Sprüche Salomos« auf, und Vers 16,1 schlug mir entgegen: »Der Mensch setzt sich's wohl vor im Herzen; aber vom Herrn kommt, was die Zunge reden soll.« Nein, das konnten nicht die Worte auf meiner Zunge sein, dachte ich und legte die Bibel beiseite. Dort bist Du nicht, mein Gott, sagte ich, dort sind all jene, die Zeugnis von Dir ablegen wollen, aber nicht Du selbst, sagte ich und faltete die Hände. Wo bist Du? Kommst Du zu uns?

Was ich brauche, ist eine private Lithurgie. Eine persönliche Andacht, die sich um mein Leben legen kann, es klar machen, stark, einfach. Richtlinien, schimmernde, selbsteinleuchtende. Nicht diese Kirchenwände mit in Holz geritzten Gedanken.

Dann begann ich aufs Neue. Ich? Ja, auch das war ich, und meine Worte. Die Worte einer Scham, die Gedanken meiner Scham. Greif ein, sagte ich, und in der nächsten Sekunde schon bereute ich es, um es gleich darauf wieder zu sagen, greife ein. Sieh uns an, sieh uns an, mein Gott, erlöse uns! Ich versuchte, diese Gedanken von mir zu weisen, denn wer hat das Recht, ihm einen Rat zu geben? Aber sie wurden gedacht, und ich konnte sie nicht abweisen. Meine Scham, meine Scham, sie hat keine Bleibe. Sie braucht in mir einen Ort, wo sie bleiben kann, was braucht sie? Du hast Dich mir gezeigt. Aber ich habe mich Dir nicht gezeigt. Oh, wie ich diese Gedanken hasse, wie sie in mir, der ich unter der Decke lag, umherkrochen. Aber ich konnte sie nicht verdrängen, und ich wusste, dass auch Du Dich nach meinen Taten sehntest.

Ich entdeckte, dass auf dem Bettbezug lauter große Blumen waren, weiß, rot und grün.

Eine Zeit lang glaubte ich, die Geschehnisse *der Welt* würden die Scham zurechtweisen. Ich begann, Zeitung zu lesen, und wandte mich einige Wochen lang der Welt zu. Das war letztes Jahr, im September 1997, ich las von den Massakern in Algerien und weinte. Ist es richtig, wenn ich sage, dass *ich* weinte? Es weinte in mir, es rann aus mir heraus und ich musste mich aufs Sofa setzen. Aber galt es mir? Nein, es sah mir nur ähnlich, uns.

So befleckt, so schrecklich befleckt. Es war das alte Gefühl von schmutzigen Straßen und Menschen, die aufgerichtet in mir standen; wenn das doch alles nur bald ein Ende haben könnte. Sich von der Welt unbefleckt behalten, das war lange mein Ziel gewesen. Aber was tut die Welt anderes, als ihre Hände über uns auszubreiten? Und sind diese Hände nicht unrein? Soll ich dann als Erwiderung auch meine Hände ausbreiten? Sind die besser? Gott, lege Du Deine Hände über all das.

Draußen wurde es langsam hell, während die Verwirrung in mir ihre Treffen abhielt. Das Gästezimmer erinnerte mich an die Wintermorgen in meiner Kindheit, als man in der Kälte aufstand, um in die Schule zu gehen. Nach einer Weile entfernte ich meine Hand, die ich zwischen meinen Beinen liegend entdeckt hatte. Jeder braucht ein sicheres und gutes Zuhause. An den Wänden des Zimmers waren keine Bilder, aber in der Nachttischschublade unter der Bibel lag ein vergilbtes Wochenblatt. Die Gardinen waren hell geblümt wie der Bettbezug. Ein bestimmter Geruch breitete sich jetzt im Zimmer aus, ein guter und bekannter Geruch. Ich musste auf die Toilette, meine Blase drückte. Ich machte das Bett wieder ordentlich zurecht, legte die Bibel zurück in das Nachtschränkchen und ging ins Bad. Als ich in die Küche kam, saß Arvid bereits da und aß ein Müsli mit Bananen und Rosinen, aber er reagierte nicht, als ich sagte, ich hätte gut geschlafen und würde eigentlich wegen meines Magens lieber Brot essen, falls das nicht zu viele Umstände mache. Er tat so, als hätten wir niemals zusammen im Wohnzimmer gesessen und miteinander gesprochen. Als hätte ich ihm niemals alles erzählt. Er trug an diesem Samstag einen großen, grünen Pullover.

Es hat heute Nacht geschneit, sagte er.

Ich blickte aus dem Fenster. Dort war tatsächlich eine dünne Schneedecke.

Ja, so etwas, erwiderte ich.

Wir gingen auf den Flur hinaus und ich zog Jacke und Schuhe an. Ich blickte durch das kleine Fenster der Haustür, Schnee.

Tja, was wird denn jetzt aus deinem Sohn und seiner Grube?, fragte ich.

Eine gute Frage.

Er sucht nach Würmern, das ist dir doch klar, oder?

Arvid lächelte und zuckte mit den Schultern. Ja, er will ja, dass wir fischen gehen. Mutter kommt heute nach Hause.

Das ist gut, sagte ich.

Ohne die Frauen fühlt man sich schnell ein bisschen einsam.

Ja.

Und du fährst jetzt durch den Schnee.

Das wird schon gehen, sagte ich, ein bisschen Schnee hat noch niemandem geschadet.

Nein, klar, das geht schon.

Klar.

Du fährst jetzt nach Hause, oder?

Ja, so wird es wohl sein.

Wir reichten uns die Hand, und er öffnete die Tür, überall weißer Schnee, wie gut er roch.

Ich denke, der Schnee bringt immer eine Art Stille mit sich, als ob jemand fortgegangen ist, als ob alles meint, flüstern zu müssen, nur sachte die Lippen zu bewegen.

Arvid begleitete mich den Hügel hinunter und als ich mich ins Auto setzte, sah er aus, als wolle er noch etwas sagen, aber ich dachte, das reicht jetzt, du willst nichts mehr wissen, du hast mich nie getroffen. Ich schaute mich um. Die Hügel, die Höfe, die Kirche, alles war jetzt mit Neuschnee bedeckt, würde ich mich daran erinnern?

Wenn nicht daran, dann an die Kälte. Ich sah die Abdrücke meiner Schuhe, frische Spuren im Schnee.

Arvid bückte sich, formte einen Schneeball und warf ihn fort, er versank im Schnee. Wir lächelten.

Ich legte den Gurt an und schaute zu ihm hoch, er zuckte wieder mit den Schultern.

An wen, um alles in der Welt, erinnerst du mich nur so?

Ich schaute ihn an, viel zu lange, zu lange, dass er glauben musste, ich wollte etwas von ihm, doch dann drehte ich schnell den Kopf und starrte durch die Windschutzscheibe. Er hob die Hand zu einem Gruß, ich nickte und startete den Motor. Er war kalt und stotterte. Ich sah seinen Rücken kleiner und kleiner werden, als er den Hügel emporging. Er hinkte leicht und wurde immer wieder zu einem alten Mann. Erst jetzt weiß ich, an wen er mich erinnerte, es quälte mich mehrere Tage, und es ist merkwürdig, dass ich nicht darauf kam, so ähnlich, wie er ihm war; dieses Knacken mit den Fingergelenken, dieses Gefühl, das er in mir heraufbeschwor, dieses phlegmatische Schulterzucken. Das ist doch Svein, auf den Punkt genau, als wenn er es wirklich wäre, Svein, oder Svennien, wie sie ihn in der Fußballmannschaft nannten, der Bruder von Katrine.

Ein bisschen schwindelig, als hätte ich dennoch erkannt, wem er ähnlich war: Mir war ein bisschen schwindelig, als ich den Motor startete und losfuhr. In gleichmäßigen Abständen rieb ich meine Hände aneinander und steuerte mit den Knien. Das Auto hustete und stotterte während der ersten Minuten, doch dann glitt es ruhig und gleichmäßig über die Straße. Es schneite stark und anhaltend, als wäre es nie anders gewesen. Ich war ein bisschen unruhig – wie sollte ich das nennen? Angst? Stärke? Ich weiß nicht, aber ich ähnelte wohl dem Tau, an das ich dachte, als ich in diesem Gästezimmer aufwachte und an die kleinen Befestigungen, die an der Küste unaufhörlich an die Fahnenstangen schlagen. Ja, ich ähnelte diesen unregelmäßigen Schwingungen des Taus, aber nicht dem Frieden, den es in meinem Ohr gab. Es war Samstagmorgen.

Hinter der nächsten Kurve traf ich seinen Sohn, Arve. Ich bremste und kurbelte die Scheibe herunter. Was hatte er denn vor?

Was einkaufen.

Was braucht ihr denn?

Nur ein bisschen Mehl für Vater. Mutter kommt nach Hause. Wir wollen backen.

Mehl für Vater.

Ob er nicht einsteigen will, wir können das Fahrrad hinten hineinlegen.

Macht das Spaß mit dem Fahrrad im Schnee?

Ja, das macht Spaß. Fährst du weg?

Ja, ich muss weiter, weißt du. Ich stieg aus. Du bist zehn Jahre alt?, fragte ich.

Ja, zehneinhalb.

Und du fährst mit dem Fahrrad durch den Schnee.

Ja-a. Das hat einundzwanzig Gänge. Mutter kommt heute nach Hause, wir wollen Kuchen backen.

Wir hoben das Fahrrad hinten in den Wagen, und ich sagte ihm, er könne sich natürlich vorne hinsetzen. Aber du musst dich anschnallen, sagte ich, beugte mich zu ihm hinüber und nahm den Gurt. Ich befestigte nur den Bauchriemen, kleine Kinder dürfen den Gurt nicht am Hals haben. Er sagte, ich müsse mich auch anschnallen. Der breite Gurt ließ ihn noch kleiner aussehen. Ich machte die Scheibenwischer an und sagte, man könne die nicht nur bei Regen gebrauchen.

Doch, sagte er.

Nein, erwiderte ich.

Doch, doch, sagte er und lächelte mich zum ersten Mal an, und ich begriff, dass wir miteinander spielten.

Als ich einen Kilometer später in einen Waldweg abbog, sagte er, dass das falsch sei und zeigte die Richtung mit seinem kleinen Finger an. Der Laden ist in der Richtung.

Ist er das?, sagte ich.

Ja, die Richtung, er zeigte noch immer dorthin. Er streckte seinen Finger in den Kassettenrecorder und sagte, die Richtung. Er rutschte vor und zurück, zog ein bisschen am Gurt und spielte mit der Gurtautomatik. Du fährst so langsam, sagte er in seinem singenden Dialekt, der Laden ist in der Richtung. Ich hatte einen Waldweg in die andere Richtung genommen. Es holperte und er sah mich an.

Nein, sagte Arve, hier bin ich noch nie gewesen.

Seine Finger waren im Inneren des Kassettenrecorders.

Magst du den Schnee?, fragte ich.

Er nickte und sagte, wir hätten einen falschen Weg genommen, der Laden liege in der anderen Richtung. Wo sind wir? Ich bin hier noch nie gewesen, sagte er, Mutter kommt heute nach Hause.

Dann wurde es kalt, Metall an den Händen und Schnee auf den Handflächen. Ich drehte mich um und sah nach, ob Gott am Waldrand stand. Stand er zwischen den Zweigen mit zehn Zentimetern Neuschnee? Stand hinter ihm ein kleines Mädchen? Arve sagte, er habe Angst, und ich sah, dass er ein Junge war und dachte wieder, wie ähnlich er mir war. Als wir aus dem Polo stiegen, sagte er, er habe Angst; ich bin hier noch nie gewesen. *Und Mehl für Vater,* dachte ich und blickte auf die makellose Schneefläche vor uns. Dort waren noch keine Spuren. Die nackten Bäume, der Schnee auf den kahlen Ästen. Ich zeigte ihm den Wald, deutete auf den Neuschnee, der sich still über die Äste gelegt hatte und beständig von neuem Schnee überdeckt wurde.

Was machen wir?, fragte er. Ich habe Angst. Wohin gehen wir?

Ich zeigte ihm den Wald. Da ist der Wald, sagte ich.

Häh?, sagte Arve, und sah sich um, hier bin ich noch nie gewesen.

Er war wirklich noch nie da gewesen. Wir holten beide tief Luft; zuerst ich und dann er. Ich nickte.

Ja, da ist der Wald, sagte ich.

Was machen wir?, fragte er. Ich sah rechts vor uns einen großen Granitblock und hielt den Jungen am Oberarm fest. Ich drückte ihn nach unten, packte seine Haare, nahm den Kopf des Jungen in meine Hände und begann ihn aufzuschlagen, ihn gegen den Stein zu schlagen, hart, er war hart. Was machen wir? Zu Beginn war er hart, viel härter, als man glauben würde, aber je mehr ich ihn gegen den Stein schlug, desto weicher wurde er. Es dauerte lange, aber schließlich wurde der Kopf weicher, ich hörte es knirschen und knacken, es knackte förmlich in meinen Händen, und dann begann der ganze Körper nachzugeben, zu zerbrechen, nachzugeben, zu zerbrechen. Irgendetwas spritzte über den Schnee, graurosa, daneben Blut. Der Junge blutete aus der Stirn auf den Schnee und irgendetwas anderes sickerte heraus, platzte heraus, knack! machte es, knack!, und ich fragte, ob Gott das jetzt sah, ob er sich vorgestellt hatte, bald einzugreifen. Schaust Du zu, sagte ich, schaust Du zu? Jemand macht etwas mit Deinem Sohn. Knack!, sagte es, ja, mir war so, als sagte es knack, während ich seinen Kopf auf den massiven Granitblock schlug, bis es zwischen meinen Händen weich wurde, es dauerte so lange, bis es in meinen Händen weich wurde. Schließlich knirschte es nur noch leicht, das Knirschen kleiner Knöchelchen. Ich nahm den Kopf hoch und schaute ihn an, die schlanke Nase hatte sich in die linke Gesichtshälfte verschoben. Ein letztes Mal, ich packte den Kopf mit beiden Händen und schlug ihn gegen den Stein. Das Fahrrad lehnte ich gegen einen Baum, ich holte es aus dem Kofferraum und lehnte es an einen großen Nadelbaum, und von den Zweigen rieselte Schnee herab. Was machen wir hier? Er lag da, er lag einfach auf dem Bauch auf dem fleckigen Stein da, als würde er schlafen. Aber ich flüsterte, er schläft nicht, und schaute zu den Bäumen hinüber. Der Schnee macht alles leichter, alle flüstern, »Mehl für Vater«.

Ich blieb stehen. Schaute zwischen den Bäumen hindurch in

den Wald, suchte in dem Licht, das sich durch die Zweige einen Weg zu Schnee und Baumstämmen bahnte, alles ab. Mein geliebter Gott, ich suchte nach Dir. Nach Dir! Komm zu mir, und wenn Du nicht meiner selbst wegen kommen willst, so komm für ihn, sagte ich und zeigte auf den zerschmetterten Kopf vor meinen Füßen. Um mich herum war es vollkommen still. Der Schnee rieselte von ganz allein von den Ästen.

Dann knisterte es an meinen Schläfen, ich spürte, wie sich die Gehirnzellen nach einander sehnten und vier, vielleicht fünf Sekunden verschwanden aus meinem Leben.

Der Schnee macht alles leichter, aber das ist eine trügerische Leichtigkeit.

Ich wusch meine Hände, indem ich einen Schneeball knetete. An meinen Knien waren kaum Flecken. Jetzt kommt Mutter nach Hause. Ich warf einen rotweiß gefleckten Schneeball in einen Baum und einen anderen auf sein Fahrrad. Er traf die Speichen des Hinterrads. Eine unwirkliche Stille im Wald, kaum zu glauben, dass ich hier war.

Reiner Schnee, ich probierte ihn und nickte. Es war Samstag.

Einige Sekunden stand ich da und wusste nicht, was ich tun sollte, und in einer dieser Sekunden glaubte ich, er sagte etwas. Das tat er nicht.

Als ich zum Auto zurückging, dachte ich an die Landschaft um mich herum und an mich selbst wie an einen meiner Vorfahren. Wie es hier wohl gewesen ist, – ja, 1890? Wenn ich Urgroßvater Werner gewesen wäre. Musste mir das Auto und das Fahrrad wegdenken. Ansonsten konnte alles ebenso gewesen sein. Ich bin ein Mann, ich bin Jakob, das war ein Gebet, ich habe die Hände der Geschichte. Ich hielt vor dem Auto inne und dachte, dass das Gewissen dazu da war, etwas auf sich zu laden, schwer zu sein und sah plötzlich in einer kurzen Eingebung einen Kopf, der nicht aussah wie ein Kopf, zog es? Zuckte es im kleinen Finger? Ich lehnte meine Stirn an die Regenrinne des Polos. Nein, jemand muss sterben, damit Gott – KANNST DU MIR JETZT KEINEN FRIEDEN GEBEN – damit Gott ein –

KANNST DU UNS JETZT KEINEN FRIEDEN GEBEN – damit Gott eingreifen – GIB UNS JETZT FRIEDEN – damit Gott eingreifen kann und wir Frieden bekommen können.

Warst Du da?

Ich denke an die Wanduhr in ihrem Wohnzimmer. Es schneite, gleichmäßiges Schneetreiben. Kalt kalt.

Er lag hinter mir, der Junge, und jetzt musste es geschehen, wenn es überhaupt jemals geschah. Denn es gibt einen Unterschied zwischen Reue und schlechtem Gewissen. Reue bedeutet, dass man etwas falsch gemacht hat, schlechtes Gewissen, dass man etwas richtig gemacht hat. Ich habe es richtig gemacht, ich weine. Ich gab Dir Mehl, Vater! Ich habe es richtig gemacht, ich weine. Ich gab Dir Mehl, Vater! Ein Kinderfahrrad. *Die Gesellschaft kann dem Druck nicht standhalten, es gibt keinen Ort, den Druck abzulassen; die Gesellschaft und das Individuum verstehen einander nicht.* Ein Kinderfahrrad.

Ich ging noch einmal zu ihm hinüber, zu dem vornüber gebeugten und gleichsam schlafenden Körper, der auf dem Bauch auf dem Stein lag. Ich nahm sein zerstörtes Gesicht noch einmal zwischen meine Hände und wusch es mit Neuschnee ab, aber es war zerstört und ließ sich nicht wieder herrichten. Das Kinn – oder besser gesagt, die gesamte Kieferpartie – war beinahe aus dem Kopf gerutscht, das heißt in den Hals, und die ganze obere Mundpartie hing frei in der Luft. Ich schaute ihn an und dachte: Er hat es schlecht gehabt. Aber jetzt hat er es gut. Geht es ihm nicht dort, wo er jetzt ist, besser? Doch, er ist rein. Und vielleicht wird es hier für uns besser? Ja, ja! Das wird jetzt richtig werden! Hast Du mich gesehen? Ich hielt sein zerschmettertes Gesicht in den Händen, es sah nichts ähnlich, hatte keinen Ausdruck mehr, es war unwirklich. Ich hielt es ans Licht, zog es hinter mir her durch den Schnee, doch nichts geschah.

Gott, Gott, mein geliebter Gott, für was ist es gut, das Schlechte? Was willst Du von mir? Wann wirst Du mich und die Meinen stoppen? Liebst Du mich? Was? Liebst Du mich jetzt? Noch einmal verschwand mein Blick zwischen den Bäumen, und in der folgenden Sekunde, noch bevor alle meine Gedanken in meinem Kopf zu einem einzigen Nichts explodierten, kränkte und beleidigte ich alles, was jemals über die Erde gewandelt war. Ich verletzte den ersten und letzten Menschen dieser Erde, jeden Regentropfen und jede noch so kleine Blume. Ich beleidigte sie alle, weil ich es so deutlich spürte: Ich werde geliebt.

Jetzt hatte ich keine Gefühle mehr. Der Schnee fiel noch immer auf die Erde herab, ebenso gefühllos, und zerschmolz auf dem zerschmetterten Gesicht, aus dem die letzten Reste der Körperwärme entwichen. Eine Schneeflocke legte sich unter die rechte Augenhöhle, zerschmolz, und ließ mich daran denken, dass er nicht geweint hatte.

Ich zog ihn hinter mir her durch den Schnee. Was machen wir? Wohin wollen wir?, flüsterte ich und schaute mich um. Runde auf Runde, ich zog ihn hinter mir her durch den Schnee, aber nichts, nichts geschah, außer dass der Schnee langsam seine Farbe änderte.

Das war wirklich ein höllischer Sommer. Der Sommer 1993. Ich versuchte, die Tage zu verschlafen, alles sollte einfach verschwinden, zu Kompost werden. Wenn ich jetzt daran denke, gefällt mir nicht, was ich sehe: mich. Da schlief eine Amöbe in meinem Bett. War ich *das?*

Die Temperaturen stiegen, sie stiegen und stiegen, wir sehnten uns nach den Hundstagen, ich tat das auf jeden Fall, diese Tropennächte waren nicht auszuhalten und gehörten verboten, ich verbrauchte zwei Lagen Eiswürfel pro Tag in den großen Wassergläsern. Die Straßen lagen in seniler Wüstendürre. Nein, die anderen sehnten sich nicht – ich schaute mich um, die Menschen waren hysterisch, sie schwitzten und sie liebten das. Und wenn ich sage, dass ich mich selbst in diesem Sommer nicht liebte, weiß ich nicht, was ich über die anderen sagen soll: Sie liebten diese Hitze, sie zogen sich aus, sie mochten das. Als Idiot konnte man sich vielleicht verleiten lassen, zu glauben, dass es das Glück war, das da vor einem stand, wenn man sie auf dem Weg zum Strand oder in die Parks beobachtete, ich aber wusste es besser. Sie waren allesamt Simulanten, nicht einer von ihnen hatte sich selbst im Spiegel der Geschichte gesehen und mit ganzem Herzen erfasst, was nötig ist, um auch nur einen kleinen Funken Wahrheit zu sehen. Hätten sie es getan, wären die Scheuklappen so groß und schwer gewesen, dass sie bloß das Antlitz des Herrn der Selbstgerechtigkeit gesehen hätten, wie er auf seinem Pferd nach einem seiner betrügerischen Siege über die Hügel geritten kam. Nein, sie hatten sich selbst nicht im Spiegel der Geschichte gesehen und auch ihr Schweiß tropfte nicht Gott zuliebe von ihrer Haut.

Oh, das war ein Sommer des Betrugs, wie jemand so richtig gesagt hatte: Dieser warme Betrug war Selbstbetrug. Die Kraft in dieser kollektiven Havarie war zentripetal, sie verstärkte sich, je tiefer sie in die Gesellschaft eindrang, deren verräterische Freude kein Ende nehmen wollte. Sie alle verrieten sich selbst, und wer sich selbst verrät, hat ein schwaches Selbst.

Ich ging hinein, um die Tage zu verschlafen. Ich stopfte alle Arten von Pillen in mich hinein, von denen ich glaubte, dass sie mich müde machen würden, Allergietabletten, obwohl ich kein Allergiker bin, Schlaftabletten; ich legte mich ins Bett, blieb ohne Decke auf dem Bett liegen und schlief. Fünfzehn Stunden pro Tag. Die Kopfschmerzen betäubte ich mit Paracetamol. Anderthalb Monate lang lief ich voll gepumpt mit Paracetamol herum, von Mitte Juni bis Anfang August, und alle lächelten. Wenn ich nach draußen ging, um etwas Kaltes zu kaufen – Eis, Salate, Mineralwasser, Gurken, Wassermelonen – sah ich sie alle, sie lächelten, sie zogen sich aus und sie mochten das. Ich weiß nicht, was mit mir los war, ich kann mich nicht daran erinnern, auch nur einen annäherungsweise vernünftigen Gedanken gehabt zu haben, geschweige denn einen geistreichen: ich kann mich nicht daran erinnern überhaupt gedacht zu haben, ich wartete bloß, schlief, wartete. Ich sprach nicht einmal den Bruchteil eines Gebetes. In meiner Wohnung hatte ich drei Tischventilatoren aufgestellt, und ich schaute auf ein Plakat an der Wand, das eine Schneelandschaft zeigte: Alaska. Ich weinte. Duschte viermal am Tag und stand mit geschlossenen Augen unter den kalten Strahlen. Ich meldete mich auf der Arbeit krank, schaute zum Himmel und täuschte mich immer selbst, wenn ich eine Schönwetterwolke sah. Donner! Regen! Nein, die Temperaturen stiegen, die Thermometer zitterten und ich schwitzte wie besessen, ich ähnelte der Sonne.

Jetzt fallen mir Bilder ein, die man von ganz anderen Erdteilen her kennt, wo es, im Gegensatz zum Norden, so warm werden kann, dass selbst die Hitze als Luftbewegung vor unseren

Augen sichtbar wird, nervöse Bewegungen, als ob die Luft fürchtete, Feuer zu fangen, wenn sie es denn könnte – ja, so war dieser Sommer.

Hah – ich stelle mir einen Film von der Sonne vor.

Wenn ich versuche, mich an ein Geräusch aus dem Sommer 1993 zu erinnern, an nur ein einziges Geräusch, so ist es das Knacken der Eiswürfel in einem Glas Wasser vor mir auf dem Tisch, klick, wie gedämpfte Violinensaiten.

An einem Samstag Ende Juli feierte ich das Wochenende mit zwei Sixpacks Bier, ich, der ich nie trinke, der ich Menschen hasse, die sich selbst vernichten. Aber sie waren so kalt, die Flaschen waren so kalt und dunkel, und ich merkte, wie mich der Alkohol betäubte und mir half, schneller einzuschlafen, mir ein paar Extrastunden Schlaf zu verschaffen. Ich hatte ein Röhrchen Paracetamol geschluckt, trank, sang vor mich hin, prostete mir zu und rief: »Wochenende! Wochenende!«, ich muss der Pathetischste von allen Pathetischen gewesen sein, wie ich da auf dem Sofa saß. Tags darauf wachte ich in meinem eigenen Erbrochenen auf. Danach ging es einfach nicht mehr, es waren zweiunddreißig Grad im Schatten, und ich begann, die Tabletten zu erbrechen. Ich wurde in einer Passfotobox am Bahnhof gefunden und wachte im Krankenhaus auf, zum Magenauspumpen. Zum Magenauspumpen, ich, zum Magenauspumpen! Gott hatte mich gesehen, ich streckte die Hand nach Ihm aus und Er nahm sie an. Manchmal scheint es so, als sei die Vergebung nicht verdient.

Die Räume, die Betten, die Laken. Sie waren davon überzeugt, dass ich versucht hatte, mir das Leben zu nehmen. Die Krankenschwester klopfte mir auf die Schulter, ich drehte mich geniert zur Seite, sie lächelte mich an und ich sah, dass sie unverzeihlich große Brüste hatte, sie streckten sich uns entgegen, uns, die wir hier in diesem Raum lagen. Es war so, als wollten sie etwas von mir, aber was? Ich saß aufrecht im Krankenbett und wartete auf die Tablettenausgabe – daran kann ich mich erinnern: das Warten, wie der Gedanke an einen Menschen. Ich hatte wieder begonnen zu denken. Auf dem Nachttischchen lagen eine Banane und mehrere Apfelsinen, ich hatte am Kiosk auch einen Roman gekauft, wegen des Titels, *»Gott zuliebe«*, aber er war trivial, und ich las ihn nicht, ich blätterte ihn nur kurz durch. Blickte auf die Schriftzeichen wie auf abstrakte Kunst. Ich lag da und wartete, und ich dankte Gott dafür, dass die Temperaturen langsam zurückgingen, für das kühle Dasein im Krankenhaus. Jetzt wartete ich nur noch auf den Regen.

Lieber Gott, sagte ich, danke für das alles, danke, danke, danke für alles.

Dann nahm ich, ich weiß nicht zum wievielten Mal an diesem Tag, das gleiche Bild von Großmutter hervor. Ich lehnte mich nach links hinüber und öffnete die Schublade, in der meine Brieftasche lag. Nicht einmal darüber hatte ich vorher nachgedacht, wie viele Male ich am gleichen Tag dieses Bild hervornahm: Ich aß Apfelsinen und sah mir Bilder an. Ich nahm die Fotografie aus der Brieftasche, als Vater gegangen war, er hatte mich besucht, hatte den ganzen langen Weg zurückgelegt, um mich zu besuchen. Ich dankte ihm, die Haare auf meinen Armen stellten sich auf, meine Ohrläppchen wurden warm und rot und ich dankte ihm. Ich sagte ihm nicht, was geschehen war, und er bat mich, nicht so unvorsichtig zu sein. Was in aller Welt hatten ihm die Ärzte erzählt? Ich weiß nicht, vielleicht hatte er alles verstanden. Ich weiß nicht, über was wir sprachen, als er da war, nur dass wir über Großmutter redeten.

Ja: ich aß Apfelsinen und schaute mir Fotos an. Entkräftung fördert eine merkwürdige Motorik. Irgendwo, in irgendeinem anderen Zimmer des Krankenhauses lag jemand, der schrie und winselte wie ein Hund. Eine gebärende Frau? Als Vater gehen wollte, drehte er sich noch einmal in der Tür um, sagte, ich solle anrufen, und ging.

Das war wirklich ein Geschehnis, das einem Gedanken ähnelte. Nachdem Vater gegangen war, nehme ich also wieder das Foto von Großmutter hervor, und ein klares, ziemlich starkes Licht fällt vom Krankenhausgarten durch die Bäume herein, die auf der Böschung zum Parkplatz und dem Kiosk standen, an dem ich den Roman gekauft hatte. Das Licht fällt ins Zimmer, zwischen die Betten. Ich glaube, es war die Sonne, die sich an einigen der großen Bäumen vorbeigekämpft hatte. Augustlicht, und schließlich traf es die Fotografie in meinen Händen. Großmutter, sie steht auf einem Bahnsteig in Malmö, 1946, und lächelte, *und zum ersten Mal fällt mir ihr Haaransatz auf.* Ich starrte darauf, das Licht glänzte in ihren Haaren. Ich erkannte es wieder und fuhr mir mit der rechten Hand an den Kopf.

Es fühlte sich so an, als stünde Vater noch in der Tür, dabei war er doch längst auf dem Heimweg, über den Wolken in einer Boeing.

Da habe ich das her, dachte ich, und fuhr mir mit dem Finger über den Haaransatz, dort, wo der schwach gekrümmte Bogen beginnt.

Großvater hatte das Bild gemacht, das weiß ich, mit ruhiger Hand und seinen kräftigen Fingern. Sie waren nach der Befreiung nach Malmö gereist, um Studienkameraden von Großvater zu besuchen, schwedische Verräter, und ich lag durchgespült, ausgepumpt und mit reingescheuertem Magen im Krankenhaus, und ich war da. Ich schrak auf, ich bin jetzt da: *In Großmutters Stirn, in ihrem Haaransatz,* Großvater macht das Foto, ich kratze mich am Haaransatz und starre, starre, Licht blinkt in ihren Strähnen, ich starre, starre –

Schwindel –

die Wasserfläche knistert – *ich kann schwimmen*

bevor ich –

und dann hörte es auf. Die Dunkelheit kam, es wurde dunkel, es wurde endlich kalt, kalt wie in einer Katakombe. Aber wann würde es regnen?

Später sagte der Arzt, ich sei da im Bett ohnmächtig geworden, das sei ganz natürlich, sagte er, Sie sind erschöpft. Zu wenig Blut für das Gehirn. Er erklärte mir, dass es gut sei, ohnmächtig zu werden, Selbstschutz. Im Nachhinein weiß ich, dass es etwas anderes war, es war ein epileptischer Gruß. Ich sah Großmutters Gesicht, so jung, so frisch, wie eine Zitrone im himmlischen Garten.

Ende August begann es zu regnen.

Ich erwachte im Dunkel der Spätsommernacht, und es geschieht wohl nur in wenigen Nächten im Leben eines Menschen, dass man behaupten kann, von einem Geruch wach geworden zu sein, aber das war eine solche Nacht. Der Geruch von Regen, nicht das Geräusch, sondern der Duft des Regens und die anderen Gerüche, die der Regen dem Geäst der Bäume, dem Gewirr der Straßen und dem Gras entlockt.

Es schüttete, als seien alle Gebete von Gott mit seinen sonnenerfüllten Ohren erhört worden. All die Gebete um Regen. Die vielleicht andere Sehnsüchte überdeckten – das sehe ich jetzt. Später saß ich auf der Veranda und lachte über mich selber, ich hörte, wie die Regentropfen gegen alles, was sich ihnen in den Weg stellte, trommelten, und lachte über den Sommer. Ich verachtete meinen eigenen Sommer und war zum Bersten angefüllt mit Tatendrang. Ich saugte in den Zimmern Staub, die Tage vergingen wie im Flug und ich ging mit richtigem Enthusiasmus zur Arbeit, nahm Teil an den Kantinendiskussionen über den Treibhauseffekt, und das alles interessierte mich wie niemals zuvor. Ich begann, mit den Meteorologen Mittagspause zu machen, und durfte mir die Satellitenbilder anschauen, mittels der sie vergleichende Analysen anstellten. Sie arbeiteten dreidimensionale Wetterkarten aus, die mit Hilfe der EDV in wenigen Sekunden erstellt werden konnten. Im Institut breitete sich mehrere Monate lang eine hektische und kreative Betriebsamkeit aus, während der wir alle fühlten, dass wir kurz davor waren, kolossale und zum Teil erschreckende Wetteränderungen vorherzusehen. Ja, sogar ich spürte von meinem Platz an der Pforte aus, dass ich an etwas Wichtigem teilnahm.

Der September war kalt, klar, überraschend kalt.

Gott war in diesen Sommermonaten weit von mir entfernt. Ich kenne diesen Mann nicht, der sich da so aufführte, wie ich es tat.

Dass es Großmutter war, die mich zu mir selbst zurückbrachte, überraschte mich nicht. Im Gegenteil, ich sehe darin Zeichen. Das Bild, in dem ich mich selbst an jenem Tag, an dem das Licht vom Krankenhausgarten durch das Fenster fiel, wiederfand, hängte ich in einem billigen Cliprahmen an die Küchenwand und fand es wohnlich. Wenn ich mit dem Filetiermesser auf dem Schneidebrett Fische sauber machte, dachte ich an sie, und es war beinahe so, als führte sie das scharfe Messer. Ich spürte aber auch, wie ich dort hängen blieb, an Großmutters Haaransatz, an ihrer Stirn, und wie es sich unwiderruflich ausbreitete: ich. Wie ich mich unwiderruflich in ihren Ohren, auf ihrer Haut und in ihrem Lächeln ausbreitete, als sauge sie mich in sich auf, schmatzend.

Familie, dachte ich, Familie.

Im Oktober nahm ich das Flugzeug nach Bergen, den Bus zur Fähre und die Fähre zur Insel und zu Vater. Es war das letzte Mal, dass ich ihn dort zu Hause besuchte, danach trafen wir uns nur noch bei mir, abgesehen von einem gemeinsamen Urlaub, 1995, in dem wir zum Nordkap reisten.

Vater wollte nicht mehr zum Fischen hinausfahren; nein, die Leinen seien morsch. Er sagte, du kannst all die Sachen haben und deutete auf die Kiste, die er auf den Küchentisch gestellt hatte, während ich mit dem Koffer in der Hand dastand und mein Lächeln nicht finden konnte. Ich habe das alles für dich gesammelt, sagte er. Er war müde, doch wie müde er war, begriff ich nicht. Als er zu mir ins Krankenhaus gekommen war, war er mir so stark und gesund erschienen; war meine Schwäche auf ihn übergegangen? Kannst du nicht schlafen, Vater?

Bist du denn wieder gesund? Jeder Satz schien ihn anzustrengen.

Ja, ich bin gesund, erwiderte ich.

Das hab ich mir immer gedacht, du wächst da heraus. Das war ja immer nur ganz leicht, sagte er, ganz leicht, nur die vielen Albträume.

Das hab ich nicht gemeint, sagte ich.

Vaters Nacken zuckte zusammen, und er sah aus wie ein Fragezeichen, als er unsicher die Augenbrauen anhob.

Ich meinte die Sache im vergangenen Sommer, sagte ich. Aber die Epilepsie ist ja auch vorbei.

Ach, das im Sommer, sagte er, ohne dass er sich wirklich daran zu erinnern schien. Das im Sommer, ja. Du wächst da heraus. Er deutete wieder auf die Kiste auf dem Tisch, ich verstand nichts, ich verstehe es noch immer nicht. Er redete so, als hätte er mich niemals dort im Krankenhaus besucht und einen Augenblick lang dachte ich, er erinnert mich an Mutter. Deutete müde auf die Kiste und sagte, dass ich sie haben solle.

Nimm sie mit, Jakob, das sind nur Kleinigkeiten, Briefe, Familienkram, sagte er. Jemand soll es haben, du sollst es haben. Ich will es nicht mehr.

Sicher?

Ja.

Du wirst es nicht bereuen?

Nein. Das alles ist bei dir besser aufgehoben.

Ich glaube, er zeigte auf seinen Kopf und meinte damit, dass es jetzt genug sei, genug *Familienkram.* Ich blickte ihn an, er war zusammengesunken. Vater, der immer fischen wollte, wandern, Steine ins Wasser werfen, mir Gott zeigen, die Möwen. So müde. Da erinnerte ich mich plötzlich, dass er Neurologe war, und ich verstand, dass er log und dass die Erklärung war – er wollte nicht mehr. Er wollte diese Sachen nicht mehr um sich haben, sie schrien ihn an, wie Großmutter begonnen hatte, mich anzuschreien. Vaters Forschungsgebiet war die Erinnerung, und er pflegte immer zu sagen, dass das Vergessen der einzige Garant der Erinnerung war; wenn das verschwand, würde die Erinnerung einschlafen. Genau wie ein Fußballspieler.

Diese Vergleiche von Vater waren immer unpassend und komisch, wie Haare und Zähne. Sie stimmten nie ganz und ließen uns immer von dem abschweifen, über das wir eigentlich sprachen. Ich fragte, was das war, sich zu erinnern, die Erinnerung? Jedes Mal gab er mir eine andere Antwort, und je mehr Jahre vergingen, desto kürzer wurden die Antworten. Sich selbst zu bewahren, sagte er. Sich auf die kommenden Augenblicke vorzubereiten, sagte er. Der Versuch, ein besserer Mensch zu werden, sagte er. Scham? Ja. Neurologen sollten nicht so religiös sein wie du, sagte Großmutter und fuhr ihrem Sohn mit der Hand über den Kopf. Großvater blickte sie streng an. Vater nahm meinen Kopf zwischen seine Hände, als wolle er mir zeigen, wo im Kopf sich die Erinnerung befand, seine Finger pressten sich auf meinen Nacken. Aber dann schüttelte er den Kopf. Das sind Nerven, sagte er, alles dreht sich nur um Nerven, Zellen, Elektrizität.

Die Sachen im Sommer, sagte er und schaute mich an, er hatte Falten an den Augen, die Sache im Sommer, ja.

Vater fuhr mich in dem weißen Volvo zum Fähranleger. Half mir mit dem Koffer und der Kiste. Wir schauten über den Fjord, suchten, ob wir die Fähre schon sahen. Der Wind blies heftig – hohe, gleichmäßige Wellen, und wir mussten mit unseren Stimmen gegen die Böen ankämpfen. Vater zog den Reißverschluss seiner Jacke zu.

Bist du sicher, dass du es nicht bereuen wirst?, fragte ich noch einmal und nickte in Richtung der Kiste mit den Sachen.

Die ist für dich, sagte er schnell.

Er umarmte mich, bevor ich an Bord ging, eine flüchtige Umarmung.

Heute denke ich, er wusste, was auf mich zukam. Er wollte nicht hinausfahren und fischen. Ich sprach davon, Vater, sollen wir nicht mit dem Boot hinausfahren? Fischen? Wie früher. Nein, sagte er, und ich verstand das. Er hatte sie verloren, Gott, alles. Aus irgendeinem Grund hatte er sie allesamt verloren.

Ja, eine Sache ist es, einen Menschen zu sehen, der nie etwas gehabt hat, was soll man da sagen? Entweder man reagiert mit Abscheu und momentaner Verurteilung und sagt: Du lebst nicht. Oder man fühlt eine Art Mitleid mit dem, den man vor sich hat und sagt: du Armer, mögest du doch finden, nach was du suchst. Aber es ist eine ganz andere Sache, einen Menschen zu sehen, der immer hatte, was wir Menschen brauchen, seinen Gott, seine Nächsten; zu sehen, dass dieser Mensch alles verloren hat. Das ist viel schlimmer, und man fühlt sich hilflos, insbesondere wenn man einer derjenigen ist, die dieser Mensch verloren hat.

Ich heftete meine Blicke auf die Fahrbahn vor mir.

In mir war Ruhe, als diese Erinnerungen durch mich rannen und ich weiter und weiter in den schneehellen Tag hineinfuhr, den Blick auf die Fahrbahn vor mir gerichtet. Ich war ruhig und traurig. An der Wand eines geschlossenen Blumenladens lehnte ein altes Damenfahrrad. Als ich einen schlechten Geschmack im Mund verspürte, ärgerte ich mich darüber, dass ich tags zuvor die Kaugummipackung aus dem Fenster geworfen hatte. Ich achtete auf den Umdrehungsmesser, nicht auf die Zahlen, sondern auf die Bewegungen der Nadel, das war eine Art trockene Begleitung meiner Erinnerungen. Was hättest du jetzt über mich gesagt, Vater, fragte ich mich in Gedanken.

Der Stammbaum – oder nur eine Karte über mich selbst.

Aber wer ist das nur…, pflegte Großmutter immer zu fragen, wenn ich ihre Stube betrat und sie hinter ihren dicken Brillengläsern so tat, als sähe sie noch schlechter, als sie es in Wirklichkeit tat. Und ich sagte dann: »Das bin nur ich, Jakob.«

Nein, nicht nur, dachte ich und sah meinen Namen auf dem Blatt: Jakob!

Fast zwei Jahre nachdem ich in diesem Herbst von Vater zurückgekehrt war, das Bild von Großmutter an der Küchenwand aufgehängt und mich am Haaransatz gekratzt hatte, begann ich meine eigene Familie zu systematisieren. Die Fotografie aus Malmö 1946 hing an der grauweißen Wand neben dem Ofen und die Kiste mit den Sachen stand in der Speisekammer neben dem Staubsauger. Nachdem ich Staub gesaugt hatte, nahm ich mir die Sachen vor, ich glaubte, nichts von all dem zu wissen – Jakob Malde, sagte ich, als ob es sich um eine Eisenwarenhandlung handelte. Die Idee kam mir an einem Frühlingstag, als die Bäume vor meinem Fenster zu blühen begannen und mir das Wort Stammbaum in den Sinn kam, während ich ein Bild von Mutter und Vater betrachtete. Eine Buche, glaube ich.

Zu Beginn war ich von dem eigentlichen Aufbau, mit dem ich mich herumschlug, so fasziniert, dass die Orte für die Namen und Zahlen leer blieben. Aber dennoch war ich wie geblendet, oh ja, wie eine bunte Bonbontüte vor einem schwarzweißen Kinderprogramm. Ich kam mit glänzenden Augen vom Staatsarchiv nach Hause. Jot, a, ka, o, be. Ich denke an einen Wissenschaftler, von dem ich gehört hatte, der vergaß, dass sein Forschungsgebiet die Krebserkrankung war. Seine Kollegen fanden ihn immer öfter verwundert über seinen Notizen sitzen, als wären das Malereien oder magische Zahlen, und dazu waren sie ja auch geworden. Ich saß des Nachts wach, döste im Büro vor mich hin, und in diesem Dämmerschlaf vornüber gebeugt über die Tastatur des Computers sah ich einen schwarzen Baum in meinem Körper heranwachsen.

Mit der Zeit schienen die Namen Flöhe zu bekommen, die Zahlen forderten, auf die Waagschale gelegt zu werden, und ich sah ihr Gewicht. Ich las die Briefe, die ich von Vater bekommen hatte, betrachtete die Bilder und Auszüge aus den Kirchenbüchern und bemerkte, wie sich die Namen und Zahlen dort wieder fanden. Neunzehnhundertsechs wurde mehr als »1906«, Urgroßmutter und Urgroßvater haben doch noch ein zweites Kind bekommen, Jakob Aaron für die Schwester, die verschwand. Siren. Dann sehe ich die Hand, die Vater einen Brief geschrieben hat, sie hat ihn unterschrieben: Karen. Tante Karen, die von Geburt an auf einem Ohr schwerhörig war, Vaters Schwester, ein Gefühl von Ungerechtigkeit. Sie lebt, sie ist nicht älter als 56 oder 57 Jahre. »Jakob Aaron« wurde Jakob Aaron.

Karen, ich erinnere mich an sie, sie war eine Frau.

Nach der ersten Faszination kam die erste Beunruhigung: Das da sind Menschen, Menschenleben. Und dann, das da sind Menschen, die Leben gelebt haben, die etwas für mich bedeuten. Ich saß in dem staubigen, gelben Licht in der Küche und wippte mit den Füßen, während ich las und mir meine Notizen machte. Und schließlich, als meine Nägel zu jucken begannen, geschah es, dass ich meine Nerven mit der Schrift auf dem Zettel vor mir auf dem Tisch verwechselte. Vater kniff mir immer vorsichtig in den Arm und fragte, spürst du das? Ja, sagte ich, das tut weh. Das sind Nerven, sagte er dann. Ich saß, vor mir ein Blatt Papier, am Küchentisch, wippte mit den Füßen, versank im Papier und dachte, diese Menschen kneifen mir in den Arm, sie bedeuten etwas für mich.

Je mehr Tage verstrichen, desto deutlicher bekam das alles eine Aura, Seesäcke, Unionsauflösung, Rationierungskarten und Pferde mit Zaumzeug. Je mehr ich herausfand, desto größer wurden die Löcher, ich sah, wie die Erzählungen vor meinen Augen zu rosten begannen. Fliederblaue Sommerkleider wurden zu geregelten Seitensprüngen, als ich in Tante Karens Brief an Vater aus dem Jahre 1967 las, dass sie nie ihre eigene Tante, Emilie, vergessen konnte, die der ganzen Familie von dem fliederblauen Sommerkleid erzählen musste, wegen dem sie 1935 einen ganzen Tag durch Oslo gelaufen sei.

Ich habe begonnen, dich zu vermissen, Mama. Warum warst du niemals da?

Ich saß da und der Zettel in meinen Händen nahm mich vollkommen gefangen. Überallhin nahm ich ihn mit, in den Bus, er lag in der Innentasche meiner Jacke. Die Familie war plötzlich echt, ich musste alles verstehen, mich darin auskennen, wie in meiner eigenen Hosentasche, Namen und Zahlen verbargen echte Menschen. Und ich, wo war ich… da! Da! Da! Da! Ich bemerkte, wie ich alle miteinander verknotete, Untreue, Askese, Epilepsie. Ich sah mich jetzt wirklich selbst, wie ich mich auf der Fotografie von Großmutter im Krankenbett erkannt hatte – zwischen den Zeilen der Briefe, in einem Wangenknochen, einem Klappstuhl. Ich sah mich selbst in den Gesichtszügen der Familie zirkulieren, und es gelang mir schließlich, zwischen meiner eigenen Einfühlung und ihrer Fähigkeit, aus nichts Mythen und Geheimnisse entstehen zu lassen und in Abenteuern zu verschwinden, zu unterscheiden. Ich weiß nicht, vielleicht brauchte ich das damals, das ist inzwischen ein paar Jahre her, 1995. *Geh nicht von mir!* Ja, sie schrien mich an, rot und verschwitzt, die Namen und Zahlen flüsterten mir etwas zu.

Ich glaubte, alles zu verstehen. Der Körper wuchs, und ich verstand das: Wenn das Hirn einen Befehl an ein Körperteil gibt, platzt dieser irgendwann in die Geschichte hinein. Darum ist mein Finger so schwer, wenn ich versuche, meinen Namen in den Staub auf den Windschutzscheiben zu zeichnen, im November. Darum ist die Hand, die den Kopf des kleinen Jungen tätscheln will, so plump. Aber dennoch ist alles elektrisch und die Energie steckt an und verschmilzt mit dir. Ja, ich glaubte, alles zu verstehen. Das Flüstern, die Röte, das Gemurmel. Aber das Verständnis hatte noch nicht die Form der Erzählung erlangt, nur Strukturen und Gerüste, merkwürdige mathematische Formeln.

Und dort bin ich jetzt, draußen und verhelfe den Einsichten zu Geschehnissen, Gesichtern, FAKTEN.

Das Brummen des Autos, gleichmäßig, ruhiges Motorengeräusch, der Mann in seinem Wagen.

Einmal, als ich einen kleineren partiellen Anfall hatte, sagte ich Vater, dass ich mich manchmal an Dinge erinnerte, die gar nicht die meinen waren. Dinge, von denen ich nie gehört hatte, die ich niemals erlebt haben konnte, aber dass dennoch ich es war, dass es dennoch die meinen waren.

Was, zum Beispiel?, fragte er. Ich streckte die Unterlippe vor und sperrte die Augen auf.

Siren, zum Beispiel, antwortete ich.

Er deutete auf meine Schläfen und sagte, da säßen die Schläfenlappen. Ich stellte mir zwei große Lappen vor, weiche Lappen mit Blindenschrift. Sie sind ungeheuer klein, sagte er.

Ja, und dann?

Ich glaube, wir saßen am Küchentisch – und Mutter? War das vor dem Feuer? Hörte ich sie in der Stube häkeln? Das Brummen des Kühlschranks, auf jeden Fall war da das Brummen des Kühlschranks.

Jetzt begann Vater, unzusammenhängendes Zeug zu reden, dass es das sei, was er immer versucht habe zu verstehen. Was dort geschah, sagte er und zeigte auf meinen Kopf.

Was geschieht denn da?, fragte ich.

Mehr als… Er blickte auf seine Hände. Mehr als…

Mehr als was?

Mehr als… du selbst, sagte er und streckte sich, um seine Schuhe zu erreichen, die neben der Küchenbank standen. Er wollte, dass wir nach draußen gingen, ja, da wollte er, dass wir einen Spaziergang machten. Ob Mutter häkelte?

Nein, sagte ich, kannst du mir das nicht erklären, wir können hinterher nach draußen gehen. Mehr als was?

Ich weiß nicht, Jakob, aber manchmal glaube ich, dass da drinnen etwas verwechselt wird, eine Elektrizität, die Bereiche *weit außerhalb von dir selbst* tangiert, in den Schläfenlappen. Er stotterte und stammelte, aber nach einer Weile richtete er sich auf. Nun ja, stell dir das mal vor, versuch dir das vorzustellen. Wenn der Mensch eine Materialisierung der Energie Gottes ist, dann verschwindest du nie. Nie *ganz,* verstehst du?

Nein.

Doch, sagte er, doch, das ist bloß die Materie, die verschwindet, der elektrische… Stoff.

Der Körper?

Ja, auch der Körper. Die Elektrizität verschwindet nicht, sie alterniert bloß. Ja, alterniert. Und die Energie ist niemals gekommen oder verschwunden, die Energie ist Gott.

Die Energie? Das ist Gott?, fragte ich.

Ja. Ja. Und dann musst du daran denken, dann musst du dir vorstellen, dass die Energie in alle Ewigkeit bestehen bleibt, *als sie selbst,* und dabei sozusagen unterwegs ein elektrisches Zuhause in etwas Materiellem bezieht, etwas, das auf die Zeit angewiesen ist. Zum Beispiel in dir, Jakob. In deinem Gehirn. Vater zog sich die Schuhe an. In deinem Gehirn, sagte er, Gottes Gehirn.

Ich spürte, dass ich ihn daran erinnern sollte, was ich eigentlich gefragt hatte, dass ich mich ab und zu an etwas erinnerte, das ich nicht war, es aber dennoch *so als ob* erlebte.

Ich komm' da noch drauf zurück, sagte Vater, unterbrich mich nicht. Die ewige Energie nimmt sich Personen und verlässt sie wieder, so geschieht das, glaube ich. Und in den allermeisten Fällen wissen das die Personen nicht, oder sie bekommen keinen Zugang zu der Energie, dazu, dass sie aus etwas bestehen, dass… Vater schwieg plötzlich, lange.

Ja? Ich glaube, Mutter häkelt in der Stube. Ja?

Dass sie aus der historischen Elektrizität einer unsterblichen Energie bestehen, sagte er und nickte über sich selbst. Ja, Gottes Energie wird in regelmäßigen Abständen zu historischer Elektrizität, aber eine Elektrizität, *die der Mensch nicht spürt,* sagte er. Aber in den Schläfenlappen gibt es eben eine Möglichkeit, dass diese historische Elektrizität ausschlägt.

Ausschlägt?

Ja, ausschlägt, dass sie ganz plötzlich ausschlägt. Ich glaube, so kann das sein, sagte er und schüttelte den Kopf. Ich glaube, so kann das sein. Und das geschieht in den Schläfenlappen, in extremen Fällen mit epileptischer Aktivität, psychomotorischen Anfällen unter enormer elektrischer Entladung, und dann… dann erinnerst du dich an Sachen, die gar nicht dir selbst entspringen, *aber so als ob,* so als ob du ein anderer wärst. Und das bist du. Das bist du wirklich. Das ist mehr als ein Déjà-vu, du bekommst ein Stückchen der globalen Erinnerung. Aber das kannst du nie bestellen, sagte Vater und stand auf. Gehen wir?

Wie, bestellen, fragte ich und zog mir die Jacke an.

Nein, das geschieht einfach, sagte er. Und wenn es geschieht, kannst du es nur als eine Halluzination auffassen.

Ich nicht, ich…, sagte ich, und er schwieg plötzlich.

Sofern du nicht, *sofern du nicht* eine Elektrizität streifst, die bei jemandem war, den du kennst.

Wir gingen durch die Tür hinaus. Ich wollte fragen, ob es denkbar war, dass Gott eingriff, aber ich tat es nicht. Draußen blies ein heftiger Wind, und Vater sagte, wir könnten bloß zum Meer hinuntergehen, jetzt habe es keinen Sinn zu fischen. Das Boot lag an Land, die Möwen schrien und der Wind zerrte an unseren Jacken.

Jemand, den man kennt? Wie Siren?, fragte ich.

Er sagte, jetzt habe er mir Grillen in den Kopf gesetzt, was? Und lächelte, *wuschelte mir durch die Haare* und sagte, jetzt könne ich ja wohl verstehen, warum er nur ein mittelmäßiger Forscher sei.

Ich weiß nicht, sagte ich. Als wir unten zu den Felsen am Strand kamen, war ich kurz davor, ihm von Katrine zu erzählen, aber ich tat es nicht. Stattdessen fragte ich nach Siren. Ob er mir etwas über sie erzählen könne. Er antwortete nicht, glaube ich, wiederholte nur die alten Sätze, den alten Mythos, sie starb einfach, 1903.

Doch, Mutter saß in der Stube und häkelte, ich bin mir sicher, ich glaube, das war kurz vor dem Feuer.

Und heute glaube ich, dass sie zuhörte. Und wenn es so ist, wie ich glaube, dann war sie ein einziger großer historischer Augenblick, kein Mensch mehr, nur Elektrizität, die Elektrizität anderer.

Aber ich verstehe auch – sehr gut, glaube ich, warum Vater, den Pullover halbwegs über den Kopf gezogen, aus seinem Arbeitszimmer stürmen konnte. Ja, so sehe ich das in meiner Erinnerung. Er kommt aus seinem Arbeitszimmer gestürmt, nimmt mich in den Arm, reißt mich an sich, im Affekt, hebt mich hoch und sagt: und jetzt gehen wir fischen. Das verstehe ich gut.

Und-jetzt-gehen-wir-fischen.

Vater bückte sich und nahm einen flachen Stein. Er schaute mich an und lächelte. Ich nickte und suchte einen Stein für mich. Dann warfen wir sie. Sie hüpften über die Wasserfläche und Vater lachte laut und klopfte mir auf die Schulter.

Motorengeräusch ist etwas, das man kaum beachtet. Ich blickte auf den Kilometerzähler klick, klack.

Nein, ich weiß nicht. Ich hörte Vater zu, ich ließ ihn reden, ich wollte von Katrine erzählen, ihm sagen, dass er Unrecht hatte: Gott ist keine Energie, Vater, Gott ist Gott, hast du deinen Gott denn nie getroffen? Als wir vom Meer nach Hause gingen, kamen wir an dem Erdbeerfeld und dem Klohäuschen vorbei.

Weißt du noch, wie du im Sommer immer Erdbeeren gepflückt hast, fragte Vater.

Ja, ich erinnere mich daran.

Du warst so eifrig.

Es war kalt im Auto. Die Briefe von Tante Karen, die Fotoalben und die losen Fotografien, ein paar amtliche Dokumente, Geburtsbescheinigungen, Krankmeldungen, Rationierungskarten. Ein Stapel, Vater nannte es »Reliquien« – ein Stapel – nein, der ist diese Gefühle nicht wert – ein Stapel – NEIN. Vater verlor Gott nach Großvaters Tod. Er veränderte sich, die Riemen im Ruderboot passten nicht mehr in seine Hände. Er verlor Gott. Wie müde er war. Ich konnte das sehen: Gebete sieht man an den Knöcheln, die sie falten.

Es war kalt im Auto, ich versuchte zu fahren, ohne dass es sich bewegte.

Tante Karen übte mit ihren sauberen Händen eine ungeheure Anziehung auf mich aus. Keine andere Frau zog mich so sehr an wie sie, als ich klein war. Katrine war keine Frau. Ich glaube, Karen zog mich so an, weil sie meiner Vorstellung von Frauen nahe kam, die ich sonst nirgends auf der Welt bestätigt bekam: Smaragde. Später habe ich das Gerede in der Familie gehört, sie sei Jungfrau. Ob es stimmte – ja, ich glaube, ja – ich weiß nicht. Aber sie *kam dem nahe.* Sie kam den Bildern von den historischen Augenblicken, mit denen ich rechnete, nahe. Perfekt.

Wenn ich onaniere, schließe ich die Augen. Ich habe es nie getan, nie mit keiner von ihnen. Enthalte dich, sagte ich, enthalte dich und sei rein, Jakob. Die Körper, Körper, warum musste man so Sachen miteinander machen? Klebrig, fand ich, das sah klebrig aus. Ich habe es nie getan, aber ich habe daran gedacht, mit Gedanken, die nicht die meinen waren. Wem gehörten sie? Oh, ich glaube, es sind die Gedanken der Motoren, der Maschinen, der Antriebsriemen in mir. Ich sehe diese Frau, sie beugt sich nach einem langen Tag zum Boden hinunter, und etwas beginnt in mir zu denken, etwas erhebt sich in mir, und es macht nicht den Anschein, als könne ich etwas damit tun, nichts weiter, als Stellung zu beziehen. Nein, sage ich, nein.

Sie war die Einzige, die damals, als ich klein war, regelmäßig zu Besuch kam. Später ist mir aufgefallen, dass die Familie eigentlich recht groß war und wir dafür sehr wenig Besuch bekamen. Warum kamen die anderen nicht? Das wird eine stille Beerdigung. Tante Karen war auch die Einzige, die mit Mutter geredet hat, dachte ich. Ohne sicher zu sein, ich glaube mich nur daran zu erinnern, dass sie noch etwas *Zusätzliches* tat, wenn sie bei uns war. Sie nahm Mutter mit auf Spaziergänge, glaube ich. Vater mochte das, weil sie das war, die Schwester. Mutter, die immer auf ihrem Stuhl saß, tief in die Wand hineinstarrte und mich niemals ansah. Aß, im Bett lag. Ein Mensch ohne Augen. Nein, ein Mensch ohne Blick. Der nicht sehen will? Was war es, das Karen zu hören bekam?

Sein Fahrrad stand an einen Baum gelehnt neben dem Auto. Der Junge liegt hinter mir, die Flecken im Schnee, ich beachte sie nicht. Ich habe keinen Schnee über ihn geschaufelt. Ich legte meinen Fuß auf das Gaspedal und spürte, dass ich nicht wollte. Ich fuhr mit zehn Kilometern in der Stunde, bis ein Traktor in eine Ausweichbucht einbog, ein Traktor im Winter. Der Bauer winkte mir zu. Nach einer halben Stunde hielt ich auf einem Parkplatz vor einem Café an.

Sie brachte das Essen, Fleischbällchen und Kartoffeln, Gemüse aus der Dose. Und Chips, Kartoffelchips, ich bekam Chips. Auch sie hatte Brüste unter ihrer Schürze, das haben sie alle, große und kleine, und ich dachte, dass es dieser höllische Sommer gewesen war, der mich gerettet hatte. Nie mehr! Da war es geschehen, und das war der Grund dafür, dass ich mich *entschloss.* Ich würde niemanden verlassen, wenn ein Jünger sich selbst verleugnete, musste er ein Selbst haben, das er verleugnen konnte, nein. Nein: Ich weiß noch, dass ich es zu mir selbst sagte, mit Sonne im Gesicht über meine Papiere gebeugt, dass es von hier aus nur einen einzigen Weg gibt. Und der führt nach Hause. Und ich würde sie alle finden, dachte ich, und dadurch – durch sie – mich selbst, das Übel. Sieh mal an: Dosengemüse.

Von auswärts?, fragte sie. Sie war so dünn, dass ich kaum wagte, sie hart anzuschauen.

Das kann man wohl sagen, erwiderte ich und dankte ihr.

Kann man hören, sagte sie und lächelte, ging.

»Mehlklößchen« stand mit roter Tusche auf einem Pappschild, das an der Theke in einer Schale mit weißen Klößchen steckte.

Das Auto stand draußen vor dem Café, es war niemand sonst hier. Ein paar Meter entfernt war ein Motel. Im Café war ein großer Fernseher, auf dem ein Fußballspiel lief, aber der Ton war abgedreht. Ich las keine der Zeitungen, die an der Eingangstür in einem Zeitungshalter mit schrägen Schlitzen steckten. Ich muss mich die ganze Zeit darauf konzentrieren, dass ich nicht zu weinen beginne. Wenn ich mich so fühle, werde ich ganz klein, ein kleines Kind, das beginnt, die Reichweite seiner eigenen Lügen zu verstehen, ich flüstere den Teddys im Bett zu *Entschuldigung, das war nicht so gemeint.*

Tante Karen wohnte ein Stück weiter im Landesinneren, und ich war gezwungen, einen Abstecher von der Straße zu machen; auf diese Weise würde ich auch noch die Gegend vor der Hochebene besser kennen lernen. Schneehühner, Adler, norwegische Zutaten, Heimatmelodie. Karen, war sie nicht Zahnarzthelferin? Ich nahm einen in Plastik eingeschweißten Zahnstocher, nachdem ich die letzten Dosenerbsen gegessen hatte. Ich esse meinen Teller immer leer. Doch, ich nahm einen Zahnstocher, schob ihn aus der Plastikumhüllung heraus, legte das Plastik in den Aschenbecher und betrachtete den kleinen runden weißen Behälter, in dem die Zahnstocher standen – und dann nahm ich den schwachen Geruch wahr, den Geruch von Fluor, klinisch. Und sah die gelbe Schürze vor mir, die man immer beim Schulzahnarzt übergestreift bekam, die kleinen Plastikfiguren, die es als Belohnung gab, und den Zahnarzt und die Schwester mit weißem Rock. Ich schiebe den Zahnstocher zwischen Eckzahn und ersten Backenzahn: Tante Karen kommt zu mir herüber, kniet sich nieder – ich bin vielleicht acht oder so – und sagt, »Lass mal sehen, Jakob, nein, sieh dir das an, eine Perlenkette, du kannst stolz auf deine Zähne sein.«

Noch einen Kaffee?

Hätte ich Schnee über ihn schaufeln sollen? Wenn Gott nicht sieht, sollen es die anderen sehen.

Kaffee?

Ich schaute auf, sie stand vor mir, die Kaffeekanne vor ihren Brüsten. Sie war dünn wie eine Fahnenstange, hatte aber trotzdem ein frisches Gesicht. Eine Familie betrat das Café.

Ja, danke, sagte ich und starrte auf die Tischplatte.

Kaffee kann doch nicht schaden.

Oh, ja, sagte ich, ein bisschen Kaffee kommt jetzt gerade recht.

Die Familie setzte sich an einen Tisch gleich neben der Tür, die Tochter und der Sohn stritten miteinander, die Eltern sagten nichts, und ich dachte, was das für ein deprimierender Anblick war. Alle vier trugen Jogginganzüge. Die Frau – die Mutter – rauchte zwei Zigaretten, bevor sie sich entschlossen, was sie bestellen sollten. Mit der Zigarette zwischen den Zähnen zupfte sie den Kragen ihrer Tochter zurecht. Ich dachte irgendwie: Die Menschen leben heutzutage nur so gerade eben, sie sind Leitungen, Muttern, Schrauben, Kontakte. Der Mann bat die Serviererin, den Ton am Fernseher anzudrehen, und danach sagte er kein Wort mehr zu seiner Frau oder seinen Kindern. Sie mussten einfach flüstern, während er fernsah. Könnt ihr nicht mal fünf Sekunden die Klappe halten, sagte er, nur fünf Sekunden. Ich bezahlte und schaute beim Hinausgehen in die andere Richtung, die Serviererin drehte den Ton lauter. Als ich am Fenster vorbeiging, fiel mein Blick auf den Fernseher. »Wählen Sie Rosenbergs besten Spieler, 6,95 Kronen pr. Minute. Achten Sie auf die Trikotnummer!«

Es machte mir Spaß, Fußball zu spielen, ja, das tat es.

Als ich die Geldbörse herauszog, um zu bezahlen, fiel der Briefumschlag mit dem Bild aus der Innentasche meiner Jacke. Wer hat diesen Brief geschickt, das Bild, dachte ich, und dieser Gedanke fragte auch: Wer weiß es, wer hat es immer gewusst? Und will jetzt, dass auch ich es weiß?

Sie haben das hier verloren, sagte die spindeldürre Serviererin mit den zwei Brüsten unter den Kleidern und hob den Umschlag vom Boden auf. Das Bild glitt zur Hälfte heraus.

Ihre Tochter?

Ich lächelte.

Nein, das ist meine Schwester, sagte ich und gab ihr für ihren dünnen Körper fünfzehn Kronen Trinkgeld. Die Kinder hörten auf zu streiten, der Sohn zeigte zu mir herüber, und die Eltern herrschten sie mit ihren Blicken an. Der Sohn hatte schmale, misstrauische, grau schimmernde Augen.

Bevor ich das Gebäude verließ, versuchte ich es auf der Toilette in der unteren Etage, aber es gelang mir nicht. Das Glied in meiner Hand war wie eine weiche Wurst. »Katrine«, flüsterte ich, aber nichts geschah. An der Wand der Pissoirrinne, die zurzeit kaputt war, stand mit dickem Filzschreiber: Das Pissoir ist kein Aschenbecher! Ich schaute mich um und versuchte, den Hahn aufzudrehen, die Augen zu schließen und das Wasser einfach laufen zu lassen, aber nichts. Urin. Ich erbrach das Mittagessen und putzte mir mit einem schweren Zeigefinger die Zähne.

Plötzlich roch es im Vorraum der Toiletten nach *Kirche.*

Bist Du hier?

Niemand war dort.

Als ich den Gurt anlegte und mich auf den Schafwollbezug des Fahrersitzes setzte, verstand ich, warum mir in dem kalten Polo immer warm war. Ich bog vom Parkplatz des Cafés in die Straße ein und drehte dann ganz plötzlich den Kopf nach hinten, ich hatte das Gefühl, dass dort hinter mir etwas geschah … ich hatte Recht. Eine Zeitung flatterte wie ein Vogel über den Schnee, aber ich wusste, was das war, wer die *Zeitung* war. Ja, ja, sagte ich, du bist auf dem richtigen Weg, Jakob.

Ich kramte die Adresse von Tante Karen heraus, suchte auf der Karte den Weg und fragte an einer Tankstelle einen Mann in einem Overall, ob es weit bis Granstien war. Oh, nein, das sei nicht weit, sagte er und schätzte das Baujahr meiner *Karre* und dann gab er mir Tipps, wo ich tanken konnte. Im Schnee, Benzin im Schnee.

Ja, das ist wohl eine Karre, sagte ich und lächelte.

Aber ein gutes Modell, sagte er, sechsundachtzig. Dieser neumodische Schnickschnack ist auch nicht immer besser. Wir verstanden einander, und er gab dem Polo einen Klaps, als ich abfuhr.

Ich glaube, es waren die gehäkelte Decke unter dem Teller im Café und die Größe der Kartoffeln, die mich daran denken ließen: *Komm Herr Jesu, sei unser Gast, und segne, was Du uns bescheret hast – Amen.*

Mutter häkelte Deckchen, aber öffnete sie den Mund? Gab sie Laute von sich? Dieses Gebet hat mich nie ergriffen, es dreht sich zu sehr um das Essen.

Im Auto versuchte ich mich an andere Weisen aus der Kindheit zu erinnern. Weil ich alles Rote liebte, und weil ein Schneemann mein Freund ist, sagte ich und lächelte mir selbst über den Rückspiegel zu, es schneite jetzt stärker. Mein Boot ist so *klein.* Ich fuhr an einem großen Einkaufscenter vorbei, das einsam am Rand der kleinen Siedlung lag, hier haben sie alles versammelt, dachte ich, als ich eine Gruppe von fünf alten Männern mit Schiffermützen – so weit von der Küste entfernt – aus den großen Schiebetüren treten sah. Der eine ging am Stock. An dem roten Briefkasten stand eine Frau im Schnee und rauchte. Ich fuhr langsam, im Auto roch es nach Benzin. Während ich nach Straßenschildern Ausschau hielt, schaltete ich das Radio ein, alte Songs, Pop-Musik, die ich noch nie mochte. »La Le Lu, nur der Mann im Mond schaut zu…« Als ich das Schild »Granstien« sah und erkannte, dass die Straße, die ich nehmen musste, alles andere als eine Straße, sondern vielmehr ein kurviger Weg war, der sich an ein paar Höfen vorbei nach oben schlängelte, konnte ich meine gute Laune nicht mehr festhalten. Ich versuchte, mich an Tante Karens Gesicht zu erinnern. MEIN GESICHT KRIBBELTE und ich wurde nervös, denn ich wusste nicht, was ich sagen sollte, wenn sie die Haustür öffnete, vermutlich, ohne mich überhaupt wiederzuerkennen.

Was wollte ich? Gott steht jetzt am Waldrand.

Was wollte ich. Über Vater reden? Über Mutter? Siren? Sollte ich überhaupt sagen, warum ich unterwegs war?

Was wollte ich?

Warum zucke ich mit dem Kopf?

Das Fahrrad des Jungen steht an einen Baum gelehnt neben dem Auto, als ich aus dem kleinen Waldweg herausfahre.

Muss ich laut sprechen, fragte ich mich, als mir einfiel, dass Tante Karen schwerhörig war. Oder kann sie von den Lippen lesen?

Der Schnee verschmolz mit meinen Augen, als ich langsamer wurde, nach links blinkte und mir auf der anderen Straßenseite ein Traktor – der gleiche wie eben? – entgegegenkam. Ein Bauer winkte. Weiß, um mich herum ist alles schneeweiß.

Gott steht jetzt am Waldrand, Er glaubt, ich sehe Ihn nicht. Er weint und schämt sich, sieh doch: Er tritt zwischen den Ästen hervor. Er kniet vor einem kleinen Jungen nieder, einem Jungen, dem jemand den Kopf zerschmettert hat, das kleine Gesicht hat keinen Ausdruck mehr. Was flüstert Er? Gott flüstert etwas, Er legt seinen Mund an das Ohr des Jungen. Nein. Nein, ich kann nicht hören, was Er flüstert, aber ich glaube, er sagt ihm, wohin sie gehen werden. Er gibt dem Gesicht seinen Ausdruck wieder. Und er weiß, dass jetzt – ungefähr jetzt, ja – sich der Vater zu wundern beginnt, dass der Sohn noch immer nicht von dem Laden zurückgekehrt ist. Der Vater blickt auf die Uhr, er hat das Mehl vergessen, das der Sohn kaufen sollte. Mutter kommt bald nach Hause. Gott weiß das. Warum hast Du nicht eingegriffen?

Kannst Du nicht?

Ist meine Bosheit stärker als Deine Erkenntnis? Glaubst Du wirklich, dass ich schon von alleine aufhören werde? Dass sich irgendeine versteckte Perfektion wie ein rettender Engel durch Deine Schöpfung zieht? Alles zusammennäht, zu einer Einheit verschmilzt?

Er versteht es nicht, ich sehe, Er versteht nicht, dass Er eingreifen muss. Deshalb muss die Untat, das Verbrechen eine solche Dimension erhalten, dass er es nicht mehr länger aushält. Ich glaube, Er führt es auf meinen freien Willen zurück. Aber das ist zu einfach, sage ich Ihm, mein Wille ist nicht frei, Wille heißt zu wählen, zu schießen, den Hasen mit zusammengebundenen Beinen aufzuhängen. Ich rufe Ihm das nach, aber Er hört es nicht, Er geht schneller, verschwindet wieder im Wald, legt sich in den Schnee, während ich es seinem sich entfernenden

Rücken hinterher schreie: Das ist zu einfach! Gesteh es Dir ein! Gesteh es Dir ein! Du hast eine durch und durch böse Figur erschaffen und vergessen, dass diese Figur ein Mensch ist, und jetzt weißt Du nicht, wie Du sie retten kannst! Schau mich an, sage ich, als ich erkenne, dass Er mir nicht mehr zuhört. Schau mich an, sage ich. Und zeige auf den Jungen im Schnee. Das Fahrrad am Baum. Wie viele davon, frage ich. Zeig mir Deine Güte oder greife ein und erweise Dich als so stark wie in Deinen Geschichten und ich werde aufhören. Ich brauche keinen Beweis für Dich, ich liebe Dich! Ich brauche auch keinen Beweis für mich, ich brauche einen Beweis für Deine Güte, dafür, dass wir einen Wert haben. Dann werde ich aufhören.

Entschuldigung, sage ich. Ich meine das nicht so. Ich weiß, dass diese Gedanken niederträchtig sind. Geliebter Gott, verzeih mir. Komm zu mir, bring mich zur Ruhe, lass mich in Deinem Schoß liegen.

Das Fahrrad steht an einen Baum gelehnt.

Es gibt zwei Dinge, an die ich nie geglaubt habe. Jesus und den Teufel. Oder besser gesagt, ich glaube an Jesus, aber er war wie ich, ein Sohn mit knotiger Zunge. Das ist das Gleiche wie mit dem Bösen. Deshalb haben mich andere nie erschrecken können, nur ich selbst.

Gott stand am Waldrand, ich sah Ihn vor mir in seinem Wintermantel. Jetzt, jetzt begann Er in Richtung Hochebene zu gehen, zu hasten.

Ja, Großmutter pflegte das zu sagen: Karen wohnt wirklich schön. Ich erinnere mich jetzt daran, der Schafwollbezug wurde plötzlich glühend heiß, als ich oben auf dem Hügel ein Haus erblickte. Karen wohnt wirklich schön, pflegte Großmutter zu sagen, vorbei an drei Höfen und die kleine Straße empor. Sie muss die einzige Zahnarzthelferin in einem Umkreis von zehn Kilometern sein, dachte ich und stellte die Scheibenwischer schneller. Der Schnee war jetzt schwer, es war mein Gewissen, das sich über diese Äcker legte. Gut, ich weiß, wer ich bin. Mein Blick fiel auf meine Hände, die auf dem Leder bezogenen Lenkrad lagen und es mit gekrümmten Gelenken zu steuern versuchten. Vater sagte, spürst du das?, und kniff mich vorsichtig in den Arm. Ich war sieben und sagte ja. Vater sagte, das sind Nerven. Ich saß abends in meinem Zimmer und sagte zu mir selbst, dass ich ein sündiger Mensch war und verwechselte Nerven mit Nervosität. Meine Nägel wachsen so schnell, aber ich habe kräftige Hände und Haare auf den Beinen.

Ich fuhr an dem zweiten Hof vorbei, auf dem ein Mann das Eis von der Windschutzscheibe eines seiner drei Autos kratzte. Er winkte, ein Bauer mit drei Autos und einem Traktor.

Wenn ich jetzt daran denke, hält alles inne. Friert ein, wie ein Standbild auf dem Fernsehschirm. Ein Mann in einem Auto, er fährt einen Hügel empor, denke ich. Niemand weiß, woher er kommt, niemand weiß, was er will.

Der Bauer winkte, und das Auto fuhr weiter nach oben, vorbei am dritten Hof, und ich konnte in dem Schneetreiben erkennen, dass ihr Haus tatsächlich weiß war. In dem großen Fenster, das zum Tal hin zeigte, durch das ich gekommen war, stand ein kleines Lämpchen. Ich versuchte zu denken, dass das Tante Karens Haus war und Großmutter Recht hatte, wenn sie sagte, dass Tante Karen wirklich schön wohnte. Es gelang mir beinahe.

Gib mir eine Pause.

Es gibt immer einen solchen – Rückschlag wie diesen.

Die Hand eines Menschen?

Der Fuß versank im Schnee, und ich sah, dass meine Spuren die ersten waren. Ich schlug die Autotür hinter mir zu, viel zu laut, und wartete auf das Echo von den Bergwänden – aber nichts geschah. Nur ein schwacher Wind hüllte mich ein. Ich sah, wie sich meine Stiefeletten aus dem Neuschnee zogen, um gleich darauf wieder an einer anderen Stelle in ihm zu versinken. Die Luft dort oben war klar und scharf, klarer als unten in der Siedlung, aber es war weit, so weit von der Küste entfernt. Ich atmete durch die Nase ein und spürte, wie die Luft die Kanäle und Hohlräume in mir reinigte, und wünschte mir nur, einfach so weiteratmen zu können.

War das die Hand eines Menschen, die ich hinter der weißen Gardine gesehen hatte, als ich auf dem verschneiten Vorplatz angehalten hatte?

Ein merkwürdig grüner Schimmer lag auf dem Schnee, so etwas hatte ich noch nie zuvor gesehen. Ob das mit dem Wind und dem Licht zu tun hatte – ich war mir nicht sicher. Ich schaute mich um, ließ meinen Blick über die Äcker gleiten, die sich auf beiden Seiten des Hauses bis hinauf zu den Berghängen erstreckten. Suchte mit meinen Augen die schneebedeckten Flächen ab, als stünde dort jemand, der sich weigerte, eine Antwort zu geben, und vielleicht war das ja auch so. Ich zögerte. Ich war verzweifelt, ohne Grund, doch was kann einen mehr erschrecken als das, was einem am nächsten ist, dachte ich später und verstand mich, dort vor dem Haus stehend, ein bisschen besser. Ja – mit dem Schnee vor dem weißen Haus hatte es eine Bewandtnis, die es weder ermöglichte, eine passende Erinnerung zu finden, noch, ein konkretes Geschehnis damit zu verbinden. Er blieb einfach dort liegen und wuchs, weiß und grün vor meinen Füßen und Augen.

Die Gardine hing jetzt ruhig hinter dem großen Fenster und ich ging über den Vorplatz zur Tür. Es gibt keinen Grund, nervös zu sein, sagte ich mir selbst, wie man sich selbst etwas zuflüsterte, wenn man auf dem Weg zum Schulzahnarzt über die mit Linoleum ausgelegten Flure in der Grundschule schlich; es gibt keinen Grund, nervös zu sein. Meine Kniescheiben klapperten. Ich fuhr mit der Hand über den Deckel des grünen Briefkastens, der am Geländer hing, ließ meinen Finger über ihren Namen gleiten und stieg die Treppe zu der weißen Tür hinauf. Die Klingel war rechts neben der Tür.

In der Mitte der Tür hing eine sorgfältig ausgearbeitete Dekoration aus Tannenzweigen, die mit einer weihnachtlich roten Schleife zusammengebunden war. Ich lächelte.

Ich konnte nichts dafür, und ich hätte wohl auch nichts dafür getan, aber jetzt war ein Lächeln an seinem Platz. Weiß sie, dass ich hier bin? Kann sie es spüren? Ich wusste selbst nicht einmal genau, warum ich da war, aber es fühlte sich richtig an, manche Dinge muss man einfach tun, ohne sie zu Tode zu reflektieren. Menschen, die Weihnachtsdekorationen an ihre Türen hängen, wollen auf jeden Fall, dass alles gut wird. Es gibt keinen Grund, nervös zu sein. Mein Blick ruhte lange auf dem Tannenzweig. Ich stand da mit frischem Schnee auf Haaren und Schultern. Nervös – weswegen? Weil ich sie treffen würde, Tante Karen? Nein, ich freute mich, sie zu sehen. Oh, ich trampelte auf der obersten Treppenstufe, lächelte und hob die Hand zum Klingelknopf empor. Oder – wie soll ich das sagen … ich trampelte – ich hob – ich …?

Ich hob die Hand zum Klingelknopf empor.

Meine Finger berührten etwas … Organisches.

Ich drückte und wartete auf das Klingeln, aber dennoch spürte ich, wie mein Finger gestochen wurde, etwas Scharfes, das doch auch weich war. Dann blinkte es vor meinen Augen, es blinkte weiß und grün, meine Schläfen ließen sich ein paar Sekunden weich klopfen, wobei ich spürte, wie mein Finger gegen etwas drückte, das stach, und sich meine Hand in etwas Organischem vergrub.

Als ich wieder zu mir kam, sah ich, wie sich meine Hand aus der Weihnachtsdekoration zog. Die Finger glitten aus dem frischen Grün heraus. Der Tannenschmuck hing schief an der Tür und die Schleife hielt nicht mehr alles so dekorativ zusammen. Ich blutete nicht, aber ich hatte eine Druckstelle auf der Kuppe meines Zeigefingers.

Hatte ich schon geklingelt? Ich biss die Zähne zusammen und war unsicher. Es machte sicher einen schlechten Eindruck, mehrmals zu klingeln, also blieb ich da stehen und starrte verloren vor mich hin. Dann wurde die Klinke heruntergedrückt und die Tür ging auf.

Ja?

Ich lächelte, vor mir stand eine Dame, die gut fünfzig Jahre alt sein konnte, sie hatte ein schönes Gesicht.

Ja?

Sie erkannte mich nicht gleich, doch jetzt begann sich ihr Gesicht zu verändern.

Ja, aber … sie zögerte, ich blickte auf den Schnee neben meinen Schuhen.

Jakob?

Ja.

Bist du das wirklich, Jakob?

Ja, ich bin's.

Karen breitete die Arme aus und zog mich an sich. Einen kurzen Moment lang schloss ich die Augen, die Wange auf dem Stoff ihres Kleides, aber sie bemerkte es nicht.

Nein, jetzt schau dir das an, sagte sie und schob mich einen halben Meter zurück. *Jakob.* Aber so komm doch herein, das ist ja eine Überraschung.

Ich zog meine Schuhe aus und stellte sie auf die Türmatte. Tante Karen nahm meine Jacke und hängte sie auf einen Kleiderbügel, bevor sie mir den Weg ins Wohnzimmer wies. Die ganze Zeit über mit einem Lächeln auf den Lippen. Ich ging dicht hinter ihr her, vielleicht einen halben Meter, und sie drehte sich mehrmals um, schüttelte mit dem Kopf und gab immer wieder Laute der Überraschung von sich. Tja! Hmm! Und du brauchst nicht so laut zu sprechen, denn ich höre gar nicht so schlecht, sagte sie und zeigte auf das Sofa. Was sollte ich sagen? Am liebsten hätte ich gar nichts gesagt. Die Nervosität war verschwunden und ich wünschte mir Stille. Auf dem Flur gingen wir an einem Telefontischchen und einem Spiegel vorbei und ich spürte, wie rein es dort drinnen roch. Nicht rein wie »Wäsche« oder »Seife«, sondern rein im Sinne von »richtig« und »echt«. Vielleicht auch im Sinne von »Familie«? Ich weiß nicht, aber ich spürte es, als ich im Wohnzimmer über den Teppich ging; es roch hier nach »zu Hause«. Familien riechen gleich, vielleicht sitzt das in der Haut. Ich spürte, wie sich mein Hals zusammenzog, und schluckte kleine, schiefe Perlen.

Karen drehte sich zu mir um, als wir im Wohnzimmer waren, breitete noch einmal ihre Arme aus und ihre Brüste traten noch deutlicher in Erscheinung. Sie hingen wirklich massiv dort in der Mitte ihres Oberkörpers und zwischen ihnen baumelte ein Medaillon.

Sie deutete zum Sofa.

Es war Tante Karen, die da vor mir stand, ich meine: das war sie. Aber nicht so, wie ich sie aus meiner Kindheit in Erinnerung hatte, sondern eher wie eine Büste von ihr. So kam es mir vor. Schwer, halb verewigt. Mit grau meliertem Haar, dunkel, viel dunkler, als ich es in Erinnerung hatte, aber dennoch war sie es. Deutlicher als sie es jemals gewesen war. Müsste ich ihr Gesicht beschreiben, so würde ich besonderes Gewicht auf ihre Nase und ihren Nasenrücken legen, der so schmal war, dass man glauben konnte, sie müsste jeden Augenblick niesen. Sie trug ein blaues Kleid, auf dem, zwischen ihren Brüsten, dieses Medaillon hing.

Damit hatte ich ja nun wirklich nicht gerechnet, sagte sie,

noch immer im Stehen. Aber setz dich, Jakob! Lieber Junge, setz dich – Jaakob!

Jaakob, flüsterte ich und lachte.

Erinnerst du dich daran?

Ja, antwortete ich, all den Unsinn habe ich behalten.

Das war Großmutter.

Ja, Großmutter, ja.

Dann entstand eine Pause, sie tat uns beiden ein bisschen weh, glaube ich. Ich räusperte mich und zog meine Socken hoch.

Tja, sagte Tante Karen, man weiß kaum richtig, was man sagen soll, wenn man so unerwartet Besuch bekommt.

Ich räusperte mich noch einmal, es kratzte irgendwo in meinem Hals, und dann erzählte ich ihr, dass ich auf dem Weg nach Hause war. Ja, nach Hause. Karen lehnte sich im Sessel nach hinten.

Wir haben wohl die gleiche Nachricht erhalten, du und ich, sagte sie, und ihr Gesicht wurde ernst, die Stimme dünner.

Ja, sagte ich, das haben wir wohl.

Aber die Beerdigung ist erst in einer Woche.

Ja, aber ich fahre jetzt schon.

Ja.

Ich spürte, wie ich im Sofa versank, während wir da saßen und miteinander sprachen. Ich wurde kleiner und kleiner. Schon als ich auf dem Flur am Spiegel vorbeigegangen war, hatte ich es bemerkt: Ich sah aus wie ein *Junge,* ein kleiner, achtjähriger Junge. Meine Augen huschten über die Wohnzimmerwände und sahen Bilder und Gegenstände, die ich anderswo platziert hätte. Plötzlich hatte ich das Gefühl, diese Gegenstände seien gar nicht real, sondern bloß von mir in Gedanken dort hingestellt. Familienfotos, der alte Puff mit den Musikanten darauf, von dem ich geglaubt hatte, er stehe bei Vater. Der Familiengeruch war stark. Ich meine, ich spürte die Liebe in dem Raum. So hat Vater nie ausgesehen, dachte ich, als ich ein Bild von ihm und Karen sah, als sie klein waren. Es stand auf dem Fernsehapparat, der mit einem Fuß auf der Teppichkante wippte. Sie lächelte nach unten, über die etwas zu großen

Schneidezähne herab, und ihre Augen – ja, ich glaube, sie: glänzten.

Ich weiß wirklich nicht, was ich sagen soll, sagte sie. Kaffee? Soll ich einen Kaffee kochen?

Ja, das wäre nett.

Ich bekam Kaffee und erzählte, dass ich aus meiner Wohnung ausgezogen war und meine Arbeit aufgegeben hatte. Dass ich sozusagen neu anfangen wolle. Ja, so drückte ich mich aus: sozusagen neu anfangen.

Oh, ja, du hast das Leben ja noch vor dir, sagte sie, und ich sah, wie sich das Medaillon auf ihrem Oberkörper bewegte. Mit uns Alten ist das ja anders.

Du bist nicht alt, sagte ich.

Das war nett gesagt, Jakob.

Arbeitest du noch immer hier draußen?

Ja natürlich, hier *oben*.

Ja, das ist wohl oben, ja.

Ja, die gleiche Arbeit, die gleiche Praxis und die gleichen Zähne, sagte sie und lächelte.

Ich sagte, es sei trotz allem leicht, sich hier oben zurechtzufinden. Ich habe lediglich nach ihrer Straße fragen müssen.

Ja, so groß ist das hier ja nicht.

Nein, so groß ist es nicht.

Nein, wie das schneit!, sagte sie und blickte durch das Wohnzimmerfenster ins Tal hinunter.

Ja, da kommt wirklich Schnee herunter.

Das Wohnzimmer war klein, ein Zimmer für einen einzelnen Menschen, dachte ich, einen Menschen, der meint, das sei genug. Brauntöne, alles dort drinnen war mehr oder weniger braun und ich fühlte mich zu Hause. Die meiste Zeit über schaute ich sie an, doch nicht gerade in ihre Augen, sie waren so groß und direkt. Am liebsten rieb ich meinen Blick an ihrem Nasenrücken.

Jetzt kommt es mir so vor, als sei unser Gespräch während dieser ersten halben Stunde irgendwie vorher eingeübt gewesen, fast so, als wenn wir beide nur dagesessen und einer Schallplatte gelauscht hätten, die sich auf ihrem alten Plattenspieler drehte und auf der dieses Gespräch war, sodass wir uns in Frieden anschauen konnten. Frieden? In Frieden? Nein, nicht Frieden, aber im Vorzimmer des Friedens.

Kannst du dich an einen Tag in den Achtzigerjahren erinnern, fragte ich.

Warum?

Tja, ich erinnere mich an einen Tag, an dem ich alleine war, sagte ich, und dann kamst du zu Besuch, Mutter und Vater waren in der Stadt, und dann… Ich hielt inne.

Ja, daran erinnere ich mich, sagte Karen und lächelte. Kleiner Jakob.

Ja.

Ist das Vater?, fragte ich, als Karen mit frischem Kaffee zurück ins Wohnzimmer kam. Vater und du? Ich zeigte auf die Fotografie, die hinter ihrem Rücken auf dem Fernseher stand. Ich fand, sie stand schief. Sie lächelte und fasste sich an ihr Medaillon.

Ja, antwortete sie, und streckte ihren Arm aus. Sie nahm das Bild in die Hand. Ja, das sind wir, wir sind da zehn Jahre alt, das heißt, ich bin zehn und Johannes ist wohl dreizehn.

Ein schönes Bild, sagte ich, ich kann Vater nicht erkennen, aber dass du das bist, kann man sehen.

Findest du?

Ja.

Hast du Lust auf Gebäck? Ich kann welches auftauen, das geht ganz schnell.

Sie fragte mich, ob ich Lust auf Gebäck hatte, ich hatte keine Lust auf Gebäck. Mein Körper juckte, es musste heraus. Ich schaute aus dem Fenster, niemand ging vorbei. Ich nickte als eine Art Dank, wollte aber, dass sie es jetzt sagte.

Ich stand auf und ging zum Fernsehapparat hinüber. Ich beugte mich hinunter.

Was, was machst du da? Tante Karen drehte sich um.

Der, der steht hier ganz wackelig, sagte ich, das Gesicht zum Teppich gewendet.

Wackelig?

Ja, wackelig.

Nein wirklich?

Ja, der Fuß vom Fernseher, oder, der eine Fuß von deinem Fernsehgerät steht schief, sagte ich, das Gesicht noch immer zum Teppich gewendet. Der wackelt, sozusagen, aber eigentlich ist es die Teppichkante, die sich hochgeschoben hat.

Ach lass doch, Jakob. Tante Karen lehnte sich wieder in ihrem Sessel zurück.

Nein, ich hab's gleich, sagte ich und spürte, wie sich das Blut in meinem Kopf sammelte, der sich noch immer in Richtung Teppich hinabbeugte. Das ist gleich in Ordnung, da hat sich nur eine Teppichfranse in einer Rolle des Fernsehständers verhakt, oder wie immer man das nennen will, Rolle oder Kugel, ach ich weiß auch nicht, sagte ich und spürte, wie das Blut jetzt wirklich in meinen Kopf schoss, als wäre er ein Tank. Doch das heißt… Rolle, ach nein, ich komme jetzt nicht darauf, sagte ich und versuchte, die Teppichfranse herauszuziehen.

Ich stand auf. So, jetzt kann dieser Fuß nicht mehr wackeln, wenn man da überhaupt von einem Fuß sprechen kann, sagte ich und lächelte.

Ich hatte das gar nicht bemerkt, sagte Tante Karen. Aber danke, trotzdem.

Mein Kopf brummte, und mir war schwindelig, als ich mich wieder aufs Sofa setzte, das Blut brauchte Zeit, wieder nach unten zu fließen und sich in meinem Körper zu verteilen. Der Kopf sollte mir noch eine ganze Weile brummen.

Erinnerst du dich an Mutter?, fragte ich, als sie aufstand, um in die Küche zu gehen. Sie blieb stehen und fuhr fort. Du kanntest Mutter doch wohl, eigentlich.

Elise?

Ja, Mutter. Ich habe in der letzten Zeit viel an sie denken müssen, an *sie.* Und da habe ich mich daran erinnert, oder glaubte mich daran zu erinnern, dass du und Mutter, ja, dass da irgendetwas zwischen euch war. Ich habe doch immer geglaubt, dass… sagte ich und brach dann ab.

Was hast du geglaubt?
Nein, ich meine, sie war ja nie richtig da, sagte ich.
Elise?
Ja, Mutter.
Nein, Jakob, das… Ich fiel ihr ins Wort, sie setzte sich wieder hin.
Ich habe angefangen, zu glauben, dass das nicht stimmt, verstehst du. Dass es nicht so war, wie ich mir das vorstellte, dass sie nicht »von mir ging«, sondern etwas geschehen war.
Etwas geschehen war?, fragte Karen vorsichtig nach.
Ja, dass etwas geschehen war, sagte ich, weshalb sie nicht die war, die sie eigentlich hätte sein können, um es so auszudrücken.
Karen schaute mich nur an, sie saß einfach nur da und schaute mich an. Ich sprach hart und schnell. Man ist nicht immer man selbst. Karen saß noch immer ruhig da. Ich glaubte nicht mehr an eine Entgegnung, eher an einen Irrtum: dass dort nichts war, keine verborgene Geschichte, die es zu erzählen gab, alles nur ein Hirngespinst von mir. Wovon redest du nur?
Du hast geglaubt, sie ging einfach von dir?, flüsterte sie.
Ja, sagte ich, das hat sich damals so angefühlt. Es gab nur Vater und mich, irgendwie.
Da bat sie mich, nicht weiterzusprechen und sagte, sie könne es mir jetzt, da Johannes, mein Vater, tot sei, erzählen.
Das sagte sie wörtlich: »Endlich kann es dir jemand sagen.«
Tja. Es ist nicht so, dass ich nicht da gewesen wäre, als man es mir erzählte, aber – oh, wie soll ich das sagen? Ich war da, ich habe es gehört, ich habe es verstanden, aber ich kann es mir nicht ins Gedächtnis zurückrufen. Nein, das ist auch nicht richtig, oh, wie soll ich das nur sagen? Ich weiß nicht.
Sie saß so still, während sie das sagte. Sie saß völlig regungslos auf der anderen Seite des Tisches auf ihrem Stuhl und sprach in das braune Zimmer hinein, während sich draußen vor dem Haus der weiße Schnee über die Äcker und den Hof legte. Mir schien es so, als sei dort draußen ein Schatten vorbeigegangen.
Endlich kann es mir jemand sagen. Wie habe ich ausgesehen, als sie es sagte? Wie ein Junge? Wie lange hat es gedauert – oh,

ich weiß nicht, und Du warst nicht da. Ich glaube, sie konnte das Antlitz der Familie vor sich im Sofa sitzen sehen, ich glaube, sie sah, wie sehr ich ihnen allen ähnlich war, und ich glaube, es war gut für sie, alles sagen zu können, gut im Sinne von »endlich«. Ich mochte es, wenn sie *Elise* sagte, *Elise,* meine Mutter, wie jemand, mit dem ich vertraut werden sollte. Warst Du dort? Karen fixierte den Teppich unten am Tischbein, während sie sprach, und die ganze Zeit über bat sie um Entschuldigung für das, was sie erzählte.

Manchmal wünscht man sich weit weg von dem Ort, an dem man gerade ist, so ging es mir da.

Elise hatte eine ein Jahr jüngere Schwester, sagte Karen. Ja, aber das weißt du vielleicht, ihre jüngere Schwester Alina, die sie mehr als alles andere auf der Welt liebte. Sie sprach immer von ihr, jedenfalls zu mir, Alina starb schon mit sechs Jahren.

Das weiß ich, aber ich habe nie etwas über sie gehört, sagte ich.

Nein, nein. Das hast du wohl nicht. Das ist so schrecklich, Jakob. Sie wurde… wie soll ich das sagen?

Tante Karen wischte sich mit dem Handrücken über den Mund.

Wie soll ich das sagen?

Ich saß ganz ruhig da, als sie erzählte. Karen blickte kurz zu mir auf und schaute dann wieder auf den Teppich.

Mein Gott, dass dir das niemand gesagt hat! Das ist nicht klug. Wie soll ich das sagen? Man muss so etwas ja entdecken, nicht wahr?

Ich nickte.

Nicht wahr? Ich kenne nicht die ganze Geschichte, aber stehst du das auch durch? Willst du das hören?

Ich nickte.

Alina und Elise, sagte sie. Ich stehe das nicht durch, es war niemand da. Es sollte jemand da sein. Man kann sich fragen, wo Mutter ist, ja. Ich weiß nicht

keiner kann einen stoppen, Jakob, keiner

– da verschwindet ihre Stimme. Ja, sie verschwindet, ich höre nichts, ich sehe uns nicht, sie sprach von Mutter, ihrer kleinen Schwester Alina und über den Vater meiner Mutter. Wie weit das weg ist, ja – das bringt Sinn in das Gefühl, zu verstehen, aber nicht zu begreifen.

Tante Karen bückte sich und hob einen schwarzen Nähfaden vom Teppich auf. Sie drehte ihn zwischen den Fingern zusammen, bevor sie plötzlich wieder zu mir aufschaute, wütend.

Elise war mit vierzehn Jahren schwanger! Vierzehn, Jakob! Kannst du das begreifen, Jakob, kannst du das fassen?

Nein.

Nein, das ist wirklich nicht zu fassen. Das war neunzehnhundertfünfundsechzig, das Kind, oder… ja, sie haben es weggemacht.

Weg?

Ja, du weißt schon.

Ja.

Dann hat sie Jahre später Johannes getroffen. Was in der Zwischenzeit geschehen ist, weiß ich nicht. Dein Vater hörte von ihr, als sie in Bergen zur psychiatrischen Behandlung war. Das war neunzehnhundertsiebzig, ja. Da hatte sie seit drei Jahren kein Wort gesprochen. Keiner hatte sie über drei Jahre hinweg auch nur ein einziges Wort sagen hören.

Drei Jahre.

Ja, drei Jahre. Neunzehnhundertsiebzig. Nein, dass du das jetzt erfährst. Johannes – ich glaube eigentlich, er interessierte sich zu Beginn für sie als eine Art Patientin, du weißt, sein Forschungsgebiet war die Erinnerung und all das, aber das weißt du ja. Ich glaube, er interessierte sich so für sie, weil – oh, Jakob, dass ich dir das alles erzählen muss

beißt sich auf die Innenseiten seiner Lippen

weil sie seit November neunzehnhundertneunundsechzig begonnen hatte, an jedem ersten Tag ihrer Regel ein paar kurze Sätze auf ein kleines Blatt Papier zu schreiben. Ich habe diese Zettel, Jakob. Es gibt fünf Stück davon. Sie gehören dir, wenn du sie haben willst, sie war ja deine Mutter

meine Mutter, sie war ja meine Mutter

ja, wenn du sie haben willst. Das ist grausam, ich… Sie schrieb in zwei Rubriken, oder wie immer man das bezeichnen kann, Rubriken oder Kolonnen. Sie schrieb, ja, wie soll ich das nennen, Stichworte vielleicht. In den jeweiligen Rubriken. Sie hatten Erklärungen dafür, die Ärzte und Psychologen, oh ja, sie hatten Erklärungen. Aber Johannes glaubte, dass sie sie nicht verstanden hatten. Dass da noch mehr war. Ich weiß nicht. Es sind Zettel, datierte Zettel, mit Elises Worten in zwei Rubriken. Die eine heißt »Gott«, die andere »Elise«. Ja, du kannst dir das anschauen. Du kannst sie haben, wenn du willst. Es ist so schrecklich. Ich kann diese Worte nicht in den Mund nehmen. Aber Johannes entwickelte ein Interesse für sie, von der er zuerst nur gehört hatte. Und dann bekam er die Zettel zu lesen. Ich habe nie gewusst, ob ich sie wegwerfen sollte oder nicht. Hätte ich sie wegwerfen sollen, Jakob?

Nein, sagte ich.

Nein, du hast Recht. Aber dann trafen sie sich also, Elise und dein Vater, und sie gab sich wohl einem Menschen hin, der verstand? Wenn es so war. Ich weiß nicht. Vielleicht wollte er einfach nur helfen und sie, dass ihr geholfen wurde. Deine Mutter wurde nie gesund, das hast du ja gesehen, das sahst du ja. Konntest du das nicht sehen? Sie wurde nie wieder sie selbst, und als es brannte – ich glaube nicht, dass sie gerettet werden wollte. Nein, nein, nein sie ging nicht einfach weg. Jakob, das darfst du nicht glauben. Sie konnte einfach nicht mehr. Du warst ihr Kind, aber ihr Kind war – oh, wie soll ich das sagen – du musst das verstehen, sie lebte nicht oder jedenfalls nicht richtig. Du warst etwas Kleines, sie hat dich geliebt

sie hat mich geliebt

aber sie konnte nicht

sie hat mich geliebt

sie wusste nicht, was du warst. Glaube ich. Sie wusste nicht, was ein Kind war. Und dann gab es ja Vater, deinen Großvater also, und die Religion, weißt du. Er verstand das nicht. Sie sollte Frau sein, weißt du. Eine Frau wie all die anderen Frauen in seinem Kopf, in seiner Welt, aber das war sie nicht, und keiner hat ihm etwas gesagt, mein Gott, niemand wusste Bescheid! Sie haben einfach – ja, ich muss das so sagen – Großmutter bei euch platziert, bei euch platziert, um aufzuräumen und nach dem Rechten zu sehen. Deine Großmutter, die ja selbst ein Dienstmädchen hatte. Das war, ja, wie oft war das? Dreimal in der Woche?

Ja, sagte ich, Großmutter kam dreimal in der Woche.

Nein, da stimmt etwas nicht, Jakob, ich muss das so sagen, mit euch allen stimmt irgendetwas nicht, irgendein Defekt

Defekt, Jucken auf der Innenseite meiner Hände

und ich hab' das alles erst viel später erfahren. Johannes, nein, er hat das auch nicht klar gesehen, aber wer sieht schon klar? Nein, Johannes glaubte wohl, dass das alles schon gehen würde, irgendwie. Er brauchte wohl eine Aufgabe, die größer war als er selbst, glaube ich. Aber an was erinnerst du dich, Jakob?

Nein, sagte ich.

Nein, was kannst du schon wissen.

Und was war mit ihm, fragte ich leise.

Wem?

Ihm, sagte ich, ihm.

Ach, *ihm,* sagte sie, ach ja. Ich weiß nicht. Ich weiß es wirklich nicht. Wir haben nie über ihn gesprochen, die ganze Familie tat so, als habe er nie existiert. Das hast du doch wohl bemerkt, es drehte sich doch immer um Großmutter und Großvater väterlicherseits und nicht… Ich weiß nicht einmal, ob er lebt.

Nein, sagte ich.

Sie schaute zu mir auf. Nein?

Nein, er lebt nicht, sagte ich.

Tante Karen verbarg ihr Gesicht hinter ihren Händen, ich bin mir nicht sicher, ob sie weinte oder sich einfach nur weit weg wünschte.

Oh, warum hat dir nur nie jemand etwas erzählt, sagte sie. Was bedeutete ein Kind für Elise, sie, die sie selber nie Kind war. Ich denke, Johannes glaubte, sie würde davon erwachen, sagte sie und blickte auf.

Erwachen? Wie meinst du das?

Nein, sagte sie, dass sie durch deine Geburt erwachen würde. Tante Karen legte ihre Hände in den Schoß, sie legte ihre leicht runzligen Hände auf den blauen Stoff ihres Kleides. Sie zitterten, ein leichtes Vibrieren pflanzte sich bis zum Saum ihres Rockes unten am Tischbein fort. Ich versuchte mir einen Menschen vorzustellen, der erwachte, so wie Vater geglaubt hatte, dass Mutter erwachen würde. Ein Mensch, der mich bekam und dann erwachte. Hätte sie dann alles vergessen, was ihr angetan worden war, dachte ich? Erwachen, und dann vergessen? Nein. Karen bewegte sich jetzt ein bisschen, versuchte zu lächeln, aber es gelang ihr nicht. Ich hatte nichts zu sagen. Es schien mir so, als hätte ich keine Gefühle mehr, aber schon das war ein Gefühl. Sie schaute zur Wand hinüber und fragte beinahe flüsternd, ob ich es hier drinnen kalt finde. Nein, es ist nicht kalt hier, antwortete ich. Ich sollte weinen, ja, das sollte ich tun. Sie lehnte sich vor und reichte mir ihre Hand, ich nahm sie in die meine. Ich dachte, sie müsse gewusst haben, dass es ihre Aufgabe sein würde, mir das alles zu erzählen. Ihre Hand lag warm in der meinen und umgekehrt lag auch meine warm in der ihren.

Ich versuchte all das, was ich gehört hatte, zu begreifen. Ich konnte es nicht fassen.

Erinnerst du dich an das Mädchen?, fragte sie, als wir beschämt unsere Hände losließen.

Wen?

Das Mädchen, wie hieß sie doch gleich?

Wer denn?

Nein, ach, ich musste gerade an sie denken. Deine Mutter sagte manchmal, sie wünsche sich, an ihrer Stelle zu sein. Das Mädchen, das ertrank, erinnerst du dich, Jakob? Ihr wart doch Spielkameraden.

Katrine.

Katrine, ja, das war ihr Name.

Ja, Katrine.

Nein, ich musste nur gerade daran denken, sagte sie.

Eine ganze Weile war es still im Zimmer. Karen saß da und umklammerte die Stuhllehne. Dann sagte sie, Mutter habe meinetwegen eine Art schlechtes Gewissen bekommen.

Wegen mir?, fragte ich.

Ja, nein, ich hätte das nicht sagen sollen. Wenn sie dich des Nachts sah, meine ich. Wenn du deine Anfälle bekamst.

Sie hatte ein schlechtes Gewissen, fragte ich.

Denk nicht mehr daran. Wie geht es dir eigentlich?

Es geht mir gut, sagte ich und log, ich bin da herausgewachsen.

Wie Johannes es immer gesagt hat. Das freut mich zu hören, Jakob. Karen schaute mich an, vermisst du ihn?

Ja. Ich vermisse meinen Vater.

Ja, er fehlt mir auch, sagte sie. Der Johannes. Dann versuchte sie zu lächeln, stand entschlossen auf und sagte, die Epilepsie von Urgroßvater sei ja auch wirklich genug gewesen. Sie stand vor mir im Wohnzimmer. Geh'n wir?, fragte sie. Lass es uns abschließen.

Abschließen, was?

Damit wir damit fertig sind. Du sollst sie sehen, die Zettel.

Damit fertig sein?

Ich ging hinter Karen her auf den Flur.

Kann Gott lesen?

13. November 1969

GOTT	ELISE
Nüsse	Dreck auf der Kommode
Tonfiguren	Ärgerlich
Aina	Jetzt ist es schmutzig
Lockenwickler	stopf es hinein
	ich will auf dir reiten, Papa
	Splitter unter der Haut
	Die ganze Welt ist voller Erdbeeren

11. Dezember 1969

GOTT	ELISE
Die Katze mit der roten Schleife	Ist das nicht Herr Mirakel
	persönlich
Aina	Guter Gott
Aina	schüttel gut
auf dem Schlafanzug	Mein
blau und weiß	Dein
Niedlich	weine nicht, Papa
Mai	in dem Schlafanzug
	ham

18. Januar 1970

GOTT	ELISE
Vater im Himmel	Jetzt kann ich die Hand bald hinein- bekommen
das Mädchen	Will lieb sein das da ist deine Möse Goldjunge Jetzt kommt der Herr Mirakel wasch deinen Mund der Präsident

16. Februar 1970

GOTT	ELISE
Aina	Oh ja
Aina	Nein, jetzt nicht
Aina	Nein, lass Elise in Ruhe
Aina	Sollen wir Aina nehmen
Aina	A kind of hush
Aina	Sollen wir eins nehmen
Aina	Sollen wir zwei nehmen
Aina	Soll Elise alles selber nehmen
Aina	Soll die Möse einfach vergammeln
Aina	

15. März 1970

GOTT	ELISE
heb mich hoch	lieb
La Le Lu	Der Präsident ist zufrieden
stricken	kleiner Satan
süüss	Spatzenhirn
Maike	Komm mit deinem Mund
	Die Mädchen von heute

Karen gab mir einen grünen Schuhkarton mit weißer Schrift. In dem Karton lag ein dicker Umschlag mit Mutters Namen, abgestempelt »Psych, Abt.«. Karen hielt ihn krampfhaft fest, bevor sie ihn mir gab. Sie sagte, sie verkrafte es nicht noch einmal, sich all das anzusehen, ich lass dich allein, Jakob. Fasste sich ans Medaillon, flocht die Finger ineinander und ging rücklings zur Tür. Pantoffeln, sie trug Pantoffeln. Auch das ist deine Mutter, sagte sie und umarmte mich. Unmittelbar an der Tür hielt sie einen Augenblick inne, und ich sah, dass sie etwas sagen wollte.

Jakob?

Ich sah sie an.

Weißt du, Jakob, sagte sie und kam noch einmal auf mich zu, stellte sich vor mich und strich mir leicht über das Haar. Weißt du, Jakob, du siehst ihr ähnlich, ich sehe deine Mutter in dir.

Siehst du meine Mutter in mir.

Dann, als sie die Tür hinter mir schloss und ich im Gästezimmer saß, tat ich es. Ich stand neben einer Nähmaschine und einem Webstuhl. Da tat ich es, ich stützte mich auf dem Webstuhl ab und weinte. Weinte, weil ich ihr ähnlich war, ohne es selbst zu sehen, ohne verstehen zu können, was in mir diesem Menschen glich, den ich nie kennen gelernt hatte und auch nie kennen lernen würde. Gott stand draußen vor dem Fenster im Schnee, Er wollte nicht hereinkommen. Ich sagte: Du hast zu kommen, *jetzt*. Dann öffnete ich den Karton und las die fünf Zettel.

Ich las die fünf Zettel. War das Samstag? Es war Samstag, ja, ich las die fünf Zettel, da bist du, Jakob, du liest die fünf Zettel.

Weiß nicht richtig. Der Blick huschte nur, glaube ich, huschte nur über die Seiten, streckte sich von Monat zu Monat. Ich vergaß sicher zu fragen, warum Karen Mutters Zettel hatte, das ist mir inzwischen klar.

Ich spürte mich rein körperlich, als ich die Tür des Gästezimmers hinter mir schloss und den Rücken von Tante Karen sah, die sich über den kleinen Wohnzimmertisch beugte und einen Teller mit Gebäck anrichtete. Sie drehte sich um und lächelte eines dieser Lächeln, die nicht funktionieren. Etwas dicke Lippen, Lächeln nach unten, ähnelt wem? Ich erwiderte ihr Lächeln und suchte nach einem schwereren Gewissen, während ich zu ihr ging und mit brüchiger Stimme ein »Danke« hervorbrachte, als ich mich auf ihr Sofa setzte.

Ich hab nur ein bisschen Gebäck.

Danke, die sehen gut aus. Kommst du zur Beerdigung?

Ich komme einen Tag vorher, sagte sie.

Ja, wir werden nicht viele sein, sagte ich und nahm ein Stück Gebäck vom Teller, kaute und wartete mit dem Schlucken.

Nein, bestimmt nicht. Es war nie eine sonderlich große Familie, sagte Karen und schaute zu dem Bild von sich selbst und Vater.

Daran habe ich nie gedacht, sagte ich.

Nein.

Das Gebäck ist gut. Ich schluckte.

Es sind wenig, sagte sie, und ich verstand das als einen großen Satz, der von viel mehr als nur von Gebäck handelte.

Es reicht, erwiderte ich.

Ja, danke, sagte sie. Du bist so rücksichtsvoll, das warst du schon immer.

Sie lächelte mich an, und ich verstand das nicht. Sie sprach von einem Kind. Ein Kind, ja, das sollte ich sein. Sie senkte ihren Blick auf den Teppich unter dem Tisch. Es war lange still, wir saßen einander gegenüber und es war lange still, ich hörte das Ticken einer Uhr in einem der anderen Zimmer. Dann stand sie auf, holte eine Streichholzschachtel aus der Anrichte und zündete eine Kerze auf dem Tisch zwischen uns an. Schließlich schaute sie zu mir auf.

War es schlimm, Jakob? Das zu lesen? Sie sah mich an.

Ja, aber…

Ich schaute schräg zu ihr hoch, spürte mich so körperlich und versuchte, an ihr vorbei in den Schnee zu schauen, bist Du da? Wie sehe ich aus?

Was »aber«?

Nein, ich weiß nicht, Karen, ich weiß nicht. Es war eine Erleichterung, sagte ich. Das habe ich wirklich gesagt. Ja. Es war eine Erleichterung, sagte ich.

Erleichterung?

Ja. Das war ja sie, sagte ich. Sie, Mutter, dort drinnen, das war auf jeden Fall *sie*.

Ja, das stimmt wohl.

Was ist so ähnlich an uns?, fragte ich nach einer langen, notwendigen Pause.

Was? Karen sah so aus, als wäre sie weit weg gewesen. Was?

Inwiefern sehe ich ihr ähnlich, wie kannst du sie in mir sehen?

Sie sah nicht so aus, als könnte oder wollte sie antworten, aber dann sagte sie: Ich weiß nicht richtig, Jakob, aber ich glaube, es sind die Augen. Sie lächelte, ich glaube, es sind die Augen, sagte sie, und all die Fragen.

Fragen?

Ja, deine Mutter wollte auch alles Mögliche wissen. Wie alles zusammenhing, die kleinsten Sachen, all das, was sie vergessen hatte, all die Fähigkeiten, die ihr verloren gegangen waren und all die Handlungen der anderen, die für sie so merkwürdig erschienen. Ich glaube, da seid ihr euch ähnlich.

Ich sagte nichts dazu, vielleicht war ich in ihren Augen so, vielleicht war auch das ein Bild von mir aus meiner Kindheit, das für sie noch immer galt. Ich selbst sehe mich nicht als Fragenden, sondern als Antwortenden. Und Mutter, ich kann mich nicht daran erinnern, gehört zu haben, dass Mutter auch nur eine einzige Frage gestellt hätte.

Aber es gibt so viele Fragen, sagte Karen, und nicht alle lassen sich in diesem Leben beantworten. Weder für deine Mutter noch für uns. Mein Vater, dein Großvater, hat immer gesagt, man würde seine Antworten und seinen Lohn im Himmel bekommen.

Ja, daran erinnere ich mich.

Aber das ist nicht leicht, sagte sie. Ich meine, es kann sein, dass man seinen Lohn im Nachhinein erhält, aber was soll man nach einem reichen Leben mit Belohnung?

Nur Frieden, sagte ich. Vielleicht dreht es sich nur darum, seinen Frieden zu bekommen.

Ja, vielleicht. Karen beugte sich vor. Noch etwas Kaffee?

Danke, ich sah sie an. Wer war Maike, fragte ich.

Maike?

Ja, Maike. Da stand Maike, am fünfzehnten März neunzehnhundertsiebzig, und »Gott«.

Maike, sagte Karen und lächelte. Sie stand auf und verschwand vielleicht eine Minute. Dann kam sie zurück. In der Hand hielt sie eine Puppe mit großen Augen, hellen Haaren und einem roten Kleidchen. Das ist Maike, sagte sie.

Oh, du bist jetzt so *körperlich* — sagte sie das? ——————————————————————————————

——— keiner hält jemanden auf. STOPF IHN HINEIN ——— ———————————————————— körperlich ——— ———————————————————— siehst Du ihn jetzt? ——————————————————————————————

——— Füße hinein ins kalte Wasser und ich-kann-schwimmen, Katrine, Katrine ——————————— es ging um uns zwei ——— *wir waren so* ——————————————————————————————

——— elektrisch ——— schlag aus, schlag nur aus ——— ——————————————————————————————

——————————————————————————————

——————————————————————————————

——— es knistert leicht auf der Wasseroberfläche ——— ——————————————————————————————

———— die, die, da, die haben das alle, die da, die haben alle zwei davon, zwei solche, die ragen da vorne heraus, aus dem Oberkörper, zwei davon ——————————————

——— sie kommt auf mich zu, jetzt wird es heller und es ist sie und ich bin sie ——————————————————

——————————— 1 —————————— 2 —————

—————— 3 —————————— greife ein —————

—————— Maike ———————————————————

——————————————————————————————

—————————————— renne durch den Nadelwald, aber ich habe so viele Fragen, Karen, nicht jetzt, noch nicht, ich habe so viele Fragen. Gott geht am Fenster vorbei, Er ist jetzt da.

Karen hielt ihr Medaillon fest. Sie schaute mich an und stellte die Kaffeekanne wieder hin. Ich stand auf, ich stand auf meinen Füßen, meine Füße standen auf dem Teppich, der Teppich lag auf dem Boden und sie öffnete den Mund, sie streckte mir ihre Hände entgegen. Ich war aufgestanden.

Jetzt sah ich all die Teppiche, all die gewebten Teppiche an den Wänden, zweierlei Motive, Obstschalen und Küstenlandschaften.

Ich legte sie auf den Wohnzimmerboden. Auf den Bauch auf den Wohnzimmerboden. Ich packte die Haare an ihrem Hinterkopf und schlug ihr Gesicht zwischen Teppich und Fernsehgerät auf die Holzdielen, ich trat ihr zweimal gegen den Kopf und sie blutete aus der Nase, dann hob ich ihr Kleid hoch, zerrte am Stoff, er saß fest, er saß irgendwo fest. Ich sagte zu Ihm, pass jetzt gut auf, und ich glaubte, es zu schaffen, ich glaubte, es jetzt zu schaffen. Ich rief, wir sind doch vom selben *Schlag*, wir zwei, und versuchte, ihr das festsitzende Kleid vom Leib zu reißen, packte zu, riss mit beiden Händen, was hält es nur fest? Ich riss ihr das blaue Kleid herunter, ja, ich glaube, ich schaffe es jetzt. Sie war schön, nicht eklig. Lass ihn heraus an die Luft, stopf ihn hinein. Sitzt es hier fest?, fragte ich. Sitzt hier etwas fest? Ich kniete vor ihr, ich zog meine Hose herunter, aber es gelang mir nicht, er wollte nicht, wollte nicht, die Adern schrumpften zusammen, er wollte nicht, aber ich wollte stark sein. Stell ihn auf, stopf ihn in das Loch! Grabe dich in das Loch hinein, Tante ist eng, aber er wollte nicht, schlapp, schlapp, er wollte nicht. Ich schlug das Gesicht auf die Dielen, aber er wollte nicht. Ich stand auf, trat ihr gegen den Kopf und schaute mich im Wohnzimmer um. Auf dem kleinen Tischchen zwischen Bücherregal und Fernseher stand ein bronzener Kerzenständer, ich nahm ihn in die Hände, trat ihr noch einmal gegen den Kopf, beugte mich hinunter und schob ihn in sie hinein, nachdem ich ihr zuvor damit auf den Kopf geschlagen hatte: Schmock!, und der wollte. Der Kerzenständer in meiner Hand wollte, und plötzlich blutete sie heftig, ihr Blut ergoss sich über den Teppich und die Dielen und ich drehte mich immer wieder zum Fenster. Es war grau dort draußen, grau, Schnee fiel.

Sagte sie etwas?

Ich beugte mich vor und legte mein Ohr an ihren Mund. Die Lippen bewegten sich, aber ich hörte nichts, nur ein Röcheln im Hals, sagte sie etwas? Jakob?

Was an mir erinnert an Mutter? Wo in mir kannst du sie sehen? Ich setzte mein Knie auf ihr Kinn. Siehst du jetzt? SIEHST DU, WAS ER JETZT TUT? Stopf ihn hinein, aber das konnte ich nicht, es gibt hier kein Wasser, nur Schnee, ich kann schwimmen, und siehst Du jetzt? WIRST DU EINGREIFEN? Ich zog den wulstigen Kerzenständer heraus, schob ihn hinein und zog ihn heraus, raspelte, wieder und wieder, sie schrie, hinein und heraus, sie schrie, ich stopfte meine Finger in ihr anderes Loch hinein, drei Finger eng, ich knallte ihren Kopf wieder und wieder gegen die Dielen, sie zerbricht langsam, ABER SO MUSS DAS AUCH SEIN, SIEHST DU IHN JETZT? WIRST DU MIR JETZT – knalle ihren Kopf auf den Boden – WIRST DU – jetzt ist das Tier tot, nur mehr der Mensch bleibt – WIRST DU MIR JETZT FRIEDEN GEBEN? Sie atmete nicht. Ich glaube, sie sagte etwas. Sie atmete nicht.

Ich schaute mich im Zimmer um. Es war vollkommen ruhig, vollkommen, nur das Ticken der Uhr in einem der anderen Zimmer, nein, es war still. Ich sah all die Teppiche mit Obstschalen und Küstenlandschaften. »Maike« lag auf dem Sofa.

In der Küche wusch ich mir gründlich mit Spülmittel die Hände. Ich drehte die Wasserhähne auf, bis es lauwarm war und ließ das Wasser über meine Hände und durch meine Finger rinnen, die vom Spülmittel ganz schrumpelig wurden. Dann drehte ich den Hahn zu und lauschte noch einmal, aber es war ganz still im Wohnzimmer. Ich setzte mich auf den Küchentisch, auf dem eine rote Weihnachtsdecke lag, auf der schlittenfahrende Weihnachtsmänner abgebildet waren. An der Wand neben dem Fenster hing ein Kalender, ich blätterte ihn durch, las ziellos Daten und Monate und glaubte, sie würden nie ein Ende nehmen.

Als ich durch das Wohnzimmer ging, spürte ich, wie warm es dort drinnen war. Ich blies die Kerzen aus und sah, dass kleine rote Wachstropfen auf den Tisch spritzten. Tante Karen lag vornüber gebeugt am Fernseher und ich zeigte mit dem Finger auf sie.

Sagte sie nichts? Nichts? Du bist ja sie, flüsterte ich.

Sie sagte nichts.

Nicht ein Stöhnen?

Warum sagte sie nichts? Warum schrie sie nur, sie ist doch meine Tante. Was an mir erinnert an Mutter? Warum sagte sie nichts? Ich bat sie, etwas zu sagen, irgendetwas, aber nichts geschah. Ich setzte mich in den Sessel und schaute aus dem Fenster, es war dunkel und es schneite noch immer.

Warum kannst Du mir keinen Frieden geben? Nein, warum vergibst Du mir nicht, warum veränderst Du mich nicht? Ich kann Dir nicht vergeben, ich kann Dich nicht verändern.

Sieh nur, wie das aussieht.

Kannst Du mir nicht einfach Frieden geben.

Ja, ich bitte um das Recht, aussprechen zu dürfen. Über eine bessere Zeit als diese zu sprechen. Ich weiß wohl, sehr wohl, dass eine bessere Zeit kommen wird. Sie wird über uns strömen, unsere Scham wird ihren gläsernen Schaukasten im Herzen des Museums der Sünde bekommen haben, unsere Liebe wird stattlich herangewachsen sein, und wir werden wieder sehen, dass es gut ist.

Wie damals.

Ja, wie damals, als alles wüst und leer war und Er die Dunkelheit vom Antlitz des Meeres zog und die Welt öffnete. So oft habe ich Ihn vor mir gesehen, sachte über sein Nichts schreitend, mit all seiner Freude und Kraft, in Erwartung des Kommenden. Dieses sein Nichts betrachtend, diese leerste aller Dunkelheiten, wenn wir denn der Zeit vor jeder Zeit eine Farbe geben können. Vielleicht war es nicht dunkel? Vielleicht war es hell, durchsichtig und hell. Aber ich habe es mir immer als Dunkel vorgestellt, die leerste aller Dunkelheiten, und Ihn in den Tagen vor den kommenden Geschehnissen darüber streifend. Unsere Meere, unsere Tiere und schließlich unsere Körper. Da lag es vor Ihm, endlich. Gott sah sich um, und Er sah, dass es neu war. Das ist verständlich, Er muss geglaubt haben, dass ihn alles anlächelte, dankbar – alles war dankbar, wie das Kind in seinen ersten Stunden dankbar ist: weinend, verwirrt. Der Wind erhob sich, ganz sicher, und strich ihm über das Gesicht, die Sonne brannte, ganz sicher, und briet Gottes frische Stirn.

Alle Elemente, neu wie niemals später, auch wenn manche immer wieder sagen: Ein neuer Tag, heute war die Welt wie neu geboren. Aber damals war das Neue auch für sich selbst neu – oh, kann man sich vorstellen, wie die Sonne zum ersten Mal ihre eigene Wärme spürte? Des Baumes Verwunderung über sich selbst? Ich kann das. Rinde und Kronblätter der Verblüffung, diesen Saft des Lebens, der durch mich fließt! Diese grünen Blätter, die aus mir heraussprießen! Das Wasser, das in mir emporsteigt! Ich höre den ersten Baum rufen »Wer bin ich?«. Ein Rufen, aus Furcht und verwunderter Freude, wie ein kleines Mädchen, das zum ersten Mal blutet und nicht weiß, wie ihm geschieht – ja, so ruft der Baum »wer bin ich?«. Und ich sehe Ihn auf den Baum zugehen, mild, mit einem so milden Gesicht – und stolz! Ja, warst Du nicht auch stolz? – so geht Er auf seinen ersten Baum zu, der ruft und weint »wer bin ich?«, und Er legt seine Stirn und seine Hände an die Rinde und flüstert: Du, mein Baum.

Hat es je eine verdientere Segnung gegeben?

So steht Er da, die Stirn an die Rinde gelehnt, die Hände den Stamm umfassend.

Und warte – warte, Jakob, warte! – mit dem Hang zum Bösen. Warte, sage ich, und meine – beschuldige! – mich selbst: Warte, warte, mit dem Hang zum Bösen. Lass deine Vorstellungen ruhen und wandle noch ein bisschen in der Zeit, die besser war als diese.

Er verharrt.

Ja, Er verharrt noch eine Weile vor seinem Baum, bevor er sich zu Boden beugt. Seine Wange drückt Er auf die Erde und Er weiß, es ist das letzte Mal, dass er so liegen kann, alleine, aber nicht einsam, auf seiner Erde neben seinem Baum. Noch nicht, noch nicht, sagt Er und wartet damit, den Menschen hervorzuholen. Denn er weiß, dass er dann für immer einsam sein wird. Aber dort, wo er liegt, die Wange neben dem Baum auf der Erde, fühlt Er sich nicht einsam, sondern nur, wie ich das nennen würde, glücklich alleine. Alleine und glücklich – das war Er.

Und ich sage, der Baum war verblüfft darüber, dass es ihn gab, noch ungespiegelt, nur seinen Saft, das Wasser und den Wind spürend, noch nicht gefunden und wiedererkannt.

Was war mit Seiner Verwunderung, die muss groß gewesen sein, ja – trotz allem! Es muss gewaltig gewesen sein, endlich sein Werk sehen zu können, bisher nur ausgemalt im Kopf des Großen Schöpfers, bisher nur gespürt, wenn er in seinem Nichts umherwandelte, dunkel oder hell – es jetzt aber sehen zu können! Ich verstehe das, ich begreife das, dass er mit der Wange auf dem Boden lag und langsam, ganz langsam seinen Kopf und seine Augen zum Himmel wendete. Allein das Licht! Allein das Licht muss überwältigend gewesen sein. Dass es so war, wie es war! Dass es genau so war, wie Licht sein musste! Und Er lag da, so lange, und beobachtete den Lauf des Lichts, das Aufkommen der Dunkelheit, und das alles war nichts ähnlich. Ähnlich! Ähnlich! Noch ähnelte nichts einander.

Aber dennoch erkannte Er es wieder. Sieh nur, jemand, der das Unbekannte wiederzuerkennen vermag. Den Baum zum ersten Mal zu sehen – was für ein Gedanke! Zu sehen, was niemand je gesehen hat, und es wiederzuerkennen.

Baum.

Erde.

Fluss.

Himmel und Himmelsrichtungen.

Und die Nacht senkte sich über Ihn, noch immer auf dem Rücken liegend, und die Sterne stachen aus der Dunkelheit hervor. Sie funkelten.

Und dann der Morgen.

Ich hüte mich davor, es eine »Idee« zu nennen, finde aber nichts Besseres. Wie wenn es eine »Idee« wäre, ein Vorsatz, etwas zu erschaffen, das ihm selbst ähnlich war. Was ihn selbst einsam machen würde: uns, den Menschen, mich, Jakob. Nein, warte! Warte! Warte mit dem Hang zum Bösen, lass mich noch eine Weile in der Zeit verbleiben, die besser war als diese. Lass sie mich noch ein bisschen sehen, lass mich die Richtungen des Himmels sehen, wie Du sie sahst, dort, auf dem Rücken liegend neben Deinem Baum, den Hinterkopf auf dem Boden, lass mich das noch ein bisschen sehen——————————————

—————— ein Flammenmeer, ein Bad der Sintflut, Tohu va-vohu Yaakov: Ich spürte, wie sich meine Schläfen weiteten, die Zellen in meinem Kopf schienen in gewaltigen Kesseln zu kochen, meine Stirn wollte zerbersten, während meine Ohren das Grollen der Kanonen vergangener Jahrhunderte am Himmel hörten, und da, da verdrehten sich die Augen, sie verdrehten sich und schauten ins Innere des Kopfes hinein.

Was sie sahen, war ich. Funken, nur Funken, knisternde Funken.

Staub auf den Fingerkuppen, ein Lotterielos und ein Zeichenstift. Um halb sieben am nächsten Morgen lag ich auf dem Bauch, den Kopf und den halben Oberkörper unter dem Motelbett versteckt, um ein Niesen zu ersticken. Ich hatte alle aufgegeben. Wollten sie mich quälen, mussten sie mich stehend quälen. Ich suchte nach den Autoschlüsseln. Acht Minuten später hielt ich sie zwischen Daumen und Zeigefinger, und meine Hände zitterten in der Kälte vor dem Schlüsselloch der Autotür, bevor ich mich auf dem Parkplatz in den eiskalten Polo setzte. Meine Kiefer gefroren, nachdem ich sie im Zimmer mit lauwarmem Wasser rasiert hatte. Es war kälter geworden. Die Scheibenwischer hatten gestoppt und waren schräg auf der Windschutzscheibe angefroren. Ich brachte nicht die Kraft auf, mit dem Eiskratzer die Scheiben zu bearbeiten. Frühmorgens, Halbdunkel, die anderen Autos sahen wie schlafende Gedanken aus oder Menschen ohne Scham. Ich rieb meine Handflächen aneinander und sagte laut zu mir selbst, wobei mein Atem gefror und sich weiß auf dem Rückspiegel absetzte: Ich habe alle aufgegeben. Und das sagte ich wirklich zu *mir selbst*, und wenn ich alle sagte, meinte ich mich, Atome, Erinnerungen, Gemütsbewegungen, Gehirnzellen, Sinne, und dieses Mal sprach ich nicht für Gott. Kein Widerhall im Auto, die Worte zerknickten und rieselten über das Lenkrad und den Schaltknüppel auf die schwarze Gummimatte. Gib mir Frieden oder gib mir Wissen, dachte ich, nicht dieses nörgelnde Getöse, das mich die ganze Nacht lang wach gehalten hat.

Während ich in dem brummenden Polo saß, sah, wie sich die Abgase über den Schnee legten, und darauf wartete, dass sich das Auto erwärmte, damit ich weiterfahren konnte, kam ein Mann aus dem Motel. Er trug Schuhe, einen Morgenrock und darüber noch einen Pullover. Die zitternden Abgase hüllten die Beine des Mannes ein und es sah so aus, als stehe er in kleinen, schmutzigen Raureifwolken. Er sah ärgerlich aus, wedelte mit den Armen und gab mir ein Zeichen, die Scheibe herunterzukurbeln. Sie saß fest, also öffnete ich die Tür einen Spalt und die Abgase zogen ins Auto. Er trug wirklich einen blauen Pullover über dem Morgenmantel.

Ob ich nicht an meine Nachbarn denken könne, sagte er und hustete, als wohnten wir in diesem Motel für die Ewigkeit, wie in einer Siedlung, und wäre der Vertrauensmann der Anwohner. Ich sagte, es täte mir Leid, dass ich das Auto vorwärmen müsse, es würde aber sonst alle zwei Minuten ausgehen. Er sagte, man brauche keine Viertelstunde, um ein Auto vorzuwärmen und es sei noch früh am Morgen und mein Auto alt, klapprig und laut. Ich hörte an seinem Dialekt, dass wir aus dem gleichen Ort kommen mussten und empfand es plötzlich als unpassend, mich mit einem Mann zu streiten, mit dem mich etwas derart Spezifisches verband. So etwas wie eine gemeinsame Kindheit, dachte ich und schätzte ihn nur ein paar Jahre älter als mich, aber keiner von uns kommentierte das, auch wenn ich das Gefühl hatte, ihn schon einmal gesehen zu haben? Er schlug die Arme um den Körper und verfluchte die raue Kälte, die alles andere als rau war, und bevor er hineinging, sagte er, ich solle mehr an andere denken, und die Wunden, die ich da an meinen Händen hatte, sähen übel aus.

Langsam breitete sich die Wärme im Auto aus. Ich hörte einen Morgensender im Radio. Morgens reden sie immer mit sanfteren Stimmen, und ich glaube, sie heben sich die schlechtesten Nachrichten auf, bis alle aufgestanden sind und ihren Tag begonnen haben. Der wollene Bezug erinnerte mich an die vergangenen Tage; ich war losgefahren, war Handlung geworden und ich begann mich selbst wiederzuerkennen, als ich an dem großen Einkaufszentrum vorbeifuhr, die Bebauung dünner wurde, die Laternen ausgingen und ich spürte, wie die Wunden in meinen Händen auf dem welligen Bezug des Lenkrads brannten. Nicht ein einziges Auto war auf der Straße. Aber ich glaubte, die dünne Bedienung aus dem gestrigen Café wiederzuerkennen, wenn sie es war, dann stand sie über einen Kinderwagen gebeugt vor dem Einkaufszentrum. Es machte keinen Sinn, dort so früh am Morgen zu stehen, sonntags vor einem Einkaufszentrum. Niemals zuvor habe ich mich so schwer gefühlt und auch nicht so richtig. Ich hatte Lust, den Familienstammbaum hervorzuholen und die Daten einzutragen, »Karen (1941–1998)«, aber ich konnte das Auto nicht mitten auf der schmalen Straße anhalten. Ich glaubte, inmitten des klopfenden Gejammers des Scheibenwischers, der sich noch nicht aus seiner schrägen Position auf der Windschutzscheibe gelöst hatte, zu hören, wie jemand meinen Namen sang. Der Raureif am Glas des Rückspiegels schmolz. Der Spiegel zeigte meine Stirn und die Augenbrauen. Ich war nichts anderes als schlechtes Gewissen, und die Wunden in meinen Händen waren Fotografien und Beweise. Ich begriff, dass die durchwachte Nacht so wichtig war wie der erste Zahn eines Kindes. Trauer, Gewissen und Scham breiteten sich im Innern des Autos aus und machten es schwer zu atmen, und das war richtig so. JETZT WERDE ICH GESEHEN. Ich dachte, ich sollte langsam über die Vidda fahren. Es gibt jemanden, der alles über mich weiß. Ich habe kräftige Hände, raschwüchsige Nägel und Haare an den Beinen. Auch Gott konnte letzte Nacht nicht schlafen. In der Plastiktüte auf dem Beifahrersitz lag der Briefumschlag mit Mutters Zetteln von 1969–1970. Ich hatte daran gedacht, sie einzustecken, als ich schließlich das Haus verließ.

Als ich nach rechts blinkte, sah ich ihr Gesicht im Seitenspiegel. *Mutters* Gesicht, als würde im Seitenspiegel ein Dia gezeigt. Ich sagte es laut, laut vor mich hin, und die Scheibenwischer rissen sich mit einem Kreischen los, das an das Geräusch von Joggingschuhen auf frisch gebohnertem Hallenboden erinnerte, und die Sicht war gut. Jetzt stieg die Landschaft steil an,

Bäume und Büsche verschwanden innerhalb von Bruchteilen von Minuten und es wurde lichter, flacher, schütterer. Die Landschaft meines Herzens. Ich sagte es, laut ins Auto hinein, glücklich. Mag sein, dass ich weinte, ich fuhr langsam und alles war richtig, und Gott hat auch nicht geschlafen heute Nacht, ich sagte es: verzeih.

Ich war ja vorher schon einmal auf der Vidda gewesen, aber die Dinge verändern sich und die jeweilige Situation lässt einen alles in einem bestimmten Farbspektrum sehen. Als ich einen Hasen vor mir über die Straße hoppeln sah, musste ich an Großvater und seine farbenfrohen Geschichten über den Garten Eden denken, die er mir in meiner frühesten Kindheit erzählt hatte. Ich fuhr an einem Schild vorbei, auf dem »Ziegenkäse« stand und realisierte, dass ich seit meinem Besuch bei Tante Karen nichts mehr gegessen hatte und es dort auch nur aufgetautes Gebäck gegeben hatte. Ich mag keinen »Ziegenkäse«, aber jetzt hätte alles geschmeckt.

Im Nachhinein kann ich sehen, wie *falsch und unwahr* diese erste Stunde nach dem Verlassen des Motels war. Ich verwechselte die Bosheit mit so etwas wie dem Stolz eines Zwölfjährigen darüber, mit einem Fahrtenmesser einen perfekten Pfeil für seinen Bogen geschnitzt zu haben: Das Gefühl, etwas zu tun, übertrifft, was man getan hat. Mit dem Geschmack von Ziegenkäse auf meiner Zunge sah ich, wie die Sonne die letzte Wolkenschicht durchbrach und diese sich in hundert kleinen Kinderwölkchen auflöste, und bemerkte nicht, dass Gott auf dem Rücksitz schlief, weil er eine so schwere Nacht hinter sich hatte. Und hätte ich mich selbst gesehen?

Wenn ich mich selbst gesehen hätte, und nicht Mutter, als ich in den Außenspiegel blickte, dann hätte ich begriffen, dass diese Vollstreckung kein glaubwürdiges Lächeln, sondern die verräterisch weißen Zähne des Selbstbetruges waren. *Die leichten Augen mit der künstlichen Haut.* Aber ich hatte mich so nach diesem Gesicht gesehnt. Und hätte ich mich selbst gesehen, hätte ich auch erkannt, dass die Vollstreckung unvollständig und damit keine Vollstreckung war, all das, wonach ich nicht mehr fragen konnte. Jetzt war sie fort, Tante Karen, und mit ihr vielleicht viele der Geschichten, Siren. Ich weiß so etwas ja – aber es schneite nicht und die Scheibenwischer bewegten sich langsam zur Sonne, die durch die Wolken gebrochen war und sich einen ruhigen Platz am Himmel gesucht hatte. Es wehte nur ein schwacher Wind. Ich weiß so etwas ja. Wenn ein Mensch stirbt, werden die Geschichten wie Pollen mit dem Wind davongetragen, und es kann lange dauern, bis man sie wiederfindet, und derjenige, der sie dann findet, wird feststellen müssen, dass sie bereits viel Unheil angerichtet haben.

Der Fahrersitz wurde nach hinten gezogen, als säße ein kleines Kind auf der Rückbank, das seine Hände auf die Lehne der Vordersitze legte und sich über den Schaltknüppel nach vorne beugte. Ich zuckte zusammen, aber das war kein Kind, das war Gott, er war aufgewacht. Er rieb sich die Augen und starrte, wie mir schien apathisch, nach vorne zur Windschutzscheibe. Dann begann er, unzusammenhängende Worte zu reden. Ich war dermaßen überrumpelt, dass ich überhaupt nicht auf sein Kommen reagierte. Es erinnerte mich an eine Episode in der Schule, als an einem Frühlingstag während der großen Pause ein fremder Mann in einem Frack über den Schulhof ging. Ich glaubte, es war Gott, reagierte aber nicht. Lob und Dank dafür, dass er es nicht war; der Mann verschwand über den Asphalt des Schulhofes, und ich habe ihn nie wieder gesehen. Er weiß auch nicht, wem er ähnelt. Aber jetzt war es wieder geschehen: Er war hier, hier bei mir, direkt bei mir, aber ich konnte mich nicht besinnen. Seine Stimme breitete sich im Inneren des Wagens aus und all mein Klagen und all meine Sehnsucht verbargen sich in mir.

Manchmal wird man fügsam wie ein Lamm, wenn man Dem begegnet, auf Den man gewartet hat.

Zuerst glaubte ich, Sein Gerede sei Schlafwandlerei, aber dann verstand ich, dass Er mir von einem Tag erzählte, an dem ich elf Jahre alt und Mutter krank gewesen war. Es war ein Samstag im Oktober, erzählte Er, das Wetter war kalt und fies und ein harter Nordwind pfiff um die Hausecken. Du warst so betrübt, Jakob, du hättest dich selbst sehen sollen, sagte Er, du hättest dein Gesicht sehen sollen: Du konntest nicht ruhig sitzen. Du kochtest Tee, den du zu ihr hinaufbrachtest, deine Mutter schwitzte und hatte Fieber. Und als dein Vater zur Apotheke gefahren war, um Medikamente zu holen, ranntest du einfach hin und her, oh ja, du hättest dich sehen sollen. Du hast die ganze Nacht bei ihr gesessen, sagte er und klopfte mir auf die Schulter, du hast ihr einen feuchten Waschlappen auf die Stirn gelegt, erinnerst du dich, Jakob?

Nein, sagte ich, und es tat mir Leid, dass ich mich nicht erinnerte. Er hatte Recht: Ich hätte mich gerne an diesem Tag gesehen, das hätte gut getan, eine solche Erinnerung hätte ich geschätzt.

Gott lehnte sich wieder zurück, Er atmete aus, seufzte Er? Er schlug den Wintermantel enger um sich. Es war im Auto inzwischen stickig und heiß, und ich kurbelte die Scheibe herunter.

Warum?, fragte ich und bremste. Es war wie ein Erwachen, erst jetzt begriff ich wirklich, wer da auf meiner Rückbank saß, Er, auf den ich gewartet hatte, er öffnete die Tür.

Wo warst du gestern?, fragte ich, fügsam und leise.

Er setzte seinen Fuß auf den Asphalt und schaute mich mit seinen guten Augen an. Dieselben Augen wie damals auf dem Erdbeerfeld.

Geh nicht, sagte ich in meinem Inneren, geh nicht.

Gestern war ich hier, sagte Er und deutete auf die Rückbank. Dann fixierte er mich mit zwei strengen Augen und verschwand auf der Vidda.

Ich stammelte, ich spürte eine Planke, ein großes Holzstück in meinem Hals, ich wollte rufen, aber ich sah nur einen weiteren Hasen. Das Auto startete, ohne dass ich mich daran erinnern konnte, den Schlüssel umgedreht zu haben. Verlass mich nicht! Noch eine vertane Chance. Geh nicht. Geh nicht!, sagte ich, in meinem Inneren, und es war wie Zauberei, den Fuß auf dem Gaspedal zu spüren. Geh nicht! Was hast Du mit mir vor? Liebst Du mich? Ich sagte alles, aber nichts davon kam über meine Lippen. Er verschwand in der weitläufigen Landschaft, und ich musste zusehen, wie das Auto und ich in ihm davonfuhren. Oh Jakob, du bist so erbärmlich.

Ich schaute mich um, er war verschwunden und ich begriff, dass ich noch ein bisschen warten musste. Wie lange? Wie lange, Geliebter?

Manchmal – wenn auch nur selten, kann man seine eigene Seele spüren, und das sind dann Erlebnisse, die man wie Erinnerungen an die auserwählten Tage seines Lebens hüten und bewahren sollte. Man kann sie fast anfassen, sie wie ein Stück Seide betasten und sagen: Ich streichle über meine Seele. Ich kann das nicht anders ausdrücken. Wie geschieht das? Man wird stärker; *man* wird stärker, und in einem kurzen Auflodern ist man vollkommen. Ganz und vollständig und im unmittelbaren Kontakt mit sich selbst. Mächtig? Ja, man ist mächtig, doch vielleicht begreift man gar nicht, dass man sich mächtig fühlt, weil man tatsächlich so nah an der eigentlichen und guten Macht ist. Denn Er ist es – der eigentliche und gute Gott – der einem diese kleinen, kleinen aber herzlichen Eindrücke der Vollkommenheit gibt. *Man selbst und seine Seele zu sein.*

Man ist – was ist man? Alles? Nein, man ist nicht alles, aber man steht über allem. Und man kann sagen: Es fühlt sich gut an. Und man kann wissen – nein, *spüren* – wie das, was sich so *wahrhaftig und prophetisch gut* anfühlt, doch auch im Hause des Schmerzes eine Heimat hat.

Ein ähnliches Gefühl kann es sein zu scheitern. *Nah daran* gewesen zu sein, eine Sekunde zu spät gekommen zu sein. Ich schlug dort im Auto die Augen nieder, als ich die Hoffnung aufgab, Ihn dieses Mal wieder einzuholen. Aber ich wusste, dass Er nicht für immer und ewig verloren war. Jetzt hatte Er begonnen, zu mir zu kommen, mehr und mehr, und ich wusste, in welche Richtung diese kleinen Zeichen deuteten. Wende dich nach Westen, Jakob, wir werden uns treffen.

Gescheitert, aber doch groß. So fühlte ich mich in diesen Minuten, ja ich glaubte, gesehen zu haben, wie groß mein Ich war.

Dann ergriff ein einfacher Satz Besitz von mir – er begann irgendwie, seine Bedeutung in das Wageninnere zu pumpen, mit Karens Stimme: *Endlich kann es dir jemand sagen.* Wieder und wieder, es dröhnte im Wagen, es dröhnte in meinem Kopf, ich schwitzte und mir wurde schwindelig; ich fuhr einhundertzehn, aber doch dreißig, und der Schnee vor meinen Augen schmolz: Endlich hat es mir jemand gesagt.

Ohne es zu wollen, ließ ich das Pedal zurückschnappen, das Auto ging in die Knie, ich verlor die Kontrolle und landete auf der Gegenfahrbahn. Einen Augenblick lang hatte ich vergessen, welche Pedalen was bewirkten; ich bremste und kuppelte durcheinander und das Auto blieb stehen, mitten auf der Straße. WAS SOLL DAS? Endlich kann es dir jemand sagen: *Die Gesellschaft kann dem Druck nicht standhalten, es gibt keinen Ort, den Druck abzulassen; die Gesellschaft und das Individuum verstehen einander nicht.* Ich drehte mich um, doch die Rückbank war leer. Stimmen erhoben sich im Auto. Aus Norden hörte ich die Geräusche einer Runentrommel. Ich sah Mutters Zettel oder Verse, die die Plastiktüte auf dem Sitz neben mir ausbeulten. Die Sonne, die durch die Wolken schien, war stark, so stark. Die Stimmen wurden lauter. Meine Hand wurde vom Schaltknüppel geweht, obwohl das Auto stand, ruhig, tot, mitten auf der Straße, STIRBT MITTEN AUF DER STRASSE, ganz ruhig, aber alles geht so RASANT UND DIE SONNE WAR SO GRELL, aber ich spreche und es spricht in mir, wenn ich antworte, denn ich muss ihr antworten, wenn die Sonne so grell ist, und ich sage, ich – kann – schwimmen, elektrisch und es wird – nicht schwarz, nein, nicht schwarz, sondern extrem hell, ein Blitz der Geschichte. Die Vergangenheit rast in einem glänzenden, extremen Licht vorbei, ein kleines Mädchen, das Siren heißt, kommt auf mich zugerannt, ich sehe einen Kerzenständer, der einen Unterleib aufreißt, ein Fahrrad, das an einem Baum lehnt und eine graurosa Substanz im Schnee WILL DICH WASCHEN; DICH SCHMELZEN und das ist die Geschichte und mir ist schwindelig, ich bin elektrisch, die Rückbank ist leer, die Fahrbahn und der Schnee wölben sich um mich, ich kann schwimmen und es wird – nicht schwarz, sondern hell, Jakob.

Das ist doch ein Gesicht dort vor mir. Ist es das Deine? Bist Du doch hier?

Werde ich jetzt Ruhe finden? Sollte der Schnee nicht eine Stille mit sich bringen, eine andächtige Stille, wie wenn jemand gestorben ist und sich alle zur Trauer versammeln? Wenn das Gehirn müde ist, übernehme ich.

Ist er wach?

War ich wach?

Eine harte Frauenstimme, ängstlich: Ist er wach?

Vorsichtig öffnete ich meine Augen, die Augenlider waren so schwer, dass ich glaubte, es lägen Wackersteine auf ihnen. Ich lag schräg über den beiden Vordersitzen und spürte den Schaltknüppel in meinem Rücken. Vor meinen Augen drehte sich alles und ich versuchte, die Gesichter, die zu den Stimmen gehörten, scharf zu stellen.

Oh je, oh je! Eine Männerstimme.

Was?, fragte die Frauenstimme, ganz in meiner Nähe. Ich sah sie jetzt, ein mildes Gesicht zu der harten Stimme. Der Schnee fiel durch die geöffnete Tür herein, es hatte wieder begonnen zu schneien, und ich versuchte, mich aufzurichten, schwindelig, Schwindel, Hämmern im Kopf?

Ist er wach?

Ich kenne ihn, sagte die Männerstimme.

Jetzt wacht er auf, sagte sie, sieh doch, er kommt zu sich. *Du kennst ihn?*

Es war der Mann mit dem blauen Pullover über dem Morgenmantel in der Kälte vor dem Motel. Und seine Frau, dachte ich, als ich mich aufrichtete und mir an die Stirn fasste. Ich glaubte zu bluten, aber das tat ich nicht, ich hatte nur einen Stoß bekommen. Es schneite ins Auto herein, die Flocken legten sich kühl und angenehm auf meine Hände, meine Stirn und mein Gesicht.

Ich… ich stotterte.

Geht es Ihnen gut?, fragte sie. *Du kennst ihn?*

Nein, *kennen* ist zu viel gesagt, antwortete der Mann, er war heute Morgen im Motel. Der muss aber langsam gefahren sein, wirklich. Er blickte auf die Uhr und rechnete im Kopf. Dann beugte er sich zu mir vor. Hallo! Sie! Was ist mit Ihnen?

Ich hielt mich mit beiden Händen am Türrahmen fest und schob mich aus dem Auto. Noch immer etwas schwindelig gelang es mir, den Überblick zu bekommen, während ich sprach, nur die Augenlider fielen mir in regelmäßigen Abständen zu. Ich lehnte meinen Rücken gegen das Metall des Wagens. Er stand schräg mitten auf der Fahrbahn, ihr Auto parkte ein paar Meter hinter mir, ein roter Volvo Kombi mit Platz für Hunde, ich hatte einen Anfall gehabt.

Anfall?

War das ein Anfall? Oder war es etwas anderes? Die Augenlider fielen mir zu, mein Kopf auf meine Brust. Ich schüttelte ihn.

Ich weiß nicht genau, was geschehen ist, begann ich. Ich glaube, ich konnte nicht mehr, sagte ich und sah das bekümmerte Gesicht der Frau, sie ähnelte niemandem, den ich kannte. Ich weiß nicht, was geschehen ist, sagte ich zu ihr gewendet, ich bin einfach gefahren und dann... das hier. Ich breitete die Arme aus.

Ja, wir sahen Sie dort stehen, sagte der Mann und ich bemerkte, dass er einen Bart bekommen hatte. Ich konnte mich nicht daran erinnern, den heute Morgen vor dem Motel bemerkt zu haben, ein dichter Bart. Also wirklich, sagte er munter, als sei das Ganze ein Witz – also wirklich, Sie müssen aber langsam gefahren sein.

Heute glaube ich, wir bemerkten alle drei, dass wir den gleichen Dialekt sprachen und vermutlich aus dem gleichen Ort kamen, und hatte ich ihn nicht auch schon einmal gesehen? Aber merkwürdigerweise machte keiner von uns eine Bemerkung darüber. Stattdessen begann ich zu frieren und die Frau sagte, wir sollten das Auto besser zur Seite fahren, damit nicht noch jemand auffuhr.

Nein, das wäre wirklich nicht gut, sagte er.

Ich spürte, wie steif mein Rücken war, und fragte mich einen

Augenblick lang, ob ich mir etwas gebrochen hatte, aber nein, nein – bestimmt nicht. Ich kroch ins Auto und startete. Es startete auf jeden Fall, das Auto. Sie steckte den Kopf ins Auto und sagte, es sei vielleicht besser, wenn ihr Mann fahre? Ich erwiderte, das sei nicht nötig, und das Radio meldete sich, sehr laut, die Nachrichten, ein Mord in Schweden, ich drehte den Ton ab und fuhr den Polo vorsichtig zur Seite. Sie blieben stehen und schauten mir zu. Dann stieg ich wieder aus. Die Frau war etwas größer als er, es sah komisch aus. Sie kam zu mir herüber, sie trug einen Pelz, hatte gebleichte Haare und Brüste. Er stand misstrauisch hinter ihr, mit Bart.

Sollen wir einen Arzt rufen?, fragte sie.

Ja, wir haben ein Handy!, rief er ihr nach. Er rief, statt näher zu kommen. Er wurde plötzlich zu einem kleinen Mann mit einer großen, zuvorkommenden Frau mit Pelz.

Nein, erwiderte ich, das ist nicht nötig, das geht schon wieder. Ein Anfall. Sie kam näher.

Anfall?

War das ein Anfall? So hell, aber es war so – wo war Siren? Ich sah die Frau an, ich hätte ihr sagen sollen, dass es ein Anfall gewesen war, aber war das nicht noch mehr? Etwas anderes? Was war das? Ich sah zum Auto hinüber, es war unversehrt und stand jetzt sauber geparkt und leicht geneigt am Straßenrand. Ich räusperte mich.

Ja, aber es ist jetzt vorbei, sagte ich. Haben Sie herzlichen Dank. Die Frau sah besorgt aus.

Ja, wenn Sie das sagen, entgegnete sie.

Ja, das sage ich.

Wir können mit dem Handy jemanden anrufen!, rief der Mann hinter ihr noch einmal. Ohne sich zu bewegen.

Du hast gesagt, dass *du ihn kennst*?, sagte die Frau noch einmal, drehte sich zu ihrem Mann um und zog ihn näher heran.

Er lächelte linkisch und wiederholte, er kenne mich nicht richtig, sondern er habe mich bloß heute Morgen vor dem Motel gesehen, und dass ich wirklich langsam gefahren sein musste. Sie seien zwei Stunden nach mir aufgebrochen. Er schaute auf die Uhr und nickte. Bin ich langsam gefahren? Ja, vielleicht, dachte ich und sah zum Auto hinüber.

Ja, stimmt, das war es, sagte die Frau und sah mich entschuldigend an. Er war noch immer ein bisschen misstrauisch. Alles in allem waren sie wohl ein paar Jahre älter als ich und der Pelz ließ sie überdies älter aussehen, als sie war. Ich begann, mir sicher zu sein, dass ich ihn früher schon einmal gesehen hatte, und spürte etwas Blaues, warum?

Ich stocherte mit der Schuhspitze im Schnee. Stocherte, stocherte im Schnee.

Und jetzt *sah ich die Vidda,* locker, streng, rein, eine einfache Landschaft. Sie schwang sich ins Innere des Landes und brachte einen dazu, den Rest von Norwegen zu vergessen.

Ja. Also. Dann – dann sollten wir wohl sehen, dass wir weiterkommen?, sagte er und rieb seine Handflächen aneinander. Fahren Sie vorsichtig. Sie nickte.

Danke, erwiderte ich und zupfte meine Kleider zurecht. Haben Sie Hunde?, fragte ich und zeigte auf das Auto.

Ja, drei Setter, sagte er stolz, ich bin Jäger. Ich spürte ein leichtes Stechen auf meiner Wange, so etwas.

Vielleicht sehen Sie ja irgendwo Rentiere, sagte er und grinste. Die Frau gab ihm einen Stoß in die Seite.

Rentiere.

Rentiere, fragte ich.

Ja, hier in der Gegend sind unglaublich viele Rentiere gesehen worden, sagte er.

Oh, ja, Rentiere, sagte ich und schwitzte, Rentiere, ja.

Verdammte Scheiße, was hast du nur getan?

Hatte er das wirklich gesagt?, dachte ich und fragte, Häh?

Was denn?, fragte er.

Nein, ich dachte, Sie hätten etwas gesagt.

Sie begannen zu lachen, alle beide, sie lachten laut aber freundlich und sie sagte, ich sei wohl noch ein bisschen durcheinander nach dieser Irrfahrt. Dabei deutete sie auf mein Auto und sagte, jetzt würde ich wohl noch langsamer fahren. Ihr Mann lachte und sagte: langsam, ja.

Aber Sie kommen allein zurecht?

Ich komme mit mir zurecht. Kommen Sie mit mir zurecht? Kennen Sie mich? Mich?

Ich komme zurecht, sagte ich. Man soll meine Mutter in mir sehen können.

Sie brauchen jetzt ein bisschen Ruhe, sagte sie und lächelte. Bestimmt sehen Sie Ihrer Mutter ähnlich. Aber jetzt geht alles ein wenig durcheinander für Sie, sehen Sie zu, dass Sie bald Ruhe bekommen. Er nickte und ging zu seinem Wagen hinüber. Sie stand noch ein paar Sekunden vor mir.

Dann fuhren die beiden davon. Sie lächelte mich durch das Fenster noch einmal übertrieben an, und ich war mir sicher, ich hatte ihn schon einmal gesehen. Sein Gesicht war so außerordentlich gewöhnlich, dass man es gerade wegen dieser Gewöhnlichkeit in Erinnerung behielt. Ich glaubte noch immer, den Schaltknüppel wie einen Nagel in meinem Rücken zu spüren, als ich ihn vor mir sah und mir plötzlich klar wurde: ich hatte ihn tatsächlich früher schon einmal gesehen: der Hausmeister der Schule. Das war der Hausmeister der Schule, auf die ich all die Jahre gegangen war. Ich erinnere mich an ihn in Joggingschuhen und mit einem Eimer Farbe in den Händen, ohne Bart, in einem blauen, einem knallblauen Overall.

Ich blickte ihrem roten Volvo nach, sah ihn weiter hinten in einer Kurve verschwinden und dachte, wenn ich langsam fahre, langsam, dann ist er schnell, schnell.

Als ich mich wieder in den Polo setzte, dachte ich, Gott habe sich auf der Vidda verlaufen, und begann zu weinen. Träne auf Träne rann über meine Wangen, zu Anfang, weil ich Angst hatte, dass er von einer Lawine überrollt werde, dann ganz unkontrolliert, als weinte ich für all die Trauer der Welt. Ich sah die Klagemauer in Jerusalem vor mir. Ich weinte so sehr wie damals, als ich klein war und mich vor dem Schlaf und der Nacht fürchtete: die Albträume und die Anfälle. Karen, flüsterte ich. Mein Junge, flüsterte ich, und es kann sein, dass ich mit der Faust gegen die Scheibe schlug, auf jeden Fall erinnere ich mich daran, wie meine Fingerknöchel an die Scheibe drückten und ich weinte, weinte. Kommst Du jetzt? Ist es jetzt nicht an der Zeit? Ich sah ein Grinsen auf Gottes Gesicht und verstand, ich sollte mich zusammenreißen. Du darfst nicht werden wie sie, Jakob, sagte ich zu mir selbst und sehnte mich danach, in einer Kirche zu sitzen.

Achte den, der die Geheimnisse des Weinens kennt.

Als ich mir mit dem Handrücken über die feuchten Wangenknochen fuhr, dachte ich an all jene, die niemals weinten. Die niemals Weinenden und die niemals Jubelnden. Ich ließ den Motor an.

Fünfmal in nur wenigen Minuten überholt. Nicht ich, nein, ich war es, der überholt wurde, der letzte war noch so ein roter Kombi, aber kein Volvo, dafür aber mit zwei Hunden hinten, und jetzt schneite es. Jetzt schneite es. Als ich zum fünften Mal an einer gelben Box in Form eines kleinen, runden Turms vorbeifuhr, drosselte ich noch einmal die Geschwindigkeit. Was ist das da, dachte ich und hielt direkt daneben an. Auf einem Schild stand *Nottelefon*, ach so. Die Not ist groß, aber wen soll man anrufen, flüsterte ich sarkastisch. Am Ufer des Staudamms, der hinter dem Telefon zu sehen war, lagen ein paar vereinzelte Hütten mit Torfdächern und ich stellte mir die kalten, rauen Menschen vor, die dort wohnten, wenn sie denn dort wohnten. Ein paar Büsche nahmen den herabrieselnden Schnee auf. Die Telefonmasten waren hier oben aus Holz. Wie die Pfähle, die die Höhen des Schnees maßen, und der Schnee wuchs, er reckte sich an den Markierungsstangen in die Höhe und ich stellte mir gewaltige Schneewände vor. Aus einem Schornstein auf einer der Hütten mit Torfdach stieg Rauch auf. Ich pinkelte hinter den gelben Nottelefonturm und blickte über den Stausee – Beton auf der Vidda, das sah nicht gut aus. Der Urin dampfte, schmolz den Schnee und gab ihm hinter dem Nottelefonturm Farbe. Ich wusch meine Hände mit Schnee. Genug damit, sagte ich und riss mich zusammen, und aus meinem Atem wurde Raureif. Wieder im Auto kurbelte ich das Fenster herunter und streckte die Hand hinaus, um den Schnee zu spüren, als hätte er sich im Laufe nur einer halben Minute verändert: Der Schnee war ein Rächer. Jetzt fuhr ich mit voller Absicht langsam.

Der Sitz neben mir war leer, aber auf der Rückbank lag eine Plastiktüte mit drei Briefen, das wusste ich. Drei Briefe.

Sie kamen am gleichen Tag, fielen klappernd in den Briefkasten im Treppenhaus. Zuerst der Brief über Vater. Dann der Brief mit der Fotografie von Katrine und ein dritter, dicker Umschlag, mit dem ich ins Wohnzimmer ging und mich zwischen all meinen Umzugssachen auf einen großen Karton setzte.

Ich glaube, ich schenkte dem Umschlag keine besondere Beachtung, ich dachte nur, »irgendetwas Offizielles«, als ich »Herrn« vor »Jakob Malde« las. Fantastisch! Und ich dachte daran, dass es meinen Namen immer irgendwo geben würde, und dass jemand ihn fortwährend schrieb, ohne sich um mich zu kümmern. Ich mache niemals Fotos, ich weiß, dass die, die die Filme entwickeln, an mir in ihrer Dunkelkammer herumfummeln, mir meine Erinnerungen stehlen.

Ich riss den Briefumschlag auf und wollte zu lesen beginnen, als das Telefon klingelte, aber »sie« legten auf – ich riss also den Umschlag auf, ja. Ein Gefühl wie, etwas Vergessenes in den Händen zu halten. Als ich den einmal gefalteten Stapel Papiere aus dem Umschlag zog, fiel mein Blick durch meine Beine in den Umzugskarton, auf dem ich saß, und ich sah eine Kaffeetasse, die ich noch niemals zuvor gesehen hatte.

Zuerst verstand ich nichts. Mein Name stand auf allen Blättern, überall stand »Jakob Malde«. Verwirrt ließ ich mir von meinem Sprachsinn das Verständnis für meinen Namen wiedergeben, meinen Namen auf allen Blättern. Ich fühlte mich wie besichtigt. Danach sah ich, dass auf den gleichen Blättern auch »Universitätsklinikum Haukeland« stand, und dann verstand ich alles, und mir wurde klar, dass ich alles vergessen hatte – ALL DAS. Meine Finger glänzten vor Schweiß, als ich zu lesen begann. Ich spürte die Nähe von etwas im Raum. Bist Du das? Bist das DU? Wird jetzt alles gut?

Wenn nur alle Gefühle präzise wären. Ja – was dann? Dann wäre es auch eine bessere Welt.

UNIVERSITÄTSKLINIKUM
HAUKELAND

5000 Bergen, 21. 07. 1979

NEUROLOGIE
Universitätsklinikum Haukeland
Tel: (05) 53 20 00

Unser Zeichen: Ar/bp Ihr Zeichen:

Herrn
Dr. Jostein Bjarmann
Arzt
Allégt. 13
5000 Bergen

Pat. Jakob Malde, geb. 08. 03. 1972

Neurologische Untersuchung vom 16. 7. 79 und 21. 7. 79

Die Untersuchung wurde am 16. 7. 79 und 21. 7. 79 in der Neurologischen Poliklinik ambulant durchgeführt. Zuweisung bei Verdacht auf Epilepsie.

Anamnese:
Der Patient kommt in Begleitung seines Vaters, Herrn Dr. Johannes Malde. Er hat keine Geschwis-

ter, wohnt bei den Großeltern. Er ist bisher im Wesentlichen immer gesund gewesen. Schwierige Geburt, angeblich per Vakuumextraktion, aber zeitentsprechend entwickelt gewesen. In der Familie ist eine epileptische Belastung bekannt, Jakobs Urgroßvater litt angeblich unter Grand Mal-Anfällen.

Im Alter von drei Jahren hatte der Pat. im Sommer über einige Monate Anfälle, jeweils im Zusammenhang mit Fieber. Dies zeigte sich mit Krämpfen, starrem Blick und nächtlicher Unruhe. Auch als Säugling sei er unruhig gewesen.

Seither ist Jakob völlig unauffällig gewesen bis zum Ereignis am 12. 7. 79, als er, nachdem er mehrere Nächte wenig geschlafen habe, »er ist spät zu Bett gegangen«, unruhig geworden sei, desorientiert, steif mit starrem Blick und seine Umgebung nicht wiedererkannt habe. Etwas später in der Nacht ein weiteres ähnliches Ereignis. Am Nachmittag und Abend habe er zuvor ein sonderbares Kopfweh gehabt. Seither keine weiteren Ereignisse ähnlicher Art.

Neurologischer Untersuchungsbefund:

Jakob ist wach und orientiert, macht sich gut verständlich und kooperiert zufrieden stellend. Ophthalmoskopie mit unauffälligem Augenhintergrund. Kein sicherer Hinweis auf Hirnnervausfälle. Klin.-neuro. Status mit verzögerten alternierenden Bewegungen der linksseitigen Extremitäten und leichte linksseitige Koordinationsstörung. Reflexe möglicherweise linksseitig verstärkt, die Veränderungen sind jedoch nicht sicher pathologisch.

Im EEG vom 16. 7. 79 Auftreten von spitzen Wellen. Im EEG von heute findet man rechts temporal und temporoparietal eine Reihe von spitzen Wellen-Po-

tenzialen und spikes, jedoch keine sicheren paroxysmalen Attacken.
Hyperventilation und Flackerstimulation ergeben keine Normabweichung.

Beurteilung und Therapie:
Die im EEG nachgewiesene lebhafte spitze Wellen/spike-Aktivität rechts temporal weist auf eine epileptogene Zerebralaffektion hin. Der Pat. hatte vor vier Jahren bereits nächtliche epileptische Anfälle, die nun erneut aufgetreten sind. Ich verordnete ihm daher Fenemal 50 mg vor dem Zubettgehen. Eine Kontrolle ist in 3 Monaten vereinbart.

Mit freundlichen Grüßen

Arve Randsund
stellv. Oberarzt, Neurolog. Abteilung

UNIVERSITÄTSKLINIKUM
HAUKELAND

5000 Bergen, 09. 11. 1979

NEUROLOGIE
Universitätsklinikum Haukeland
Tel: (05) 53 20 00

Unser Zeichen: Ar/bp   Ihr Zeichen:

Herrn
Dr. Jostein Bjarmann
Arzt
Allégt. 13
5000 Bergen

Pat. Jakob Malde, geb. 08. 03. 1972

Neurologische Untersuchung vom 9. 11. 79
Der Patient kommt in Begleitung seines Vaters zur Kontrolle in die Neurolog. Poliklinik. Wir verweisen auf unseren Brief vom 21. 7. 79.

Jakob hat seit der letzten Untersuchung Fenemal 50 mg vor dem Zubettgehen genommen. Er verträgt es gut, hatte aber einen nächtlichen Anfall am 9. 8. 79.

Ophthalmoskopie mit unauffälligem Augenhintergrund.
Im EEG leichte Veränderungen mit vereinzelten spike-ähnlichen Potenzialen.

Fortsetzung der Therapie mit Fenemal 50 mg vor dem Zubettgehen. Die nächste Kontrolle ist in einem halben Jahr vereinbart.
Falls bei den heute abgenommenen Blutproben Auffälligkeiten gefunden werden, werde ich Sie umgehend informieren.

Mit freundlichen Grüßen

Arve Randsund
stellv. Oberarzt, Neurolog. Abteilung

UNIVERSITÄTSKLINIKUM
HAUKELAND

5000 Bergen, 13. 05. 1980

NEUROLOGIE
Universitätsklinikum Haukeland
Tel: (05) 53 20 00

Unser Zeichen: Ar/bp   Ihr Zeichen:

Herrn
Dr. Jostein Bjarmann
Arzt
Allégt. 13
5000 Bergen

Pat. Jakob Malde, geb. 08. 03. 1972

Neurologische Kontrolle vom 12. 05. 1980
Jakob kommt zur Kontrolle in die Neurol. Poliklinik der Abteilung in Begleitung seiner Großmutter. Seit der letzten Untersuchung hatte er keine epileptiformen Anfälle unter der Behandlung mit Fenemal 50 mg vor dem Zubettgehen. Er verträgt die Therapie gut.
Nun berichtet Jakob über häufige Wahrnehmungsstörungen am Tage, »die Zeit vergeht so schnell«, »da

sind so viele Farben«, »es ist so hell«, »die Geräusche sind sehr laut«. Mögliche Aura-Erscheinungen nicht ausgeschlossen.

In der orientierenden neurol. Untersuchung keine Veränderungen zur Voruntersuchung.
EEG von heute mit gelegentlichem Auftreten von spike-Potenzialen. Jakob wird weiterhin die Therapie mit Fenemal 50 mg vor dem Zubettgehen fortsetzen. Nächste Kontrolle in einem Jahr.

Mit freundlichen Grüßen

Arve Randsund
stellv. Oberarzt, Neurolog. Abteilung

UNIVERSITÄTSKLINIKUM
HAUKELAND

5000 Bergen, 30. 05. 1981

NEUROLOGIE
Universitätsklinikum Haukeland
Tel: (05) 53 20 00

Unser Zeichen: Ar/bp   Ihr Zeichen:

Herrn
Dr. Jostein Bjarmann
Arzt
Allégt. 13
5000 Bergen

Pat. Jakob Malde, geb. 08. 03. 1972

Neurologische Kontrolle vom 30. 5. 1981
Pat. bekannt, wir verweisen auf unsere bisherigen Briefe, zuletzt vom 13. 5. 1980.
Der Junge kommt in Begleitung seines Vaters. Er hatte im Sommer 1980 in Zusammenhang mit Fieber einzelne Anfälle mit epileptischem Charakter, ähnlich den frühen Anfällen. Im Frühling dieses Jahres wiederholte sich dies, mit deutlicher Zunahme, begleitet von starker Traumaktivität. Ansonsten

fühlt Jakob sich wohl, klagt aber tagsüber über Wahrnehmungsstörungen. Er hat regelmäßig Fenemal 50 mg vor dem Zubettgehen eingenommen.

Neurolog. Untersuchungsbefund mit inzwischen unauffälligen Befunden.
EEG: wie bei den Vorbefunden einige spike-Aktivitäten mit überwiegendem Auftreten in der linken Temporalregion.
Überweisung zum Schädel-CT. Nächste Kontrolle mit EEG in einem Jahr.

Mit freundlichen Grüßen

Arve Randsund
stellv. Oberarzt, Neurolog. Abteilung

Röntgenabteilung UKH

Name	Geburtsdatum mit Initialen
Jakob Malde	080372 M
Signatur	Datum
Ctkc. n	8. 6. 82.Ø/kr

ct Cranium mit Kontrastmittel vom 08. 06. 82
unauffällig
Diagn.: Normalbefund

Ødegaard

UNIVERSITÄTSKLINIKUM
HAUKELAND

Herrn
Dr. Jostein Bjarmann
Allégt. 13
5000 Bergen

Ihr Zeichen: Unser Zeichen: AR/emnl Datum: 06.06.85

Pat. Jakob Malde, geb. 08. 03. 1972

Neurologische Untersuchung vom 6. 6. 85
Zur Vorgeschichte verweisen wir auf den bisherigen Briefwechsel, zuletzt vom 30. 5. 84. Seitdem war Jakob am 23. 4. 84 und heute am 6. 6. 85 in der Neurol. Poliklinik zur Kontrolle. Seit dieser Zeit hatte Jakob weder einen erneuten Anfall noch Prodromi eines Anfalls. Er ist therapeutisch mit Fenemal 50 mg zur Nacht eingestellt, bei guter Verträglichkeit.

Der orientierende neurologische Status ist unauffällig.
Jakob geht mit dem linken Bein leicht innenrotiert. Dieses ist offenbar von orthopädischer Seite bereits abgeklärt, keine weiteren speziellen Maßnahmen.

Im EEG zeigen sich gelegentliche Auffälligkeiten mit scharfen Wellen. Wir fahren also vorläufig mit Fenemal 50 mg vor dem Zubettgehen fort. Jakob klagt tagsüber über Wahrnehmungsstörungen. Eine Blutabnahme ist erfolgt, bei auffälligen Befunden werde ich Sie informieren. Die nächste EEG-Kontrolle ist in einem Jahr vereinbart.

Mit freundlichen Grüßen

Arve Randsund
stellv. Oberarzt, Neurolog. Abteilung

UNIVERSITÄTSKLINIKUM
HAUKELAND

Herrn
Dr. Jostein Bjarmann
Allégt. 13
5000 Bergen

Ihr Zeichen: Unser Zeichen: KB/ln Datum: 21. 01. 87

Pat. Jakob Malde, geb. 08. 03. 1972

Orthopädische Untersuchung vom 21. 1. 87
Jakob klagt seit ca. einem Jahr über Rückenschmerzen, sodass er schließlich vom Schularzt untersucht wurde. Dabei wurde eine lang gestreckte linkskonvexe Skoliose festgestellt, deretwegen nun die Überweisung zur Röntgenuntersuchung erfolgte.

Untersuchungsbefund:
Jakob ist 1,76 m groß, kein Beckenschiefstand. Die lang gestreckte linkskonvexe Skoliose beginnt im oberen Thorakalbereich der Wirbelsäule und reicht bis in den unteren Lumbalbereich hinein, ohne nennenswerte Wirbelrotation. Die rechte Schulter ist gegenüber links etwas tiefer stehend.
Im Röntgen zeigt sich in den Bildern ohne Streckung

ein Winkel von 10 Grad, Wendepunkt ist bei Th. 10. Nahezu kompletter Ausgleich durch Streckung.
Eine Aufnahme der Handwurzelknochen wurde ebenfalls gemacht, jedoch ohne Altersbestimmung. Soweit ich das sehen kann, muss Jakob so gut wie ausgewachsen sein.

Beurteilung:
Die Skoliose ist so moderat, dass derzeit eine Behandlung nicht notwendig ist. Zudem ist Jakobs Wachstum fast abgeschlossen, sodass eine weitere Verschlechterung kaum von Bedeutung sein wird. Die Rückenschmerzen, die er hat, stehen in keinem sicheren Zusammenhang mit dieser leichten Skoliose. Weitere Kontrollen werden nicht vereinbart.

Mit freundlichen Grüßen

Kåre Byberg
Oberarzt, Abteilung für orthopädische Chirurgie.

UNIVERSITÄTSKLINIKUM
HAUKELAND

Herrn
Dr. Jostein Bjarmann
Allégt. 13
5000 Bergen

Ihr Zeichen: Unser Zeichen: AR/emnl Datum: 07. 06. 87

Pat. Jakob Malde, geb. 08. 03. 1972

Neurologische Kontrolle vom 7. 6. 87
Wir verweisen auf unseren früheren Briefwechsel. Im Sommer 86 haben wir die Therapie mit Fenemal 50 mg reduziert und beendet, Jakob hat nun über ein Jahr kein Fenemal genommen. Bis jetzt ist es nicht zu einem Anfall oder etwaigen Prodromi gekommen.
Seit diesem Frühjahr hat er inzwischen gelegentliche Kopfschmerzen und gelegentliche Anfälle, die sich aber auf den Rahmen seiner früher erlebten Auraerscheinungen begrenzen.
Weiterhin ist eine leichte Skoliose bekannt.

Neurologischer Untersuchungsbefund:
Unauffälliger klinisch-neurologischer Status, leichte Kurzsichtigkeit. Lang gestreckte thora-

kale Skoliose mit leichter Beckenschiefstellung nach links. Ausgesprochene Druckempfindlichkeit an den Sehnenansatzpunkten okzipital.

Beurteilung:
Aller Wahrscheinlichkeit nach handelte es sich bei Jakob um eine benigne Kinderepilepsie. Wir fahren jetzt weiterhin ohne Medikation fort, er wird sich umgehend wieder melden, sollte es zu einem Anfall kommen. Wahrscheinlich hat Jakob eine Tendenz zu Spannungskopfschmerzen. Sollte er darunter stärker leiden, könnte man ihn zum Autogenen Training überweisen.

Mit freundlichen Grüßen

Arve Randsund
Oberarzt, Neurologische Abteilung

UNIVERSITÄTSKLINIKUM
HAUKELAND

Chirurgische Notfallambulanz, den: 28. 6. 92
Abt.: Beh. Arzt:
Hausarzt:
Amb.arzt: Harestad / br

Patient: Jakob Malde, geb. 08. 03. 1972

Der Patient fiel mit dem Gesicht auf den Asphalt. Vorstellung aus Angst vor Gehirnerschütterung. Die Symptome waren so gering, dass der Pat. ohne weitere Behandlung umgehend nach Hause entlassen wurde.

UNIVERSITÄTSKLINIKUM
HAUKELAND

Chirurgische Notfallambulanz, den: 13. 5. 93
Abt.: Beh. Arzt:
Hausarzt:
Amb.arzt: Harestad / br

Patient: Jakob Malde, geb. 08. 03. 1972

Der Patient fiel mit dem Gesicht auf den Asphalt, genauso wie am 28. 6. 92. Vorstellung aus Angst vor Gehirnerschütterung. Die Symptome waren so gering, dass der Pat. ohne weitere Behandlung umgehend nach Hause entlassen wurde.

Wer kann schon von sich selbst behaupten, dass er sich kennt? Oh, das ist keine neue Frage, aber wie so oft bei alten, immer wieder gestellten Fragen, gibt es ganz offensichtliche Gründe, sie zu stellen. Und diese Gründe sind oftmals Furcht, Verwirrung und Unwissenheit. Man geht wie durch einen Korridor des Zweifels, wenn es denn überhaupt möglich ist, sich einen solchen Korridor vorzustellen; den langen Flur mit den weißen Wänden und der kolossalen Akustik. Der Flur ist leer, nichts ist dort, nur man selbst und das, was in einem heranwächst: die Verwirrung, die Furcht und die Unwissenheit. Ist hier jemand? Ist hier denn niemand? Und so irrt man an den weißen Wänden entlang und denkt nach, doch bald darauf scheinen auch die Gedanken im Hirn zusammenzuschrumpfen, der Körper wird ganz lahm, und die Gedanken, die noch vor wenigen Sekunden die Fragen stellten »ist hier jemand?«, »ist hier denn niemand?«, diese Gedanken scheinen nun in dem Tau, der unter den Schuhsohlen auf dem Linoleumboden verdampft, gefangen und alsbald vollkommen verschwunden zu sein. Und dann – was dann? Dann gelingt es einem nur noch, den letzten aller Gedanken zu denken: Bin ich hier? Bin ich das? Wer bin ich? Und dann bricht man zusammen und der Gottlose würde sagen, dass er Recht hatte, auf einen zu zeigen, wenn man, von Krämpfen geschüttelt am Fußboden lag, und sagen: Dich gibt es nicht. Nichts gibt es. Ich danke Dir, mein Gott, ich danke Dir dafür, dass ich weiß, ich werde mich niemals in diesen Korridor des Zweifels verirren.

War *ich* das, dort?

Jakob Malde.

Diese *Person,* über die sie auf diesen Blättern berichteten.

Doch auch ich spürte einen Funken dieser abgrundtiefen Furcht, als ich mich hinsetzte, um die Eindrücke aus den Arztbriefen zu verdauen.

War *ich* das?

Der da mit seinem Vater in ein Zimmer kam, Sätze sagte, erwähnte, dass Dinge zu schnell gingen, nach Hause geschickt wurde, Zimmer betrat, Sätze sagte und dem schwindelig wurde. War ich das?

Ja, ja, ja, das war ich. Das war es, was sie über mich sagten. Ich hatte vollkommen vergessen, dass ich ans Krankenhaus geschrieben hatte, um meine Krankenakte zu bekommen. Das war ja so lange her, mehr als ein Jahr. Ich hatte mich an sie gewandt, weil meine Erinnerungen so schwach waren, ich mich aber erinnern wollte. Ich wollte wissen, was die Ärzte über mich gesagt hatten. Und vielleicht auch, um herauszufinden, warum es wieder begonnen hatte.

Ganz offensichtlich fehlten einige Blätter, aber ich hatte keine Zeit, in einem weiteren Brief darum zu bitten, alles zu bekommen. Ich konnte nicht mehr, es war genug. Ich erhob mich und fragte mich selbst, was für eine Antwort ich erhalten hatte. Ich setzte mich wieder hin. Konnte ich mich selbst, einen Menschen, darin lesen? Mir war kalt und ich bekam Gänsehaut. Ich gehe zu keinem Arzt mehr, ich sehe nur, dass es Löcher in meiner Erinnerung gibt, große Löcher, und dass der Mensch verfault, wenn er sich nicht selbst in seine Erinnerung zwickt.

Ich legte meine Hände auf die Oberschenkel, um das Wippen meiner Füße zu stoppen.

Das Zimmer sah unbewohnt aus, es war klar, hier wollte jemand ausziehen. Mein Blick fiel auf den Karton, auf den ich mich gesetzt hatte. Aus meinen Fingern sickerte Fett, ich saugte an ihnen und wusste, dass alles geschehen war, dass das alles ich war und ich fort musste.

Ich blickte zum Kalender und prägte mir das Datum ein: »11. Dezember 1998«.

Aber wer hatte mir die Fotografie von Katrine geschickt?

Und warum hatte es in mir wieder begonnen, und stärker, greller als früher? Und bin ich mir überhaupt sicher, was das ist?, fragte ich mich. Kann ich überhaupt sicher sein, dass das Anfälle sind? Ein epileptischer Anfall ist etwas Klares, wenn man weiß, was es ist. Dann ist es ganz eindeutig: ein epileptischer Anfall. Ein neues Hemd. Zu heftige elektrische Aktivität, nervöse Gehirnzellen. Es ist in Ordnung zu humpeln, wenn man sich den Fuß verdreht hat. Aber das hier? Muss es einem so flau werden, muss das Licht *so* sein, muss ich diese GESICHTER, diese HÄNDE sehen, muss alles nach mir greifen? Bist Du das, Du, Du? Wird es jetzt ruhig und richtig sein?

Ich las mir die Blätter noch mehrere Male durch und versuchte, meinen eigenen Namen, Jakob Malde, zu betonen, damit er mir näher kam. Als ich »Patient« oder »er« las, versuchte ich ihn mir vorzustellen, diesen kleinen Jungen, der ich gewesen war. *Er beklagt sich über Wahrnehmungsstörungen* – ich schloss die Augen. Das bin ich. Langsam kam es über mich, das Behandlungszimmer, der Bezug des Stuhles, die klinischen Wände, die Comics im Wartezimmer, die Tafeln und Stimmen, die Seife, mit der sie meine Haare wuschen, bevor sie die Leitungen mit Kitt an meinem Kopf befestigten, mit etwas, das in meiner Erinnerung eine Art *Kitt* war. Der üble Geschmack der allabendlichen Tabletten, Fenemal. Aber ich konnte mich nicht daran erinnern, dass Großmutter mich begleitet hatte.

Es war nicht so, wie es hätte sein sollen, dachte ich und sah das unnatürlich freundliche Gesicht des Arztes vor mir, als er sagte, das wird schon wieder gut werden, glaub mir. Den Kittel der Krankenschwester, die Leitungen mit den kleinen metallenen Verdickungen, die sie an meinem Kopf befestigten, das Zickzack auf dem Papier, das EEG und das rötliche Licht, ein schreiendes Getöse und Stimmen. Stimmen über dem Papier: *Das bist du, das ist dein Gehirn*, schließ die Augen. Mach die Augen zu, Jakob, mach die Augen wieder auf, zwinker mit den

Augen, Jakob, das bist du, Jakob, wir messen nur, was in dir geschieht, Jakob, das bist du, das sind die Aktivitäten in dir, Jakob. Bist du jetzt bitte so lieb und zwinkerst eine halbe Minute lang mit den Augen? Und jetzt lass die Augen bitte eine halbe Minute geöffnet. Danach kriegst du dann Eis und ein paar Comics.

Eis und Comics! Ich will Eis und Comics!

Vielleicht habe ich zu den Stimmen aufgesehen. Eine lächelnde Krankenschwester in einem Kittel. Ich sah das freundliche Gesicht des Arztes vor mir, als er den Ausdruck des EEGs über meine Hirnaktivitäten studierte, sich Notizen über die Ausschläge machte, nickte und sagte, alles würde gut werden. *Du wirst schon sehen, da wächst du heraus.* Nein, es ist nicht so, wie es sein sollte, dachte ich, jedenfalls nicht jetzt, und sah Vaters Hände und sein besorgtes Gesicht. Es war nicht so, wie es sein sollte, ich würde da herauswachsen, hatten sie gesagt.

Stattdessen war es in mir herangewachsen, hatte ein Paar Jahre Pause gemacht und war dann wieder auferstanden, mit stärkerem Licht, lauteren Tönen, größerem Geflimmer und kräftigeren Händen. Siren, jetzt konnte ich ihr Gesicht sehen, fiel, wie ich nie gefallen war. Ich zog weg, ich reiste ab, ich ging vor ein paar Tagen zum Auto hinunter, vor zwei Tagen, dachte ich und spürte meine Zehen in den Socken und Schuhen auf dem Gaspedal, den Atem über dem Armaturenbrett und blickte über die Vidda. Jetzt kann ich die Vidda sehen. Die Scheibenwischer zeigten mir die weite Landschaft in Intervallen, klipp, klipp, es schneite heftig und ich sah einzelne Dias.

Ich war im Begriff einzuschlafen. Mein Kopf sackte auf die Brust, ein erstes Mal. Ich schrak auf, das Auto trieb auf die andere Fahrbahn hinüber. Gleich darauf geschah es erneut, und da wurde ich von einer Stimme geweckt: »Sollen wir uns Dias anschauen?«

Vater fragte, ob wir Dias schauen sollten! Und wir guckten uns Dias an, das war 198…, ja, das muss wohl 1984 gewesen sein. Mutter war da. Und wir guckten Dias von… Rom! Ja, bestimmt. Ich musste langsamer fahren, rollte an einer geschlossenen Imbissbude vorbei und tauschte die Dias zwischen den

Schneemassen und den Scheibenwischern mit den Bildern von den Ferien in Rom aus. 1984. Das hatte ich vergessen, das war ein Geschehnis aus einer Lebensperiode, an die ich mich nicht erinnerte. Mutter im Vatikan! Mutter und ich vor dem Vatikan! Mutter, Vater und ich vor dem Petersdom, Santa Maria, dies und das und wie das alles hieß. Mutter hatte auf jedem Bild den gleichen Gesichtsausdruck. Ja.

Ich sehe deine Mutter in dir.

Imbissbude, Pfannkuchen oder irgendwelche dunkelroten Würstchen mit vielen Fettklumpen – Rentierwürstchen?

Schließlich kam die Vidda zurück und die Bilder aus Rom verschwanden, dort gab es nichts mehr für mich. Auch das Behandlungszimmer war in weite Ferne gerückt. Ich blieb zurück, etwas enttäuscht, mit dem Gefühl einer gängigen Familienerinnerung, die mir nichts erklärt, sondern mir ins Herz gestochen hatte, mit Kitt, Dias und meiner eigenen Mutter, die häkelte und Feriendias betrachtete. Vater sagte, ja, da siehst du den Katholizismus. Sie häufen Güter um sich an, ja. Alles soll *schön aussehen*, ja. Es gibt eine Sache, die ich an den Katholiken noch nie gemocht habe, sie sehen nicht so aus, als würden sie zweifeln.

Ich hielt an, klappte den Sitz nach hinten und schlief ein.

Als ich aufwachte, saß ich im Polo, und ich fühlte mich ausgeruht, obgleich ich nur eine halbe Stunde geschlafen hatte.

Lächelnd rollte ich weiter über die Vidda. Ein Traum hatte wohl Besitz von mir ergriffen, noch konnte ich mich nicht an ihn erinnern, aber gerade erst erwacht, lächelte ich und hatte irgendwie das Gefühl, besser mit mir selbst bekannt geworden zu sein.

Ich kurbelte die Scheibe herunter und streckte den Kopf in die Kälte hinaus.

Was eine Stunde zuvor auf der Straße geschehen war, war vollkommen verschwunden, das sehe ich jetzt, und auch die Frau und der Hausmeister waren weit vor mir, in einem großen Tunnel. Wie schnell sich die Dinge manchmal ändern. Wie rasch man spüren kann, dass etwas überwunden ist, ja beinahe vergessen oder verschwunden, dachte ich, als ich die Druckstelle spürte, die der Schaltknüppel in meinem Rücken hinterlassen hatte. Der Anfall kam langsam zurück, dieses Mal in Bildform. Ich versuchte, ihn am Rande meines Blickfeldes festzuhalten, ihn anzuschauen, mich anzuschauen. Das Knistern in meinem Schädel, das Gefühl, dass jemand im Inneren meines Kopfes ein Brett zerbrach, schnell aufeinander folgende kleine Knacks, die Schläfen weiteten sich aus, die Zellen in meinem Kopf schienen zu bersten, die Stirn zu platzen… nein. Das ist kein Bild.

Das sind Geräusche.

Ich tastete nach diesen Geräuschen wie nach Bildern.

Pah!

Es ist so leicht, sich selbst zu belügen.

Ah!

Ich will wieder alles sagen.

Es war niemand da, mit dem ich hätte sprechen können, als ich weiter über die Vidda fuhr, keine Menschen, nur die Kälte, die durch das geöffnete Fenster hereindrang, der eine oder andere Busch, die Nottelefone und der Schnee. Alles hörte mir zu, auch Er, irgendwo dort draußen – irgendwo. Aber zuallererst sprach ich wohl zu mir selbst, meine eigenen Ohren sollten es hören, die Abrechnung mit dem Selbstbetrug. Warum lügst du, Jakob? Warum hast du dich so lange selbst belogen? Dieses Mal dachte ich an den Pelz zwischen den weißen Schenkeln eines jungen Mädchens.

Da sagte ich es! Ich rief es, vorne im Wagen, das geöffnete Fenster zu meiner Linken, die Haut abgekühlt und das linke Auge wegen des Schnees zugekniffen – ich sagte es.

Der Pelz zwischen den weißen Schenkeln eines jungen Mädchens. Natürlich war ich da, aber ich sagte es in einer Weise zu mir selbst, als könne ich es dadurch aus meiner Erinnerung tilgen, damit es niemals Seine Ohren erreichte und ich es nie gespürt hatte. Jakob! Du hast es gespürt! Meine Hände, sagte ich und sah sie auf dem Lenkrad liegen, sieh diese Hände und diese Finger, die drei Finger der rechten Hand. Zeigefinger, Mittelfinger, Ringfinger. Hah – geh elf Jahre zurück, Jakob! Elf Jahre musst du gehen. Ich beugte mich vor, sodass meine Nase an Zeige-, Mittel- und Ringfinger meiner rechten Hand lag, elf Jahre zurück in die Vergangenheit, hinunter in einen dunklen Keller. Wo diese drei Finger in eine geöffnete Jeans glitten, hinein, vorbei an... nein, hör jetzt nicht auf, Jakob! Belüg dich nicht selbst!... hinein, vorbei an einem Hosenbündchen, sich in den weichen Haaren ausstreckten, die sich wie ein Pelz anfühlten, und das erhabene Fleisch spürten.

Wer war sie?

Ich betrachtete meine Finger, keiner konnte jetzt mehr sehen, wo sie vor elf Jahren gewesen waren. Aber ich hatte es gesagt. Ich hatte es mir endlich selbst eingestanden – und jetzt war es weg.

Erlebnisse, Erkenntnisse, Einsichten – Seite an Seite.

Sich selbst kennen. Wer weiß, gehört es denn nicht zu den wichtigsten Sachen, mein geliebter Gott, dass ich versuche, mich selbst zu kennen, sowohl meine Haut und meine Handlungen als auch meine verlorenen Tage. Ich will vor Dir stehen, wenn Du endlich kommst, und sagen können: Ich habe es versucht, wirklich, ich habe es versucht. Bin ich es nun wert, Dich zu kennen? Würdest Du nur kommen!

Ja, ich weiß nicht; dieses uralte Verlangen nach Kenntnis über sich selbst – wer, wer wünschte sich wirklich dieses Wissen? Das Orakel kann unbeirrt seine Forderungen stellen, ja, ohne etwas über sich selbst zu wissen, kann es von anderen Selbsteinsicht fordern. Aber wer zieht die Konsequenzen aus dieser Forderung? Sind das die mutigen Bergsteiger? Sind das diejenigen, die die Strafe fürchten? Nein, es sind die Unruhigen. Denn es steht geschrieben: »Will man glücklich sein, ist es besser, sich selbst nicht zu kennen.« Jakob spricht: »Wer sich selbst kennt, weiß, dass Glück gleich bedeutend mit Dummheit ist.«

Auf einer der längsten und geradesten Strecken der ganzen, öden Vidda sah ich weit vor mir die Sonne mit den Wolken und dem Schnee kämpfen. Es war erst halb eins. Es war das letzte, was ich von der Sonne an diesem Tage sah.

Die Sonne zeigte sich auch an diesem Tag. Überall auf der Erde sieht man die Sonne, doch für jeden, der seinen Hals zum Himmel reckt, scheint sie anders. Der Sonnenbadende sieht sie so vollkommen anders als der besorgte Bauer, der auf Regen wartet, vollkommen anders und zu ganz anderen Zeiten. Trotzdem sagt man, das ist die Sonne. Chinesen, Japaner, Russen, Amerikaner, Norweger, jeder Eingeborene. Vögel, Tiere und die Fische im Wasser. Das ist wieder so ein Beispiel für den »Zusammenhang«.

In meinem Innersten wartete ich wohl auf Rentiere, als ich plötzlich eine unglaublich kleine Kirche aus Stein erblickte. Sie erschien mir dort oben, mitten auf der Vidda, völlig fehl am Platze. Ich bremste abrupt ab. Für einen winzigen Moment verloren die Räder ihren Halt, und ich dachte, es gibt wirklich Unterschiede, glatt ist nicht gleich glatt. Ich zog den Autoschlüssel ab und blickte zur Kirche hinüber. Auf dem Parkplatz war außer dem meinen nur ein anderes Auto, ein roter Mitsubishi.

Hatte ich Angst?

Ich hatte niemals Angst, Angst vor denen, die ich »sie« nennen konnte, »die« oder »jene«, die mich für das, was ich getan hatte, zur Rechenschaft hätte ziehen können. Nein, ich fürchtete »sie« nicht, all das »dort«, dort draußen, in der »Gesellschaft«. Oh nein, wovor ich mich auf meinem Weg quer durch Norwegen fürchtete, – wovor ich mich fürchtete, das war wie immer ich selbst, das arbeitete in meinen Händen. Und in dem

Schnee, zwischen den Rom-Dias und den Gedanken an Mutter und Karen, zwischen den Tränen: diese Unruhe über die Frage, was da in mir lebte. Ich dachte an die Krankenblätter und die Anfälle in meiner Kindheit, die Krämpfe und hektischen Nächte und versuchte, es gegen das abzuwägen, was jetzt mit mir geschah. Ich spürte die Angst nur größer werden, je mehr es in mir gab, vor dem ich Angst haben musste. Ich zuckte zusammen, als ich meine Nägel sah. Oh, nein, ich hatte niemals Angst vor »denen« gehabt, »denen«, »ihnen« oder der »Gesellschaft«. Eine Person? Ein Körper? Nein: *meine Person, mein Körper.* Ich verband die Stimmen im Radio nur schwach mit mir selbst, wie ein Versprecher in einem Himmel für Fehler und Trugbilder. Wieder verschlechterte sich meine Laune in nur wenigen Sekunden, wieder spürte ich, wie meine Versuche, mich besser kennen zu lernen, die Löcher, die sich in mir auftaten, nur tiefer werden ließen.

Reiße ich mich von meinem Gott los? Nein, wir werden nur ein stärkeres Paar, magnetisch.

Ich… ich… ich weinte.

»Rentierwürstchen«, sagte ich, wie wenn einem irgendein Wort einfällt, wenn es wirklich darauf ankommt.

Es schluchzte im Auto und ich wischte mir mit dem Handrücken über meine Wangen, während die Scheibenwischer über die Frontscheibe kratzten. Ich werde gesehen werden, das, was ich tue, wird gesehen werden, dachte ich und trat auf die Bremse. Ich hasse mich selbst, aber ich bin Wirklichkeit, und ich werde gesehen werden; das Böse. Das Böse – John schüttelte den Kopf und sagte, es gebe nur eine Sache, die man mit Müh' und Not als böse bezeichnen konnte und das seien auf keinen Fall die Menschen. Ich hatte nach einer Wanderung auf ihn und auf mich gedeutet, als ich das Böse benennen sollte: Nein, erwiderte John, nur das Willenlose ist böse. Dann deutete er auf die Bäume. Wir saßen in einem Café mit Fenstern zum Park, er deutete auf die Bäume und die Wolken und sagte, da hast du das Böse. Es war Herbst und die Blätter begannen von den Bäumen zu fallen. Ich bestellte noch eine Tasse Kaffee, betrachtete lange das gute, aber verlassene Gesicht von John und sagte, du, John, du glaubst dich selbst zu kennen.

Ich hatte aufgehört zu weinen und dachte an John. Dabei schaute ich durch die Windschutzscheibe – auch Gott musste auf diese einsame Kirche stoßen, wenn er in seinem Wintermantel über die Vidda irrte. Der Schnee fiel mir entgegen, als ich die Tür öffnete. Ich hatte lange nicht mehr in einem solchen Schneetreiben gestanden.

Ich holte tief Atem: eins, zwei, drei.

Eine kleine Kirche, kaum alt, fast modern, ein bisschen sozialdemokratisch, nüchtern. Sie war offen, ich klopfte an der Außenwand den Schnee von meinen Schuhen, bevor ich eintrat. Drinnen war es warm, und ich spürte, wie erschöpft ich nach den Geschehnissen im Auto war, meine Wangen schmerzten. Das Licht im Innenraum der Kirche war hell. Es roch nach Papier, ohne dass ich verstehen konnte, warum.

Ich sah niemanden. Ich rief, »Hallo«, und wartete. Hallo?

Gleich hinter der Tür blieb ich stehen und sah, wie die Tür hinter mir zufiel. Der merkwürdig starke Geruch von *Papier, frischem Papier* – mit einem Mal wurde mir klar, ich hatte vergessen, wie die Dinge in einer Kirche hießen. Wie hieß die Tafel mit den Nummern der Psalme? »Psalmentafel?« 309, 454. Der Mittelgang, der nach vorne zum Altar führte, war das die Apsis? Großvater hatte mir alles über den Kirchenraum beigebracht, das war sein Gehirn, dort platzierte er die Welt, ein System, ein in sich geschlossener Raum, eine Kampfesszene für die Geschichte. Aber ich hatte es wirklich vergessen, dachte ich, und ein Gefühl, wie an einer Weggabelung zu stehen. In den letzten Tagen war ich in zwei Kirchen gewesen und das waren weitaus mehr als in den letzten Jahren. Als ich klein war, liebte ich es… liebte? Ja, da *liebte* ich es, auf den Bänken zu sitzen, die Beine baumeln zu lassen und den eindringlichen Worten zu lauschen, den Befehlen. Ich kann mich daran erinnern, ich fraß all die Sätze, die mit »du sollst« oder »du sollst nicht« begannen, mit unbändigem Hunger in mich hinein.

Neben der Tür stand das Taufbecken, es war aus Metall, glänzend und monumental. Dort muss es geschehen, dort muss man den Kopf hinlegen. Die Kanzel war rein und einfach, sie stand ein wenig erhöht links vom Altar. Es war eine sparsame, moderne Kirche, doch in meiner Erinnerung waren diese Räume glänzender, mächtiger, mit mehr Geglitzer. Dann erinnerte ich mich wieder an Rom – die Katholiken würden über diese aufgesetzte, fast kokettierend unschuldige Armut lachen – wo waren hier die Zeichen für Gott?

Hallo?

Eine Frau trat am hinteren Ende des Raumes durch eine Tür. Es war eine bescheidene Tür, halb verdeckt von einer Draperie, theatralisch und plump, als wolle man vor der Gemeinde verbergen, dass sich auch in diesem Hause irgendwo eine Toilette und eine Kaffeemaschine befanden. Es handelte sich wohl um die Tür der Sakristei. Sie hatte mich nicht gehört, auch wenn es so aussah. Schließlich trat sie unmittelbar, nachdem ich zum dritten Mal »Hallo« gerufen hatte, aus dieser Tür. Sie band sich das weiße Pastorengewand um den Hals. Eine Pastorin. Ich hatte nicht geglaubt, dass es so etwas in Norwegen gab, aber die Zeit vergeht und unser Schwengel steht, hatte einer der Jungen auf der weiterführenden Schule immer freitags nach der letzten Stunde gerufen; Du musst wissen, dass ich ihn gehasst habe.

Sie war ziemlich klein und bewegte sich etwas schleppend. Ich bemerkte auch ihre leichten X-Beine. Als sie mich sah, zuckte sie zusammen. Ich hob meine Hand, und sie zuckte zusammen, als glaubte sie, ich würde ihr etwas antun. Ich grüßte sie. Ich war jetzt warm, warm und ausbalanciert, mein Kopf war ruhig, doch vielleicht war das die Wärme in der Kirche. Die Heizkörper unter den Bankreihen? Ich lächelte.

Zuerst sah sie leicht übergewichtig aus, das Gewand hing unförmig, leicht ausgebeult auf ihrem Körper, doch ihr Gesicht war schlank und rein mit einem guten, leicht naiven Ausdruck in den Augen. Vielleicht hatte sie die Kordel in der Hüfte noch nicht zugezogen, sodass es der lose herabhängende Stoff war, der ihrem Körper diesen dramatischen Ausdruck verlieh. Ein kleiner, reiner Kopf, ein lächelndes Spatzenköpfchen auf einem gewaltigen Körper. Dann begriff ich, dass sie schwanger war. Dann geschehen ja merkwürdige Dinge mit ihnen. Dann wachsen sie, die Frauen, und die zwei Brüste, und es geschieht etwas *außerhalb jeder Reichweite*. Ich spürte einen leichten Zug im Nacken, einen Lufthauch. War Er hier? War die Tür aufgegangen? Komm herein, du frierst. Ihr Lächeln veränderte ihr ganzes Gesicht, ja, sie war so eine *Frau*, eine Frau, ja, eine Frau, so wie Frauen sein können und Männer nicht. Lächelte und veränderte ihr ganzes Gesicht, leuchtete auf, straffte ihre Haut. Sie kam ruhig auf mich zu, ein bisschen schwankend vielleicht. Aber ich bin nicht der Richtige, um zu sagen, wie weit eine Schwangerschaft schon vorangeschritten ist. Es gibt so viele, so viele Varianten von ihnen, Frauen.

Erektion? Es zuckte in meinem rechten Fuß. Erektion. Stand ich da wirklich mit einer Erektion? Das war mir noch niemals zuvor passiert.

Ich musste etwas sagen.

Ist es geschlossen?, fragte ich und fuhr mit einer Hand durch die Haare.

Gottes Haus steht immer offen, sagte sie, selbstironisch.

Ja, erwiderte ich und versuchte zu lächeln, auf sie einzugehen, entgegenkommend zu sein, aber ich war nervös. Meine Hände schwitzten, und ich spürte, wie meine Zähne in die Breite wuchsen. Sie machte eine Geste mit der linken Hand und meinte, ich solle mich doch auf eine der Bänke setzen. Vielleicht glaubte sie, ich sei gekommen, um zu bekennen.

Willst du dich nicht setzen?

Ja, vielleicht sollte ich mich einen Moment setzen.

Ich setzte mich hin, obwohl es mir eigentlich gut tat zu stehen, und versuchte, ihr ins Gesicht zu schauen, in die Augen, aber es gelang mir nicht.

Du bist Pastorin, nicht wahr, fragte ich und versuchte, ihr Alter zu schätzen. Ende zwanzig, vielleicht dreißig, höchstens fünfunddreißig. Fragt man Frauen, ob sie schwanger sind, oder tut man das nicht? Der Bauch wurde noch deutlicher, als sie neben mir Platz nahm.

Ich bin Studentin, Theologiestudentin, ich möchte Pastorin werden. Aber ich komme von hier und man hat mir erlaubt ... sie hielt inne und lachte.

Die Kleider anzuprobieren?, fragte ich, jetzt nicht mehr so nervös, es war wirklich unglaublich warm in der Kirche.

Sie lächelte. Nickte, ließ den Blick über die Wände und das Dach gleiten und sagte, es habe etwas damit zu tun, sich mit diesen Räumen vertraut zu machen. Sich auf das vorzubereiten, was auf einen zukommt, sich zu Hause zu fühlen. Ich stellte mich vor, sagte ihr aber nicht, dass ich mehr als genug Pfarrer in meiner Familie hatte. Lass sie reden, dachte ich. Das Gespräch stockte zu Beginn. Ich sagte, ich hoffte, es sei in Ordnung, dass mein Auto vor der Kirche stand. Sie lachte und fragte, ob ich außer ihrem, dem roten Mitsubishi, noch andere Wagen gesehen hätte? Nein, erwiderte ich, da draußen tobe wirklich ein verrücktes Schneegestöber. Sie antwortete, so früh im Jahr sei das ganz ungewöhnlich, und dann fügte sie noch hinzu, wohl um einen religiösen Witz zu machen, die Wege des Herrn seien unerforschlich. Das störte mich, denn ich fand, die Worte passten nicht zu ihrem Gesicht und auch nicht zu ihrem großen Bauch, den sie auf ihren krummen Beinen balancierte. Dort lag er und ruhte, er brauchte Ruhe. Jetzt will das Kind heraus, dachte ich. Ich machte eine Bemerkung über die Wärme in der Kirche und sie sagte, das sei merkwürdig, denn sie fände es reichlich kalt. »Ich friere hier.«

Nein, frieren, sagte ich, und spürte kalten Schweiß im Nacken.

Ich hatte zuvor noch nie eine schwangere Frau getroffen. Ich habe wohl welche gesehen, man sieht ja immer welche in den Straßen, aber richtig begegnet bin ich ihnen noch nie. Fragen – ja wirklich – es gab eine Unmenge Fragen, die ich nicht stellte, meine Füße waren nass geschwitzt, aber ich stellte nicht einmal einen Bruchteil der Fragen, die in meinem Kopf herumgeisterten. Warum bist du so klein? Wie fühlt sich das in dir an? Spürst du, dass es in dir wächst, wie du selbst? Denkst du jetzt doppelt so viele Gedanken? Kannst du es anfassen? Wer hat das da mit dir gemacht? Hat es dir gefallen? BIST DU SIE? BIST DU

JETZT SIE? Ich zwinkerte mit dem einen Augenlid, *zuckte leicht mit dem Kopf*, zwinkerte mit dem einen Augenlid.

Hast du etwas im Auge?

Sie beugte sich vor. Ich lehnte mich wie in einem Reflex zurück, hielt mir eine Hand vor das Auge, denn mir war klar, dass sie das Zucken gesehen hatte. Ich stoppte meine Hand auf halbem Wege, vor Mund, Nase und Wangen.

Nein nein, ich bin nur so lange durch den Schnee gefahren, sagte ich. Sie beugte sich zu mir vor.

Doch, du hast etwas im Auge, ich kann es sehen.

Du kannst es sehen?

Ja, ganz am Rand, im linken Auge.

Aber ich spüre da nichts, sagte ich.

Es wurde still. Sie zupfte ihr Gewand zurecht und atmete laut aus und ein.

Ja, also, ich heiße Maria, sagte sie und streckte ihre Hand aus. Das war die dritte ironische Bemerkung in nur wenigen Minuten, vielleicht macht man das ja so auf der theologischen Fakultät, dachte ich. Sie sagte, du weißt schon, wie die in der Bibel. Jetzt dachte ich, das kann alles wirklich nicht sein. War sie nervös? Nein, sie sieht ruhig aus, *wird es jetzt ruhig werden?* Im Inneren der Kirche vergaß man den Schnee, das ist es, was ich an Kirchen liebe, man vergisst all das andere und schließlich ist es so, als existiere es nicht.

Nein, Spaß beiseite, sagte sie, das ist halt so. Meine Eltern glaubten nicht einmal an Gott, Maria war einfach ein Name für sie. Sie ist wie sie alle, dachte ich, so ist das mit Frauen, sie sehen sich alle ähnlich, aber es gibt so unglaublich viele Varianten von ihnen und erst recht, wenn sie anfangen zu wachsen, wenn sie die da unter ihren Kleidern haben und der Bauch zu wachsen beginnt. Ich schwitzte, jetzt schwitzte ich kalten Schweiß.

Ich lehnte das Angebot, einen Kaffee zu trinken, ab und stand auf. Warum stand ich auf? Ich tat, was man tut, wenn man die Beine streckt, nachdem man so lange gesessen hat. Es knackte in den Gliedern meiner Zehen… *es knackte in den*

Gliedern meiner Zehen? Nein, aber so kam es mir vor. Dann fragte ich sie, ob sie diesen sparsamen Stil mochte. Die Kirche, meine ich.

Nein, eigentlich nicht, sagte sie. Es hat zu wenig Atmosphäre.

Ich nickte.

Es muss eine Atmosphäre geben, sagte sie.

Ich nickte wieder.

Die Atmosphäre ist alles, sagte sie.

Ich nickte gedankenlos. Aber ich musste doch fragen, ich musste doch danach fragen, nach dem, was sie da hatte. Ich zeigte auf ihren Bauch und lächelte. Sie reagierte nicht und ich dachte plötzlich, ich hätte mich geirrt. War es möglich, sich zu irren? Vielleicht war ja doch gar nichts dort drinnen, kein Mädchen, kein Junge, vielleicht war das eine extreme, lokal begrenzte Form der Fettsucht. Sie sprach weiter davon, wie wichtig die Atmosphäre für eine Kirche sei, ja für die ganze Religion, auch wenn das natürlich von innen kommen musste, fügte sie hinzu und fasste sich ans Herz. Die Gemeinde muss sich zu Hause fühlen, das ist wichtig, sagte sie. Zu Hause. Ich war nicht ihrer Meinung, denn ich glaubte, sie meinte das im Sinne von »zu Hause, dort wo ich tagaus, tagein lebe«. Ich wusste, die Kirche musste das Gefühl vermitteln, »endlich nach Hause zu kommen«. Sie lächelte und ich nickte. Dann versuchte ich es noch einmal und zeigte noch deutlicher auf ihren Bauch.

Du bist…, sagte ich.

Sie nickte, aber ohne zu lächeln, und ich hatte das Gefühl, auf dem Rasen der Nachbarn zu stehen, während sie stritten.

Ja, sagte sie.

Ja, erwiderte ich und klatschte in die Hände. Das muss ja etwas sein, etwas ganz Besonderes. Meine Stimme wurde rau, ich räusperte mich, schwitzte, meine Nägel zogen sich jetzt wie ein Schraubstock zusammen.

Das war ein Unfall, sagte sie.

Nichts ist wohl einfach nur ein Unfall, erwiderte ich. Sie sah mich merkwürdig an, dann stand sie auf und ihr Blick wurde hart.

Was willst du eigentlich?

Nein, ich meine nur, man kann eigentlich nie von einem Unfall sprechen, alles geschieht, wie es geschehen muss. Was willst du eigentlich?, dachte ich und sah, wie sie die Kordel locker um ihre Hüfte knotete. Was ich will, sagte ich, tja, ich habe diese Kirche gesehen und sie liegt ja fantastisch und ich bin ziemlich lange gefahren, seit heute Morgen und – ja.

Sie weinte. Sie stand vor mir und weinte, ihre Lippen begannen nach unten zu zucken, schräg nach unten und ich sah, dass sie wirklich Karen und Katrine ähnlich sah. Die Lippen zitterten nach unten. Sie schluchzte und warf den Kopf in den Nacken, riss die Augen auf und sah ganz ärgerlich aus.

Es tut mir Leid.

Das macht nichts, sagte ich und kannte mich selbst nicht mehr.

Es tut mir *wirklich* Leid, ich wollte nicht so schroff sein, es ist nur so, dass – sie deutete auf ihren eigenen Bauch – dass – sie deutete noch einmal, härter – das ist alles so schwierig – sie biss sich auf die Lippen, hielt sie fest – dass… doch, es war wirklich ein Unglück.

Jetzt stand ich im Garten der Nachbarn. Ich streckte meine Hand nach ihr aus, wedelte durch die Luft, aber sie sah nicht, dass ich MEINE HAND NACH IHR AUSSTRECKTE, HALT SIE FEST.

Es war keine Vergewaltigung, sagte sie, und ich sah, wie sich die Scham auf ihrem Gesicht breit machte, auf ihrem ganzen Körper. Ich mochte sie. Ich hätte sagen können, dass ich sie mochte. Aber, auch wenn es keine Vergewaltigung war, es war nicht weit davon entfernt, sagte sie.

Wie meinst du das?

Sie richtete sich auf, zog den Gürtel zurecht, ordnete ihre Haare, unterdrückte ein Schluchzen und räusperte sich.

Ein Moment der Schwäche, sagte sie. So – und das war's, ja. Ein schwacher Moment, wiederholte sie, und ich kann mich nur selbst an den Pranger stellen. Sie schaute mich hart an.

Glaub nicht, dass ich jemand anderen als mich dafür anklage! Ihn schon gar nicht!

Nein, wie käme ich dazu, erwiderte ich und sah, wie sie schluckte.

Nun ja, sagte sie bestimmt, aber der da drinnen soll darunter nicht leiden. Sie fasste sich an ihren Bauch, der manchmal unglaublich groß aussah und dann plötzlich wieder kleiner wirkte, groß – klein, größer – kleiner.

Er?

Ja, es ist ein kleiner Junge.

Klein ist er wohl, ja, sagte ich und lächelte. Sie schluchzte wieder. Es wurde still in der Kirche, und von irgendwoher hörte ich ein Geräusch, das an das Tropfen eines Wasserhahnes erinnerte.

Wir saßen einen Augenblick lang schweigend und still da, und ich hörte dem Tropfen zu, während sie sich auf etwas anderes zu konzentrieren schien. Dann zuckte sie plötzlich zusammen und streckte ihren Rücken. Ich sah sie an. Ist alles in Ordnung?, dachte ich. Sie lächelte.

Jetzt wacht er auf, sagte sie.

Wer wacht auf?

Na er, sagte sie, und ihr Gesicht riss zu einem breiten Lächeln auf, ihr Gesicht riss auf, und sie sagte es noch einmal: Na er.

Er wacht auf.

Vielleicht hat er Hunger, sagte sie und schüttelte lachend den Kopf.

Dann schaukelte es durch meinen Körper, meinen Bauch, es schwappte nach oben und ich sah sie, sie war es, es war sie, sie erwachte vor mir. Ich blickte auf, hinüber zum Altar, zur Psalmentafel, auf den Boden. Es war, als kröchen Ameisen durch meinen Körper. Dann gab es hinter uns einen lauten Knall, es donnerte und hallte an den Wänden der Kirche wieder. Wir zuckten beide zusammen und drehten uns um.

Nichts.

Was war das?

Sie sah ängstlich aus.

Wir schauten uns um: nichts.

War etwas eingestürzt? Oder zusammengebrochen? Etwas, das in sich selbst zusammengebrochen war, ein Defekt?

Sie sah ängstlich aus.

Was war das, fragte ich.

Etwas, das irgendwo erwacht?

Ich hab' wirklich keine Ahnung, sagte sie erstaunt. Noch immer hallte der Lärm durch die Kirche. Kam das von da? Sie zeigte zum Ausgang und wir gingen in Richtung Tür. Dort lag das Taufbecken, es war umgestürzt. Sie beugte sich langsam zu Boden, sie konnte sich nicht schneller bücken, sie beugte sich hinunter und stützte ihre Hände dabei in den Hüften ab.

Wie konnte das denn *umstürzen*?

Das ist doch… das ist doch nicht möglich, stammelte sie. So schwer, wie das ist, das stand doch da wie festgewachsen?

Ja, also wirklich.

Irgendwo, irgendwo wacht jemand auf.

Auch ich hockte mich hin und dicht an ihrem Gewand, dicht an ihren Armen nahm ich ihren Geruch wahr. Sie roch nach etwas, das ich noch nie zuvor gerochen hatte. Ich begann, mit offenem Mund zu atmen.

Nein, das kann ich nicht wieder aufrichten, sagte sie und schüttelte den Kopf, das ist viel zu schwer für mich. Sie blickte mich mit großen Augen an. Es dauert lange, bis man ein Gesicht richtig kennen lernt.

Ich begriff, dass ich ein Mann war und dass Frauen wie Kitt waren, und wollte sagen, dass ich ein Mann bin, Jakob Malde heiße und 1972 geboren bin. Ich habe nasse Knöchel, Wasser in den Schuhen und friere – ja, ich fror – bin an der Küste aufgewachsen und in den Löchern in meinem Gedächtnis herrscht eine ungeheure Kraft: Weißt du, was in Bruchteilen von Sekunden geschehen kann?

Ich kann es ja versuchen, sagte ich und legte meine Hände um das Taufbecken. Als ich meine Arme um das schwere Ding schlang, es war wirklich wie Blei, sah ich das verzerrte Spiegelbild meines Gesichtes auf dem Metall. Ich sah mich selbst wie in einem Spiegelsaal, während ich versuchte, es aufzurichten. Dann wurden meine Hände nass.

Was ist das denn?… ist da Wasser drin?, fragte ich.

Wasser, ist da nichts als Wasser in dir? Etwas, das irgendwo zusammenstürzt und schmilzt?

Ein bisschen, glaube ich, das läuft jetzt wohl ab. Sie beugte sich zu mir vor. Schaffst du das? Ist das nicht schrecklich schwer?

Natürlich ist das schwer, sagte ich und spürte, wie ihre Worte meine Füße in den Boden pflanzten. Ich sagte es nicht, aber ich hätte sagen können, dass ich ein Mann bin, ich bin er, ich bin er. Ich packte erneut zu, das Metall drückte schwer, kalt und gut gegen meinen Körper. Ich rüttelte und zerrte daran und sah mein Gesicht wie in einer Halluzination, bis das Metall von meinem Atem beschlug.

Aber das klappt ja, nein so was, das klappt ja! Sie spielte sich auf.

Ja, es wird schon klappen, sagte ich, keuchte und sah in mir den Hausmeister, der hinter seiner Frau stand und rief, ich könne ruhig vom Handy aus telefonieren.

Ich versteh' immer noch nicht, wie das umstürzen konnte, sagte sie und schaute sich um.

Es gibt in jedem Haus Bewegungen, antwortete ich, als ich es anhob, aufrichtete. So.

Ja, also wirklich, das war ja gewaltig, sagte sie.

Gewaltig, ja.

Ich versteh' das nicht.

Nein, ich auch nicht.

Ich blickte sie an und dann wendete ich meinen Blick zum Altar; ein Schatten, die Draperie vor der Tür zur Sakristei wackelte. Ich glaubte, die Zahlen von der Psalmentafel fallen zu sehen, aber das taten sie nicht. Ich blickte sie an. *Ich blickte sie an.* Sie war eine Frau, das konnte ich sehen. Ich konnte meine Gedanken nicht davon abbringen, dass das Geschehene eine symbolische Bedeutung hatte, auch wenn das Symbol an seinen Rändern etwas unscharf war: das Taufbecken, das hinter der schwangeren Frau umstürzt. Ich schaute mich um, es gab nichts, nichts, aber auch gar nichts, das das Umstürzen des Beckens hätte erklären können. Sie blickte zur Decke empor, zu den Balken dort oben, war dort oben etwas?

Nein.

Nein?

Nein. Ich versteh' es wirklich nicht, sagte sie. Oh, ich muss mich einen Augenblick hinsetzen.

Wir standen vor dem Taufbecken.

Ich sah sie an, sie sah etwas ängstlich aus. Dann blickte ich zum Altar, dort lag Gottes Mantel, aber Er war nirgends zu sehen. Ich sah sie an.

Ich muss einen Moment nach draußen gehen, sagte ich.

Nach draußen?

Ja – ich muss etwas aus dem Auto holen.

Ich ging hinaus. Ich schnappte nach Luft, lehnte mich am Rand des Parkplatzes an die Mauer und sah mich um. Die zwei Autos, sie sahen warm aus, ein rotes und ein blaues. Ich atmete aus. Dann sah ich, dass auf den dunkelroten Steinen der Mauer etwas mit Kreide geschrieben war. Kinder, dachte ich und beugte mich vor, aber ich weiß nicht, ob ich Recht hatte. Dort stand: Willst du einen Stern sehen, sieh mich an. Wähle 70532. Ich wischte es mit dem Ärmel meiner Jacke weg. Nach ein paar Minuten verschwand das Zittern in meinen Knien und ich ging wieder hinein.

Ich stand vor dem Taufbecken. Sie kam zu mir herüber und fragte, ob ich es gefunden hatte. Ich schüttelte den Kopf. Merkwürdig, sagte sie und blickte wieder auf das Taufbecken, ich verstehe einfach nicht, was das umgestürzt haben kann.

Das weiße Gewand ließ das Becken noch weißer erscheinen. Das Metall nahm die Farbe und den Körper in sich auf. Ich sah, wie blass meine Hände und wie rot meine Nägel waren. Wir standen vor dem Taufbecken und es war weiß, es war Schnee. Meine Hände waren so blass, und jetzt begann der Bauch zu wachsen, jetzt *jetzt wacht er auf, irgendwo wacht jetzt jemand auf*. Der Raum drehte sich um seine eigene Achse, langsam, zu Beginn so langsam, dass wir es nicht bemerkten. Helleres Licht. Der herabfallende Staub gab ein Echo in meinem hämmernden Kopf, hämmernd. Sie drehte sich für einen Augenblick um, hörte sie etwas? Weißeres Licht und ein – Ein – Schatten im Raum. Er war dort hinten. Hatte Er seine Augen jetzt geöffnet? Ja, dort sitzt Er, am Altar, mit offenen Augen, dieses Mal verrät er mich nicht, schmilzt nicht davon, nein, sie drehte sich für einen Augenblick, einen winzigen Augenblick *drehte leicht den Kopf,* sah in den Raum hinein *der Kopf in einem leichten Halbkreis* sah in den Raum hinein wollte sie etwas sagen? Ich – MEINE HAND – griff nach ihr, ich greife nach ihr, langsam – RASCH HEBT SIE SICH DURCH DIE LUFT – langsam, greife nach ihrem Hinterkopf, ihrem Hinterkopf. Sie war es.

Es war sie. Jetzt war sie es.

Wird es jetzt ruhig werden?

WEISS. Es wird weißer, in diesem Moment, in dem sich meine Hand nach deinem Hinterkopf ausstreckt und alles wird

ruhig werden –

Er legt Seine Wange auf den Boden –

richtig –

Jetzt, da wir am Taufbecken standen und der Raum sachte um uns kreiste, ein leichtes Hämmern in den Schläfen, sah ich, dass in der Schale, in die man den Kopf taucht, Wasser war, *klares reines Wasser*. Das war meine Hand, die da ihren Hinterkopf erreichte, als sie sich umwenden wollte. Ich packte ihren Hinterkopf, ich zog ihn hinunter, zog ihn zum Wasser, zum Taufbecken, ah: presste ihren Kopf in das Becken. Ich rief VERZEIH und knallte ihren Kopf gegen das Metall und sagte zu dem Taufbecken, es könne so viel umfallen, wie es wolle. In ihrer Nase knackte es und das Becken färbte sich rot. PASST DU JETZT AUF? SIEHST DU, WAS ER TUT? WERDEN MICH DEINE HÄNDE

JETZT BERÜHREN? WIRST DU ENDLICH EINGREIFEN? Ich zerrte sie hinter mir her – schrie sie? Zerrte sie an den Haaren hinter mir her, zog sie hinter mir her durch den Mittelgang, zeigte auf die Nummern der Psalme und dachte, das war kein Unglück, nein. Vielleicht unglücklich, aber kein Unglück, es gibt kein Glück, nur Fügsamkeit, nur weiß, und heller und ich ————————————————————————————————

—————— KANN NICHTS DAFÜR, SIEHST DU UNS JETZT, WIRST DU UNS JETZT AUFHALTEN, WIRST DU EINGREIFEN? ————————————————————————————————

———————————————— zerrte sie durch den Mittelgang, die Beine strampelten unter ihr, unter ihrem verwachsenen Bauch. Sie riss sich los und schlug nach mir, und ich trat sie, bekam sie wieder zu fassen und drückte mein Knie auf ihr Kinn, bis ihre weißen Zähne knackten. Sie wedelte hysterisch mit den Armen und schlug mir an die Schläfe, sodass ich ins Wackeln kam. Sie schrie *nein nein nein nein* und starrte mich an: *nein nein nein nein.* Starrte mich an, mir direkt in die Augen.

Nein? Hast du »nein« gesagt? Ist er jetzt nicht wach? Hast du nicht gesagt, dass er aufgewacht ist?

Sie starrte mich an. Er ist jetzt wach. Ich trat ihr in den großen Bauch, ich nahm all meine Kraft zusammen und trat ihr in den Bauch. Fast schien es so, als würde mein Fuß auf der gespannten Haut tanzen. Sie fiel auf die Seite und ihr Gesicht verdrehte sich. Die Haut ihres Gesichtes entfernte sich von ihren gewohnten Plätzen und ließ einen Ausdruck entstehen, den ich noch niemals zuvor gesehen hatte. Sah das so aus, wenn ein Kind herauskroch? Ich zog sie hinter mir her zum Altar, zerrte sie hinauf und dabei quollen sie heraus, dick und prall, alle beide quollen heraus, weiß und prall, mit dunklen Ringen, und ich schlage auf sie ein und glaube fast zu hören, wie es in ihnen gluckst. Ich schlage auf sie ein. Meine Hände falteten sich und schlugen auf sie ein, ich hob meine Hände über den Kopf und ließ sie mit all der Kraft, die ich in mir spürte, auf sie herunterfallen, auf ihren Körper. Ich sah mich selbst vor mir auf dem

Acker stehen und hämmerte meine Arme auf den Boden. Ich schlug und schlug. Ihr Bauch war viel zu groß und ich wollte ihn eindellen, er sollte wieder klein werden. Erschöpft stand ich auf, riss ein Kreuz von der Wand… und warf es wieder weg. Dann zerrte ich ihr die Kleider vom Leib und schob ihre Schenkel auseinander – hinein, hinein, steck' ihn rein, ——————
———————————— STECK IHN REIN – SIEHST DU DAS, WIRD ES JETZT RUHIG WERDEN ——————————
————————————————— ich trete auf sie, trampel auf ihr herum, trete sie, trete sie hinunter, nähe mich durch sie hindurch, trete auf ihren Körper ——————————
————————————————————————————

—————— als ich sah, dass sie die Besinnung verlor und die Augen weiß wurden, rannte ich hinüber zur Draperie und tastete mich zu der Tür vor. Das war die Küche, ja. Ich nahm ein Brotmesser, das auf einem Schneidebrett lag, entschied mich aber anders, als ich ein kleineres, kräftigeres Messer sah, fast wie ein Fahrtenmesser. Damit hastete ich wieder in die Kirche. Sie lag noch immer bewusstlos da, als ich ihre Brust durchbohrte. Ich glaubte, das Messer würde abbrechen, so hart wie der Widerstand war, aber nein, die Klinge glitt durch sie hindurch, bis es plötzlich direkt unter den großen Brüsten über dem verwachsenen Magen einen merkwürdigen Widerstand gab und das Messer abrupt anhielt und sich der Knauf in meine Handfläche presste. Eine Rippe? Ich drückte mit mehr Kraft, aber es stand fest. Presste sich in meine Hand. Was war das? Ich warf meinen Körper in den Nacken, nahm alle Kräfte zusammen und – und dann war es genau so, als ob irgendwo etwas *brach*, ein Riss, und sie schrie auf, öffnete die Augen und schrie, während das Messer tief in ihr verschwand. Ich ging einen Schritt zurück. Sie sah mich an. Was sah sie? Ja, sie sah mich wirklich an, beinahe ruhig und musternd. Ich zog das Messer wieder heraus und begann, ihren Bauch aufzuschneiden. Ihr ganzer Körper spannte sich, sie strampelte mit den Beinen, und als ich eine Art Muster in ihren Bauch schnitt, drang aus ihrem Rachen ein Laut, ein tiefer, kehliger Laut. Es war ein einfaches Muster, wie ich es einmal am Sternenhimmel gesehen hatte. Ich schaute auf. Da war niemand.

Niemand. War Er da? Ich blickte zum Taufbecken, unbewegt stand es da. Und dann wurde es ruhig, ihr Körper lag ganz, ganz ruhig da und sie sagte nichts ——————————————— ——————————————————————— sitze da und halte etwas in den Händen, es ist dunkelrot, ich weiß nicht richtig, was es ist, es ist nicht das Herz, nein, das Herz ist es nicht.

Bist du wach?

Bitte, sag, dass Du wach bist.

Sie lag auf dem Altar, sie sagte nichts. Ich blickte an meinen Kleidern herab, sie waren dunkelrot. Es sickerte aus ihrem Bauch, quoll aus ihrem Bauch heraus, aber ich konnte es nicht finden. Ich konnte das Kind nicht finden. Es war aufgewacht, aber ich konnte es nicht finden. Ich riss sie in Stücke, aber ich konnte das Kind in dem grellroten Licht nicht finden. Nein: Er hat nicht eingegriffen, dachte ich.

Willst du dich ein bisschen hinsetzen? flüsterte ich.

Sie gab keine Antwort.

Willst du dich nicht ein bisschen hinsetzen?

Sie sagte nichts.

Dann gehe ich jetzt, sagte ich, dann gehe ich jetzt.

Auf dem Weg nach draußen sah ich einen blauroten Klumpen im Taufbecken liegen, ich schmeckte Blut auf der Zunge, und im Raum roch es nach Papier. Die Luft schlug mir ins Gesicht, als ich mich durch die großen Türen nach draußen kämpfte. Draußen, dort draußen warf ich mich in den Schnee. »Tannengrün«, flüsterte ich und weinte »Tannengrün, Tannengrün« flüsterte ich, und spürte, dass ich etwas sagen musste. Ich weiß, wer das Taufbecken umgeworfen hatte. Aber das war ein pathetischer Versuch, rief ich Ihm zu, als Er an mir vorbei in die weite Landschaft hineinging. Er knöpfte sich den Mantel zu und starrte nur nach vorne, Er war klein. Kannst Du das nicht besser?

Ist das alles, was Du kannst?

Ich rollte mich durch den Schnee, er befleckte sich, alles befleckte sich, und es zog in den Zähnen. Ich stand auf, ich stand langsam auf, bürstete den Schnee von meinen Kleidern und sah mein Auto auf dem Parkplatz im Schnee, neben dem anderen, dem roten Mitsubishi. Ich fingerte in der Tasche nach den Schlüsseln, stach mich ein wenig an dem kalten Metall und zitterte, ich zitterte am ganzen Körper. Konnte ich jetzt Siren sehen? Ich kämpfte mich zum Auto vor, wischte den Schnee von den Scheiben, stieg ein, startete den Motor und machte ihn wieder aus, als ich spürte, wie kraftlos meine Hände waren. Ich glaube, ich schlief ein, ich glaube nicht, dass ich träumte.

Als ich aufwachte, war es draußen stockfinster. Eine Dunkelheit, die es in dieser Art nur auf dem Land gab, abseits der Stadt mit ihren erleuchteten Straßen und den rund um die Uhr geöffneten Tankstellen. Ich lag auf dem Rücksitz. Ich hatte mir in die Hose gepinkelt und meine Schenkel waren kalt. Ich ging zu ihrem Auto, versuchte, durch die Scheiben etwas zu sehen und erkannte eine Rolle Toilettenpapier und einen weißen Teddy auf dem Rücksitz. Der weiße Teddy trug eine lila Seidenschleife um den Hals.

Ich fasste an den Türgriff. Das Auto war nicht abgeschlossen. Auf dem Rücksitz versuchte ich, meine Hände mit dem Toilettenpapier abzuwischen. Aber was ich wegwischen wollte, war angetrocknet und ging nur ab, wenn ich die Finger aneinander rieb, sodass es in kleinen Röllchen nach unten rieselte. Ich nahm den Teddybär in meine Hände, er war weiß. Nein, er sagte nichts. Er sah ein bisschen dümmlich aus, fand ich, dümmer, als er eigentlich war, und der Grund dafür war in erster Linie diese lila Schleife, die er um den Hals hatte. Wie alle Teddys hatte er seinen Blick nach unten gerichtet. Damit er den Kindern Leid tut, flüsterte ich. Welchen Kindern? Ich löste den Knoten und nahm die Seidenschleife ab. Jetzt sah der Teddy gar nicht dumm aus, fast so, als hätte man ihm die Freiheit gegeben.

Draußen warf ich die Schleife zu Boden. Den Teddy lehnte ich aufrecht an die Kirchenwand.

Danach setzte ich mich auf meinen eigenen Fahrersitz und

starrte auf das Lenkrad. Später am Abend ging ich noch einmal in die Kirche, jetzt roch es nicht nach Papier, sondern nach Pferd. Ich schloss die Augen, als ich am Altar vorbeiging und schob mich an der Draperie vorbei. Durch die Sakristei zu einer kleinen Teeküche, dachte ich, als wenn ich vorher noch nie dort gewesen wäre, eine Toilette, eine Garderobe und eine Dusche. Ich zog mich langsam aus. Legte meine Kleider ordentlich auf einen Stuhl. Übelkeit.

UND WENN DU MICH JETZT SIEHST UND MICH NICHT HASST, BIST DU NOCH MEHR ZU VERACHTEN ALS ICH SELBST: Jakob, da bist du.

Eine kleine Teeküche, eine Toilette, eine Garderobe und eine Dusche mit einem hellrosafarbenen Vorhang. Ich ging in die Dusche und drehte das Wasser an, so warm, wie ich es ertragen konnte, und ließ die Haare mit den Strahlen nach hinten spülen. Ich duschte, und es rann an mir herab und löste sich, ich duschte anderthalb Stunden lang, und ganz langsam kam die Wärme wieder in meinen Körper zurück, und ich tat es: Ich schluchzte, aber ich tat es, solange das Wasser über mich rann und alles mitnahm. Ich kann schwimmen, dachte ich und ging unter. Meine Hand ballte sich zu einer Faust, ich ging unter, einmal, packte mich selbst, hielt mich selbst fest und kam wieder hoch. Dann ging ich noch einmal unter und es begann in meinem Kopf zu hämmern, als wollte jemand hinein. Doch alles, was ich wollte, war hinaus. Es hämmerte in meinem Körper, ich zitterte, mir war warm und das Wasser rann an mir herab. Ich drehte das warme Wasser noch einmal stärker auf und kam wieder hoch, wieder hoch. Ich sah die Felsen, ich sah das Meer vor mir und ging zum dritten Mal unter. Jemand versorgte meine Wunden, jemand schlang seine Hände um mich, jemand erstand in mir auf, kleine Mädchen mit lieben Gesichtern, und ich kam hoch ich kam, hoch, mit festem Halt um mich selbst. Jetzt verschwindet es, jetzt rinnt es an mir herab, jetzt werde ich sauber, aber jetzt bist Du es, der mich in seinen Händen hält. Gott, Siren, Katrine, jetzt haltet ihr mich in euren Händen, ich bin gerettet.

Eine kurze Sekunde war ich ein guter Mensch, ein guter Mensch. Ich schloss die Augen und atmete aus. Lehnte mich an die kalte Wand, während das heiße Wasser über meinen Körper rann. Ich hielt die Augen geschlossen: *es knistert ein bisschen auf der Wasserfläche vor meinen Augen, und ich schwimme, ich kann schwimmen.*

Wer bist du?

»Wer bist du?« Ja, das ist wirklich ein gewaltiger Satz für ein kleines Kind. Lass sie fünf Jahre alt gewesen sein. Die hellen Strähnen ihrer Haare, die unter der Strickmütze hervorlugten. Ich bekomme das nicht aus dem Kopf, es sitzt dort fest, heftet sich wie eine Klebemarke mit Superleim an meine Gehirnzellen. Wer bist du?

Ich versuche, mir eine Gehirnzelle vorzustellen. Gib mir ein Bild davon, aber keines, das den Parasiten auf den Topfpflanzen ähnlich sieht oder Meteoriten, sondern einem Garten, einem Glas Saft, einem Plastikschüppchen. Gib mir ein solches Bild, und ich werde dir sagen können, dass du einen Beweis für Gott in den Händen hältst. Zusammenhänge, ich sehe Zusammenhänge, die sich weit über die Felder erstrecken. Glaubst du mir nicht, du Niedrigster aller Niedrigen?

Warum höre ich den samischen Radiosender? Ich hörte aus den finnisch klingenden Lauten von dort oben, hoch im Norden, einen angloamerikanischen Namen heraus: Lucy Smith, Lucy Smith. Die gleiche plötzliche Selbsterfahrung erlebte ich vierzig Minuten später. Ich bemerkte, dass ich das komplette Börsenbarometer gehört hatte und danach die Nachrichten auf Urdu, Türkisch und Vietnamesisch – ich hatte es gehört, ohne richtig zuzuhören. Und doch hätte ich dir eine halbe Stunde später den Stand der New Yorker Börse am Montag, dem 14. Dezember wie in einem Reflex aufsagen können. Aber *wusste* ich das? Konnte man das Wissen nennen? Das Autoradio ist mein engster Freund, dachte ich, kurbelte die Scheibe herunter und spuckte ein Stück Fingernagel aus dem Fenster, das ich abgekaut hatte, als der norwegische Radiosprecher die Nachrichten ankündigte. Ich sah, wie das Stückchen Nagel neben meinem geparkten Auto in den Schnee fiel, wie es vom herabrieselnden Schnee zugedeckt wurde und dachte, das bin ich, der da verschwindet. Ich erinnerte mich daran, dass ich mich als Kind immer gesträubt hatte, mir die Nägel zu schneiden. Ich hatte Angst, mich selbst zu verlieren.

Ich hatte mich gestern am späten Abend verfahren, war auf einer Nebenstraße, einem Schotterweg gelandet und hatte die Nacht auf der Rückbank verbracht, zitternd vor Kälte und mit allen Kleidern am Körper und der Decke über mir. Wie es die Penner so lange auf den Straßen in Nordeuropa aushalten konnten, ohne zu erfrieren, erstaunte mich. Jetzt saß ich auf dem Fahrersitz und spürte, dass ich bald auf die Toilette musste. Ich glitt mit der Zunge über die Zähne, spürte einen rauen, sicher gelblichen Belag und dachte an die Zahnbürste neben der Flasche Schampoo in meiner Kulturtasche. Ich hatte mich umgezogen, aber auch das hatte nicht geholfen. Es war ein Uhr mittags, ich hatte vierzehn Stunden geschlafen, und es wollte nicht aufhören zu schneien. Ein weißbedeckter Steinwall zog sich an der Seite des Autos entlang und ich spürte, ich hätte einer von denen sein können, die in ihrem Leben den Auftrag zu erfüllen hatten, einen Steinwall zu errichten. Wer weiß: hätte ich nicht diese Haare, diese Stimme und diese Hände. Mutter, flüsterte ich, Vater.

Während der ganzen Zeit lagen meine Füße auf den Pedalen und meine Hände am Lenkrad. Immer wieder steckte ich den Schlüssel ins Zündschloss, doch immer wenn ich ihn umdrehen, das Lenkrad festhalten und die Kupplung treten wollte, kam sie: diese merkwürdige Lähmung, die meine Muskeln verschloss. Ich wurde zu meinen Augen, die den Körper betrachteten, der nicht konnte. »Wille« bekam eine neue und beschämende Bedeutung. Marias Unterleib erschien vor meinen Augen. Ich starrte geradewegs in ihn hinein und kurbelte die

Scheibe wieder hoch, um keinen Schnee ins Auto zu bekommen. Ich starrte sie an: Tante Karens zerschmettertes Gesicht neben dem Fernseher, den Jungen im Wald. Meine Taten, mein Wille, meine Handlungen und ich konnte den Schlüssel nicht umdrehen, die Pedale nicht herabdrücken, das Lenkrad nicht festhalten und losfahren. Ich stellte das Radio ab, als eine Frauenstimme sagte, sie hätten den Täter noch immer nicht gefasst. Die Polizei bittet die Bevölkerung um Mithilfe, sagte sie. Das bin nicht ich, sagte ich und zeigte auf das Radio, ihr habt doch keine Ahnung, was ich tue. Als ich mich selbst daran erinnerte, dass es meine Scham war, meine Bosheit und meine schwarzen Hände, die das Gleichgewicht wiederherstellen würden – Gottes Eingreifen – sah ich, wie die Gedanken wie durch Teleobjektive in meinem Kopf klarer wurden. Ich hatte ja am Abend zuvor unter der Dusche onaniert. Ich ließ das Wochenende noch einmal Revue passieren, löste meine Hände vom Lenkrad und rieb mir das Gesicht. Bei dem Gedanken an mich selbst lief es mir kalt den Rücken herab, ich war so Ekel erregend… jetzt bin ich so Ekel erregend, dachte ich, dass Du mich nicht mehr verkraftest. Das Auto startete.

Zynisch. Bin *ich* zynisch? ICH BIN DER, DER DIE ORDNUNG WIEDERHERSTELLT.

Zärtlichkeit, ich dachte an Zärtlichkeit, Teddys, Angelschnüre und sah die Zärtlichkeit in dem, was ich getan hatte.

Katrine, ich nahm die Fotografie von Katrine, sie steckte nicht mehr in einem Umschlag, den musste ich irgendwo unterwegs verloren haben. Sie starrte mich jetzt nicht an, sie *sah* mich an, tief in mich hinein. Ihre Augen zogen sich zusammen, öffneten sich, sanken, ihre Pupillen wurden groß, als ob ich eine Taschenlampe war, die nach etwas suchte: Das war ich ja auch. Ich suchte mich selbst auf dieser Bildfläche und bog das Bild wieder zurecht, das so lose in der Innentasche Knicke bekommen hatte. Ich suchte nach mir selbst und wurde fündig. Meine Verliebtheit, die kleinen Hände und das winselnde Herz, die mit jedem Tag, an dem ich sie sah, wuchsen. Ich gehe, den Blick zu Boden geschlagen, auf sie zu. In ihren Sommersprossen wurde ich fündig, auf ihren Wangen, dort, wo die Wangen in ihren Mund übergingen, dort, wo ich jetzt einen Zahn glitzern sah. Ich erinnerte mich daran, wie sie dasaß und mit Zeigefinger und Daumen an diesem Zahn wackelte und sagte, dass er bald ausfallen würde.

Ausfallen?

Ja, dann bekomme ich einen neuen.

Ja, dann bekommst du neue. Du bekommst neue, du sollst neue bekommen, Katrine, hab keine Angst, gräm dich nicht, schwimm nicht so weit hinaus.

Die Tage mit ihr, all die Tage mit ihr waren wie ein Aggregat, wie das Summen auf dem Markt, gleichmäßig und plötzliches Erröten. Sicherheit? Ja, Trost. Sie war eine Erinnerung für das Leben, eine Erinnerung, die für das Leben eintrat, dachte ich und sah den kleinen Körper eines Mädchens vor mir, das durch eine Tür trat, über der ein Schild hing mit der Aufschrift »Leben«. Doch gleich darauf zerfiel der Satz in tausend böse Bruchstücke, die sich auf der Matte unter meinen Füßen sammelten – ich sah dasselbe Mädchen eingehen wie eine Lokalzeitung, deren Auflage seit über einem Jahr zurückging. Ich versuchte, das ursprüngliche Bild wiederherzustellen, indem ich die Fotografie links unten in die Plastiklasche von diesem Ding an der Windschutzscheibe schob, das einen vor der Sonne schützen soll, wie heißt das doch gleich? Dieses Klappding, das man je nach Wetter umklappen konnte. Egal, ich steckte die Fotografie von Katrine dorthin und sagte mittellaut: Du bist eine Erinnerung für dieses Leben. Es funktionierte nicht, je mehr ich sie anstarrte, desto mehr glaubte ich, sie anzuspucken. Sie wurde zu einer dieser Gedankenblasen in den Comic-Heften, die mit Schwanz und Hörnern versuchen, einen zu etwas Bösem zu überreden. Das konnte ich nicht gebrauchen. Was ich brauchte, war eine gute Erinnerung an einfache Tage, einfache Tage, die wie ein Aggregat des Schönen gewesen waren. Ich ließ das Bild dort stecken, klappte das Ding aber wieder an das Dach des Wagens zurück.

Da sah ich Katrines Zähne.

Jetzt sehe ich ihre Zähne.

Scham? Scham? Ich *bin* Scham, die Scham bin ich und ich bin die Scham. Und die Schuld? Die teilen wir, wie zwei Halbbrüder.

Ich wusste das ja, ich habe das seit dem Moment gewusst, in dem ich im staubigen, gelben Licht der Küche den Umschlag geöffnet, die Fotografie herausgezogen und zum ersten Mal seit 1980 ihr Gesicht gesehen habe: Jemand hat mir diese Fotografie geschickt, jemand weiß, wer ich bin und was ich tat, und diesen Menschen werde ich bald treffen.

Ich hielt an, stieg aus und sah, wie der Strahl des Urins ein weiteres gelbes Loch in den Schnee bohrte.

Als ein Polizeiwagen mit heulenden Sirenen in die andere Richtung davonraste, bog das Auto in die Hauptstraße ein. Ich zitterte nicht, ich brauchte nicht lange nachzudenken, um zu wissen, worum es ging, warum das Auto bei dem Wetter unterwegs war, aber ich zitterte nicht. Ich glaubte, ich legte das alles in die Hände der Gesellschaft. Als ich das Polizeiauto sah, empfand ich das, glaube ich, als ein eklatantes Beispiel für einen verdrehten Staat. Die Gesellschaft ist immer im Rückstand. Es ist ihr nicht gelungen, Gott in sich aufzunehmen. Sie irrt umher wie Kinderhände über ein Schachbrett, verschiebt beständig die falschen Figuren und schläft ein, wenn Handlung gefragt ist, frisst und rülpst, während die Schlangen vor den Krankenhäusern wachsen und der Alte in seinem Bett in einer Nische auf dem Flur seinen letzten Schnaufer tut. Nein, es braucht eine größere Macht, dachte ich, als ich den Polizeiwagen hinter mir verschwinden sah. Das Heulen der Sirenen nahm ab, breitete sich aber wie Krokodilstränen auf der Vidda aus, das war doch auch schon etwas. Vielleicht konnte es meinen Namen sagen, wenn man genau hinhörte.

Mutters Gesicht und Mutters häkelnde Hände hatten sich mehr und mehr verändert, seit ich vor zwei Tagen mit ihren Notizen von 1969 und 1970 in Tante Karens Gästezimmer gesessen hatte. Ihre Hände gaben Fett ab, ihr Gesicht war feucht. Jetzt surrten die Worte und Sätze, die auf den Zetteln standen, in meinem Kopf herum. Sie wurden zu Muskeln und Zellen und bliesen Mutter wie eine Gummipuppe auf, die schließlich zu weinen begann und mit ihren Nägeln die Tapete neben dem Bett zerkratzte. Wie konnte sie nach all dem leben? Wie konnte sie überhaupt »leben«? Es ist über sie hinausgewachsen und sie wurde zum ewigem Leid der Schwester, Aina. Das ist nicht Recht, dachte ich und hasste ihn, ihren Vater. Dann fiel mir ein, dass ich tags zuvor in den Nachrichten von einem Vorschlag gehört hatte, Sexualverbrecher chemisch zu kastrieren, aber dass wir

wir?

wir?

tags zuvor in den Nachrichten von einem Vorschlag gehört hatten, Sexualverbrecher chemisch zu kastrieren, aber dass wir es uns nicht erlauben dürften, so tief in das Leben anderer einzugreifen. Das dürfte die vorbeugende Arbeit und die Psychiatrie auf keinen Fall ersetzen, sagte sie, sagte die »Gesellschaft«. Oh, dachte ich, *kastriert sie, natürlich, kastriert sie*! Schaut mich an, ich fahre durch den Schnee und was passiert? Zeigt nicht die Nadel des Tachos auf 75? Ruht mein Fuß nicht gelassen auf dem Pedal? Atme ich nicht über das Armaturenbrett? Tut irgendjemand irgendetwas?

Nein, da fährt ein Polo über die Vidda, er wird bald nach unten fahren, nähert sich einem langen Tunnel. In ihm sitzt ein Mann, er heißt Jakob Malde. Den Polo kann man verwechseln mit dem Auto einer Familie, die in Urlaub fährt.

Mein Gesicht wird bei diesen Gedanken ganz rot, meine Zähne schmerzen, und siehe, meine Hände erheben sich zum Himmel. Siehe, meine Worte schwirren um die Erde. Ich sah eine Herbststraße vor mir. In einer Ecke stand ein kleines Mädchen, ich konnte sie »Aina« nennen, um alles realistischer wirken zu lassen, sie stand da, ja was tat sie? Warum stand sie da in dieser Ecke, halb acht im Oktober in einer kleinen Stadt im Dunkeln? Ich ließ es eine Abkürzung zu ihr nach Hause sein. Sie ging an dieser Ecke vorbei, weil das eine Abkürzung war! Oh, nimm einen anderen Weg! Das kleine Mädchen, das ich vor mir sah, hielt an, um sich den Schuh zuzubinden. Sie brauchte lange, die kleinen Hände waren noch nicht trainiert und erst sieben Jahre alt. Dann erschien ein Mann hinter ihr. Er fasste sie an! Er fasste sie an! Was tut er? Sie schaute zu ihm hoch und sie… *sie bittet ihn, ob er ihr nicht helfen könnte, den Schuh zuzubinden.* Alle begreifen, dass sie ein Kind ist! Der Mann sagt ja, das könne er, aber dann müsse sie die Augen schließen. Warum? Ja, weil das wehtun kann, sagt er. Und PACKT SIE, WAS TUT ER DA? Dann sehe ich »einen« von »ihnen« vorbeigehen. »Die Gesellschaft«. Einen Soziologen, einen Polizisten, alles blabla, einen Rechtsanwalt, einen Richter, einen Lehrer? Einen Politiker? Der vorbeikommt und sieht, was dort geschieht, ein Mann, der sich an einem Kind vergeht. Und dieser jemand aus der Gesellschaft hat sich vor ein paar Tagen dafür eingesetzt, die vorbeugenden Maßnahmen zu verstärken, in der Psychiatrie. Der Vergewaltiger ist einer von denen, die man hätte kastrieren können, die aber stattdessen doppelt so oft zu ihrem Psychiater rennen, und WAS, WAS… TUT DER MIT IHM? Während wir warten! KASTRIERE IHN! Aber nein, »derjenige«, der da kommt und alles sieht, »der« geht vorbei und murmelt, dass das Böse nicht im Unterleib sitzt, sondern im Kopf. Das ist es, was geschieht. Sie fahren vorbei, fahren nur vorbei, fahren nur durch die Wälder, dachte ich, als ich ein Schild sah, das den langen Tunnel ankündigte. Da sah ich mit einem Mal ein glückliches Ende, ich glaube, der Hinweis auf den Tunnel veranlasste mich, den Kopf zu heben und ein glückliches Ende zu sehen. Es durchzuckt plötzlich den Körper des Vergewaltigers, wie ein Blitz schlägt es in ihn ein, als Gott eingreift und es *verhindert.*

Es war die Wärme, die ich spürte, die Wärme in den Arterien und im Herz, doch, ich glaube, ich darf das sagen: die Güte. Mutter saß am Küchentisch. Ich kam mit einem Taschenkrebs nach Hause, und jetzt glaube ich auf einmal, mich daran zu erinneren, dass sie lächelte. Dass sie sah, dass ich es war, dass sie sah, wer ich war, dass sie es in ihrem Körper spürte, dass ich es war. Ich liebe dich, sagte ich, im Präsens.

Dann kamen sie, ein schwarzes Band von Ameisen auf einem Häufchen Zucker, die Herde Rentiere, auf die ich gewartet hatte. Auf einem leicht geneigten Grat zu meiner Linken, auf der Vidda, die Rentiere liefen über den Schnee, waren sie glücklich? Es waren sicher hundert, vielleicht zweihundert.

Als ich in den Tunnel hineinfuhr, bemerkte ich, dass ich den ganzen Tag ohne Licht gefahren war. Es war zwei Uhr und ich saß in einem alten Polo. Ich schaltete das Licht ein. Es klatschte gelb in die Tunnelöffnung, ich fuhr hinein, empfand das aber nicht als ein sexuelles Bild. Dunkelheit ist für mich alles andere als ein Inbegriff für die Vagina, wenn die Vagina für eine Farbe stand, dann musste das eine helle Farbe sein, hell wie das weißeste Weiß. Es ist nicht so, dass ich Frauen hasse! Im Gegenteil, sie sind mir nur so fremd, dass ich nicht weiß, wie ich mit ihnen umgehen soll, wie ich sie ansprechen soll. Keine von ihnen ist sie. Und sie, sie, ist nicht wie die, die da über die Straße laufen, mit dicken Bäuchen und reiner Haut, Maschinen ohne Hebel, Luftballone, die sich über die Türmchen des Schlosses erheben und in den Schönwetterwolken verschwinden. Oh nein, ich hasse die Frauen nicht. Wenn die Dinge anders lägen, hätte mir dieses Leben etwas anderes gegeben, dann wäre das wohl alles, was ich wollte: Mich in einen Schoß legen und es sollte der Schoß einer Frau sein und diese Frau sollte mir über die Haare streicheln. Es hämmerte gegen meine Schläfen, das gelbe Licht an den Tunnelwänden, mein Herz pochte wild. Alles war schon so lange so weiß, so weiß, weiß, weiß.

Soll ich anhalten? Soll ich einfach anhalten? Das Auto quer auf der Straße mitten im Tunnel in einer Kurve anhalten, nicht aussteigen und auf die Kollision warten? Nein, dachte ich und widersprach mir selbst. Wenn ich verschwand, gab es niemanden mehr, der etwas tat. Ich streckte meine Zehen in den Schuhen und fuhr weiter.

Willst du ein Glas Saft?

Willst du ein Glas Saft?

Aber ich weiß nicht, ob sie das in den Siebzigerjahren sagte – 1979? – oder vor zwei Tagen, als sie sich über den Kuchen beugte. Es muss in den Siebzigerjahren gewesen sein, das wird mir jetzt klar, denn Samstag, als ich sie besucht habe, haben wir keinen Saft getrunken. Das taten wir nicht, aber damals am Ende der Siebzigerjahre, sie, Großmutter, Vater und ich und Mutter? Ich weiß nicht, aber unmittelbar, nachdem mich Tante Karen draußen im Garten gefragt hatte, ob ich Saft wolle, begann es zu regnen! Diese Erinnerung kommt zu mir. Sie kam zu mir, als ich mich dort drinnen im Tunnel fragte, ob die Stimmen in meinem Kopf zwei Tage oder achtzehn Jahre alt waren, sie kamen zu mir: ein plötzlicher, ein so plötzlicher Regen, und wir gingen ins Haus hinein, wir alle beeilten uns hineinzukommen, nass, klitschnass schon nach zwanzig Sekunden, und wir kamen ins Haus. Ja, so war das. Nach einer Weile bemerkte Jakob, dass etwas fehlte. Niemand sonst bemerkte das. Ich erinnere mich jetzt daran, ich erinnerte mich in diesem Tunnel daran, bemerkte es. Wir waren nach drinnen geflüchtet, Karen, Großmutter, Vater und ich. Wir trockneten uns nach dem plötzlichen, heftigen Regenschauer ab. Wir lächelten, wir lachten über den Wetterumschwung, und nur ich bemerkte es. Nach vielleicht zwanzig Minuten *spürte ich es auf mir,* und ich stand auf, ohne dass es die anderen bemerkten. Ich ging auf die Terrasse hinaus hinter das Haus in den Garten. Dort saß Mutter, durchnässt, klitschnass, mit einer Kaffeetasse in der Hand. Ich zuckte im Auto zusammen, im Tunnel, als ich mich daran erinnerte, ein Satz aus Mutters Mund. Ich musste das Lenkrad fester umklammern, um nicht an die Felswand zu fahren, Mutter sagte etwas. Sie sagte etwas! Ich kam nach draußen, ich hatte es auf mir gespürt, ich ging um das Haus herum, und sie saß vollkommen durchnässt in einem Gartenstuhl und lächelte, sie lächelte mich an, mich, und sagte: »Jakob, da bist du ja.«

Jakob, da bist du ja.

Dort drinnen im Auto, dort drinnen im Tunnel, weinte ich. Es tropfte von der Decke des Tunnels.

Dann kam Gott zu mir, ich war kurz davor, aufzugeben, das Steuer loszulassen, als ich spürte, wie ich selbst erstarrte und Er das Steuer übernahm. Der Tunnel war plötzlich voller Licht,

Er strich mir über das Herz, es fand seine eigentliche Wärme wieder und wir fuhren langsam nach draußen. Er war nicht körperlich anwesend, aber Er war da.

Unter uns öffnete sich ein Tal, weit dort unten hinter vielen Kurven. Es hatte aufgehört zu schneien, der Himmel war klar. Es waren noch zehn Tage bis Weihnachten und Gott war bei mir, in mir, mir zuliebe. Ich betete, betete all die Gebete, die ich kannte und noch viele mehr und fragte, ob es jetzt so sein würde wie Frieden. Wird es jetzt richtig sein? Aber Gott streichelte mir nur über das Herz, Gnade. Ein paar Minuten später sah ich ihn neben einem Mann mit Schirmmütze in einem großen weißen Lastwagen sitzen, den ich überholte.

Auf einer Aussichtsplattform in einer zum Tal und zum Fähranleger geneigten Kurve stand ein Bus, umringt von Kindern. Vielleicht ein Kindergartenausflug. Die meisten der Kleinen und ein paar Betreuerinnen standen vor der weiten Absperrung und genossen die Aussicht. Vor allem sahen sie wohl Schnee, möchte man glauben. Eine der Frauen hatte den Arm ausgestreckt und erklärte etwas. Die Kinder standen da und hörten still zu. Ich hielt neben ihnen an und stieg aus. Obwohl mehrere Jungen unter den Kindern waren, erschien es mir so, als seien es nur Mädchen. Aber ich habe keine Angst vor Mädchen, Mädchen sind keine Frauen. Eine von ihnen schlich sich von den anderen weg und kam zu mir herüber, geradlinig, direkt, als würde sie mich kennen. Sie trug einen Schneeanzug. Einen blauen Anzug mit weißen Streifen und silbernen Reflektoren an den Hüften, und eine Strickmütze und rote Handschuhe. Auf beiden Seiten der Mütze lugten einzelne Haarsträhnen hervor. Süß, schrecklich süß. Sie starrte mich an.

Wer bist du?

Die Kindergärtnerin, die am Rand der Plattform stand und erzählte, schaute zu mir herüber und lächelte mir anerkennend zu, »das ist ein Erwachsener«. Sie blieb dort hinten stehen, um die Übersicht über die anderen Kinder zu behalten, die jetzt begannen, durcheinander zu schreien. Sie sangen Lieder.

Wer bist du?, sagte sie noch einmal.

Ich glaube, ich lächelte. Entfernt hörte ich ein paar Strophen von »Hänschen Klein«, die Kindergärtnerin dirigierte. Ich lächelte das Mädchen an. Ich wollte etwas sagen, ich wollte sagen, wer ich war, empfand plötzlich den Wunsch, dass mich dieses Mädchen an mich erinnern sollte, an meinen Namen. Ich öffnete den Mund, ich öffnete meinen Mund, um es zu sagen, aber fast schien es so, als würde mir das offene Gesicht dieses Mädchens in dem blauen Schneeanzug – sie konnte vielleicht fünf sein – als würde mir dieses Gesicht mit der Strickmütze und den blonden Locken verbieten, es zu sagen.

Wer bist du?

Sie fragte es wieder und wieder. Sie hatte eine Sommersprosse. Hinter ihr wurde der Gesang lauter, einige der Kinder hüpften im Takt. Ich öffnete meinen Mund, blieb aber stehen und lächelte, ein trauriges Lächeln. Sie starrte mich an, ich räusperte mich, ich begann zu schwitzen. Ich blickte zu dem Bus hinüber, zu den vielleicht dreißig anderen Kindern, den sechs Kindergärtnerinnen und der einen männlichen Begleitperson. Alle lächelten mich an und sangen, alle, auch der Mann, alle wollten mir nur Gutes! Das Mädchen stand vor mir, ich wollte, ich WOLLTE, ich räusperte mich. Aber aus meinem Mund kam nichts, als hätte ich für sie keinen Namen. Gab es da eine Ähnlichkeit? Ja, ja, ja, die gab es, sie war sie, mit einer Sommersprosse und knall, knallblauen Augen. Dann sagte sie es noch einmal.

Wer bist du?

Begann zu lachen, zu lachen, laut zu lachen und sagte es wieder und wieder, wer bist du, wer bist du! Wer bist du! Je mehr ich mich räusperte, desto lustiger wurde es für sie und desto weniger war ich imstande, es zu sagen. Schließlich begann sie es zu singen, sie sang die Frage wie einen Kinderreim und zeigte dabei auf mich, wer-bist-du-wer-bist-du-wer-bist-du. Ihre Stimme überschlug sich vor lauter Lachen. So schön, sie war so unendlich schön. Da kam eine Kindergärtnerin zu uns herüber.

Sara?

Sie drehte sich um. Die Kindergärtnerin sah mich an.

Er sagt nichts!

Sie gingen, sie lächelten mich an. Klein-Sara drehte sich noch ein letztes Mal auf dem Weg zum Bus um, in dem die anderen alle bereits Platz genommen hatten und sangen. Sie wollten jetzt wohl nach Hause, *alle brauchen ein sicheres und gutes Zuhause*. Sie drehte sich noch einmal um, ja, sie fragte noch einmal.

Wer bist du?

Und dann winkte sie mir zu.

Als sie im Bus verschwand, sagte ich: Jakob.

Jakob, sagte ich.

Ich blieb stehen, meine Hände hingen schlaff hinunter. Ich winkte dem Bus nach, als sie mich nicht mehr sehen konnten. Ich sah, wie sich der Bus langsam die steilen Kurven hinunterschlängelte, dachte an sie und winkte. Ich dachte so sehr an sie, dass ich spürte, wie meine Gedanken sie erreichten, sie berührten, all die Kinder, all die reinen Gesichter, all die neuen Körper, und wünschte mir, hoffte, ich hoffte wirklich tief in meinem Inneren, dass sie niemals verletzt werden würden, dass sie es gut haben würden, gut, dass sie ihre Butterbrotdose mit der Katze auf dem Deckel von zu Hause mitgenommen hatten, morgens im Dunkel auf dem Weg zum Kindergarten warme Stiefel trugen, dicke Hosen und saubere Kleider mit Reflektoren, dass sie im Bus sangen und die Männer und Frauen lieb zu ihnen waren, lieb, lieb, gut, echt, dass sie niemals jemanden trafen, der ihnen Schmerz zufügte und dass sie auch selbst nie etwas Böses tun würden – der Bus wurde kleiner und kleiner dort unten. Ich erkannte mich selbst nicht mehr wieder. Der Bus kroch hinunter wie ein Regentropfen an einem schmutzigen Fensterglas. Der Dreck, das war die Welt, und das Gute waren sie. Ich wünschte ihnen alles nur erdenklich Gute. »Sara«, dachte ich, sie heißt Sara, und was hatte sie gesehen? Hatte sie etwas in meinem Gesicht gesehen. Etwas, das ich nicht gesehen hatte? Der Bus erreichte jetzt das Tal und den Fähranleger, ich konnte ihn nicht mehr sehen. Aber für einen kurzen Augenblick empfand ich es so, als wäre ich da, als säße ich dort, in diesem Bus auf einem roten Stoffsitz, und als sängen wir, als sängen wir alle zusammen: »Häslein in der Grube«, ich sagte viereinhalb, worauf der Junge vor mir rief, ätsch, ich bin schon fünf! Fünf! Und wieder ein anderer sagte Feuerwehrmann und ich rief, Polizist! Polizist! Die Tante zischte, leise, Kinder, leise, wer von euch kann am längsten ganz leise sein?

Und da saß Sara, aß ihr Wurstbrot und lächelte neben einer Tante, die mir half, einen verirrten Stein aus meinem Stiefel zu bekommen.

Ich lehnte mich ans Auto und summte leise: Häslein in der Grube. Man kann das in Dur und Moll singen.

Was habe ich getan, fragte ich mich selbst, was hast du nur getan, Jakob?

Ich sang leise weiter, leise für mich selbst, aber das war ein anderes Lied. Es hatte sich aus dem Bus zu mir gesellt, glaube ich, und der Bus wirkte auch so, als sei er längst fort und gefahren, bis zum Bersten angefüllt mit kleinen Kindern und kleinen Händen, seit 1972. Ich ließ meine Stimme sinken. Ich sang leiser und leiser und schließlich so leise, wie es nur ging.

Guten Abend, gut' Nacht
mit Rosen bedacht
mit Näglein besteckt,
schlupf unter die Deck'
Morgen früh, wenn Gott will
wirst du wieder geweckt.
Morgen früh, wenn Gott will,
wirst du wieder geweckt.

Guten Abend, gut' Nacht
von Englein bewacht
die zeigen im Traum
dir Christkindleins Baum.
Schlaf nun selig und süß,
schau im Traum's Paradies,
schlaf nun selig und süß,
schau im Traum's Paradies.

Die Kälte arbeitete sich von der blaulackierten Karosserie durch meine Jacke zu meiner Haut vor, und ich konnte mir vorstellen, wie sie sich dort drinnen spannte, die Haut, wie die Adern anschwollen und die Muttermale sich ausdehnten. Es kam mir so vor, als würde ich rosten wie eine Mutter, die ein Klempner unter der Badewanne vergessen hatte, eine kalte, beschämte Mutter, die im Dunkeln vor sich hinrostete, braunrot abblätternd, kalt und einsam, aber dennoch mit klarem Blick und glücklich. Glücklich, wie der Einsame, der den Untergang des Schiffes überlebt hat, auf dem sich die Passagiere gehasst hatten. Ich lehnte mich schwer an die Seite des Wagens, meine Zähne klapperten, und ich richtete meinen Blick auf meine Hände, doch nein, die sahen aus wie zwei Holzklumpen.

Während ich so dastand, bemerkte ich, dass meine Beine warm wurden, warm, wärmer, nass. Es breitete sich an meinen Schenkeln aus, an meinen Beinen, als hätte ich mir wie damals als kleiner Junge in die Hose gemacht. Um meinen linken Schuh herum begann sich der Schnee gelb zu verfärben. Ich trat zwei Schritte zur Seite und begriff, dass ich mir in die Hose gepinkelt hatte. Zum ersten Mal, zum ersten Mal im Leben zweifelte ich, ich zweifelte an mir selbst, an Gott; es dauerte vielleicht zwei Sekunden, die zwei Sekunden, nachdem der Bus aus meinem Blickfeld verschwunden war. Das darfst du nie wieder tun, du darfst nicht zweifeln, sagte ich, bückte mich, vergrub meine Hände in dem sauberen Schnee und wusch mich. Als ich mich hinter dem Auto hinhockte, um die Hose auszuziehen und ebenfalls im Schnee zu waschen, um den Uringeruch und die Flecken loszuwerden, begann ich zu frieren, und als ich die Hose ausgezogen hatte, sah ich, dass ich nicht nur in die Hose gepinkelt hatte, der Stoff der Hose war voller Kot, braungelb und körnig. Der Gestank schlug mir ins Gesicht und ich sank in den Schnee. Die Hände falteten sich und der Mund sprach: Vater unser, der Du bist im Himmel, geheiligt werde Dein Name, geheiligt, Dein Reich komme, Dein Wille geschehe wie im Himmel so auf Erden … da hielt ich inne. »Wille«, dachte ich und blickte auf meine Hände, die vom Kot verschmiert waren, die stinkenden gespreizten Finger, und spürten, dass meine Hoden den Schnee berührten. Das ist nicht gut, dachte ich gerade noch, bevor es vor meinen Augen zu knistern begann, Knistern, tiefes Meer, Saft.

Willst du ein Glas Saft?

Jakob, da bist du ja.

Als die Welt aus einem langen, sprachlosen Schlaf hätte erwachen sollen, fiel sein Körper vornüber in den Schnee.

Plötzlicher Kindstod.

Nein, die Vergangenheit darf nicht ruhen. Wenn man die Wahl hätte, wie bei der Verkleidung für Karneval, sollte man sich lieber für die Zukunft entscheiden, so grün, als Vorhut die sich für alles einsetzt. Häufig fragte ich mich, wie das wäre, wenn die Zukunft mit der Vergangenheit reden könnte, ob die zwei von den gegenseitigen Erfahrungen profitieren könnten. Die Frage ist nur, wie gut die beiden miteinander auskämen. Ob die Zukunft die guten Ratschläge, die sie bekäme, verkraften würde und in der Lage wäre, die spitzen Kanten und Ecken abzuschleifen? Und nicht zuletzt die Frage: Wie würden sie über jenen geheimnisvollen Raum sprechen, den sie beide an den verschiedenen Seiten ihrer selbst mit lautem Knistern berührten und der den Namen »Jetzt« trug?

Plötzlicher Kindstod.

Manchmal ist es die Zukunft, die uns die Vergangenheit finden lässt, diese im Nebel der Gedanken verborgene Vergangenheit, die einmal so prophetisch funkelnd war und die jetzt im Licht des Tages nichts weiter ist als Juckpulver unter dem Hemd.

Plötzlicher Kindstod?

Mit der Dunkelheit kam auch die Kälte. Ich wusste nicht, wie lange ich da zwischen Kot und Urin neben dem Auto im Schnee gehockt hatte, ich fror und zitterte, meine Hoden waren klein wie Traubenkerne und schmerzten dementsprechend. Ich hatte Fieber.

Plötzlicher Kindstod?

Ich kam an diesem Wort nicht vorbei, ich lag auf dem Rücksitz und kämpfte mit meiner Reisetasche, um noch ein Set saubere Unterwäsche zu finden, eine Hose und ein T-Shirt. Ich sah Sirens Gesicht vor mir und begann nachzudenken – 1901, 1902, 1903. *Das gab es damals nicht.* Da starben die Kinder einfach, unerwartet, unerklärlich, geheimnisvoll. Plötzlicher Kindstod ist ein moderner Begriff, und dabei geht es um Säuglinge.

Ich war mir nicht sicher, ich musste mir die Zähne putzen, und ich brauchte eine Toilette oder eine Dusche, aber es war mir klar, dass da etwas nicht stimmte. Ich versuchte mich zu erinnern, wie alt Siren war, als sie angeblich an plötzlichem Kindstod verstarb. Sie war im März 1901 geboren worden und starb im September 1903, das heißt zwei Jahre und – ich zählte an meinen stinkenden Fingern die Monate ab: zweieinhalb Jahre! Da war sie kein Säugling mehr. Es konnte nicht plötzlicher Kindstod sein. Ich schlug mit beiden Händen auf die Kopfstütze des Vordersitzes und versuchte mir selbst einzureden, dass man das nur im Nachhinein so genannt hatte, weil man begriffen hatte, was geschehen war, dass man das Ganze nur im Nachhinein verständlich machen wollte. Aber nein, die Geschichten hatten nie zusammengehangen, und jetzt fielen sie wieder auseinander. Sie war zweieinhalb Jahre alt. Sie war kein Säugling. Was war mit ihr geschehen? War sie krank? Urgroßvater war doch Arzt und Pfarrer, was war geschehen? Und warum hatte das eine solche Bedeutung? Es kriecht in mir herum, das hat es immer getan, es verschmilzt mit mir selbst.

Ich zog mir die Unterwäsche an, die Hose und das T-Shirt, einen Wollpullover und eine Jacke und krabbelte wieder nach vorn auf den Fahrersitz. Als ich hinunterkurvte und den Talboden erreichte, spürte ich, wie es in mir wuchs. Was eine Ahnung gewesen war, wurde zu einer Erkenntnis: Siren. Das stimmt nicht. Das stimmt nicht! Was ist es, das ihr mir nicht erzählt habt? Endlich kann es dir jemand erzählen, hörte ich Tante Karen sagen und dachte, dass das nur die halbe – nein, eine Viertelwahrheit gewesen war. All das, was ich nicht weiß, all das, was ich nicht weiß. Ich sah meinen Stammbaum vor mir, die Wurzeln verdoppelten sich und schlangen sich wie Ornamente umeinander. Ich fuhr durch ein kleines Dorf mit hölzernen Häusern und folgte den Pfeilen mit den schwarzen Umrissen eines Bootes hinunter zum Anleger. Es gab in diesem Ort tatsächlich vier Tankstellen, die miteinander konkurrierten. »Siren (1901–1903)«.

Plötzlicher Kindstod! Nein, jetzt sah ich es, jetzt war ich mir sicher, und ich beschleunigte, mit ein bisschen Glück schaffte ich es vor der Dunkelheit und der Nacht bis nach Hause. »Nach Hause.« Der Anleger tauchte hinter einer abschüssigen Kurve auf. Ich fasste mir an die Hosentasche und vergaß, dass es eine neue Hose war. Fieberhaft suchte ich nach dem Bund mit den Schlüsseln für das Haus und sah dabei ein Bündel Kleider über eine Absperrung in ein Tal hinunterflattern. Na herzlichen Dank, sagte ich zu mir selbst, als mir klar wurde, dass ich in mein Elternhaus würde einbrechen müssen, wenn ich dort ankam. Gott sei Dank hatte ich den Autoschlüssel stecken lassen. Ich trat auf das Gaspedal und bog zwischen den Markierungen des Anlegers ein. Eile, als ob alle meine Fragen beantwortet würden, wenn ich in ein paar Stunden ankam, als ob sie selbst dort stehen würde, Siren, ein kleines Mädchen mit starken Worten im Mund, und mir sagen, was damals geschehen war.

Dort unten warteten nur zwei andere Autos, ein schwarzer Datsun und ein dunkelgrauer Audi. Eine Fähre hatte gerade abgelegt und ich musste fünfundvierzig Minuten auf die nächste warten, im Dunkeln.

Bei einem jungen Mann mit Bart kaufte ich ein Stück Pizza und nahm meine Tasche mit in den Waschraum des Wartesaales. Auf dem heruntergeklappten Deckel einer Toilette sitzend, aß ich das Stück Pizza in Ruhe auf. »Die Sozialdemokratie« dachte ich und musste ein bisschen über mich selbst lachen, als ich mich wusch und mir meinen Po als Kinderpopo vorstellte mit Talkum und all dem Drum und Dran. Es gab keine Dusche, aber der Geruch von Seife breitete sich aus und ich wurde wieder sauber, putzte mir die Zähne, wusch mir im Waschbecken die Haare. Jemand klopfte an die Tür und fragte, ob es nötig sei, den Waschraum eine halbe Stunde zu blockieren. Ich konnte nicht heraushören, ob es ein Mann oder eine Frau war und sagte nichts, auf jeden Fall öffnete ich die Tür nicht. Es war hell dort drinnen, Neonröhren, gelbe Wände, weißes Licht. Als ich die Vorhaut über mein erfrorenes und eingeschrumpftes Glied zurückschob, wendete ich mich ab und heftete meinen Blick auf einen Klapptisch, auf dem man vermutlich die Kinder auf dem Rücken, mit in der Luft strampelnden Beinen ablegte. Aber denk nur, was passieren kann, wenn die Klappe, die die Tischplatte hält, plötzlich zusammenbricht und die Eltern dann mit den Füßen der Kleinen spielen oder den winzigen Zehen, ja und manche nehmen sie sogar in den Mund und reden merkwürdige Sachen mit ihnen.

Ich stand gemeinsam mit einem etwa fünfzig Jahre alten Ehepaar und einem jungen Mädchen, das sicher gerade erst den Führerschein gemacht hatte, am Kai. Sie stand da und ließ den Autoschlüssel zwischen Daumen und Zeigefinger baumeln. Sie hatte Löcher in den Ohren, es sah schmerzhaft aus. Sie fuhr den dunkelgrauen Audi. Etwas weiter entfernt zu unserer Linken stand ein Pärchen mit einem winterlich eingewickelten kleinen Kind. Der Mann trug es auf dem Arm und man ahnte nur eine kleine Nase zwischen Daunenanzug, Schal und Mütze. Der Mann hielt das Kind fest, er beschützte es: Er oder sie war es gewesen, der an die Tür des Waschraums geklopft hatte. Ich schaute in die andere Richtung und bemerkte, dass sie kein Auto hatten. Wir warteten auf das Schiff, das nach Auskunft des Mannes mit der Pfeife »jetzt jede Minute« anlegen solle.

Ja, du kommst von hier, sagte er zu mir gewendet.

Nicht genau von hier, erwiderte ich jovial und fühlte mich ausgeglichen, jedenfalls beinahe.

Das kann man hören, das kann man hören. Er lächelte, Weihnachten zu Hause?

Das kannst du wohl sagen.

Weihnachten muss man nach Hause, auch wenn man in die Jahre kommt.

In die Jahre?

Oh, ich meinte nur mich selbst, du bist ja noch ein richtiger Jungspund!

Man ist so alt, wie man sich fühlt, sagte seine Frau und lächelte.

Das ist richtig, fügte er hinzu.

Das ist ein Gespräch, dachte ich, so ist es, mit Menschen zu reden, die man gerade erst getroffen hat. Das junge Mädchen zündete sich eine Zigarette an und steckte den Autoschlüssel in die Hosentasche der engen Jeans, sodass der Schlüsselbund vulgär die Tasche ausbeulte. Die Frau ging ein wenig zur Seite, um dem Zigarettenrauch zu entgehen, obgleich ihr Mann ja auch Pfeife rauchte. Ich bemerkte, dass ich das junge Mädchen anstarrte, auch wenn ich es nicht wollte, ich wollte dieses Mädchen nicht anstarren. Sie erwiderte meinen Blick und begann dann ein bisschen mit dem Kopf zu zucken und die Augenbrauen zu heben. Dunkelheit umgab uns.

Kennen wir uns?

Äh nein, oder – ich glaube nicht.

Doch, ich glaube doch?, sagte sie und lächelte. Ja doch, bestimmt.

Nein, vielleicht doch nicht?, sagte ich gleich darauf, um nicht unhöflich zu sein. Ich schwitzte.

Doch, ich habe dich auf jeden Fall schon einmal gesehen, sagte sie und blies den Rauch demonstrativ aus dem Mundwinkel, oder es gibt eine Ähnlichkeit.

Ähnlichkeit?

Ja, eine Ähnlichkeit mit jemandem.

Ähnlichkeit?

Der Mann mischte sich in das Gespräch ein und erzählte eine Anekdote, die ihm 1978 in Kairo widerfahren war, als ihn auf offener Straße ein amerikanischer Tourist umarmt, ihm mehrmals auf die Schulter geklopft und ihn Karl gerufen hatte, beziehungsweise »Carl mit C«, und er zog dabei energisch an seiner Pfeife. Der Amerikaner sei ihm durch ganz Kairo gefolgt, he, durch ganz Kairo, stell dir das vor, durch *ganz* Kairo, wiederholte er mehrmals – und habe ihm immer wieder erzählt, was sie bei ihrer letzten Begegnung in den Sechzigerjahren in Holland alles unternommen hätten! Aber das war ja alles nur Unsinn!, sagte der Mann und seine Frau lächelte höflich. Ja, völliger Unsinn! Ich kannte ihn nicht. Als wenn ich jemals in Holland gewesen wäre, oder Carl mit »C« heißen würde! Jannik, sagte er, zeigte auf sich selbst und streckte uns dann die Hand zum Gruß entgegen.

Jakob, erwiderte ich und gab ihm die Hand, er drückte sie kräftig.

Angenehm, angenehm, sagte er, schlug mit den Händen um sich, um die Kälte zu vertreiben und biss auf seine Pfeife. Ist es kalt oder kommt mir das nur so vor, sagte er mit großen Augen.

Es ist schon kalt, sagte seine Frau und zog den Mantel enger um sich. Das Mädchen nickte.

Aber so etwas kann passieren, jeder sieht irgendjemandem ähnlich, sagte er zu mir.

Ja, stimmte ihm das junge Mädchen zu und schaute mich an. Aber ich bin mir jetzt sicher. Sie deutete auf mich, fast als wollte sie flirten, und ich sah, dass sie unter ihrer Jacke und unter ihrem Pullover Brüste hatte.

Vielleicht, sagte ich.

Doch, du bist es, sagte sie und versuchte verschiedene Anfangsbuchstaben, obgleich ich ihr ja gesagt hatte, dass ich es war, ich. K, K... Ka, Kenneth? Sie blickte zu mir auf, nein, nein warte, sagte sie und ich wartete, warte; Ar, Ar, Arild? Anders?

Nein, sagte ich zum zweiten oder dritten Mal, ich bin Jakob.

Jakob, wiederholte sie und ließ sich den Namen auf der Zunge zergehen. Nein, Jakob, das war es nicht.

Ich dachte, ich bin derjenige, der ihm ähnlich sieht, oder bin ich der, den sie früher einmal getroffen hat, den sie zu kennen behauptet – ich? Nein, Jakob war das auf keinen Fall, sagte sie und drückte ihre Zigarette aus. Die Fähre glitt heran, die Lichter färbten das schwarze Meer, und der Bug öffnete sich wie ein mechanischer Wal, den ich einmal in einer Comicreihe gesehen hatte, und der Mann sagte, wir sollten uns wohl besser zu den Wagen tragen und lachte. Zu den Wagen tragen!, sagte er noch einmal und lachte noch mehr, als er zu seinem Auto ging.

Als der dunkelgraue Audi und der schwarze Datsun auf die Öffnung des Bugs zufuhren, geschah etwas. Ich hatte mich in den Polo gesetzt und wollte gerade an Bord fahren. Ich – oh, wie soll ich das sagen? Innen in meinem Kopf gaben die Gedanken Signale an den Körper, rasche motorische Signale: Lenkrad ergreifen, Hände; Schlüssel umdrehen, Finger; an Bord fahren, Jakob. Aber nichts geschah. Der Audi und der Datsun waren bereits auf dem Achterdeck und ein uniformierter Schiffsangestellter schaute mich verwirrt an. Ich dachte ganz klar, ich wusste, was ich tun musste, aber dennoch geschah nichts. Das Auto stand auf der vorgemerkten Wartespur still. Ich – wie soll ich das beschreiben? Ich war *verhindert*. Als ich zu mir kam, ein »mir«, das ich selber nicht verstand, sah ich, wie meine Hände vor mir in der Luft standen. Die Handflächen waren auf dem Weg zum Lenkrad erstarrt, mein Fuß auf dem Weg zur Kupplung, und ich spürte, wie meine Hände von einer unsichtbaren Wand aufgehalten wurden. Ich konnte mich nicht bewegen. Ich war verhindert. Der Fährmann blickte mich wieder an, er wedelte mit den Armen, es gab außer dem meinen keine anderen Autos mehr. Ich sah auf meine Hände. Sie standen fest, ich begann sie nach unten zu pressen, aber nein, nein, sie saßen wie in Zement gegossen fest, und ich spürte, wie verhindert ich war. Es war nicht die Zeit, die stehen geblieben war, nein, ich spürte es jetzt ganz deutlich, starke Hände hielten meine Arme umfangen, sie hielten sie fest. Der Fährmann kam zu meinem Auto herüber, er rief etwas, ich hörte ihn durch das halb geöffnete Fenster.

Stimmt was nicht? Stimmt was mit dem Auto nicht?

Plötzlich stießen meine Hände zum Lenkrad vor und mein Fuß senkte sich auf das Pedal. Ich zuckte zusammen und mein Oberkörper klappte nach vorne. Wieder schaute er mich an.

Oh, sagte er überrascht, oh, jetzt funktioniert es ja.

Der Polo rollte auf das Autodeck. Ich blieb ein paar Minuten sitzen, bevor ich ins Warme ging, und grübelte darüber nach, was verhindert werden sollte. Hatte ich etwas zu befürchten?, fragte ich mich. Ich bemerkte, dass ich keine Lust mehr hatte zu fahren, zu reisen. Das konnte man mir wohl nicht ansehen, aber ich hatte das Gefühl, jeden Augenblick anfangen zu können zu schreien. Als sich der Bug schloss, schaute ich in den Rückspiegel.

Einmal zuvor hatte ich ein solch momentanes Eingreifen verspürt, eine Verhinderung. Das war an einer Bushaltestelle gewesen, mit fünfzehn. Der Regen trommelte auf das Dach des Wartehäuschens, der Wind zerrte an dem Schild, das oben am Dach befestigt war, und das heulende Geräusch des Schildes vermischte sich mit dem Trommeln des Regens in meinen Ohren zu einem Gesang. Ich hatte einen Bus verpasst und die Dunkelheit legte sich über das Wartehäuschen und mich. Was ich nicht gesagt habe, ist, dass noch ein anderer Mensch, ein Mädchen, in dem Wartehäuschen saß. Wir waren beide ganz nass, sie war noch nasser als ich und keiner von uns sagte etwas, während wir warteten. Wo waren wir gewesen? Ja, sag es; wo waren wir gewesen? Wie von einem Instinkt getrieben verspürte ich nach einer halben Stunde, in der wir auf den Bus hinaus auf die Insel gewartet hatten, den Drang, meine Daunenjacke auszuziehen, sie war innen noch trocken, und sie um sie zu legen. Sie saß neben mir und zitterte so, dass ihre Zähne klapperten. Ich begann, meine Jacke auszuziehen, sie sah zu mir herüber. Ich zog meine Jacke aus *und reichte sie ihr*. Ich tat es! Ich gab sie ihr! Aber als ich bemerkte, was geschah, sah ich meine Hände vor meinen Augen meine Jacke halten. Sie schaute mich wieder an. Die Jacke bewegte sich nicht, mein Hirn bat meinen Körper, sie um sie zu legen, aber meine Hände standen vor mir in der Luft still.

Nach einer Weile fiel die Jacke wieder um meinen eigenen Körper. Der Bus kam nie, auch er war verhindert und ich musste zum nächsten Haus gehen und Vater anrufen, der dann kam und uns mit dem Auto abholte.

Vater liebte es, auf Fähren zu fahren.

Vater mochte alles, was mit Meer und Wasser zu tun hatte.

Ich glaube, das hat… habe ich eigentlich registriert, dass es ihn nicht mehr gibt? *Weiß* ich das? Dass es ihn nicht mehr gibt? Ich glaube, das hat etwas mit dem Gehirn zu tun, ja, hatte er das nicht immer gesagt? Dass das Meer, das Wasser, ihm half, klar zu denken. Komm her, Jakob, sagte er, komm her, komm, wir stellen uns an den Bug. Ich weiß noch, wir fuhren manchmal los, einfach so, um unterwegs zu sein, mit kleinen Fähren an der Küste entlang, ganze Sonntage lang, mit dem Auto und der Fähre. Komm her, komm, wir stellen uns an den Bug. Und dann zeigte er über das Meer und sagte, wenn man sich das anschaut und sich vorstellt, dass das Meer ein Bild für das Gehirn ist, dann kann man verstehen, dass man das nicht begreifen kann.

Auf einer Treppe im Inneren der Fähre ging ich an einem Spielautomaten vorbei, dessen Einnahme für das Rote Kreuz war. Ich achtete nicht auf die Schlagzeilen auf den Titelseiten der Zeitungen, die auf dem Tresen der Cafeteria lagen, sondern kaufte mir ein Brot mit Roastbeef und Salat mit Paprika, eine Tasse schwarzen Kaffee und eine mittelgroße Cola. Der Mann mit der Pfeife ging an mir vorbei, nickte zur Zeitung hinüber und sagte, dass sie den da

und zeigte

den da bis ans Ende seines Lebens einsperren sollten, wenn sie ihn erst hätten.

Oh ja, sagte ich und nach einer Sekunde Druck auf der Schläfe spürte ich genau das Gleiche wie damals, als ich in der Mittelschule beim Hockey, die eine Mannschaft trug rote Bänder und die andere gelbe Leibchen, hingefallen war. Ich war gefallen, und in der Sekunde, nachdem mein Kopf auf dem Boden aufgeschlagen war, hatte ich mich vollkommen frei gefühlt.

Und jetzt auch noch in einer Kirche. In einer Kirche!

Ich glaube an Gott, sagte ich und vermaß den gelben Paprikaring mit meinen Augen.

Ja, aber das tun wir doch alle!, sagte er und sah mich irritiert an. Tja, das Essen kommt jetzt gerade recht.

Und er kaufte sehr viel Essen für eine so kurze Überfahrt, seine Frau klopfte ihm auf den Bauch und lächelte und sagte »ach Jannik«. Wir saßen jeder an einem eigenen Tisch, aber in regelmäßigen Abständen schaute er zu mir herüber, nickte auffällig und lächelte, und manchmal prostete er mir auch mit seiner extragroßen Cola zu. Ich zupfte die Tischdecke zurecht und nickte zurück. Das Mädchen, das glaubte, mich zu kennen und gesagt hatte, ich sei »er«, kam herein, und auch sie nickte mir hin und wieder zu, aber eher verstohlen, vermutlich fragte sie sich noch immer, wer ich sein konnte, und das Gleiche tat ich. Jemandem in einem solchen Grad ähnlich zu sehen, dass andere einen wirklich verwechseln, ist gleichermaßen faszinierend wie beängstigend. Man schaut den Menschen an, dem der Irrtum unterläuft, und ist es ein sympathischer Mensch, fühlt man sich geschmeichelt und geehrt, denn man weiß ja, dass man jemandem ähnlich sieht, den der andere kennt und vermutlich in positiver Erinnerung hat. Doch natürlich ist es auch erschreckend, wenn man sieht, wie wenig Bedeutung die mühsam erkämpfte persönliche Substanz und Einheit für andere hat, die in ihrem Eifer, jemanden wiederzuerkennen, mit nur wenigen Worten, ein paar Falten über der Nase und knappen Fragen, alles, was man ist, auslöschen können. Aber über was mache ich mir Gedanken – sie kannte ja nicht einmal den Namen dieser Person, nur, dass er auf keinen Fall Jakob hieß, sondern vielleicht Arild, Anders oder Kenneth. Kein Grund, sich geschmeichelt zu fühlen. Ich aß und das Brot war lecker.

Die Fähre und ihre Stimmung. Ich versuchte, die alten Erinnerungen zu verdrängen, die nach und nach wie unangenehme Perlen an einer Schnur angerollt kamen. Wie oft hatte ich diese Fähre nicht schon genommen? Und genau hier gesessen? Kannte ich nicht jeden noch so kleinen Millimeter des Linoleums auf dem Boden? Doch, aber wollte ich daran denken? Nein.

Als ich kurz vor der Ankunft hoch ging, kam mir das Mädchen auf der Treppe nach. Ich drehte mich um, ich war nervös.

Sie sagte, sie habe Zweifel bekommen und es sei wohl nur eine Ähnlichkeit. Und der *andere* habe bestimmt nicht Jakob geheißen, da sei sie sich ganz sicher, vielleicht Endre, Arild war auf jeden Fall jemand anderes. Ich sagte, das ist das Prinzip, nach dem wir alle gestrickt sind. Sie reagierte auf diesen hochtrabenden Satz mit einem »hää?«, aber ich wiederholte noch einmal, dass wir uns alle ähnlich sehen und sich darüber viel zu wenig Menschen Gedanken machen würden. Sonst würden alle verstehen, auf was es ankommt, sagte ich. Du bist ja der reinste Philosoph, sagte sie und lachte vor dem Rot-Kreuz-Automaten.

Als ich auf das Autodeck hinunterging, glaubte ich Vater zu sehen.

Er stand in einer Uniform mit einem Walkie-Talkie am Bug des Schiffes und sprach mit dem Paar mit dem verpackten Kind.

Ich setzte mich ins Auto und – ja, meine Hände umfassten das Lenkrad und ich hörte das Brummen des Motors – fuhr an Land. Jannik und seine Frau winkten mir zu, als sie an mir vorbeifuhren. Ich drehte mich um und warf einen Blick über meine Schulter.

Als ich nach einer außergewöhnlich langen Rotphase unten am Fischmarkt endlich bei Grün in den ersten Gang schaltete und an meiner ehemaligen Schule vorbeifuhr, ergoss sich ein weiterer Schwall unangenehmer Erinnerungen über mich. Daran wollte ich nicht denken. Hände und Zungen, Mädchenpullover, deren Maschen wachsen, Lippen, die sich öffnen und Blicke, die erstarren, wenn ich den Bus nach Hause nehme, mit nassen Schenkeln vom Regen. Nein, daran will ich nicht denken. Bergen, dachte ich, Bergen, die Stadt Bergen, und fuhr mit peinlichen und blöden Bildern im Kopf durch das Zentrum, Bergen. An der Post sah ich Vater, dieses Mal im Kopf.

Wo bist du gewesen?

Vater. Im Flur zog ich meine Stiefel aus, sie waren schmutzig und rochen nach Schlamm und Salz.

Ich war doch mit Katrine unterwegs.

Den ganzen Tag?

Den ganzen Tag.

Was macht ihr denn? Er schaute von seiner Zeitung auf. Was macht ihr eigentlich?

Vater schaute zu mir hoch, er saß mit einer Zeitung in den Händen da, aber ich glaube nicht, dass er las. Er wiederholte die Frage, dieses Mal mit einem Lächeln. Doch, das kann in den Herbstferien gewesen sein, die Fußballturniere mit der zweiten Mannschaft.

Was macht ihr?

Wir spielen nur miteinander.

Ich zeigte Katrine die Krebse, an manchen Stellen am Ufer wimmelte es von ihnen, an anderen gab es nicht einen einzigen. Wir begriffen, dass sie Plätze mit viel Nahrung gefunden hatten. Ich hob Steine hoch und sagte, sieh da, ein großer und fünf kleine. Ich weiß nicht wieso, aber diese Krebse; wenn ich die Kindheit mit einer Sache ausdrücken müsste, dann wären es die Krebse. Und als Katrine nicht mehr da war, waren auch die Krebse nicht mehr da. Oder, ich packte sie, wie ich Spatzen packte, ja, das tat ich: brach all die kleinen Beine, versuchte, sie roh zu essen, saugte an den Zangen, wie wir es taten, wenn wir die großen Krebse in dem schweren Topf kochten. Aber es war vor allem Salzwasser, und bitter.

Ihr spielt nur miteinander? Vater lächelte.

Ja.

Gut, Jakob, gut. Es ist gut, Freunde zu haben.

Ja.

Geht sie nicht in die Kirche? Ihre Familie, die gehen nicht in die Kirche, oder?

Nein, ich glaube nicht.

Ich habe versucht, zu diesem geheimnisvollen Kribbeln auf der Haut zurückzufinden. Ich weiß, dass ich das gespürt hatte. Das weiß ich, wie ich weiß, dass es mich gibt, meine Hände grob und meine Nägel schlank sind, und dass Washington in Amerika liegt: Ja, ich weiß es. *Zimt.* Aber ich will es wieder *spüren*, jetzt, als der Jakob, der ich jetzt bin. Ich will nicht nur hier sitzen und wissen, dass es das einmal gab, ich will da sein und es spüren. Es stieg in mir auf, wie eine Aura und knackende Elektrizität, es stieg in mir auf, schoss jedes Mal, wenn sie mir nach diesem Tag, an dem sie zu schnell schwomm und ich den Betrug wählte, vor meinen Augen erschien, durch das Gewebe meiner Haut: sie, ich hatte sie betrogen, nicht mich, nicht Gott. An jedem einzelnen Tag, an dem ich noch dort wohnte, konnte es geschehen und es geschah, wenn ich am Ufer entlangging und Treibholz sammelte oder trockenen Tang, den ich dann gleich wieder ins Wasser warf, oder wenn ich am alten Bootshaus stand, das Großvater hatte verfallen lassen. Sie kam, so schien es mir, in meine Haut, es kribbelte und breitete sich wie Ameisen auf meinem ganzen Körper aus, ich spürte die Haare wachsen, die Nägel, die Wimpern erstarren und die Poren brennen. Ich wurde abhängig davon, ich suchte es, wie Milch oder Apfelsinen, aber das waren keine Erinnerungen, nein, keine Erinnerungen, das war es, was sie am Leben erhalten sollte. Erfahrungen, die sie in mir machen sollte, während sie weg war, ich sollte sie in mich pflanzen wie Kresse und Petersilie, und sie sollten wachsen. Was sagte ich da? Früher waren wir zwei wie eins? Etwas in der Art, früher waren wir zwei wie eins: jetzt sind wir eins wie zwei. Kresse ist ein gutes Bild, denn auch sie hatte einen Duft, es prickelte über mich und hielt den Salzgeruch fern, es machte meine Nasenlöcher weit und weich wie – Wolle – nein, wie Wollgras.

Wir hatten es so gut zusammen.

Aber ich spürte es nicht. Ich kann es beschreiben, dieses *Prickeln* und die *Wärme*, aber was nützt mir eine Beschreibung? Was nützt ein Gedanke, der wie ein Ball vor eine Hauswand prallt? Nichts, er verstärkt nur die Sehnsucht. Ich fühlte mich wie die Jünger, alle zusammen, Nägel kauend und mit Kugelschreibern in den Händen.

Ich parkte am Lungegårdssee und schloss das Auto ab. Es war nichts weiter als Durst, eine trockene Zunge, Durst, ich brauchte etwas zu trinken. In dem Einkaufscenter gab es eine steile Treppe nach unten zu den unterschiedlichsten Läden auf der Kelleretage. Ja, dort unten gab es eine Musikalienhandlung, einen Kiosk, eine Eisdiele und eine Parfümerie. Die Stille bewirkte bei mir nichts, bis ich ihre Ursache sah, denn endlich begriff ich, dass es dort unten merkwürdig still war. Ein Mann mit Krücken lag verunglückt auf dem Boden und ich war in dem Moment der Stille durch die Türen getreten, in dem alle den Atem angehalten hatten, vor dem Geschrei, dem Weinen oder der Panik, die natürlich kam: Es wurde laut dort drinnen, das vollkommene Chaos. Alle rannten sie zu dem Mann, der mit den Krücken an seinen Seiten auf dem Boden lag. Ich stand auf der Treppe. Der Geschäftsführer rief der Parfümerieverkäuferin etwas zu und gemeinsam rannten sie zum Telefon. Ich blickte sie alle an, sie umringten den Mann, der leblos am Boden lag, die Krücken neben ihm am Boden. Ich hörte, wie einer ihn Piddie nannte – kannten sie ihn? War es einer, den sie als einen Bekannten bezeichnen würden?, fragte ich mich und zog mich nach oben zurück. Ich verschwand. Draußen hatte es begonnen zu regnen, Schneeregen über Bergen, das überraschte mich nicht, es weckte ein vertrautes Gefühl in mir. Ich ging über die Straße zu dem See und dem Polo hinüber. Bevor ich mich ins Auto setzte, beugte ich mich zum Wasser hinunter und wusch mir die Hände. Ich wollte mich übergeben, ich wollte mich übergeben.

Im Auto riss ich mich dann wieder zusammen, ich schaute den Tauben zu, die auf dem Asphalt am Wasser entlangtrippelten. Der Durst, der so stark gewesen war, dass er mich ins Einkaufscenter getrieben hatte, war verschwunden, obwohl ich gar nichts getrunken hatte.

Das Gemisch aus Regen und Schnee fiel auf das Auto und schmolz auf den Scheiben. Ein Parkplatzwächter trat aus dem Halbdunkel, und ich schloss einfach die Augen. Als ich sie wieder öffnete, war er verschwunden. Wenn es doch immer so wäre.

Als ich an einem Kiosk am Lungegårdssee vorbeifuhr, erblickte ich eine ältere Frau, die in der Kälte stand und die Tauben fütterte. Der Schneeregen schien sie nicht zu stören. Ein

Rettungswagen raste auf der entgegenkommenden Spur bei Rot über eine Ampel. Sie hatte eine Brottüte voller Krümel in der Hand, die sie in regelmäßigen Abständen zwischen den sich um sie scharenden, gurrenden Tauben ausstreute. Ein angenehmer, systematischer Anblick, diese Frau war ein Magnet. Sie wurde von zwei kräftigen Laternen hell erleuchtet. Ich wartete auf Grün. Nach einer Weile schaute sie auf, sie schien auf etwas zu reagieren, ja, sie ähnelte sogar einem Vogel, es war weniger eine konkrete Reaktion auf etwas Spezielles als einfach eine Art *Instinkt*. Ihr Kopf drehte sich in alle Richtungen, als ob er fragte, wer bist du? Wo bist du? Bist du hier? Dann hielt sie inne, die Tauben begannen zu verschwinden, ein paar hockten noch verwirrt vor ihr, und eine begann, auf die Brottüte einzuhacken. Die Frau, vielleicht war sie vierzig, hielt inne und starrte. Auf etwas in der Nähe von mir, auf ein Auto. Auf mich. Sie trug einen beigen Mantel und hatte eine Dauerwelle, und ich irrte mich nicht, sie war es. Als es Grün wurde, hob ich die Hand zum Gruß, und sie lächelte, sie war es, Jorunn. Das Dienstmädchen, das, so wie sie dastand und die Tauben fütterte, schon lang kein Mädchen mehr war, Großvaters und Großmutters Dienstmädchen, sie war es. Im Rückspiegel sah ich, dass sie mir nachschaute. Dieses Mädchen, das ist ein guter Mensch, hatte Großvater immer gesagt, und ich glaube, er war ganz schön verliebt in sie, vielleicht allein schon, weil sie eine Aufgabe in dem Haus erfüllte, eine Aufgabe, die Konstanz hieß.

Der Kiosk auf der anderen Seite von mir erinnerte mich an einen anderen Kiosk im Norden des Zentrums an der Schwimmhalle, wo Jorunn einmal Eis für Katrine und mich gekauft hatte, als sie uns an einem Samstag Ende der Siebzigerjahre mit in die Stadt genommen hatte. Soft-Eis. Katrine hatte zu weinen begonnen, weil es ihr vor dem Theater auf den Boden gefallen war und ich hatte ihr etwas von meinem gegeben. Jorunn, dachte ich, was machte sie jetzt? Ich schämte mich, als ich begriff, wie wenig sie mir als Kind bedeutet hatte, oder besser gesagt: dass sie mir überhaupt nichts bedeutet hatte, sie für mich eher einem Stück Möbel in dem großen Haus glich, Inventar oder einer Art

Maschine, den Möbeln, auf denen sie selbst Staub saugte. Ich hätte am liebsten gewendet und wäre zu ihr zurückgefahren, um mit ihr gemeinsam die Tauben zu füttern. Du Trottel, sagte ich zu mir selbst, sich für etwas zu entschuldigen, das man nicht getan hat? Jorunn, lass Jorunn jetzt in Frieden.

Es amüsierte mich nicht, daran zu denken, es amüsierte mich nicht eine Sekunde lang, aber als ich weiter durch die Stadt fuhr, sah ich eine Traube von Schülern und Schülerinnen vor einem Einkaufscenter stehen – warum steht ihr nur da? Habt ihr kein eigenes Leben?, dachte ich und verachtete sie alle zutiefst, zutiefst, für ihre Verleugnung, für ihre profanen Gesichter und die schlabberigen Kleider, aber dennoch fuhr ich langsam an ihnen vorbei. Und es amüsierte mich nicht, aber als ich bei ihrem Anblick beinahe schon ein Gefühl von Übelkeit verspürte, erkannte ich, dass auch Katrine unter ihnen hätte sein können, dass auch, JA SOGAR SIE, MEIN ENGEL, dort hätte stehen können, mit Rucksack und Füller und, ach was weiß ich, Tagebuch? und so nichtig gewesen wäre, dem Dreck unter den Nägeln so zum Verwechseln ähnlich. Ich fuhr schneller, ich fuhr ganz eindeutig schneller.

Aber ich, ich – verachtete den Menschen nicht. Ich bin der, der die Menschen mehr liebt, als sie es verdienen, mehr als das Auge, den ersten Augenblick beim Anblick des Himmels liebt, ich LIEBE EUCH ALLE WIE EINEN, rief ich in meinen Körper hinein, ich rief es in mein Herz, in meine Gehirnzellen, ABER ICH VERACHTE, WAS AUS UNS WIRD, AUS JEDEM VON UNS, die Bosheit, den Dreck, den Dreck, Dreck, Dreck – blicke dem Guten ins Gesicht und du wirst reiner werden als der Reinste? Nein, der gütige Gott muss dir in die Augen schauen, und du wirst selbst gepriesen werden.

Die prophetische Stimmung im Auto legte sich, als wir

wir?

Ja: als *wir* aus der Stadt herausfuhren.

Ich blickte mich im Auto um. Es war niemand dort. Aber wir waren es, die fuhren, alle gemeinsam, die Welt war in meinem Auto und hatte meine Prophezeiungen und Analysen angenommen. Wir waren furios, rasend, aber dennoch voller Klarheit, *wir* wussten, was geschehen musste, *wir* sahen die Heimat vor unseren Augen, das Gebirge hinter uns, wir rückten enger zusammen und peitschten uns selbst, ja wir peitschten *uns selbst* mit dem Reisig der Einsicht, des Verstehens, der Erkenntnis. Es summte im Inneren des Autos, und das war der Gesang der Sehenden, die Scheiben beschlugen, und das war der Atem der sich Sehnenden. Wir wussten, wer wir waren, und es fühlte sich so an, als hätten wir starke Nacken draußen auf der Erde, im Wind. Ich fuhr ziemlich lange mit diesem WIR-Gefühl, ich weiß, wir waren in einer Art Delirium, aber ich kann die Wahrheit in dem, was wir erlebten, nicht von mir weisen. Ich weiß, wir schwitzten und dachten nicht in Kategorien wie JAKOB oder ICH SELBST, aber dafür klarer als jemals zuvor, als jemand zuvor, und ich sagte große Dinge zu den anderen im Wagen. Ich sagte WIR SIND GOTTES ENGEL UND ICH BIN DER ENGEL UNTER DEN ENGELN, solche Dinge. Aber ich kann über mich selbst nicht lachen, ich kann es nicht von mir weisen, nachdem es uns so klar gewesen war und nachdem ich meinem Wunsch niemals zuvor näher gekommen war, ja, dem ganzen Leben. Das Gefühl, zu einem einzigen, durchleuchteten, einfachen und alles umfassenden Sinn zu werden. Zur Wahrheit. Deshalb heißt »ich« WIR, deshalb rollte unser Auto durch die Landschaft. Es war der Körper der Wahrheit, der sich am Horizont abzeichnete, wenn du den blauen Polo von deinem Fenster aus durch den Schnee fahren sahst, aber es schneite nicht, das weißt du. Ich kann es also nicht eine Illusion nennen, denn das hatte ich erwartet; und ich begriff, wie es nur Propheten begreifen können, dass ich mich jetzt näherte. Dass die Mühe nicht vergebens war, die Absicht nicht sinnlos, das Schaf hatte endlich seinen Schafspelz abgelegt und begann den Wolf zu bekämpfen. Er würde kommen. Und dieses Mal würden wir einander berühren. Ich erreichte den letzten Fähranlager, kleiner als der vorige, winzig. Zwanzig Minuten noch, dann war ich zu Hause.

Ich rollte direkt auf eine Fähre, die ablegen wollte, ich fuhr auf die letzte kleine Fähre, die zwischen dem Festland und einigen der vorgelagerten Inseln verkehrte. Ich hatte das Fenster geöffnet und bezahlte mit ruhiger Hand. Der uniformierte Fahrscheinverkäufer nickte und lächelte. Ich blieb auf dem Autodeck sitzen, das Fenster war geöffnet und ich spürte, wie sich die Meeresluft um uns legte, lehnte mich im Sitz zurück und schloss die Augen. Und da kam es plötzlich über mich, auf dem Autodeck: »Da bist du ja!« Ich richtete mich abrupt auf – da bist du ja! – drehte mich um, perplex. Eine Frau mit einer Schürze rief den Mann mit der Fähruniform, vielleicht ihren Ehemann, sie sah jedenfalls nicht aus wie Mutter, aber trotzdem, trotzdem: Ich dachte an Mutter, denn Mutters Gesicht hatte so deutliche Konturen bekommen, und eine Stimme! Sie hatte eine Stimme bekommen! Ich hatte einen Satz und den würde ich festhalten wie ein Katzenjunges in der Manteltasche bei einem Platzregen. Der einzige Satz, von dem ich weiß, dass sie ihn gesagt hatte, damals, als nur ich etwas bemerkt hatte, nach draußen ging und sie durchnässt und verwirrt im Garten fand: »Jakob, da bist du ja.«

Ich blieb auf dem Autodeck im Wagen sitzen. Die Überfahrt zur Insel dauerte knapp zwanzig Minuten. Vielleicht wollte ich auch nicht dort vorne am Bug stehen und alles auf mich zukommen sehen, auch wenn ich wusste, dass es kommen musste und ich mich ja danach gesehnt hatte. Vielleicht schob ich es, so gut es nur ging, von mir, indem ich im Auto sitzen blieb, anstatt ausgerechnet *dieses* Salz an der Nase zu spüren. Ich sah klar, ich hatte es so klar und deutlich erlebt, zu etwas Einfachem, Tatsächlichem reduziert zu werden, dass ich mich solide und präzis fühlte, als ich hörte, wie die Frau den uniformierten Mann rief. Sollte es Mutter sein?, fragte ich mich. Sollte es Mutter sein, die mir die Geheimnisse der Familie anvertraute?

Das Schiff machte jetzt andere Geräusche. Vier weitere Reisende kamen auf das Autodeck herunter und setzten sich in ihre Wagen, schon wieder ein Volvo-Kombi. Es war noch dunkler geworden, als ich über die Schwelle an Land holperte, aber ich erkannte alles wieder. Die Lichter des Autos wählten die Landschaft aus. Oh, ja, ich kannte mich so verdammt gut aus. Aber war das ich selbst, den ich wiedererkannte oder war das die Landschaft?

Es knackte in den Knöcheln und knisterte leicht in den Schläfen, als ich über ein Viehgitter fuhr, Schwindel; mir wurde schwindelig und ich bremste aus Angst, schräg mitten auf der Straße stehen zu bleiben. Doch der Anfall zog sich zurück, schlich sich wie eine Katze davon. Nein, wie ein zischendes Streichholz, nass. Ich legte mehr Gewicht auf das Pedal. Einen Augenblick lang war ich von den Leitungen, die sich unter dem Lenkrad zusammenwickelten, wie paralysiert, elektrisch auflodernd zogen sie sich wohl auch durch meine Augen. Ein Mercedes holte mich ein und fuhr auf der anderen Spur vorbei. Ich glaubte, mein Herz klopfen zu *hören*, aber das tat ich wohl nicht. Ich hörte noch immer das Rumpeln der Karosserie auf dem Viehgitter und ein entferntes Knistern des Streichholzes. Bin ich schlimmer als der – Gesundheitsminister?, fragte ich mich und gab mir gleich darauf eine Antwort: Nein, oh nein, aber ich bin direkt und klar, ich arbeite in Neon. Dann zuckte es in mir zusammen, irgendwo in meinem Magen. Ich sah Karen vor mir, das war keine Reue, das war ein fein geschliffenes Papier voller Realismus, das sich einen Weg durch das schlechte Gewissen nagte. Hatte sie nicht etwas gesagt? Etwas… Direktes? Ich bekam bei dem Gedanken, sie könnte etwas gesagt haben, etwas Direktes, völlige Panik, was war es gewesen? Ich war entsetzt, ich sah ihr Gesicht und ihren Mund, er verzog sich, ich sah die Wandteppiche und ihren Fernseher und glaubte über hundert Viehgitter zu fahren, aber meine Panik war zu nichts nütze. Trance und Angst, das war alles, sie war tot. Aber Gott, weiß Gott, dass sie tot ist, getötet von seinem Sohn? Was hatte sie gesagt? Es sickerte in den Raum hinein, die Angst verschwand nicht, sie setzte sich in meinen Ohren fest, als es im Auto erklang, Karen neben dem Fernsehapparat lag und ihr Mund seinen letzten Satz sagte: »Jakob, ich bin es, Karen.«

Schließlich verschwanden die Viehgitter unter den Reifen und das Gepolter wurde zu Kinderfüßen auf Baumwolle. Ich sah einen halb verschneiten Fußball, der sich bewegte und klatschte im Dunkeln in die Hände.

Ich trieb langsam ins Innere der Insel, ließ die Augen über die Bäume und den im Dunkeln liegenden Boden gleiten und spürte, alles hing wirklich irgendwie so zusammen, wie ich es mir vor drei Tagen bei meiner Abfahrt vorgestellt hatte. Alles hängt zusammen, dachte ich, und Wasser umgibt das alles und von dort aus treibt es ans Land, Treibholz und eingekapselte Gefühle, kleine Inkarnationen, »swusch«, sieh nur, die Brandung ähnelt einer Jahreszahl, der verdrängten Kavalkade einer Jahreszahl. Alles hängt zusammen. Hier werde ich es finden, die Spatzenköpfe, all das, was ich getan habe, das Böse, Siren, 1903 und unsere Hände.

Unsere, habe ich gesagt und gesehen, wie alles von allen Seiten aus miteinander verschmolz.

Natürlich bin ich ein Mensch! Glaubst du nicht, dass der, der sich selbst als böse erkannt hat, die Splitter dessen erkennen kann, das gut hätte werden können? Ich bin doch der, der auf der gelben Plastikdecke, die auf dem Tisch des Kindergartens lag, die Figuren aus dem Weihnachtspapier ausschneiden sollte, du erkennst sie doch wieder!

UNSERE, habe ich gesagt, und sah die Hände, die über der kleinen Insel lagen, die Nägel und die Krümmung der Nägel.

Hier schneite es nicht, hier gab es keinen Schneeregen. Hier regnete es gleichmäßig, ein leichter, milder Nieselregen legte sich auf den Boden, auf die Rinden der Bäume und die Farnpflanzen, auf die Windschutzscheibe und sank vor dem gelben Licht der Lampen herab. Kleine Wellen schlugen an den Felsen, der entlang der Straße schwarz ins Meer herabkroch. Nein, hier schneite es nicht, hier gab es milde Winter, ja nicht einmal Winter, sondern einen langen, milden Herbst.

Ich rollte über den Straßenbelag und glaubte, die Spuren in dem Asphalt stammten von mir, von meiner letzten Fahrt hier auf dieser Straße. Ich sah ein Eichhörnchen und glaubte, dass es meiner Heimkehr zu Ehren von Ast zu Ast sprang, ich war zu Hause. Die hohen Kiefern waren meine Kiefern, die Stämme waren noch immer grün und braun und ich sah, wie alles mein war, all das war mein, dachte ich und erblickte einen Hund, den ich kannte.

Ich schluchzte auf, als ich meine alte Grundschullehrerin an der Bushaltestelle auf den Neuner warten sah.

Es war Montag, der herrliche Abend eines Montags.

Es war Montag, als ich über die leeren Straßen fuhr und Frieden in meiner Brust spürte, in meinem ganzen Körper. Ich war die Harmonie selbst, und doch wusste ich, wer ich war. Aber ich glaubte, dass alles den Sinn bekommen hatte, nach dem ich gesucht hatte, auch wenn alles noch so war wie zuvor und Gott noch immer für sich blieb. Trotzdem empfand ich es so, als sei es geschehen, als fahre das Auto von ganz alleine und ich würde von allen, die gesehen hatten, was geschehen war, willkommen geheißen. Sie verstanden es jetzt, es war ein Triumphzug. Es war dieser Montag. Jetzt kann ich sehen, was geschehen war, ich kann es sehen, das pochende Blut und die Insel, ein guter Ort im Dunkeln, es vermischte sich in mir wie die Spucke in einem schleckenden Kindermund, ich war die Zunge, die durch die Süßigkeiten schmatzte. Eichhörnchen, Asphalt, Kiefer und Wartehäuschen. Natürlich betrog ich mich selbst, überwältigt von dem Gefühl, nach Hause zu kommen, ich schluchzte, ich lächelte voller Selbstbetrug und glaubte, der Wind in den Wäldern sei Applaus, Jubel über meine Heimkehr. DU BIST DER, DER DIE ORDNUNG WIEDER HERGESTELLT HAT. Das war Montag, vor drei Tagen, als ich fuhr und fuhr, als sei alles, wirklich alles richtig und ich der eigentliche Christus –, ja so fuhr ich an den Leitplanken entlang, und ich brauchte das wohl auch.

Ich brauchte wohl diese Minuten auf dem Straßenbelag, in denen die Elektrizität und zum Beispiel Laternenpfähle nach den Viehgittern zu Fremdworten wurden. Ich wusste ja, was nach vielleicht sieben Minuten auftauchen würde. Ich wusste, wann es auftauchen würde, am oberen Rand des Felsens. Den Felsen umrunden, den steilen Hügel hinab, an den geneigten Äckern und dem letzten Hof vorbei, den Leuchtturm erblicken und dann nach links abbiegen: dort. Ich schaltete das Autoradio ein, um die Dramatik ein wenig abzuschwächen und hörte ein Lied mit einem kalten Titel: »Frozen«. Es gelang mir, mich mit dem Versuch abzulenken, diesem Wort enorme Bedeutung zu geben, als sei es ein Schutzgeist in der Schwärze der Nacht, oh, jetzt wird es kalt, kalt.

Ich sah das Haus, nachdem ich einen Blick auf den Leuchtturm geworfen hatte, der noch immer zu sehen war und zur Insel hinüber ein schwaches Licht abstrahlte. Er war stillgelegt, ein Denkmal. Als ich klein war, haben wir dort gespielt. Ich dachte nicht, aber die Vergangenheit dachte an mich und starrte mich an. Sie wusste, dass ich dort gewesen war, aber ich drehte demonstrativ den Kopf weg, ich demonstrierte für mich selbst: Nein, verschwinde nicht, bleib klar. Ich drehte den Kopf, als ich nach links in den kleinen Weg einbog. Am Ende liegt unser Haus, dachte ich. Unser – mein – Vaters? Ich holperte nach unten, als der Asphalt in Kies überging, und konnte mir über die Besitzverhältnisse nicht klar werden – unser, wenn es keinen anderen mehr gibt? Meins, wenn ich nicht hier bin? Immer noch Vaters? Ich klammerte mich an die Abfolge meiner Gedanken, ich hätte mich in diesem Moment an alles klammern können. Ich hatte den Wagen angehalten. Den Motor bereits ausgemacht. Das Auto stand schon still, die Reifen im Kies.

Die Tränen brachen hervor, der Selbstbetrug war definitiv vorbei. Ich drehte die Pop-Musik im Radio an, als wollte ich den Musiker ermorden: Hier klatschte niemand, hier jubelte keiner, hier war nur ich, die böse Heimkehr, doch niemand war zu Hause. Es war dunkel, aber nicht dunkel genug, als dass ich nicht etwas hätte sehen können, und das war auf jeden, noch so kleinen Fall, dass hier niemand, niemand war, um jemanden, wen auch immer, in Empfang nehmen zu können und ich begriff – BEGRIFF: WISSEN – Jakob war alleine. Jakob, dachte ich, hörte das Tor hinter mir ins Schloss fallen und blickte auf meine Schuhe, die über den Kies zur Haustür schritten.

Es ist wohl sechs Jahre her, dass ich zum letzten Mal hier war, sagte ich.

Niemand antwortete.

Es regnete, aber nicht stark. Ich erinnerte mich an den Schlüssel, der mit meinen versauten Kleidern verloren gegangen war und erkannte, dass es wohl ausreichen würde, ein Kellerfenster auf der Rückseite des Hauses einzuschlagen, um in meinem eigenen Haus schlafen zu können. Mein Haus? Ich ging um das Gebäude herum, fasste an das Holz und betrachtete die Längsseite des Hauses, an der Vater und ich immer die Netze zum Trocknen aufgehängt hatten, bis mir wieder einfiel, dass das eine Holzimitation war, eine Nachahmung dessen, was es vor dem Brand gewesen war. Ich versuchte, mir einzubilden, es gehe plötzlich in Flammen auf, wie damals, aber es gelang mir nicht. Es geriet zu einer Karikatur, einer billigen Karikatur mit plumpen Farben. Meine Finger strichen über die Fensterrahmen. Warum darf ich mich nicht daran erinnern?, dachte ich und fragte mich, wer mir denn diese Erlaubnis geben könnte. Vater – Gott – ich selbst? Siren? Die Geschichte? Ich ließ meine Hände auf die Fensterbretter sinken und sah, wie heruntergekommen alles war, die Rahmen, die herausragenden Nägel, Vater hatte in den letzten Jahren nichts getan, er hat es verfallen lassen, dachte ich und bemerkte, wie ich fror. Es war nicht kalt, aber ich fror, meine Knöchel sehnten sich nach einem Fußbad.

Ich kam hinter das Haus und ertappte mich dabei, in die Dunkelheit hinunter zum felsigen Strand zu schielen – als ob das etwas war, bei dem man ertappt werden konnte, aber vielleicht war es das ja. Ich konnte das Meer in der Dunkelheit erahnen. Ich ging in die Hocke, hob einen der mittelgroßen Steine auf, mit denen die Beete umrandet waren und ging zu dem flachen länglichen Fenster hinüber, das unmittelbar über dem Boden und dem Gras war. Es war kein großes Fenster, aber wohl groß genug, dachte ich, wenn es mir denn gelingen würde, das

Glas vollständig zu entfernen. Ich ging ein paar Schritte zurück, stellte mich breitbeinig auf, hielt den Stein mit beiden Händen und begann ihn vor und zurück zu schwingen. Ich zielte und warf ihn in die Scheibe. Sie zerbrach so, wie ich es mir vorgestellt hatte und ich hörte den Stein im Kartoffelkeller, der auch als Vorratsraum und Hobbykeller diente, aufschlagen, vielleicht in der Kartoffelkiste.

Mein Körper war benommen. Müde und erschöpft. Ich blickte mich um, aber es war so dunkel, dass ich fast nichts sehen konnte. Ich verspürte einen plötzlichen, unbändigen Wunsch, es so zu machen wie in meiner Kindheit, einfach die Augen zu schließen und mit den Fingern zu schnippen, mit den Fingern zu schnippen und dann die Augen wieder zu öffnen, um zu sehen, ob die Welt jetzt wirklich verschwunden war, was sie bei meinem Schnippen hätte tun sollen: Schnipp. Ich schnippte. Ich öffnete die Augen, und es war dunkel, und ich fror, aber alles war beim Alten, beim wirklich Alten; das Meer rauschte und hier kam der Salzgeruch nicht von mir, sondern von der Umgebung.

Meine Nägel stachen und ich sah, wie schmutzig sie waren. Ich kniete mich in das nasse Gras, nahm einen kleineren Stein und begann die Glassplitter aus dem Fensterrahmen zu schlagen. Es gab keinen Fenstergriff, ich konnte es nicht öffnen. Ich schnitt mir in die Hände, aber es tat nicht weh, und als ich mich schließlich hineinschlängelte, schabte ich mir den ganzen Rücken auf. Ich landete auf der Hobelbank und wäre beinahe auf einem Hammer, der neben dem Schraubstock lag, weggerutscht. Neben der Kartoffelkiste sprang ich auf den Boden. Sie war fast leer, nur einige wenige einsame Knollen lagen dort im Dunkeln. Es roch muffig. Das Ganze berührte mich merkwürdig wenig. Die Straßen, die Kiefern und das Eichhörnchen hatten sich wie dünnes Papier mit Lobreden in mich eingeritzt, aber der erste Kontakt meiner Füße mit meinem Elternhaus gab mir nichts, es geschah nichts mit mir. Es ist merkwürdig, aber ich empfinde es dennoch als angemessen. Ich nahm den Hammer in die Hand und versuchte den Mangel an Gefühlen zu erspüren. Ja, ich habe von so etwas gehört, dass zu viel zu nichts wird. Der Stein, mit dem ich das Fenster eingeschlagen hatte, lag auf dem Boden, ich beugte mich hinunter, hob ihn auf und warf ihn in den Nieselregen hinaus. Dann blickte ich in die Vorratsregale und zählte, soweit ich das richtig sah, drei Dosen Labskaus. Ich ging zur Tür hinüber, suchte nach dem Lichtschalter, drückte ihn nach unten, aber das Licht ging nicht. Als ich die Türklinke fand und sie herunterdrückte, bekam ich es plötzlich mit der Angst zu tun, was, wenn sie von innen verriegelt war? Aber nein, ich hatte Glück. Sie war glücklicherweise unverschlossen und die Tür gab nach. Ich kam zur Treppe und da, da – packte es mich, Hackbällchen. Hackbällchen.

Der Geruch von Hackbällchen. Ich war kein kleiner Junge, der Jakob Malde hieß und nie auch nur etwas Böses getan hatte, GERADE ERST EIN ZARTER FLAUM AUF DER OBERLIPPE, OH KÖNNTE ICH NUR DORT WIEDER HINFINDEN, DORTHIN, EIN KLEINER KNIRPS, SIEH NUR, ER HEISST JAKOB MALDE UND ER HAT NOCH NICHT EINMAL DIE KLEINSTE KLEINIGKEIT GETAN. Ich war kein kleiner Junge, der Jakob Malde hieß, sondern ich stand auf der Treppe und sah die Stufen vor mir, und dort oben war die Tür zum Flur, und das war der Geruch von Hackbällchen. Natürlich nicht Hackbällchen, sondern dieses Holz, das Astloch in der vierten Stufe, die Delle in der sechsten und die Klinke ohne Handgriff dort oben, all das wurde zu Hackbällchen. Hackbällchen. Meine Knie zitterten und ich flehte Gott an, dort oben zu sein und mich aufzufangen, während ich die acht Stufen hinaufging, einszweidreivierfünfsechssiebenacht, und *die Klinke ist so kalt, kalt und du gehst so vorsichtig* und jetzt stand ich im Flur. Meine Hände erhoben sich und tasteten die Luft ab, sie umarmten sie, sie strichen mit den Fingern über sie, als wäre sie Samt.

Ehrfürchtig traten meine Füße auf den Boden. Ich zog meine Schuhe aus, als wäre ich vom Einkaufen nach Hause gekommen. Zum Beispiel für Vater. »Mehl« für Vater, dachte ich und kam wieder zu mir. Siehe, wer du bist, und handle bewusst. Ich glaube, es gibt elektrische Zusammenhänge und knisternde Lösungen, ich mache etwas aus mir selbst.

Alles, was ich mache, mache ich wie von selbst. Seht doch: Das ist ein Motor, kein Mensch. Doch, das ist er, er ist ein Mensch, eine Person, es ist nur so, dass er der Perfektion so nahe kommt, der in Blei gegossenen Geschichte, ausgestanzt vor deinem staunenden Mund, dass du meinst, er ähnele einem … Rad. Ja, einem Rad, Feinmechanik. Aber was tut er? Jakob geht unter den Menschen umher. Aber was tut er mit ihnen? Er tut, was er möchte, dass sie mit ihm tun.

Nachdem ich in allen Zimmern das Licht eingeschaltet hatte, spürte ich es, einer Verklärung gleich, einen Dämpfer auf die sensationelle Sinnesvielfalt legen, die begonnen hatte, auf meinen Körper einzuwirken. Ich ging ins Wohnzimmer, setzte mich in den grünen Ohrensessel und zählte die Jahre von 1972 bis 1998: ruhig, das war ein Film, der in Norwegen spielte, aber es konnte ebenso gut in Finnland, Deutschland, Polen oder Schweden sein. Man sah die Jahreszahlen kommen und gehen, viel mehr war es nicht. Ich sah, dass der Mond aufgegangen war, ich sah ihn durch das Wohnzimmerfenster, er war etwas mehr als viertel voll und hing, so schien es mir, wie eine Glühlampe über dem Meer. Der Bezug des Ohrensessels spürte, dass ich heimgekommen war. Die Augen rieben sich an meinen Händen. Ich schlief ein. Ich sah die Bilder an den Wänden, die Regale mit all den Büchern von Vater und den Fernseher, ich sah das alles wie Schlaflieder und schlief ein, träumte ich? Ich schlief ein.

Ich erinnere mich beinahe nie an meine Träume, aber ich weiß, wann ich etwas Wichtiges geträumt habe, und ich träumte etwas Wichtiges. Mitten in der Nacht wachte ich zitternd und mit voller Beleuchtung im Ohrensessel auf, der Mond stand noch immer am Himmel, aber ich fand, dass er sich inzwischen verändert hatte, er war weicher geworden. Ich ging durch die Zimmer und löschte alle Lichter. Im Halbschlaf sah ich Salzstreuer und Zahnbürsten und wusste, wo ich war, und es gelang mir schließlich, mich in die erste Etage hinaufzuschleppen. Ich wählte mein eigenes Zimmer, das noch so war, wie es immer gewesen war. Ich wollte in meinem eigenen Bett liegen. Ich dachte, ich würde als Siebenjähriger aufwachen und Großmutter würde hereinkommen und sagen, es ist Sonntagmorgen. Familie!, würde ich rufen, Familie! Zuhause! Rasen! Rasenmäher und Sonnenöl! Schule! Demokratie! Gesundheitswesen! Familie! Ich bin zum Umfallen müde, wie eine Socke, dachte ich, als ich meine Strümpfe und mein T-Shirt ordentlich über den Stuhlrücken legte. Im Schrank lag saubere Bettwäsche, ich machte das Bett, schlüpfte hinein und schlief zwölf fantastische Stunden, in denen mich niemand erreichen konnte, nicht einmal ich selbst. Aber Gott, ja. Er hätte mich erreichen können.

Klappere mit den Augenlidern: Ich glaube, er isst Jogurt.

Es muss wirklich ein Anblick gewesen sein, wie ich dalag und einschlief.

Ich schlief noch nicht, ich schlief ein und bemerkte, wie sich eine Irritation mit dem Schweiß auf dem Bettbezug mischte. Es rann aus mir heraus, eine Irritation und eine Erscheinung: Gott auf einer Treppe in der Sonne sitzend und Jogurt essend. Im Juli. Und das war nicht lustig, es war niederschmetternd. Aber ich schlief ein, und ich sollte zwölf fantastische Stunden schlafen, in meinem eigenen Bett. Doch schlief ich mit diesem Bild und da kann man verstehen, dass ich wieder etwas Wichtiges träumte, mit wachsender Irritation und diffuser Erkenntnis? Etwas in meiner Nähe, in meiner unmittelbaren Nähe: Unser Verhältnis hatte sich in diesen wenigen Tagen verändert. Seit ich am Freitag losgefahren war. Er war es, der unter Druck gesetzt werden sollte, nicht wahr? Gottes Langmut sollte zur Handlung gezwungen werden, aber wessen Geduld war es, die als Schweiß in den Bettbezug sickerte? Es war die meine. In der Sekunde vor dem Einschlafen war ich es, der auf der Treppe saß und Jogurt aß, und es war Großmutters Treppe und sie sagte, dass alle ein sicheres und gutes Zuhause brauchen.

Ja, ich will in meinem eigenen Bett schlafen. Begreifst du das?

Ich begreife das.

Draußen auf der Treppe: Die Sonne schien mir direkt ins Gesicht und meine Füße ruhten nackt im Gras. Ich blinzelte in den wartenden Himmel. Ja, er wartete. Man konnte kaum glauben, dass es Dienstag, der 15. Dezember 1998 war, allenfalls der 15. Oktober, und schon gar nicht, dass es weiter im Landesinneren heftig schneite. Aber so ist das, dachte ich und stand nur in T-Shirt und Jeans auf der Treppe, das blasse Gesicht zur Sonne gewendet. Die Haare auf den Armen hatten sich aufgestellt. Meine nackten Zehen krümmten sich und wären bald blau gefroren, wenn ich noch lange auf der Treppe stehen blieb. Ich schwankte leicht mit dem Oberkörper. Es ist nicht einfach zu erklären, aber auch wenn man mir die Augen verbunden und mir eine Klammer auf die Nase gesetzt hätte, hätte ich gewusst, dass ich auf einer Insel stand. Nicht weil es schwankte und schwappte wie auf einer Pontonbrücke, nein, ich wusste es ganz einfach. Es war früh, früher Dienstagmorgen.

Ich blinzelte noch einen Moment in den wartenden Himmel. Die Gelenke schmerzten, starr und steif, als hätte die Nacht die Muskeln verschlossen, sie für alle Ewigkeiten dem Spott der Schmerzempfindung preisgegeben. Von der Treppe aus konnte ich ein Stück der Insel sehen. Die kahlen Felder mit den Telefonmasten, die Drähte über die Landschaft spannten. Das spitze Dach der Kirche ragte links von mir empor, der Kiesweg schlängelte sich gefällig zur Hauptstraße hoch, und in der anderen Richtung der Insel sah ich die Berge. Ich massierte meine

Arme, um die Durchblutung zu fördern und langsam verließen die Schmerzen meinen Körper, langsam löste ich mich auf. Der Körper erwachte, ich schaute mich um: eine Gemeinde, Beschäftigung, Alltagsleben. Oh, Gott weiß, wie oft ich geträumt habe, frei von meinem Körper zu sein, ohne Körper, nur reiner Gedanke. Schwebend wie ein Geist, darf ich sagen, gut? Nein, aber ohne Bande, ohne sich wie eine Schnecke zu fühlen. Die Unsterblichkeit der Seele. Würde es anfangen zu schneien? Es regnete leicht, und ein Tropfen fiel auf meinen nackten Arm, ein anderer legte sich auf meine Wange, und in der dünnen Haut meiner Schläfe konnte ich spüren, dass es kälter geworden war und noch immer kälter wurde. Ich trat ein paar Schritte auf den Kiesweg hinaus und warf einen Blick auf das sich so eigenständig bewegende Meer hinter dem Haus hinunter, dort hinten hingen schwere, graue Wolken über den Wellen. Ich erkannte die Felsen unten am Strand und sah Katrine an den Steinen lehnen. Ich rieb mir die Augen und hatte gelben Schlafsand an den Fingern, ein Beweis für zwölf Stunden tiefen REM-Schlaf. Ich holte tief Luft und wartete mit dem Ausatmen. Über meinem Kopf schrien die Möwen. Noch mehr Regentropfen fielen auf meine Arme und Füße und wieder schaute ich zum Himmel auf, den ich im Laufe von nur wenigen Minuten mehrmals als »wartend« bezeichnet hatte. Auf was wartest du, dachte ich – der Regen kann es nicht sein, denn der ist ja schon da. Der Schnee vielleicht.

Im Wohnzimmer mit einem Glas Wasser in den Händen. Ich sah die hellblaue Fruchtschale auf dem Kaminsims, sie war leer und verstaubt. Das war ein Geschenk der Gemeinde an Großmutter. Ich sah meine Hände einen Apfel aus der Schale nehmen und hörte Großvaters Stimme, die sagte, vergiss nicht, den Apfel zu waschen, Jakob, und deine Hände – ja, ich ging in die Küche und wusch meine Hände, als würde ich einen Apfel waschen. Ich mag es, meine Hände zu waschen. Großmutter lächelte mich an, ich sah sie vor mir. Ich ging zurück ins Wohnzimmer, und mir wurde klar, dass ich einkaufen gehen musste.

Und wieder sah ich Großvater, dieses Mal saß er mit der aufgeschlagenen Bibel im Ohrensessel und erzählte von Jonas im Walbauch. Ich hockte auf dem Puff und musste über Jonas lachen, woraufhin mich Großvater ins Bett schickte. Jetzt war der Puff bei Tante Karen, oder wie soll ich das sagen.

Roch es im Zimmer nicht nach Äpfeln? Nein, natürlich nicht, aber ich nahm einen schwachen, einen ganz schwachen Geruch von Reinigungsmitteln wahr.

»Die« haben hier also sauber gemacht.

Als ich klein war, stellte ich mir Gott als ein Riesengehirn vor, das mich erfand. Dass ich Teil eines großartigen Gedankens war, das aber selbst nicht bemerkte. Bevor ich Ihn traf, hatte ich nur ganz vage Vorstellungen darüber, wie Er war, ich fragte mich, ob Er einen Körper hatte und eine Stimme. Kam Er zu uns, sodass wir Ihn sehen konnten? Als Vater Gott eine »Kraft« nannte, eine »Energie«, stellte ich mir große Felsbrocken vor, oder Mausoleen, wie ich sie auf Bildern aus der alten Sowjetunion gesehen hatte. Nein, ein Riesengehirn, das uns erfand, mich, alle zusammen. Bevor ich Ihm an diesem Sommertag im Juli 1983 begegnete, wagte ich es nicht, Ihn mir vorzustellen, ich wollte keinen Fehler machen. Ich schaute weg, als wir mit der Schule im Kunstmuseum waren und uns alte Gemälde anschauten, auf denen Gott abgebildet war, mit Bart. Dann kam Er über die Erdbeerfelder, begleitet von Zimtgeruch, Gott war ein Mann, und Er war ein guter Mann, ein bisschen unauffällig, mit Joggingschuhen. Jetzt schlägt er den Wintermantel enger um sich, dachte ich.

Ich atmete, fühlte mich inwendig hohl, ich hatte Hunger.

Draußen im Vorflur hing ein Bild von einem Abendmahl und mir fiel eine Geschichte aus meiner Kindheit ein, die im Gegensatz zu denen über Siren und Mutter ohne Einschränkungen und verkrampfte Finger erzählt wurde, eine Geschichte, die stimmte. Großmutter hatte sie einmal erzählt, als ich bei ihnen zu Besuch war und über Nacht blieb. Großvater hatte einfach dagesessen und genickt. Wir hatten gerade gegessen – Jorunn hatte Hackbällchen gemacht. Großmutter erzählte von einem unerklärlichen Todesfall in der Gemeinde, in der Urgroßvater seine erste Stelle als Arzt hatte. Eine Frau erkrankte plötzlich schwer, es war im Frühling irgendwann Ende des 19ten Jahrhunderts. Die Frau wurde krank und verlor ihre Kräfte, sie bekam hohes Fieber, schwitzte und fantasierte, und die Menschen glaubten, sie sei besessen, aber nein, sie starb. Die Ärzte stellten eine Infektion fest. Großvater räusperte sich, das weiß ich noch, weil Großmutter mir die Geschichte so lebhaft vortrug, sie riss die Augen auf und dämpfte ihre Stimme, und dann goss sie Großvater und sich Kaffee nach und mir Saft. Ein paar Wochen nachdem die Frau gestorben war, geschah es erneut. Ein anderes Mitglied der Gemeinde wurde krank, dieses Mal ein Junge und bald darauf eine dritte Person. Es verlief mit ihnen wie mit der ersten Frau, sie starben nach ein paar Wochen Krankenbett. Die gleichen Symptome, und die Ärzte stellten schließlich die gleiche Todesursache fest. Aber was war es? Nein, was war es nur? Eine Epidemie? Als ein vierter Mensch dieser Gemeinde krank wurde, ein kleines Mädchen, gab es welche, die glaubten, Gott wolle sich an der Gemeinde rächen. Sie begannen, Angst zu bekommen, und beobachteten sich selbst; was hatten sie getan? Die Menschen strömten in die Gottesdienste und des Pfarrers Worte über Standhaftigkeit und Entsagung dröhnten von der Kanzel. Es breitete sich aus, die Krankheit pflanzte sich in den Menschen fort und sie sanken auf ihre Knie. Der Tag des Jüngsten Gerichts war nahe. Niemand verstand auch nur das Geringste, bis der Herbst kam, in dem es zum fünften Mal geschah und ein älterer Kollege von Urgroßvater damit begann, die Zeitpunkte der ersten Krankheitssymptome mit den Todesfällen in Zusammenhang zu bringen: sie waren immer an Montagen aufgetreten, nach dem sonntäglichen Gottesdienst. Er fragte herum und fand heraus, dass jeder der fünf Toten am Tage, bevor er krank wurde, in der Kirche gewesen war. Die Krankheit musste aus der Kirche kommen, aber woher? Sie schaute mich an, als wollte sie, dass ich Vermutungen anstellte. Ich weiß nicht. Ja, es kam vom Abendmahl, von den Bechern, aus denen sie das Blut Jesu tranken. Sie wurden nicht ausgewechselt und wohl auch nicht richtig gespült und einer von ihnen hatte begonnen, chemisch zu reagieren und irgendeinen tödlichen Stoff zu produzieren, der sich mit regelmäßigen Abständen in einem derjenigen, die am Abendmahl teilnahmen, niederschlug. Man sagte auch, das kleine Mädchen sei gestorben, nachdem ihr zum ersten Mal das Abendmahl zuteil geworden war. Jetzt ist es aber genug, brummte Großvater. Großmutter lächelte und zwinkerte mir zu und Großvater sagte, das sei ein unverzeihliches und rein menschliches Geschehnis. Ich habe es immer als eine perfekte Geschichte empfunden. Perfekt. Abgerundet, einfach. Wie eine Maschine, die zu funktionieren aufhört; man ortet den Fehler und greift ein.

Der Bauch schmerzte und ich fuhr mir mit der Zunge über die Schneidezähne, ich hatte Hunger. Es graute mir davor, in den Laden zu gehen und Brot und Milch zu kaufen. Es graute mir davor, auch wenn mir klar war, dass sie mich natürlich erwarteten, aber wer waren »sie« und wer war »der«, den sie erwarteten? Maldes Sohn, der damals in die Stadt gegangen ist. Irgend so etwas. Ein Anorak, der über eine Person geworfen wurde: nicht ich, nicht ICH, und auch nicht der, »über den in der Zeitung berichtet wird«. Ein Junge, der erwachsen geworden ist und der nach Hause kommt, als es keinen mehr gibt, zu dem er nach Hause kommen kann. Wie reden sie über uns, über mich? Sie haben immer geredet, über uns geredet, das weiß ich, über Mutter, wie nannten sie sie doch gleich? Deine verrückte Mutter. Die da, deine verrückte Mutter. Ich verpflasterte meine Hände mit alten Pflastern aus dem Apothekenschrank in der Toilette. Sie hatten zahlreiche Schnitte bekommen, als ich am Abend zuvor durch das Kellerfenster eingestiegen war. Ich spürte, dass mein Gesicht nach all dem Schlaf noch immer schwer war, aber hatte ich ihn nicht gebraucht und verdient? Deine verrückte Mutter – ich zeig's dir gleich, verrückt! Ich ging zum Laden, es kam mir übertrieben vor, den kurzen Weg zu fahren und ich wollte ja ohnehin nicht zum Supermarkt auf der anderen Seite der Insel. Aber ich würde keine Süßigkeiten kaufen, keine Haken und keine Schnur, ich würde nichts für jemand anderen kaufen, ich brauchte nur Brot und Milch. Ich hatte keine Wahl und ich wusste, ich würde jemandem begegnen, die Frage war nur, wie vielen von ihnen. Es war jetzt heller draußen und es fielen nur noch vereinzelte Regentropfen vom Himmel, so wenige, dass sie auserwählt und vollkommen wirkten. Ich drehte mich um und schaute zurück, als ich oben an die Straße kam.

Die Füße auf dem Kies, spürte ich die gleiche Irritation wie am Abend zuvor und sagte laut, jetzt geh aber vorwärts, wo auch immer du bist und ich dachte an die *Menschen*. Auf eine ganz spezielle Art und Weise dachte ich an sie: die *Menschen* und was sie waren. Wo war die Furcht, die Angst, warum weint ihr nicht über das, was ihr seid?

Ach, wie gerne würde ich diese Münder stopfen. Diese schamlos geöffneten Mäuler, die ohne Unterlass idiotische Phrasen durch sich strömen ließen. Was sagen sie nur? Dass Er tot ist? Ja, in ihnen ist Er tot, aber Gott kann niemals sterben, nur sie selbst – was sind sie denn schon? Tote, sie sind wie Tote.

Der Kies gab unter meinen Schuhen nach – ja, hier geht er, Jakob.

Ein Lager. Wenn es ein Lager ist, wenn das Gehirn das Lager ist, für das es Vater immer gehalten hat, dann knistert es in den Leitungen, ist das die Erdung? Bschzzzzzzzzzchhhh-poff. Es hat etwas mit dem Wasser zu tun, man darf nicht baden, wenn elektrische Leitungen in die Wanne herabhängen. Man soll nicht trinken, wenn man einen Schuss in den Magen bekommen hat, dachte ich und fand, während ich über den Kies zum Kolonialwarenladen hinaufging, dass meine Gedanken eine klare Richtung und ein großes Potenzial hatten.

War ich gescheitert? Verwirrt, ich war verwirrt, meine Muskeln bewegten sich in meinem Körper, ich wollte mit dem Auge zwinkern, kratzte mich aber stattdessen am Rücken und spürte die Wunde, die ich mir am Vorabend zugezogen hatte. Gescheitert?

Als ob es vollendet wäre! Was für eine Frage, und die Umgebung starrte mich anklagend an: Wer bist denn du?

Nein, der Versuch ist auch den Versuch wert, und das Fahrrad, das da mit hochgezogenem Lenker und schwarzem, lederbezogenem Sattel an den Steinwall gelehnt steht, hat kein Recht, mich so anzustarren, ich trat zu, jetzt mit Asphalt unter den Schuhen. Er hat Zeit, Er hat es gesehen… nein, das weiß ich nicht, ich weiß nicht, ob Er es gesehen hat, aber wenn Er es gesehen hat, weiß Er, was ich zu tun imstande bin – SIEH DIESE HÄNDE über dem Asphalt vor dem Fahrrad. Aber verurteile mich nicht auf halber Strecke für mehr, als ich getan habe; ich blickte nach oben. Ich fasste mir mit der Hand an die Stirn und bemerkte, dass ich schwitzte, als das Salz in einer der Wunden an meinen Fingern zu brennen begann. Es spitzt sich zu, dachte ich, ich spitze mich zu, was fehlt noch? Was fehlt noch, damit Er eingreift?

Ein großer Regentropfen landete auf der Nase, so groß, dass er sich konstruiert anfühlte, ich blickte zu den Wolken empor, die an dem noch immer wartenden Himmel entlangtrieben.

Das Fahrrad lag vor mir im Graben neben dem Steinwall, ich hatte es umgestoßen und bemerkte, ich war nicht weitergegangen, die Landschaft drehte sich langsam, und meine Zunge kribbelte. Ich sagte *nein, nein, nein* und wusste, ich musste auf diesem Weg an Katrines Haus vorbeigehen. Das wusste ich doch die ganze Zeit. Die Garage, der Garten, die Hecke. Aber es zu sagen! Es zu sagen! Und jetzt sagte ich es, alle zusammen sagten es in meinem Kopf: Waren das ihre Eltern? Ihre Eltern? Oder ihr Bruder, Svein, beziehungsweise Svennien, wie sie ihn immer nannten, der mir die Fotografie geschickt hatte?

Da, ich sagte es, ich sagte es, jetzt hatte ich es gesagt. Ich ging von dem Fahrrad weg. Ich hätte es in der Sekunde, nachdem ich mir beim Öffnen des Briefumschlages mit dem scharfen Papier in den rechten Zeigefinger geschnitten hatte, sagen können, ich hätte es vor den Scheibenwischern im Auto sagen können, zu Arvid, als ich ihm in seinem Wohnzimmer das Bild zeigte und sein Sohn auf dem Flur vorbeiging, ich hätte es sagen können. Es hörte auf zu regnen und für einen kurzen Augenblick sahen wir die Sonne über der Insel.

Jaha.

Ich drehte meinen Kopf.

Jaha! Sieh mal einer an!

Ich drehte meinen Kopf.

Jaha. Ich drehte den Kopf, aber ich erkannte die Stimme nicht wieder, dachte nur, dass es jetzt, jetzt losging.

Nein so etwas, sagte er und kam auf mich zu.

Ich erkannte ihn nicht wieder und durchforschte die Siebziger- und Achtzigerjahre und was weiß ich, was für Tage und Sporthallen, Fußballplätze, Stimmen, aber nein, wer war das? Er ist so groß, kenne ich jemanden, der so groß ist? 1,90 Meter – mindestens. In Ölzeug.

Ja sieh mal an, erwiderte ich.

Das ist doch der Malde, das ist zum Teufel noch mal der Malde, sagte er und ich hasste diesen Namen und all die Gesichter, an die er mich erinnerte, die Art und Weise, wie aus dem Namen ein Abziehbild wurde. Sollte ich es sagen? Sagen, dass ich nicht darauf kam, wer er war, oder sollte ich es einfach sein lassen? Auch sein Alter war unbestimmbar, er konnte fünf Jahre älter oder jünger sein als ich.

Ja, ich bin für Vaters Beerdigung nach Haus gekommen.

Ja, eine traurige Sache, aber er war doch schon recht alt, oder?

Nein, eigentlich nicht… er war noch nicht so alt, aber.

Das Herz?

Ja, so in etwa, sagte ich, obwohl es ja tatsächlich das Herz war.

Der Malde.

Doch.

Ja, lange her. Bestimmt Jahre, oder?

Sicher.

Es begann jetzt zu stocken, ich wusste nicht, was ich sagen sollte, ich wollte eigentlich überhaupt nichts sagen, ich stand nur da und dachte, wie schlecht ich mir doch Gesichter und Namen merken konnte. Nein, wer war das, wer war das, der da in dem Ölzeug vor mir stand? Er begann plötzlich auf die Uhr zu schauen, seine Füße zu bewegen und seine Handflächen in der Luft auszustrecken, um zu überprüfen, ob es regnete, und ich glaube sogar, er klatschte in die Hände. Das war wirklich missglückt! Er atmete, schwer.

Jah.

Ja, wir sehen uns sicher noch, sagte ich.

Sicher! Du bleibst noch?

Ein bisschen.

Über Weihnachten?

Vielleicht.

Ja, wir seh'n uns dann.

Er ging zum Glück in die andere Richtung, drehte sich noch einmal um, als er zehn Meter gegangen war, winkte, lächelte und schaute noch einmal auf die Uhr, bevor er rief: Sieht nach Schnee aus!, und dabei zeigte er zum Himmel. Ja, was für eine Beobachtung, dachte ich. Aber ich weiß noch immer nicht, wer es war, einer aus der Schule? Oder einer aus der Fußballmannschaft? Wie groß er war. Oh, ja, bestimmt bleibe ich eine Weile, dachte ich.

Ich blickte auf die Uhr an meinem linken Handgelenk. Sie war silbergrau. Als kleiner Junge dachte ich immer, die Zeit sei etwas, das auf dem Arm geschah, jeder schaute doch auf dieses Ding am Handgelenk, dieses sich drehende Ding, und wenn ich fragte, *wie spät es war,* sagten sie zum Beispiel zwei oder halb sieben. Was denn?, dachte ich. Was ist das, das da auf deinem Arm sitzt und warum habe ich so etwas nicht? Ich verstand nichts, bis Vater eines Tages, als wir im Boot saßen und schleppfischten, nach oben in die Sonne schaute und sagte, jetzt ist es wohl drei, glaube ich. Dann bekam ich meine eigene Uhr und verstand langsam, dass die Zeit nichts mit mir zu tun hatte, sondern dass ich etwas mit ihr zu tun hatte. Vater sagte auch, die Zeit habe zweierlei Seiten: eine dort draußen und eine hier drinnen und dabei deutete er abwechslungsweise auf das Meer und auf seinen Kopf. Ich meine, er hätte auf seinen ganzen Körper zeigen müssen, nicht nur auf seinen Kopf, und er hätte sagen sollen, sie hat dreierlei Seiten und dass Gott die erste von diesen dreien war. Ich blickte auf meine Uhr, sie war stehen geblieben.

Plötzlich fühlte ich mich historisch.

Körper und Geschehnisse schlugen in mir aus, es drückte in der Blase, Speichel schäumte im Mund und die Zähne spannten sich gegeneinander. Ich saß auf dem Rücken eines Pferdes… ich zog einen Pflug über einen Acker… nähte ein Segel in einer Fabrik… nahm an einer Demonstration in Paris teil… lag in einem Kreißsaal… suchte Streit mit einem Trupp Römer… stürmte die Bastille… ich sprang über einen Steinwall, stolperte und lief über das Feld, wohin rannte ich? Wo laufe ich hin? Mutter! Warum rufe ich nach meiner Mutter? Ich rannte über die Felder zur Kirche und dort wurde ich gestellt, WIRF DICH ZU BODEN, sie würden mich zu Boden werfen, es ging um mich, Bauern umzingelten mich mit ihren Mützen, Rechen und Hacken, und sie würden mich zu Boden werfen, aber es geschah. Es geschah: Ein kleines Mädchen mit struppigem Haar stand plötzlich unter ihnen, hob die Hand und sagte, ich gehöre ihr. Sie war es, Siren, sie sagte *sieh-da-ist-die-Kirche…* zog einen Pflug über einen Acker… der Steinwall, ich stand an den Steinwall gelehnt.

Stehe da und lehne mit einer schwachen Erektion an dem Steinwall. Er steht da und lehnt sich an den Steinwall. Jakob Malde steht an einen Steinwall gelehnt da.

Hatte er einen Anfall?, fragte ich und konnte nicht antworten.

Die Kirche, ich hatte Lust, hinüberzugehen und mich in die Kirche zu setzen. Einfach da zu sitzen, die Füße auf dem Boden, den Kopf auf dem Hals und vielleicht würde ich ja beginnen, Orgel zu spielen. Oh, mein geliebter Gott, einfach da zu sitzen.

Die Geschichte verschwand.

Ich konzentrierte mich auf das Wetter und flüsterte einen erdachten Wetterbericht mit weiteren Aussichten, um mich zu sammeln. Über der Nordsee ließ ich es stürmen. Ich kam wieder zu mir und ging meinen Körper durch, Körperteil für Körperteil und sein jeweiliges Verhältnis zum Wetter, es funktionierte: Ich spürte meine Füße auf dem Boden und meine Knöchel, die sich gleichmäßig an den Kanten der Schuhe rieben, sie waren feucht in den nassen Schuhen, ich würde Blasen bekommen. Das Haar, das sich an die Stirn klebte, der Wind, der an dem Stoff der Jacke zerrte und der Salzgeruch in der Nase. Ich fror an der Wurzel der Nägel und sah weiße Flecken auf ihnen. Kalzium, mir fehlte Kalzium. Fisch. Ich legte meinen Zeigefinger an den Hals und maß meinen Ruhepuls. Zwei Minuten noch und ich würde das Haus von Katrine passieren und den Laden oben auf dem Hügel sehen. Ich kam an ihrem Haus vorbei, ging mit raschen Schritten vorüber, es war dunkel dort drinnen, sie waren wohl auf der Arbeit. Ich fühlte wenig bis gar nichts, als ich es sah, sie hatten gestrichen und renoviert und eine Garage gebaut. Im Wohnzimmerfenster hing ein Weihnachtsstern.

Hinter der Kasse des Ladens stand ein junges Mädchen, bestimmt gerade erst achtzehn, und ich begriff mit einem Mal, dass ich durch diese Sache gleiten würde, wie der Polo durch den Schnee geglitten war. Ich sah mein Auto vor mir und vergaß, dass ich in ihm saß, und legte ein Brot, Lammwurst, Butter, Käse, Würstchen und Kartoffeln und drei Liter Milch auf das Rollband der Kasse. Das macht einhundertzweiundzwanzig Kronen, sagte sie und ich glaube, sie schaute mich tatsächlich überhaupt nicht an. Aber ich sah sie an und meine Augen schienen auf ihre Bluse zu fallen, dort, dort vorne, auf ihre Brüste, und können sie die nicht verbergen, diese Nippel, diese Warzen, ist das nicht möglich, die zu verbergen, zu verstecken? Sie hatte Strähnchen im Haar und trug so einen Discogürtel. Büroklammern an der Jeans. Auf der Titelseite der Zeitung war eine Schlagzeile über die Kaufkraft der Norweger und ein Bild von einem selbstzufriedenen Mann mit Dreitagebart und einer eleganten Brille, und ganz unten auf der Seite stand mit harten, schwarzen Lettern: »Brutaler Mord in einer Kirche«. Ich konzentrierte mich weiter auf die Schlagzeile über die Kaufkraft.

An der Kasse lagen Weihnachtsschleckereien und Nüsse und als ich darauf aufmerksam wurde, bemerkte ich, dass alles in dem Laden in roten Tönen gehalten war: die Weihnachtsmann- und Schneemotive auf den Milchkartons, die Adventskalender. Eine Frau betrat den Laden und nickte mir energisch zu, einverstanden, ich erinnerte mich dunkel daran, dass sie die Mutter einer Klassenkameradin war. Ellen mit den Zöpfen. Ich nickte zurück.

Es goss. Als ich aus dem Kolonialwarenladen trat und die Türglocke direkt über meinen Ohren läutete, stand ich mitten in einem heftigen Regenschauer. Es war kühl, es war gut, es rann in meinen Nacken, ich leckte die Tropfen von meinen Lippen und streckte die Zunge heraus.

Als ich nach Hause kam, dachte ich »nach Hause« und öffnete die Tür. »Nach Hause?« »Nach Hause!« Ich sah mich im Flur um und flüsterte dabei immer wieder diese beiden Worte, jedes Mal in einer anderen Stimmung. Ich stopfte Zeitungspapier in die Stiefel und hängte die nassen Kleider zum Trocknen über den Rand der Badewanne. Das Telefon klingelte, gerade als ich die Milch in den Kühlschrank stellen wollte. Ich nahm den Hörer nicht ab. Ich überprüfte das Verfallsdatum, stellte die Milch mit den Weihnachtsmann- und Schneemotiven in den Kühlschrank und trocknete mir mit einem Geschirrtuch die Haare. Aber als es zum zweiten Mal klingelte und dieses Mal doppelt so lange wie beim ersten Mal – ich saß am Tisch und aß drei Scheiben Brot mit Käse und trank zwei Gläser Milch und dachte, wie abhängig ich von Milch war, Milch, ich musste Milch trinken, ich musste diese leicht dickliche Flüssigkeit in der Mundhöhle spüren, vielleicht, weil sie mich an nichts erinnerte, an absolut gar nichts, es war die reinste Motorik –, also, als es zum zweiten Mal klingelte, trank ich das Glas Milch in einem Schluck aus und ging in den Flur zum Telefontischchen. Ich blickte das Telefon an, als würde es sich bewegen. Ich wusste, dass sie anrufen würden, dass »einer« oder »eine« von »ihnen« anrufen würde und ich es war, den sie sprechen wollten.

Ja, bei Malde.

Räusperte ich mich?

Jaha, ja.

Es war ein Mann, der sprach. Ich weiß nicht, warum ich den Hörer abnahm, ich hätte es leicht bleiben lassen können, hätte tausend andere Dinge erledigen können, wie man das so sagt, tausend andere Dinge, aber ich nahm den Hörer ab. Telefon und noch mehr klingelnde Telefone geben einem ja doch das Gefühl, dass jemand etwas von einem will. Und er sagte mir, wer er war, dass er Polizist sei und die nächsten Angehörigen von Karen Malde suchte und dass das nach allem, was er gehört habe, ein gewisser Jakob Malde sein müsse, oder?

Ja, das stimmt.

Ja, wo kann ich ihn erreichen?

Ja, ich meine, das bin ich, sagte ich, ich bin am Apparat.

Oh, entschuldigen Sie.

Aber bitte, sagte ich und bemerkte, wie ich versuchte, mich ganz natürlich und ein bisschen abwartend und überrascht anzuhören, so als hätte ich in der Dusche gestanden, als das Telefon klingelte. Ich wusste ja, was er sagen wollte, aber das konnte ich ihm ja nicht sagen. Als er sprach, drehte ich den Telefonhörer rund und rund, um die Zöpfe, die sich in der Leitung gebildet hatten, zu entfernen, damit ich mit dem Hörer vor den Spiegel treten konnte, während ich ihm antwortete, kürzer und knapper, je mehr ich die Fassung verlor, je mehr mich das, was er mir zu erzählen hatte, schockierte. Ich sah, dass ich weinte, ich sah mein Gesicht im Spiegel und es weinte, mein Körper zitterte, meine Hände zitterten, Tränen rannen in gerader Linie über meine Wangen.

Hallo?

Ich starrte mich an.

Hallo? Sind Sie noch da?

Ja, Entschuldigung.

Das ist doch verständlich, sagte er. Aber, ja… darf ich fortfahren?

Pause.

Ja, wir sind sicher, dass sie es ist, Karen Malde, und dass es sich um einen Einbruch handelt.

Einbruch?

Ja, ein Einbruch.

Ich starrte mich an und es schien mir so, als würde ich den ganzen Spiegel ausfüllen.

Einbruch? Und was ist mit dem Verrückten, der da in der ganzen Gegend sein Unwesen getrieben hat?, fragte ich.

Ja, wir überprüfen auch diese Möglichkeit, aber es sieht aus wie ein Einbruch, wirklich, doch… Es ist… Er hielt eine Sekunde inne.

Was ist?, fragte ich.

Nein, sagte er, wie soll ich das sagen? Wie soll ich das sagen? Es ist… einfach anders.

Ja?

Oh ja, sagte er ruhig, oh ja.

Einbruch?

Bitte?

Nein, ich meine… kann ich… ich stotterte.

Aber Koma, beeilte er sich zu sagen. Koma. Ich versuchte meine Stimme zu reinigen. Im Spiegel war ich gelblich weiß.

Koma?

Ja, sie wurde sofort ins Krankenhaus gebracht.

Koma

Ja, sie ist noch nicht bei Bewusstsein. Es tut mir Leid. Es tat ihm Leid, mein Körper zitterte im Spiegel und die eine Träne erreichte meinen Mundwinkel.

Koma?

Ja, das sagte ich doch bereits. Wir wissen zum jetzigen Zeitpunkt leider nicht mehr. Es sieht aber nicht gut aus, sie ist auch… man hat sie auch…

Was hat man sie auch?

Sie ist übel zugerichtet worden.

Übel zugerichtet?

Ja, wirklich übel zugerichtet worden. Es tut mir Leid.

Mir auch.

Ich bedauere das alles sehr.

Ja, sie war ein guter Mensch, sagte ich leise.

Geben Sie die Hoffnung nicht auf, sagte er.

Ich zitterte, ich sah mich selbst im Spiegel, ein kleiner Junge, ein ganz kleiner Junge. Ich hörte ihn sagen, dass man als Polizist solche Telefonate am liebsten vermeiden würde und er, oder »jemand« – wer denn? – dass er oder jemand darauf zurückkommen würde, man mich aber natürlich bis nach der Beerdigung meines Vaters in Ruhe lassen würde. Er gab mir den Namen eines Arztes und die direkte Durchwahl zu der Station im Krankenhaus, in dem sie lag, rufen Sie einfach an, sagte er. Ich glaube, ich fragte ihn, woher er von Vaters Beerdigung wusste, aber ich kann mich nicht mehr daran erinnern, was er antwortete. Ich stand einfach da und spürte, wie es in mir hochstieg – ein Hass, ein Hass größer als jemals zuvor. Als er aufgelegt hatte, schlug ich den Telefonhörer auf den Boden, ich hämmerte ihn auf den Boden, bis er Risse bekam und hasste; ich hasste, hasste, hasste sie alle für ihre zugenähten Augen, Einbruch? Koma? Übel zugerichtet? Das kann doch nicht sein, dachte ich, solange ich noch denken konnte, das kann doch nicht sein: Alle, alle, jedes noch so blinde Huhn, jede Amöbe kann doch sehen, dass es von der gleichen Person getan worden war, von ihm, von IHM, MIR, JAKOB, SEHT IHR IHN DENN NICHT.

Es zog im Nacken.

Der Körper ging in die Knie, die Hände wurden gefaltet und der Kopf senkte sich. Die Augen fielen zu. Ich klärte meine Stimme: Vater unser. Der Du bist im Himmel. Geheiligt werden Dein Name, Dein Reich komme, Dein Wille geschehe, wie im Himmel, so auf Erden. Unser täglich Brot gib uns heute. Und vergib uns unsere Schuld, wie auch wir vergeben unseren Schuldigern. Und führe uns nicht in Versuchung – sondern erlöse uns, erlöse uns! Von dem Bösen! Denn Dein ist das Reich und die Kraft und die Herrlichkeit, in Ewigkeit. Amen.

Vorsichtig öffnete ich meine Augen, ich sah auf meine Hände, sie waren gefaltet. Meine Knie ruhten auf dem Boden.

Ich beugte meinen Kopf und flüsterte: Geliebter Gott, willst Du jetzt nicht kommen? Was? Willst Du nicht zu mir kommen? Siehst Du mich nicht? Siehst Du nicht, wie ich Dich brauche? Sei nicht stumm! Wende Dich nicht ab! Siehst Du uns nicht? Bitte: Komm zu mir, nimm meine Hände und lege sie ins Wasser, zeig, wer Du bist. Nimm Deine Töchter und Söhne in die Arme, sprich mit uns, flüstere uns etwas zu! Wir laufen wie Puppen in einem Puppenhaus umher, komm zu uns, befreie uns! Wir sind nicht gesund, findest Du uns gesund? Oh nein, nein, wir sind krank. Krank durch Fahrlässigkeit und Leere. Sieh unsere Augen. Sie sehen nicht. Sieh unsere Körper. Sie leben nicht. Sieh unsere Gedanken. Sie denken nicht! Komm zu uns und befreie uns! Soll es jetzt nicht – kann es jetzt nicht – ruhig werden? Bitte, Geliebter Vater, sieh uns an, sieh uns, sieh mich, und lass es ruhig werden, ruhig und richtig. Lass es rein werden. Sieh Dir Deine Geliebten an! *Sieh* Deine Geliebten. Die Gesellschaft kann dem Druck nicht standhalten, es gibt keinen Ort, den Druck abzulassen; die Gesellschaft und das Individuum verstehen einander nicht. Komm zu uns! Oh, wo ist er, dieser Ort, wo wir unsere Scham verbergen können? Sprich mit uns über das Gute, Geliebter Vater, erzähle uns von dem Guten, lass unsere Hände rein werden. Wie kannst Du Deine Kinder, den Kopf in den Händen verborgen, neben Dir liegen lassen, ohne Deine Hand auszustrecken und ihnen über die Haare zu streicheln? Trost. Trost? Glaubst Du, ich will Trost? Ja, ich will Trost finden, aber zuallererst sehne ich mich nach Deinem Eingreifen! Denn in der Sekunde, nachdem wir unseren Kopf in unseren Händen verborgen haben, erheben sich unsere Hände – und was tun sie? Du siehst, was die Hände tun! Mein geliebter Gott. Mein geliebter Gott, siehe, was wir tun, komm zu uns, sieh uns und sieh uns mit Gnade an, sieh mich und leg Deinen Arm um mich, lass es ruhig werden, und richtig, Deiner Ordnung entsprechend. Rein. Amen. Vater unser. Der Du bist im Himmel. Geheiligt werde Dein Name, Dein Reich komme, Dein Wille geschehe, wie im Himmel, so auf Erden. Unser täglich Brot gib uns heute. Und vergib uns unsere

Schuld, wie auch wir vergeben unseren Schuldigern. Und führe uns nicht in Versuchung, sondern erlöse uns von dem Bösen. Denn Dein ist das Reich und die Kraft und die Herrlichkeit, in Ewigkeit. Amen. Lass es ruhig werden, und richtig. Amen.

Ich raste und es raste über mich, der Spiegel fiel über mich und ging auf dem Flur zu Bruch. Kalt, es war kalt, und die Glasscherben klirrten auf dem Boden und ich lag in all diesen Scherben. Ich war da. Ich weinte und schrie und die Wände begannen einzustürzen und es war, wie ich es mir vorgestellt hatte, wenn es eines Tages geschehen würde; ich sah Aale mit Schlangenzungen durch die Astlöcher der Wände kriechen, die Nägel in den Leisten rieben sich heraus und begannen sich in meinen Rücken zu bohren, die Decke, die Wände und der Boden stürzten auf mich ein, und ich sah meine Hände schwarz werden und meine Nägel rosten, ich fror, und ich weiß nicht – ich weiß nicht, wer das tat, aber sie taten es; sie schnitten mich wie ein Stück Pappe in Stücke, und die Pappstückchen formten sich zu Glassplittern, die Körperteile spiegelten. Angst, das ist es, was den Namen Angst erhalten hat.

Ist das der Geist der Welt?

Die Seele der Welt?, dachte ich, versunken in der gefallenen Dunkelheit meiner selbst auf dem Fußboden. Glas, überall hartes und scharfes Glas. Ich versuchte lange, meine Augenlider zu öffnen, um etwas zu sehen, mit den Augen, um zu sehen, ob jemand da war, ob ich überhaupt sehen konnte – es ging nicht. Der Geist der Welt? Die Seele der Welt? Ist sie es, in der ich auftrete, an der ich teilnehme, die ich erlebe, wenn ich durch die Geschichte eile? Oder besser gesagt, wenn die Geschichte mich durcheilt… saß auf dem Rücken eines Pferdes… zog einen Pflug über einen Acker… nähte ein Segel in einer Fabrik… nahm an einer Demonstration in Paris teil… lag in einem Kreißsaal… suchte Streit mit einem Trupp Römer… stürmte die Bastille… Ja. Sie durcheilt mich und ich bin der, der eilt. Ich bin die fortlaufende Geschichte, eine Person: alle. Ich bin das Volk, nein, nicht das Volk: die Völker. Und dann kommt sie zu mir, sie knistert, knistert und leuchtet, sie ist klein, klein, aber stark, und sie ist stark, weil sie nicht wissen, wie sie sie anfassen können, die klugen Augen, wie bei alten Menschen. Was in aller weiten Welt haben sie nur mit dir gemacht, Siren. Der Geist der Welt, das ist Gottes Blick, wenn er für sich alleine dasitzt und sich alles, was geschehen ist, anschaut, glaube ich und Er lässt mich an den Geschehnissen teilhaben.

Benommenheit. Ja, es war die Benommenheit des Taumels, aber auch die Benommenheit der Wahrheit, wie ich dalag und versuchte, wieder zu mir zu kommen, übersät von Glassplittern auf dem Boden des Flures. Es war hart und kalt, aber mir war glühend heiß, in meinem Inneren war Wärme, nicht die normale Wärme, die Wärme des Hauses über dem Sofa, sondern die Wärme, die die Angst mit sich bringt: die tröstende Kohle des Gewissens. Denn ich wurde getröstet, wenn ich es auch nicht bemerkte, auch in diesem Leiden gab es einen Trost – oh, gibt es das nicht immer. Jemand spielte eine leise Hymne auf den Splittern des Glases.

Nein, ich konnte die Augen nicht öffnen. Aber ich konnte meine linke Hand zu meinem Mund heben und meine Finger schmeckten entfernt metallisch, das war Blut, ich hatte mich an den Glassplittern geschnitten.

Ich habe einmal einen Film gesehen. Es ist faszinierend, wie man lebende Bilder auf eine Filmrolle bannen kann. In einem Kino, in einer Stadt, in dem Dunkel neben mir saßen junge Menschen. Die meisten waren älter als ich, der Raum war feucht. Ich saß in der sechsten Reihe auf einem roten Stoffsitz mit Rillen und Armlehnen aus schwarzem Plastik, in der sechsten Reihe auf dem Sitz mit der Nummer 14 auf einem Stück Plastik, das vorne zwischen meinen Schenkeln festgeschraubt war. Die Leinwand war niemals weiß, nur in der Szene am Schluss des Filmes, als man den Himmel filmte, aber auch da nicht: Eine hellgraue Wolke störte das Weiße und eine Frauenstimme, die sagte *denk doch nur, was wir alles erlebt haben,* worauf eine Männerstimme antwortete *ja, was wir alles erlebt haben* und ich saß mit einem Gefühl der Leere da, das sich nicht beschreiben lässt, leerer als jede Vorstellung von einer totalen Abwesenheit der Gedanken. Deshalb gehe ich nie ins Kino und schaue, wenn es geht, auch niemals fern. Um mich herum in der Feuchte des Kinosaales saßen Menschen und lächelten, dreißig oder fünfunddreißig Minuten nachdem das begonnen hatte, was ich als ersten Akt der Komödie, des Dramas bezeichnen würde, brachen alle unisono in wildes Gelächter aus, so unisono, dass man glauben konnte, das sei geplant gewesen, um ihm, der nicht lachte, mir, einen Schock zu versetzen. Aber ich war nicht schockiert: Sie lachten über die Frau, die in einem New Yorker Warenhaus schlafwandelte und den Spielzeugen in der Spielzeugabteilung ihre Sexualprobleme anvertraute. *Ich bin so angespannt* erzählte sie einem Teddy. War das lustig? Oder war es die Art, wie die Schauspielerin spielte? Die Gesten, der Körper, ihre Maske? War es das Gefühl, Teil einer Gemeinschaft zu sein, das das Lachen so willkommen werden ließ? Ich faltete die Hände. An meiner Seite saß ein Mädchen, mit dem ich gemeinsam ins Kino gegangen war, ich kann ihren Namen nennen: Hanna. Sie versuchte in unregelmäßigen Abständen – ich konnte das nicht verstehen, drei Mal in zwei Minuten und dann vergingen fünfzehn Minuten bis zum nächsten Mal – meine Hand in die ihre zu legen, aber ich schwitzte derart stark, dass ich den Gedanken nicht ertragen konnte, sie das spüren zu lassen. Als sie mit mir sprach, mir etwas ins Ohr flüsterte, tat ich so, als könne ich mich nicht von der Handlung auf der Leinwand losreißen, meine Zunge war wie das Prinzip oder die Mutter der Nervosität.

Als wir aus dem Kino gingen, vertraute sie mir an, dass wir uns wohl nicht mehr so oft sehen würden, sie sei sich über sich selbst nicht sicher und über mich und die Welt. Ich wollte da einfach nur raus, raus, und nie wieder zurück, nur nach Hause und duschen, die Nägel schneiden und duschen, duschen. Im Bus dachte ich nur noch an die Dusche zu Hause und an die Nagelschere, die auf dem Brett unter dem Spiegel über dem Waschbecken lag:

Nagelschere
Zahnseidedose
Rasiermesser
Schampooflasche
Watte
Feuchtigkeitscreme
Zahncreme
Seife, ich ging in den Keller hinunter:
Schraubenschlüssel
Nagelkästchen
Bohrmaschine

Angelschnur
Hammer
Bolzen
Maßband
Schraubstock
Säge
Eisensäge
Ahle
Schraubenzieher
Glassplitter
Wasserwaage
Zange
Mutter
Schraube
Schere
Imbusschlüssel, nein, hier fehlt nicht viel.

Ich riss mich nach dem Anfall im Flur zusammen – ein Anfall? Ich riss mich zusammen. Verpflasterte den blutigen Finger und spülte den Blutgeschmack mit einem Glas Wasser herunter. Schob die Glassplitter mit einem Handfeger auf ein Kehrblech, saugte Staub, wischte auf und räumte dann alles wieder an seinen Ort. Ging in den Kartoffelkeller hinunter und durchstöberte dort alles, räumte auf, katalogisierte, fror das Haus und seine Einzelteile wie in einer kompletten Inventarliste fest. Ich fasste all die Gegenstände an, die nach mir riefen und mir »Vergangenheit« zuflüsterten, ich fasste sie an, schaute sie an, biss die Zähne zusammen, bis meine Kiefer schmerzten. Ich wusste, ich hatte es dem Brand zu verdanken, dass sich das überhaupt durchführen ließ – was wäre geschehen, wenn ich das Gleiche mit all den Sachen hätte machen wollen, die damals verschwanden? Ich war für sie verschwunden. Ich warf einen Blick auf den Sicherungskasten, der im Vorraum des Kellers hing, als könne er explodieren. Als ich den Zettel sah, auf dem ich die Telefonnummer des Krankenhauses notiert hatte, zwang ich mich selbst, nicht an Tante Karen zu denken, ich redete mir selbst ein, dass sie tot war und auch, wenn ich nicht daran glaubte, es hörte sich richtig an. Wird es jetzt ruhig werden, richtig? Nachdem ich das zerbrochene Kellerfenster mit schwarzer Plastikfolie verkleidet hatte, ging ich die Treppen zur ersten Etage hoch und zählte die Stufen. Es waren acht.

Mittagszeit. Würstchen und Kartoffeln mit geschmolzener Butter und dazu ein Glas Milch. Ich hörte Radio, ein Stück einer dramatischen Symphonie aus den Kriegsjahren, es symbolisierte die Widerstandskraft und nahm derart an Tempo zu, dass ich mich selbst dabei ertappte, schneller und schneller zu essen. Ich zog meine Socken aus und tatsächlich hatte ich eine wachsende und leicht erhabene Blase über dem Knöchel, ich zwickte sie, drückte darauf, sie zersprang und meine Finger wurden nass. Ich nahm sie in den Mund, sie schmeckten eine Spur salzig. Draußen wurde es wieder dunkel, ich trank eine Tasse Kaffee und ging hinaus. Der Regen fiel noch immer gleichmäßig und leicht aus den Wolken, und es war noch kälter geworden als am Morgen. Jetzt wird es nicht mehr lange dauern, dachte ich und sah, wie es sich über dem Meer zusammenzog. Oben auf dem Weg ging ein älteres Paar Arm in Arm vorbei, kannte ich sie? Sie hielten an und schauten zu mir herunter und meine Hand hob sich und winkte ihnen zu. Vielleicht lächelten sie. Sie winkten zurück und gingen weiter. Kannte ich sie? Ich hatte Vaters Regenjacke angezogen und die hohen grünen Stiefel, sie waren eine Nummer zu groß für mich.

Als ich über die Felder zum Meer und den Felsen hinabging, wurde ich kleiner und kleiner, nicht in Größe oder Umfang, sondern an Jahren. Es schien mir so, als ginge ich rückwärts durch meine Pubertät und weiter, bis ich elf Jahre alt war, zehn, neun, acht. Das Gefühl kam, das Gefühl, heimlich zu sein, ein Geheimnis, ich lächelte und bemerkte, dass ich fast rannte. Ich erinnerte mich nicht an eine bestimmte Begebenheit, nein, sondern an Geschehnisse, zahllose Tage und Handlungen, Worte und Gesichter, Butterblumen und Krebse, Möwen! Sie alle wurden eins: ein großes Bild, das alles umfasste, eine Totalerinnerung, dachte ich, ja, so fühlte sich das an. Um mich herum roch es, nicht nach irgendeiner einfachen Sache, sondern so, wie dieses Bild riechen musste, wie ein Schnitt, ein vollkommener Querschnitt durch all das, was ich erlebt hatte. Auch nach Erdbeeren, natürlich. Ich kam zu den Felsen am Strand und musste mir schwach auf die Unterlippe beißen, als ich bemerkte, wie meine Augen bei dem Anblick anschwollen und mein Herz zu trommeln begann.

Was sah ich? Nein, ich *sah* es einfach, all das, alle, sie, SIE, alle. Im Tang lag eine Planke mit einem Nagel, meine Planke.

Ich kletterte ein Stück weiter und sah, dass das, was ich als Neunjähriger als große Felsen erlebt hatte, kleine Steine waren und das, was ich mir als Neunjähriger als die Weltmeere und den unendlichen Horizont vorgestellt hatte, nichts weiter war als einfach ein Meer und der Horizont. Aber trotzdem; es kochte in mir, siedete, und je näher ich kam, desto härter biss ich mir auf die Lippe. Ich jubelte in meinem Inneren, als ich beinahe auf einem Stein ausgerutscht und ins Meer gefallen wäre. Vaters hohe Stiefel waren glatt und abgenutzt und grün. Es knackte schwach in meinen Schläfen, es war das Geräusch einer alten Tür an ebenso alten Scharnieren, ich sprühte kleine Funken, die im Wasser landeten und ein paar kurze elektrische Sekunden aufzischten. Das Wasser bewegte sich, die Wellen schlugen in Intervallen gegen die Steine, der Wind frischte mehr und mehr auf und es wurde kälter. Unwetter? Ja, es braute sich etwas zusammen. Ich stand auf dem Fleck zwischen den beiden Steinen, an dem Katrine und ich unsere Stelle hatten. Versuchte mir ihren schmalen, auf dem Rücken liegenden Körper vorzustellen. Die Wellen wurden höher, ich lief nach Hause. Ich lief nach Hause und rutschte zweimal aus, als ich über die Felder rannte, schnell, als ob mich jemand verfolgen würde, aber sie waren es nicht, ich war es, der mich verfolgte.

Es gab keinen Ort, wo ich sein konnte. So empfand ich es: Ich ging in ein Zimmer, in das Wohnzimmer und spürte, ich konnte mich dort nicht aufhalten. Alles war ordentlich aufgeräumt, frisch gewischt, es gab nichts zu tun, ich wischte den

Staub von den Klinken. Es war jetzt schon nach fünf und dunkel geworden.

Schließlich ging ich oben in der ersten Etage in ihr Zimmer, in das Zimmer von Mutter und Vater, das einzige Zimmer, in dem ich nach meiner Heimkehr noch nicht gewesen war. Und als ich über die Türschwelle trat, geschah etwas Merkwürdiges. Ich hörte eine Art Brausen, als ich die Türklinke nach unten drückte, ein Sausen, als steckte ich im Inneren einer Muschel. Als ich über die Türschwelle trat, bekam ich eine Erektion. Oh, wer erhebt sich da in mir? Aber sie verschwand, sank ebenso schnell zusammen, wie sie gekommen war. Ich schaute mich um, ich glaubte, Schritte auf der Treppe gehört zu haben.

Ich setzte mich – vorsichtig – auf die Bettkante.

Ich fühlte mich in diesem Moment nicht nur wie ein anderer, ich war auch ein anderer: der Sohn, den ich nicht hatte. Verbunden mit dem prekären Gefühl, das alles von früher zu kennen, und das war mehr als eine starke Aura, mehr als die Sekunde vor dem Anfall, in der ich mich oft als ich selbst sehe und als *der* oder *jemand* erlebe, der so etwas tut wie ich. Ich hatte das vorher gespürt, in glühend heißen Umgebungen, als ob ich in einem Backofen läge. Aber ich konnte nicht sehen, an was ich mich nicht erinnerte, obgleich ich es kannte. Wärme? Starke Wärme, oh ja. Ich war mein eigener Sohn, wie ich da am Dienstagabend auf der Bettkante saß, und ich kann mich sogar dran erinnern, heute, gut zwei Tage danach, ich kann mich daran erinnern, dass ich ein anderer war, der da auf der Bettkante saß und mit den Beinen baumelte und an seinen Vater dachte, dessen… Name… Mir läuft ein Schauer über den Rücken, wenn ich daran denke, dessen Vater »Jakob Malde« hieß. Der Sohn sitzt auf der Bettkante und denkt an seinen Vater, den

er
hasst! Er
hasst ihn. Er hasst ihn mehr als
jeden anderen Menschen!

Sitzt auf… der Bettkante… seiner Großeltern… windet sich in seiner eigenen Erinnerung und… versucht… die Familie und… seinen Vater… zu verstehen, den er mehr als jeden anderen Menschen hasst! Für all das, was er getan hat, bevor ich geboren wurde, denkt er, als er von seiner Wohnung losfuhr, quer durch Norwegen und… die… schlimmsten nur DENKBAREN UNTATEN beging. Das ist mein Sohn, der dort sitzt, auf der Bettkante seines Großvaters. Dann ruckte es in mir, so wie es in einem ruckt, wenn man aus drei Meter Höhe abspringt und die Knie nicht beugt, wenn die Füße auf dem Boden auftreffen, es ruckte in mir, die Halsmuskeln spannten sich an, ich fühlte mich, als hätte ich ein Brett im Mund. Jetzt war es JAKOB, der da saß, sein Sohn war verschwunden, ich saß auf Vaters Bett und mir wurde klar, dass es ganz sicher nicht Vaters und Mutters Bett war, sondern Vaters, das, in dem er schlief, alleine. Alleine, all die Jahre, nachdem Mutter im Haus verbrannt war. Starb er hier, in diesem Bett?

Ich stand auf, stellte mich neben den doppelten Kleiderschrank und betrachtete das Bett. Ich fand nicht, dass es so aussah, es war so einfach, so normal gemacht, nur mein Abdruck war auf der Bettkante zu sehen. Gemacht, es war ja gemacht. Drehte mich um und öffnete den Kleiderschrank, ich hatte plötzlich das bestimmte Gefühl, etwas sei darin. Ich hatte Recht und Unrecht. Fünf hölzerne Kleiderbügel, Hemden, Hosen, Kleidung. Kleidung in einem Kleiderschrank. Ich strich mit den Fingern über eine weiße Tennissocke mit blauen Streifen und durchstöberte die Brusttasche eines Hemdes. Vater, ich hätte jetzt gerne mit dir gesprochen.

Jakob?

Ich machte die Schranktür zu und drehte mich um.

Er stand nur ein paar wenige Meter von mir entfernt, mit nassen Haaren und nassem Gesicht. Der dunkle Mantel hing schwer an seinem Körper. Die Winterschuhe reichten Ihm gerade eben über die Knöchel, sie waren schmutzig und nass. Er fror, ich konnte sehen, wie sich Seine Kiefermuskeln anspannten. Er rieb sich die Hände. Gott stand in der Tür. Ich suchte nach Worten, was sollte ich sagen?

Sollte ich verletzt sein, böse auf Ihn, Ihn dazu drängen, etwas einzugestehen? Das geht nicht, das kann ich nicht tun, Er ist Gott, Er ist mein Gott. Oh nein, ich sollte nicht verletzt sein, ich sollte glücklich sein. Mir wurde warm, ich wurde froh, Er hatte meine Gebete erhört, Er hatte mich vor dem Spiegel zusammenbrechen sehen und war zu mir gekommen. Endlich, dachte ich und rang nach Worten, ich wollte ihm danken.

Gut, dass Du endlich kommst, sagte ich.

Jakob.

Er ging um mich herum zum Bett, nahm seinen Mantel ab und legte ihn ordentlich zusammengefaltet über den Bettpfosten, am Oberkörper trug er einen grauweißen Pullover. Er beugte sich zu seinen Winterschuhen hinunter, begann die Schnürsenkel aufzuknoten, und als Er die Schuhe auszog, murmelte Er leise und undeutlich etwas vor sich hin. Ich liebe diese Stimme. »Sieh her?« Oder war das »Sieh jetzt her?« Er schaute mich fragend an. Seine Augen öffneten sich, ich glaube, er begann die Wärme im Haus zu spüren. Ich lief auf den Flur hinaus zum Badezimmer. Meine Hände zitterten, als ich den Schrank öffnete und ein sauberes Handtuch herausnahm, wenn Du jetzt nur nicht gehst, wenn Er jetzt nur nicht wieder geht, dachte ich und rannte zurück. Er saß noch immer auf der Bettkante. Die Socken hielt Er in Seinen starken Händen, auf denen sich die Adern vom behaarten Handrücken bis hinauf zum Handgelenk so deutlich über den Knochen abzeichneten, wie starke Nerven auf einem grünen Blatt. Ja, Seine geschlossenen Hände ähnelten den handförmig geaderten Blättern einer Pflanze, stark und frisch. Er schaute mich an. Gottes Oberkiefer steht ein bisschen vor, besonders deutlich wird das, wenn Er sitzt, und derjenige, der Ihn betrachtet, steht, wie ich es tat, als ich mit dem Handtuch zurückkam. Dann kann man sehen, wie sich die Oberlippe ein bisschen weiter vorschiebt als die Unterlippe. Nicht viel, vielleicht steht sein Kiefer auch gar nicht vor, vielleicht ist es nur eine besonders kräftige obere Mundpartie. Ich ging, das Handtuch zwischen den Händen, auf Ihn zu. Es schien mir so, als starrte ich in meinen Kopf hinein. Er lächelte mit geschlossenem Mund, und der vorstehende Kiefer verschwand und machte zwei klaren Falten Platz, die von den Nasenflügeln aus zu den Mundwinkeln führten, und in den Augenwinkeln malten sich Fältchen ab wie bei chinesischen Fächern oder den Sonnenstrahlen auf einer Kinderzeichnung. Ich hielt das Handtuch in der Hand. Sollte ich es tun? Die Wärme stieg in mir hoch. Sollte ich es tun? Ich ging langsam in den Raum hinein, zum Bett, Seine Augen strahlten, und auch dieses Mal konnte ich, wie vor fünfzehn Jahren, die Farbe nicht bestimmen; grünblau? Blau? Seine Wangen änderten langsam ihre Farbe, die Wärme des Hauses breitete sich allmählich auf Seiner Haut aus. Er lächelte. Warum sage ich nichts? Du bist hier. Soll ich *zucke mit dem Kopf* es tun? Ich beugte meinen Rücken und meine Knie, ich beugte mich mit dem Handtuch in den Händen zu Seinen Füßen hinunter, ich ging auf die Knie, ich wollte so gerne… sollte ich es tun?

Gott griff nach dem Handtuch.

Das ist nicht nötig, sagte Er und lächelte.

Nein, vielleicht nicht. Ich richtete mich auf, schwitzte, es zuckte in einem Augenlid.

Dann trocknete sich Gott mit dem Handtuch die Füße.

Er trocknete sich ab, wie man Keramik formt, wenn man es wirklich kann, sachte und kontrolliert, zwischen den Zehen, über die Härchen auf den Zehen, an den Knöcheln entlang, über den Spann und ruhig an der Hacke entlang. Dann drehte Er das Handtuch um und fuhr sich damit langsam durch die dicken, blonden Haare. Schließlich hängte Er es neben Seinem Mantel über den Bettpfosten. Ich betrachtete Seine Hände, Gottes warme Hände.

Danke, Jakob.

Bitte, das war doch nichts.

Ja. Dann warten wir.

Warten?

Ja, warten, sagte Er und nickte zu den Socken hinüber, die über den Schuhen lagen. Darauf, dass sie trockneten.

Oh ja, warten, ja, sagte ich und lächelte. Die Tür hinter mir ging zu. Frierst Du, fragte ich. Möchtest Du etwas? Einen Tee?

Nein, ich friere nicht, mir ist schon wieder warm, sagte Er. Aber du kannst mir gerne einen Tee machen.

Ich rannte die Treppe hinunter in die Küche, setzte das Wasser auf und nahm eine Tasse und einen Teebeutel. Zucker? Nimmt Er Zucker? Ich holte eine Schale mit Zucker aus dem Schrank und entschloss mich, sie mit nach oben zu nehmen. Oh, diese Minuten bis das Wasser kochte waren wie Jahre, ich stand da und wartete mit dem Teelöffel in der Hand. So lange habe ich noch niemals auf etwas gewartet. Du bist hier!, flüsterte ich mir selbst zu, Du bist gekommen. Endlich kochte das Wasser und ich stürzte die Treppe so schnell hoch, dass ich es fast verschüttet hätte.

Danke, Jakob, sagte Er und nahm die Tasse.

Nimmst Du Zucker?, fragte ich leise.

Nein, ich nehme keinen Zucker. Er lächelte, mild, mild, so mild wie ein Lächeln nur sein kann. Er klatschte mit der Handfläche auf das Bett. Jah. Willst du dich nicht setzen?

Willst du dich nicht setzen, dachte ich, doch, natürlich will ich mich setzen, mich neben Ihn setzen. Mir war ein bisschen schwindelig, ich spürte, wie lange es her war, seit Er das letzte Mal zu mir gekommen war, mich zu sich genommen und gewärmt hatte. Durfte ich? Er schaute mich an und trank. Durfte ich?

Jakob, Jakob.

Ich trat einen Schritt vor, Er stellte die Teetasse auf den Boden.

Komm jetzt her und setz dich zu mir, dann reden wir zusammen, du und ich, Jakob.

Soll ich mich setzen… hierher?

Setz dich hier zu mir.

Ich liebte Ihn, mehr als jemals zuvor. Ich spürte, was Liebe heißt. Als Er meinen Namen sagte, fühlte ich mich wie eine geliebte Zelle im Körper des Guten, ich war kurz davor zu weinen, ich biss die Zähne zusammen, ging langsam auf das Bett zu und fühlte mich einen Augenblick lang wie das widerstrebende Ende eines Magnets, aber dieses Gefühl verschwand ebenso schnell wieder, und ich glitt auf Ihn zu und setzte mich. Wir saßen da, Gott und ich, auf Vaters Bett. Er hatte mich gebeten, mich zu setzen, und ich hatte mich gesetzt, Er war zu mir gekommen und ich hatte Ihn empfangen, ich liebte Ihn. Er lehnte sich ein bisschen zurück und schaute mich an. Er hatte kräftige Augenbrauen.

Willst du etwas sagen, Jakob?

Wollte ich etwas sagen? Hah, ob *ich* etwas sagen wollte. Ich wollte etwas sagen, ich wollte alles sagen, aber ich wollte nicht sprechen, ich wollte, dass Er es sah, mit Seinen eigenen Augen, aber ich wollte es Ihm nicht zeigen, ich wollte, dass Er mich berührte, mich in Seinen Schoß legte und mir zuflüsterte, erklärte, verstand.

Ich… ich weiß nicht, sagte ich mit dünner Stimme.

Jetzt war richtig Wind aufgekommen, irgendetwas draußen schlug gegen das Fenster.

Er nahm meinen Arm, umschloss ihn mit festem Griff, nicht hart, sondern fest und ich spürte, wie warm Seine Hand war.

Du weißt nicht, sagte Er. Du sagst, du weißt es nicht.

Nein. Ich schämte mich.

Ich glaube, du weißt es, Jakob.

Glaubst Du?

Ja. Ich glaube, du weißt es.

Ich legte mich hin, Er ließ mich meinen Kopf in Seinen Schoß legen, weich und warm. Er legte eine Hand auf meine Stirn und es fühlte sich an, als schöbe sie sich am Stirnbein vorbei und weise ein paar Partikeln einen anderen Platz zu, lege sich um einzelne Gehirnzellen und kühle mich ab. Es roch nach etwas, Er roch nach irgendetwas, kein Zimt, kein Tee, keine Erdbeeren, etwas strenger, aber gut, etwas Gutes.

Erinnerst Du Dich an damals auf dem Erdbeerfeld?, fragte ich.

Natürlich erinnere ich mich, sagte Er.

Ja, natürlich.

Das war ja hier ganz in der Nähe.

Ja, gleich da vorne, hinter der Kirche, flüsterte ich.

Der Bauer ist von uns gegangen, sagte Er und blickte aus dem Fenster. Seine Frau ist jetzt alleine.

Nein – er ist tot?, fragte ich überrascht.

Es entstand eine Pause, eine gute Pause.

Du vermisst deinen Vater, sagte Gott.

Ich schaute zu Ihm auf. Ich weinte.

Ich vermisse ihn, wie ich niemals zuvor jemanden vermisst habe, sagte ich. Und plötzlich begannen sie, aus mir herauszuströmen, die Worte, auf den Tränen. Große, merkwürdige Bedeutungen, verschachtelte, mystische Sätze, ja wie – wie nennt man das? Zungensprache ja, aber Er verstand mich, wenn ich sprach, Er verstand mich, als ich Ihm von einer Entbehrung erzählte, die jenseits aller Vorstellung lag, von einer Sehnsucht, die so zum Himmel schreiend groß war, dass alles andere verschwand. Und Mutter, Mutter; von der Sehnsucht nach etwas, das man nie gehabt hatte, und Er verstand. Ich ballte meine Faust, als ich Ihm von ihrem Vater erzählte, von Großvater und Aina und Mutter. Friede, sagte ich, kann es keinen Frieden geben, ruhig werden und richtig? Mein Geliebter, wann werden wir Frieden bekommen? Ich glaube, Gott sagte, »liege ruhig« oder war das »bleib ruhig«?, ich weiß es nicht, Er sagte es so leise oder ich dachte so laut. Sagte Er nicht auch »warte«? Sollte ich warten? Ich fragte, von Tränen erstickt, ob Er mich sah, siehst Du mich?

Ich sehe dich, Jakob.

Ja, Du siehst mich, Du siehst alles.

Dann spürte ich Seine Finger, seine bestimmten, tröstenden Finger, die nach Erde rochen, wie ich sie auch im Juli 1983 gespürt hatte. Sie streckten sich unter meinen Augen aus, über den Tränen.

Liebst Du mich?, flüsterte ich.

Ich liebe dich, Jakob.

Meine Augen waren geschlossen und trotzdem fühlte es sich so an, als schlössen sie sich. Und innerlich schloss sich auch der Rest; alles schloss sich, mein ganzes Ich und Frieden durchströmte mein Leben. Ja, durch das *Leben*, die Tage, die Stunden und den Inhalt der Minuten, nicht nur durch meinen Körper, der in Seinem Schoß ruhte. Frieden, da hatte ich Frieden.

Hat Dir niemals ein Vater gefehlt, oder eine Mutter?, fragte ich nach einer Weile flüsternd.

Nein, ich bin mein eigener Vater, Jakob, meine eigene Mutter.

Ja, das bist Du, sagte ich.

Plötzlich schlug ich die Augen auf, nicht in Gottes Schoß, mein Kopf lag auf der Decke. Er stand da und hielt die Socken in der Hand, sie waren trocken. Dann zog er seinen Mantel an und öffnete die Tür. Gehst Du jetzt? Warte! Willst Du wirklich gehen? Geh nicht! Er stellte Seine Füße in die Winterschuhe und knöpfte sich Seinen Mantel zu, ich hörte die Schritte auf der Treppe, die Tür, die unten ins Schloss fiel. Ich lag auf dem Bett, die Fensterhaken schlugen gegen die Scheibe. Gehst Du jetzt? Siehst Du mich? Ich lag auf dem Bett.

Jedes Mal, wenn Du gehst, wisperte ich, wird die Sehnsucht nur noch größer. Warum gehst Du?

Ich schaute an meinem Körper hinunter. Er lag auf dem Bett.

Ich stand auf und ging zum Fenster und konnte sehen, wie der Wind im Dunkeln an den Telefonleitungen zerrte. Der Polo stand sicher auf dem Kies. Dort, dort ging Er, ich sah Ihn oben auf dem Weg im Licht einer Laterne. Er drehte sich um, glaube ich, und nickte mir im Fenster zu. Der Arme, dachte ich plötzlich, denn es schien mir so, als sähe ich die Einsamkeit in Person da in dem Lichtkegel der Lampe stehen.

Ja, jetzt, da Er dort oben auf dem Weg aus dem Licht trat, sah ich, wie einsam Er war. Er darf niemals alleine sein, Er darf niemals in Frieden sein.

Das Bett war hart, ich streckte mich und zog die Decke über mich.

Drei kurze Viertelstunden Halbschlaf.

Die letzten Stunden? Nein, das waren die ersten Stunden. Wie der Feigenbaum, wenn der Lebenssaft durch die Äste strömt und die Blätter ausschlagen und er begreift, dass der Sommer gekommen ist, so wusste auch ich in meinem irdischen Körper, dass der Zeitpunkt *nahe* war.

Als ich aufwachte, glaubte ich, sieben Jahre alt zu sein und bei Vater und Mutter zu schlafen. Der Glaube hielt nicht lange an, aber vielleicht gab er meinem Körper eine Art Balance. Ich erwachte rein, nicht abrupt. Mit einer lang ersehnten Balance, wie das Ferienparadies eines Seiltänzers. Mein Gehör war scharf, nicht weil ich jetzt besser hörte, sondern weil das Motorengebrumm von den Tagen in dem kleinen Polo verschwunden war. Balance – und ich hoffte, es würde andauern, ein Teil von mir werden, sodass die Menschen sagen würden, oh, seht nur, da kommt ein ausbalancierter Mensch. Auf dem Kopfkissen lag mein Kopf. Der Schweiß klebte zäh auf meiner Kopfhaut. Ich fuhr mit meinem Finger über ein Astloch in der Wand, es war mir wohl gesonnen.

Draußen auf dem Flur schlang ich vor Kälte die Arme um mich, blieb stehen und überlegte, ob ich im ganzen Haus die Öfen anfeuern sollte oder vielleicht etwas essen und trinken – Hagebuttentee? Als ich kleine, nasse Flecken auf den Treppenstufen erblickte, erinnerte ich mich an Gott, der mich vor dem Einschlafen besucht hatte, und ich verstand, warum ich einen solchen Frieden im Körper hatte. Am Treppenabsatz beugte ich mich zu einem Wasserfleck hinunter.

Zog es? Ich schaute mich um. Der Flur hatte keine Fenster, aber es zog. Da sah ich die Deckenluke, die zum Dachboden führte, und begriff, dass die Zugluft von dort kommen musste. Vom Dachboden mit den Skiern, Rucksäcken und Kartons und wenn ich mich nicht irrte, stand auch eine alte Waschmaschine dort oben. Bestimmt, Vater warf ja nichts weg. An der Hand hing der Stab mit dem Haken, den man in der Luke einhakte, um sie herunterzuziehen. Ich stellte mich auf die Zehenspitzen, hakte ihn ein und zog, es knirschte, die Luke hing einen Augenblick lang fest, doch dann gab sie nach. Dann holte ich einen Plastikhocker, stellte mich auf ihn, packte die Leiter und zog auch sie herunter. Kalte Luft strömte herab und, natürlich kam die Zugluft von dort, kalte Luft und Staub kamen aus der Dunkelheit. Die Knie waren stark und trugen mich die Stufen hinauf, nichts in mir wackelte jetzt, nein. Ich musste niesen, als ich meinen Kopf in das staubige Dunkel hineinsteckte. Ein schwaches Licht strahlte mir von der hinteren Wand und dem kleinen Fenster dort entgegen und ich suchte an einem der Tragbalken nach dem Lichtschalter. Ich kannte mich nicht mehr aus und fragte mich, ob ich nach dem Brand jemals wieder dort oben gewesen war. Eine gewaltige Unordnung, alles stapelte sich wild durcheinander, Schuhe und Kleider, schwarze Abfallsäcke, eine Kommode. Eine Kommode? Ich musste mit gebeugtem Oberkörper gehen, um mir nicht den Kopf anzuschlagen. Eine Kommode? Ich erkannte beinahe keinen der Gegenstände wieder, es schien fast so, als sei das nicht unser Dachboden. Wo sind meine Skier, fragte ich mich, als ich ein paar alte Skistöcke sah, die ich aber auch nicht kannte. Eine Kommode? Wir haben niemals eine solche Kommode gehabt. Dann wurde mir plötzlich heiß, und weil es dort oben nicht heiß war, sondern staubig und kalt, musste die Wärme eine andere Ursache haben. Gottes Kommen? Ja, doch auch noch etwas anderes. Ich sah mir die Gegenstände an, starrte sie an, als wollte ich sie zwingen, mir etwas zuzuflüstern, mir zu sagen, wer sie waren. Die Teakholzkommode näherte sich und je deutlicher sie im Dunkeln wurde, desto mehr begann sie etwas ähnlich zu sehen. Ich sah Menschen um sie herum, ich sah einen Kerzenständer auf ihr, in der untersten Schublade sah ich Wollknäuel in allen nur erdenklichen Farben, und als ich Großmutters Finger sah, die den Griff der Schublade umschlossen und sie herauszogen, und ihren Kopf, der sich mir zuwendete und sagte, so, Jakob, jetzt wird Großmutter ein bisschen stricken, setzt du bitte das Kaffeewasser auf?, erkannte ich, wo ich war. All diese Dinge im Halbdunkel stammten aus dem Haus von Großvater und Großmutter. Ich schämte mich, sie nicht wiedererkannt zu haben und schob es auf die Unordnung, die Dunkelheit, die irreführenden Gerüche und den Staub.

Ich zog mir eine Strickjacke an, die in einem der ersten Abfallsäcke lag, den ich öffnete. Es war Großvaters braunweiße Strickjacke mit den Silberknöpfen und der Bordüre. Wie im Warenhaus der Gefühle bestellt, hatte ich prompt einen Klumpen im Hals. Ich versuchte, ihn hinunterzuwürgen, aber statt zu verschwinden, schien er sich über dem ganzen Dachboden auszubreiten. Ich sah, dass Großvater wie ich gewesen war, gleich lange Arme, vielleicht etwas breitere Schultern und mir schien es so, als wäre diese Strickjacke mit einem goldenen Faden gestrickt worden und ich wusste, es waren Großmutters liebevolle Hände für das, was meinen Oberkörper umhüllte, verantwortlich. Großmutters liebevolle Hände, gab es jemals so gute Hände, dachte ich und sah ein, wie viel sie mir bedeutete, wie nah sie dem gekommen war, wonach ich mich sehnte, dem Guten. Ich setzte mich auf den Puff, der vor ihrem Lehnstuhl gelegen hatte und schaute mich um. Mein Gehirn hatte langsam begonnen, die Gegenstände um mich herum zu bewegen, den Staub von ihnen zu wischen, die Müllsäcke zu öffnen, die einzelnen Dinge aus den Kartons herauszunehmen und sie dahin zu stellen, wo sie hingehörten. Ich sah Großmutter in der Küche stehen, als ich einen Spülschwamm aus den Sechzigern aus dem Karton nahm. In einer Schublade der Kommode lagen drei von Großvaters zahlreichen Bibeln und ich musste lächeln, als ich sah, dass er in alle drei seinen Namen geschrieben hatte. Dann zog ich ein paar Cloggs an, die an die Wand gelehnt standen und jetzt war ich Großvater, seine Bibel in der Hand, seine Strickjacke und seine Cloggs. Ich schaute auf meine Hände, was taten sie? Was taten sie mit ihr? Mit Großmutter? Ich sah sie an und war mir sicher: Sie waren ihr wohl gesonnen.

Da saß ich also, auf einem Puff, mit Cloggs, Bibel und Strickjacke mit Silberknöpfen und Bordüre. Ich musste niesen. Alles um mich herum war sehr nah, so nah, dass es in mich überging, und all das andere war so weit, so weit weg, dass es unwirklich war.

Ich las einen Vers aus der ersten Schöpfungsgeschichte, die Schrift auf dem dünnen Bibelpapier war in dem schwachen Licht auf dem Dachboden kaum zu entziffern. Und wieder sah ich Gott vor mir und Gottes Freude, damals, als alles gut war. Aber kurz darauf legte ich die Bibel beiseite. Ich hatte kein gutes Gefühl dabei, diese verblassenden Fantasien von gerade erst bekehrten Heiden zu lesen, nicht jetzt, nicht so kurze Zeit, nachdem ich in Seinem Schoß gelegen hatte.

Gerade als ich dachte, hier könnte ich sitzen, bis ich sterbe: »Hierher kommen die meinen, um zu sterben«, fielen meine Augen auf ein besonders gut verschnürtes Paket ganz hinten am Fenster. Eine gewöhnliche Pappschachtel. Eine ganz gewöhnliche Pappschachtel, aber so adrett und dicht an der Wand platziert und so gut mit Klebeband verschnürt, dass sie mich um etwas zu bitten schien. Ich stand auf und ging über den Boden des Speichers, er knirschte, wie er knirschen musste, und ich zog den Karton in den Lichtkegel in der Mitte des Bodens. Nein, er war nicht beschriftet. Die Deckelklappen des Kartons waren fest mit Klebeband verschnürt und die Pappe fühlte sich ein bisschen feucht an. Ich hatte den Eindruck, der Karton sei erst vor Kurzem geöffnet und dann wieder neu verklebt worden. Vater? Wer sonst. Ich kratzte mit meinen kräftigen, schmalen Nägeln, um das Klebeband zu lösen. Die Enden des Bandes gaben nach, und es entstand ein lautes, krächzendes Geräusch, als ich das Klebeband abriss, ruhig, ich war ruhig.

Blätter und Papier – ja, das hatte ich erwartet. Genau das hatte ich erwartet, Papier, Blätter, Briefe. Alt, das sah ich auf den ersten Blick, die meisten von ihnen waren alt, alte Briefmarken auf den Umschlägen, Handschriften aus Zeiten mit anderen Idealen, ich musste lächeln, als ich die zierlichen Locken einer schwarzen Tuschefeder sah und Großmutters Handschrift erkannte, verjüngt, aber doch zu erkennen. »An Johannes Malde« stand ganz oben auf dem Umschlag. Vater, ein Brief an Vater. Wie merkwürdig, das zu sehen, etwas zu sehen, das ich nicht kannte, spürte ich in dieser Handschrift nicht auch eine Wärme? Eine Wärme von diesem warmherzigen Menschen, meiner Großmutter, die am 25. Oktober 1956 ihrem Sohn schrieb? Der Poststempel war etwas undeutlich, die Briefmarke rostrot mit dem Bild des norwegischen Königs. Zuerst glaubte ich, es nicht lesen zu können, als ob Großmutter mich von der Kommode neben dem Puff aus beobachtete und mit milder Stimme sagte, nein Jakob, nein, der Brief ist nicht an dich, man liest keine fremden Briefe. Ich öffnete den Brief, er hatte nichts Spezielles, aber sie schrieb wirklich »wie ein Pfarrer«, wie Großvater zu sagen pflegte, geradlinige, schwungvolle Sätze. Es war ein Brief an Vater, als er als Achtzehnjähriger seine Wehrpflicht ableistete, alltägliche Mitteilungen von Zuhause, über Großvaters Gottesdienste, die Tage, das Wetter, die Gemeinde und über sie selbst. Umsicht, dachte ich, als ich das las, Umsicht. Ich schaute mich um *zucke mit dem Kopf* und bemerkte, dass meine Hand leicht zitterte. In dem Brief lag ein Anflug von Unzufriedenheit darüber, dass er zum Militär gegangen war, es schien Großvater zu sein, der sich durch Großmutter ausdrückte, abgeschwächt, aber dennoch: Dort stand, Vater solle darauf achten, Gottes Willen zu befolgen, wenn er seine Pflichten erfüllte. »Mein lieber Johannes«, stand dort, »Vergiss nicht, wer Dein eigentlicher Oberst ist.« Ich musste lächeln, als ich das las, »Oberst«, Großmutter hatte eine Art, sich auszudrücken, die alles irgendwie leichter erscheinen ließ. Sie fuhr fort: »Dein Vater und ich denken oft daran, dass die Gesetze des Herrn nicht dort verwaltet werden, wo Du nun bist. Deshalb bitten wir Dich, im Gedächtnis zu haben, was Du tust, mein lieber Johannes.«

Mein lieber Johannes.

Etwas geschah mit mir, während ich dort saß und las, aber ich schob es von mir, verdrängte es.

Erst als ich den ganzen Brief gelesen hatte und hinten auf der letzten Seite unter ihrem »Liebe Grüße, Mutter« auf ein in aller Eile hingekritzeltes Postscriptum stieß, verstand ich, was ich dort in den Händen hielt. »PS: Nichts Neues über Siren«. Zuerst wunderte ich mich darüber, dass sie diesen Satz so achtlos wie eine Schreibprobe hingeschmiert hatte, wo sie doch während des ganzen Briefes so sorgsam auf ihre Schrift geachtet hatte – aber ich hatte ihn gelesen. Ich hatte gesehen, was dort stand, und es kam mir so vor, als säße ich wieder in einem Auto, einem kleinen Polo, und als ob das Auto mitten auf der Straße ins Schleudern geriet. Es kam mir so vor, als läge ich auf dem

Fußboden des Badezimmers und schaute auf ein glattes, weißes Waschbecken, Siren. Nichts Neues über Siren.

Ich stand auf, ging zu dem schmalen Dachfenster hinüber und schaute in die Dunkelheit.

Nichts Neues über Siren. Draußen blies ein heftiger Wind, die Dunkelheit war groß und wuchs, ich konnte nur die Umrisse der Dinge erahnen, aber ich glaubte, alles hielt dem Sturm stand. Ich legte meine Hände auf die kalten, rissigen Fensterrahmen, ich verdrängte es. Was? Ich schob es von mir. Drückte meine Nase an die Scheibe: sie beschlug. Aber, hatte ich daran gezweifelt, da zu sein? Vielleicht eine Sekunde oder zwei. Die Scheibe beschlug, ich war dort, ich atmete und mir war warm, auch wenn der Wind dort draußen alles hin und her zerrte. Die Feuchtigkeit auf dem Fenster verschwand schnell und ich drückte meine Nase und meinen Mund wieder an die Scheibe, sie sollte nicht verschwinden. Wer war das, der nicht verschwinden sollte? Meine Haut berührte das Glas, kalt, es war gut und kalt. Dann glimmte unmittelbar davor etwas auf, elektrisch wie von einem kleinen Blitz, gefolgt von einem scharfen Klatschen gegen die Scheibe. Ich zuckte zusammen, schrak zurück, verschreckt. Ja, verschreckt. Was war das? Ich blinzelte. Ein Stein? Jemand, der einen Stein ans Fenster geworfen hatte? Hatte jemand etwas geworfen? Gibt es dort unten jemanden, der mit etwas, mit irgendwelchen Sachen um sich wirft? Ein Vogel? Eine Elster, die im Fliegen mit ihrem Schnabel gegen die Scheibe gepickt hatte? Etwas, das eine Elster gegen die Scheibe fliegen ließ? Sah sie mich? Ich trat wieder einen Schritt vor, lehnte das Gesicht an die Scheibe und starrte ins Dunkel, der Wind riss und zerrte die Luftmassen durcheinander. Ich packte die kalten Fenstergriffe und versuchte, das Fenster zu öffnen, es saß fest. Ich versuchte es viele Male, zog mit der ganzen Kraft meiner Arme und Hände an den Rahmen, um das Fenster zu öffnen, aber es hing fest. Die Gedanken rotierten in meinem Kopf, war jemand dort draußen, dachte ich, einen Augenblick lang sah ich Gott, wütend, während Er Steine gegen mein Fenster warf. Ich legte all meine Kraft auf die Rahmen, aber sie ließen sich nicht öffnen. Dann: ein neuer Schlag, wie von einem Vogelschnabel. Blitzte es dort draußen nicht auch wieder auf? Zuckte es? Glimmte es, knisterte es aus den Augen eines Vogels? Nein – ich schüttelte meinen Kopf, ich fuhr mir mit der Hand durch die Haare und betrachtete mein Spiegelbild in dem schwachen Licht, die Haare waren nass, ich schwitzte. Nein, das Fenster wollte sich nicht öffnen lassen, das war kein Vogel, sondern einfach irgendetwas, ein Schlagen, ein Zucken im Unwetter, ich versuchte ein letztes Mal, das Fenster zu öffnen, bis ich die großen Nägel sah, die durch den Rahmen in die Wand geschlagen waren. Vater, du hast das Fenster vernagelt, flüsterte ich. Warum? Er antwortete mir nicht, obgleich tausend Antworten auf meiner Zunge bereit lagen. Ich knöpfte die Silberknöpfe von Großvaters Jacke zu und lauschte dem Wind, WIND, er frischte auf, langsam, sicher, er schlug, er frischte auf.

Als ich mich wieder neben den Karton setzte, erschien mir Großmutter. Sie hatte die Adresse und den Absender auf den Umschlag geschrieben, die Briefmarke angeleckt und sie rechts oben in der Ecke festgedrückt und wollte den Brief gerade in den Umschlag stecken, als ihr etwas in den Sinn kam. Dann nahm sie den Stift und schrieb hastig ein Postscriptum, »Nichts Neues über Siren«. Es pumpte in meinem Körper, etwas wuchs, ich? Ich wuchs, und ich nahm weitere Briefe heraus, sie lagen wild durcheinander, unsortiert, die meisten waren an Großvater, amtliche Post, Bestellungen, Korrespondenz mit Bischof und Kirchenrat. Ich legte sie zur Seite und suchte die Familienbriefe heraus. Blätterte mich durch einige liebevolle, aber nüchterne Briefe im Behördenstil von Großvater an Großmutter, als er auf Reisen in Europa war, Kongresse und Zusammenkünfte. Einige Briefe von einem längeren Studienaufenthalt in einem Kloster in Österreich. In einem Kloster! »Meine liebe Therese, die Luft ist sehr gut und die Umstände hier im Kloster sind ein wahres Pflaster für meine Seele.« Nichts, da stand nichts über sie. »Überbringe Johannes meine Grüße und bitte ihn, den Weg Gottes zu gehen.« Dann fand ich noch einen Brief von Großmutter an Vater, abgestempelt am 24. oder am 14. April 1962.

An Vater in Oslo, als er studierte. Auch in diesem nichts, es drehte sich um die baldigen Sommerferien, die sie gemeinsam verbringen wollten. »Liebe Grüße, Mutter«. Wieder spürte ich *es*, es bewegte sich in mir, knibbelte mit zu spitzen Nägeln an der Innenseite meines Körpers. Wärme? Wärme, ich verdrängte es. Die Augen wurden müde vom Lesen im Halbdunkel. Dann fand ich schließlich zwei Briefe aus dem Jahr 1961, einen kurzen und einen sehr langen. Ich hielt ihn in den Händen. Jetzt hielt ich *ihn* in den Händen. Dort stand alles, alles, und ich erkannte es wieder, als ich es las: So war es geschehen. Der erste Brief war auf 3. November datiert, zwei kurze Absätze, in denen Mutter sagte, dass sie »in zwei Wochen eine Antwort« erhalten werde. Der andere Brief trug das Datum 22. November 1961:

den 22. November 1961

Mein lieber Johannes,

so hat also Deine Mutter endlich ihre Zweifel beiseite geschoben – unter Schmerzen, das weißt Du. Nun ja, wenn der Zweifel auch beiseite ist, so ist er doch von einer heftigen Unruhe erstattet worden. Muss ich vor dem, was Du jetzt lesen wirst, warnen? Nein, ich glaube nicht, dass ich das tun muss. Du hast mich gebeten zu erzählen und ich werde Dir erzählen, was ich in Erfahrung gebracht habe. Eine lustige Lektüre ist das nicht und ich kann Dir ruhig sagen, dass ich diesen Brief mehrmals begonnen habe.

Ich sitze an dem Schreibschrank, den wir im Wintergarten installiert haben und blicke über die Terrasse und die nackte Hecke und wünsche mir, es nicht tun zu müssen. Ja, hättest Du doch nie begonnen, nach diesen Dingen zu fragen. Glaube mir, in jeder Sekunde dieses Briefes richte ich meinen Blick auf Gott Vater. Was muss er jetzt von uns halten, von seinen Kindern? Und ich wiederhole noch einmal, mein lieber Sohn, dass das alles am besten unter uns bleibt. Dein Vater darf von all dem nichts wissen. Er würde es auch nicht verkraften, seine Ge-

sundheit ist auch nicht mehr so, wie sie früher war, und es dreht sich ja schließlich um seine eigene engste Familie. Dr. Rieber, der bis 1938 im Krankenhaus gearbeitet hat, hat mich auch darum gebeten, achtsam zu sein, wem ich »diese Geschichte«, wie er sich ausdrückte, erzähle.

Worum sich alles dreht – Dr. Rieber hat alte Dokumente gefunden, sich unter seinen Kollegen umgehört und zudem den Totenschein von Siren in den Archiven »entdeckt«, das hat er mir geschrieben... auf diesen Fluren scheint so einiges nicht mit rechten Dingen zuzugehen.

Wenn Du nun meinst, Deine alte Mutter hätte einen kühlen Stil, dann liegt das daran, dass ich nicht weiß, wie ich mit dieser grausamen Materie umgehen soll und mich deshalb entschlossen habe, einen sachlichen Stil zu wählen. Die Wahrheit muss ans Tageslicht, heißt es ja. Ja, auch das ist eines von Gottes harten Geboten.

Wie wir ja schon wissen, hielt man Siren von Beginn an für ein wundersames Kind. Das haben wir ja immer schon gewusst, und haben wir uns damit nicht sogar getröstet? Haben wir nicht darüber gelächelt? Doch. Was neu ist – und grausam –, ist die Tatsache, dass sie aber auch als »etwas Böses« bezeichnet wurde, wie sich Dr. Rieber ausdrückte. Er erklärt das mit den unzureichenden medizinischen Kenntnissen dieser Zeit und mit etwas, das er »den ländlichen Glauben« nannte. Er stellt fest, dass Siren wie ihr Vater Werner schwer an Epilepsie erkrankt war. Diese merkwürdige Krankheit, die die Persönlichkeit der Menschen und ihr Verhalten verändert. Sie war also nicht nur ein wundersames Kind – Du erinnerst Dich an die »klugen Augen« – sondern litt darüberhinaus an der Krankheit ihres Vaters. Diese Krankheit ist ohne Zweifel als sehr grausam zu betrachten, und man weiß ja auch nicht, woher sie kommt, aber heute kann die Medizin mit Sicherheit festhalten, dass sie keineswegs so mystisch ist, wie man früher geglaubt hatte. Eine sehr grausame Krankheit, die Betroffenen können umfallen und der ganze Körper kann von Zuckungen geschüttelt werden. Bei einem Kind sieht das noch schlimmer aus – viel schlimmer.

Mein lieber Junge, vergib Deiner Mutter für das, was jetzt folgt.

Dr. Rieber glaubt, wir hätten es mit einer Kombination von der Krankheit eines Kindes, ihrem bemerkenswerten Äußeren und dem fehlenden Verstand der Umgebung, verbunden mit den verrückten Ideen eines bestimmten Menschen zu tun. Nur so kann er sich den Verlauf der Dinge erklären.

Werner, Dein Großvater, der selbst schwer an Epilepsie litt, aber nichts von seiner Krankheit verstand, beobachtete mit großem Kummer die Leiden seiner kleinen Tochter. Was ihre arme Mutter tat, kann man nur im Inneren seines Herzens raten. An dieser Stelle müssen wir alle berücksichtigen – nicht als Entschuldigung, sondern als ein Teil des Bildes, ein Teil der Erklärung –, welch geringe Kenntnis damals im Bezug auf das Gehirn bestand. Nun. Das Unglückselige war, dass er, Werner, glaubte, sie heilen zu können. Dr. Rieber geht davon aus, dass Werner von der Idee besessen war, das kleine Mädchen werde »von bösen Geistern heimgesucht« (jetzt zitiere ich den alten Doktor). Glaubte er selbst auch, besessen zu sein? Das weiß ich nicht. Aber Dein Vater hat immer erzählt, Großvater habe während seiner Anfälle etwas »gesehen«. Er soll gefühlt haben, in der Nähe von etwas Größerem als er selbst gewesen zu sein. Seinem Gott, aber auch seinem Teufel? Verblendung, Johannes.

Deine Mutter sieht in dem ganzen eine Unmenge alten Aberglaubens, aber was kann man tun, lieber Sohn, wenn Menschen vom falschen Glauben besessen sind?

Vom falschen Glauben, ja. Werner entschloss sich also, seine Tochter zu heilen. Das war 1903 und das Mädchen war damals etwas älter als zwei Jahre. Oh, wäre es nur der Pfarrer in ihm gewesen, der diese Heilung vornahm. Die Geschichte, die Du sicher gehört hast, dass er zu dem Zeitpunkt ihres Todes nicht zu Hause war, sondern auf einer Reise durch Schweden und noch dazu einen Anfall gehabt haben soll, ist leider eine allzu blanke Lüge. Er unternimmt eine Operation, eine »Trepanation«, das ist ein chirurgischer Eingriff im Gehirn. Dr. Rieber gibt keine Details darüber, wie Dein unglückseliger Großvater die Erlaubnis dafür bekommen konnte. Wenn er denn überhaupt darum nachgesucht hat – ich habe da meine Zweifel.

Wie Du Dir wohl schon gedacht hast, stirbt Siren infolge dieses Eingriffes. Das, was wir angenommen hatten – der traurige und plötzliche Tod im Bett der Mutter – war etwas vollkommen anderes. Dr. Rieber lässt viele Details offen, zum Beispiel, ob Werner diese Operation alleine durchführte – er war ja kein Gehirnchirurg – oder ob ihm von jemandem geholfen wurde. Nach Rieber besteht allerdings kein Zweifel darüber, dass das Ganze das »Werk eines Verrückten« war und als Kindesmord zu betrachten ist. Der Doktor teilt auch mit, dass dieser »Operationsversuch« aller Wahrscheinlichkeit nach zu Hause und nicht im Krankenhaus stattgefunden haben muss. Was soll man dazu sagen, mein lieber Johannes?

Was er seiner Frau gesagt hat, der armen Mutter des Kindes, kann man sich nur fragen. Und wie er mit sich und seinem Gott ins Reine gekommen ist, ist mir ein noch größeres Rätsel. Dr. Rieber verliert sich zum Glück nicht in grausamen Details, sondern bittet um Entschuldigung, als er dennoch festhält, dass »das Ganze eine ungewöhnlich groteske Geschichte ist«, und dass das Gerichtsverfahren und die anschließende Aberkennung aller Ämter ein milder Umgang mit ihm war und die Tatsache, dass nichts davon jemals an die Öffentlichkeit kam, nur auf seinen guten Ruf und seine Stellung zurückzuführen war.

Wenn man sich das alles anschaut, ist es wohl nicht so verwunderlich, dass man sich in der Familie entschloss, diese Geschehnisse zu vertuschen. Wenn man überhaupt davon wusste. Ich glaube – voll und ganz – dass weder Dein Vater noch Karen etwas davon wissen. Und Gott weiß, dass sie aber auch nie danach gefragt haben, und so glaube ich, dass auch sie trotz alledem ihre dunklen Ahnungen haben.

Was soll ich Dir sonst noch sagen? Gibt es noch mehr zu sagen? Ich verbrenne den Brief von Dr. Rieber und ich wünschte mir, auch das Wissen und nicht zuletzt die grausamen Vorfälle mit den Blättern verbrennen zu können.

Lass uns für sie beten, für die arme Siren, und für ihre Mutter und für ihren armen, irre geleiteten Vater.

Ja, Du denkst gerne an ihn, an Deinen Großvater, und es ist ja auch noch nicht so lange her, dass er von uns gegangen ist. Ich sehe ihn vor mir und kann ihn doch nicht sehen. War das <u>der</u> Mann?, frage ich mich. Und gleich darauf denke ich mit großer Sorge, dass er es wohl war. Ich habe ihn immer als schwermütigen, verschlossenen Menschen empfunden, und jetzt kann man wohl verstehen, warum er sich selbst quälte. Aber immer öfter gehen meine Gedanken zu Großmutter Edel Synnøve, diesem armen Menschen. Erinnerst Du Dich an sie? Ihre unbändige Liebe für Deinen Vater steht jetzt in einem ganz anderen Licht.

Ich möchte jetzt nichts mehr sagen. Ich habe den Brief an Dich noch einmal durchgelesen und ich sehe, dass ich mehr als genug gesagt habe.

Pass auf Dich auf, mein lieber Sohn und lass es jetzt genug sein, Du hast jetzt lange genug darüber gegrübelt. Und lass Dich auf keinen Fall in Deinen Studien davon beeinflussen.

Dein Vater bittet mich, Dir Grüße auszurichten. Er sitzt in seinem Arbeitszimmer und brütet über seiner Predigt – Du siehst ihn sicher vor Dir, mit gebeugtem Kopf über seinem geliebten Buch und das Klopfen seiner Finger, die nicht aufhören können, auf die Tischplatte zu trommeln. Dieses Geräusch erreicht mich wie das friedvolle Ticken einer Uhr bis hierher in den Wintergarten. Jetzt werde ich gehen und Jorunn bitten, das Abendessen vorzubereiten.

Mein lieber, lieber Sohn – dann sehen wir uns Weihnachten – und lass alles jetzt in Frieden ruhen.

In Liebe, Deine Mutter

P.S. Ich lege ein paar Kronen für den neuen Anzug bei.

Die Silberknöpfe gingen von selbst auf, glaubte ich und dachte an Großvaters Hände. Ich zog meine Arme aus den Ärmeln, rollte die Strickjacke zusammen und legte sie zu den anderen Kleidern in den schwarzen Sack zurück. Ganz unten sah ich etwas, das aussah wie ein kurzärmeliges rotes Kleid: Mutter. Ich knotete den Müllsack wieder zu, mit einem Doppelknoten. Dann ging ich in die Küche hinunter und holte eine neue Rolle Klebeband aus der Alles-Schublade. Vor dem Küchentisch hielt ich inne. Dort stand eine leere Teetasse und ich steckte meine Nase hinein, sie roch nach frischem Tee. Er hatte aufgeräumt.

Oben auf dem Dachboden machte ich den Karton mit den Briefen wieder zu. Das Klebeband quietschte schwach, als ich es von der Rolle zog. Dann räumte ich ein bisschen um, schob einige Sachen aus Angst vor Feuchtigkeit ein paar Zentimeter von der Wand weg und dachte an so ein grobes, gelbes Material, mit dem man Dachböden isoliert, aber ich kam nicht darauf, wie es hieß. Ich weiß noch immer nicht, wie das heißt. Schließlich ging ich ein letztes Mal zum Fenster hinüber, wirklich zum letzten Mal, und versuchte es zu öffnen, als wenn die Nägel irgendwelche Spielnägel gewesen wären.

Es ging nicht. Nein, es ging nicht.

Hatte sich der Sturm gelegt?

Ich sah niemanden, die Dunkelheit war jetzt vollkommen, aber der Wind blies kräftiger, und niemand hatte sich gelegt. Nicht einmal die Kinder, dachte ich und sah sie mit offenen Augen auf ihren Kopfkissen vor mir. Ich knipste das Licht an der Dachbodenluke aus und stieg die Zugleiter hinunter auf den Flur des ersten Stockwerks, ich zählte die Stufen: es waren acht. Ich empfand es als sehr schwer, die Treppe wieder zurückzuschieben, und die Luke knallte zu, als wollte sie etwas demonstrieren. In dem starken Licht dort unten sah ich, dass meine Hände schwarz und fleckig vom Staub waren und ich klatschte in die Hände. Staub umkreiste meine Hände wie Motten das Licht. Die Tür zu Vaters Schlafzimmer war geschlossen.

Unten im Wohnzimmer stand ich vor dem großen Fenster, das zur Insel zeigte. Die Blumentöpfe auf der Fensterbank waren leer. Das nenne ich Dunkelheit. Da stand ich, genau da und konnte sehen, wie der Wind den Regen wie Reis hin und her warf. Aber wer heiratete? Niemand. Der Regen trommelte gegen die Scheibe. Weit, weit entfernt wendete sich ein Lichtstrahl zum Himmel – vielleicht ein Autoscheinwerfer. Ich weiß nicht, ich habe wirklich keine Ahnung.

Ich fand mich selbst niesend draußen in der kühlen Luft auf dem Boden liegen. Ich fand mich selbst wie einen lebenswichtigen Gegenstand, nach dem jemand in der Dunkelheit suchte. Jemand? Es war sonst niemand da. In der kohlrabenschwarzen Dunkelheit.

Nur wenige hundert Meter unter mir lag die Kirche, aber ich konnte sie nicht sehen und ich dachte nicht an sie.

Lebenswichtig, schoss es mir durch den Kopf, als ich langsam versuchte, mich auf dem nassen Boden auf den Ellenbogen aufzustützen und feststellte, dass es Nacht war und die Wellen dort draußen hoch gingen. Lebenswichtig? Bin ich lebenswichtig? Ich kam nicht hoch, ich lag noch immer auf der nassen Erde, auf meinem Rücken in den nassen Kleidern.

Wo ist das Unwetter, fragte ich mich, als ich sah, wie die Sterne meinen Augen entgegenleuchteten.

Der Sternenhimmel über mir, 180 Grad mit Schwärze und Sternen. Wie ein Bild, es war wie ein Gemälde, das jemand an den Gewitterhimmel gemalt hatte: ein schönes Gemälde. Und alle waren sie da, und sahen sie nicht auch ein bisschen aus wie die hellen Löchlein, die ich einmal in dem schwarzen Filzvorhang gesehen hatte, der vor einem großen Fenster hing, an einem Geburtstag mit Filmvorführung in einem dunklen Keller mit fünfzehn anderen Jungen. Der Große Wagen, der Stier, der große und der kleine Bär, sie alle waren da, mächtig. Ich zuckte zusammen, als ich begriff, was ich da anstarrte, Sterne und womöglich Sonnen, die ihre Planeten verbargen. Ich schloss die Augen: Das war zu viel, ich verkraftete das nicht, das ist zu viel. Vierhundert Milliarden Sterne funkelten in meinem Bewusstsein und das nur in unserer Galaxie. Aber hatten sie Planeten? Gab es Leben auf diesen Planeten? Ich schwitzte in der Kälte. Ich brauchte ein enges Umfeld, ich brauchte Kugelschreiber, Fünfkronenstücke, Seife, und keinen Großen Wagen und all das, was plötzlich eine so gewaltige und mystische Bedeutung bekam: verborgene Strukturen zwischen den Sonnen am Himmelszelt. Bist Du hier?, flüsterte ich und spürte, wie ich meine Nägel in der Erde vergrub. Ich konnte mich nicht erheben. Ich lag da und konnte mich nicht erheben. Der Körper – der Körper? – kontrollierte alles: Mein Wille war ein Sohn des Körpers, und er wurde bestraft. Hier sollst du liegen.

Was soll das? Warum liege ich hier, was war geschehen?

Nichts war, wie es für gewöhnlich war, die Geschichte raste nicht durch mich, mein Kopf fühlte sich gut und einfach an und die Gehirnzellen schliefen ihre erste Nacht. Alles war an seinem Platz, ich lag hier, inmitten der Welt und verstand, dass man sich tatsächlich und zu jeder Zeit wie eine Zirkelspitze in der Mitte der Welt befinden wird. Vor meinen Augen, meinen inneren Augen, sah ich all die anderen Menschen auf der Erde, und alle waren sie wie ich: inmitten der Welt. Ich verkrafte das nicht, zittere ich? Nein. Vergeht die Zeit nicht zu schnell? Stürzt die Welt um mich herum nicht ein? Nein, das ist kein Anfall. Alles steht still, die Sterne bewegen sich nicht, ich kann mich nicht erheben, es gibt keinen Wind, ich lebe, ja, ich lebe, aber hier bewegt sich nichts. Hat es jemals Veränderungen gegeben? Jetzt konnte ich auch meine Augen nicht mehr schließen, ich starrte sie an, die Sterne und sie wurden zu meinen Augen, die unverdrossen in die Ewigkeit hineinstarrten. Und bestimmt fror ich, aber doch nicht: Es gab eine Wärme in mir. Keine wohlige Wärme, sondern eine notwendige Wärme, und ich kannte den Unterschied zwischen ihnen. Ich musste die Sterne anschauen und sie erwiderten meinen Blick. Die Augen der Ewigkeit. Sie hatten sich nie verändert. Solch eine Angst hatte ich nie zuvor verspürt, und ich wusste nicht, was es war. Ich, alleine draußen auf einem Feld, die Erde unter mir, die Sterne über mir, keine Geräusche, nichts, ich hörte die Wellen nicht mehr. Ich wusste nicht, was das war, aber es fühlte sich wie Angst an: Ich weiß nicht, was es war.

War das dieselbe Nacht? War es eine andere Nacht? War ich wirklich am Abend zuvor auf dem Dachboden bei den alten Sachen gewesen? Ich dachte nicht daran, als ich da lag, ich hatte keine Erfahrungen darin. Oder, vielleicht hatte ich alle Erfahrungen, aber sie meldeten sich nicht in mir. War es dieselbe Nacht oder war es eine ältere Nacht, eine Nacht der Vergangenheit? War es die Nacht nach den Geschehnissen auf dem Dachboden? War ich wie im Schlaf nach draußen gegangen und hatte ich mich einfach auf den Boden gelegt? War ich umgefallen? Oder hatte mich jemand niedergeschlagen, mich mitgenommen, mich hingelegt? Mich auf starken Armen nach draußen getragen, über die Äcker hierher und mich hingelegt, wie zur… Ruhe? Ruh dich jetzt aus, Jakob. Die endgültige Ruhe. War das dieselbe Nacht? Es war vielleicht ein ganz anderer, ein ganz anderer – Abend, nicht ich.

Erde ist lebenswichtig, Sterne sind lebenswichtig, Regen ist lebenswichtig, Vater ist lebenswichtig, Mutter ist lebenswichtig, Möwen sind lebenswichtig, Gras ist lebenswichtig, Holz ist lebenswichtig, Zahlen sind lebenswichtig, Meer ist lebenswichtig, Licht ist lebenswichtig… bin ich lebenswichtig?

Ich sah in die Sterne. Ich kann sie nicht alle zählen, aber ach, ich bin umso dankbarer.

Jetzt sehe ich es, es kommt zu mir. Ich war ohne Gott. Es gab nur mich und die Welt.

Der Körper erhob sich. Die Augen fielen zu.

Plötzlich spürte ich, wie sich der Körper aufrichtete – nicht wie ich den Körper aufrichtete, nein, wie *der Körper sich vom Boden aufrichtete*, wie er ging, ins Land hinein, hinein, über die Felder, auf ein Haus zu, Sinn, ich bekam Sinn. Ist das dieselbe Nacht? Lebenswichtig – ich blickte auf meine Hände, die von den Regentropfen nass waren und biss mir selbst fast weinend auf die Unterlippe, als ich dachte: Ich bin lebenswichtig. Ich brauchte mich nicht einmal umzudrehen, denn jetzt wusste ich, dass Er da war.

Noch einmal kann ich sagen, dass ich mich an einen Traum erinnere, einen Traum vom Glück. Noch einmal? Oh nein, *endlich* kann ich das sagen: Es sollte *endlich* sein. Wie oft bin ich nicht mit juckendem Körper und brüchiger Stimme aufgewacht, als ob jemand während der ganzen Nacht meine Haut berührt und mit den Händen das Juckpulver der Gefühle auf meinem Körper verrieben hätte, als ob meine Stimme während all dieser Nachtstunden gesprochen hätte, ohne aber etwas zu mir zu sagen. Mir? Der, der sich räusperte, als er die Augen aufschlug, der, der schlief, der, mit dem es geschah, der, der träumte: *Der, der dort im Bett liegt*. Die Augen sind schwer und geschwollen, habe ich geweint? Ich habe mit halb geöffnetem Mund geschlafen, die Spucke ist im Mundwinkel angetrocknet. Für wen habe ich geweint, für was habe ich geweint? Was habt ihr mit mir gemacht, was haben wir miteinander gemacht? Ich erwache, ich stürze in den elenden Tag hinein und hinter der leichten, hellgelben Gardine legt sich die frisch auferstandene Sonne auf die Außenseite der Fensterscheibe oder der Regen, wenn es denn regnet; die Tropfen klatschen auf die Scheibe und fließen auf dem Glas auseinander, oder der Schnee, wenn es denn schneit; die Schneeflocken versuchen, sich am Fenster festzukrallen, aber sie schmelzen und rinnen herab. Oder der Wind: das mag ich am liebsten, vom Wind aufzuwachen, denn er scheint am schnellsten durch den Tag kommen zu wollen. Auf jeden Fall aber ist im Wind ein guter und starker Wille – und will er nicht auch mich mitnehmen? Ja, er will mich mitnehmen, er will mich zu sich mitnehmen, an den Ort des Windes, der *weiter* ist, weiter. Ich erwache, stürze in den Tag und *weiß, ich weiß so innerlich gut*, dass etwas in mir geschehen ist, ja; in mir. Aber was? Krieger, Liebe, Rechtssachen, Entsagungen. Ein kleiner Junge, der sich nach etwas sehnt. Nein, das ist verschwunden. Es ist geschehen, und es ist verschwunden. Ich erinnere mich nie an sie, an meine Träume, aber sie folgen mir durch den ganzen Tag, ja und durch den nächsten und übernächsten, sie folgen mir Schritt auf Schritt wie unsichtbare Plagen, aber es sind nur die … Idioten in ihnen, wenn man das so sagen kann. Es sind die Idioten in ihnen, die mir folgen und diese Idioten können nicht sprechen, sie können mir nicht erzählen, was geschehen ist. Ich sehe eine frische Borke auf dem Oberarm und ich schäme mich, ich frage mich, wer mich da bis aufs Blut kratzte, wer ich war, als ich mich kratzte. Ich lege meinen Arm wieder an meine Seite; es ist bloß ein Arm, befestigt an einer Schulter, verlängert durch einen Nacken mit einem Kopf. Arm, warst du hier? Kopf, saßest du auf dem Nacken? Viele Male habe ich versucht, in die atomar winzigen Reste meiner Träume einzudringen, um, wenn immer möglich, in einem kurzen Aufblitzen etwas von dem zu sehen, was geschehen ist, mich in den Resten zu vergraben, diese Reste, die oft nicht mehr sind als das, was ich eine *Stimmung* nenne, eine *Ahnung*, ein *Licht* oder das Gespür für eine *Farbe*. Rot? Das Gespür für etwas beinahe Rotes. Weiß? Grün? Oooooh: Ich stoße meinen Kopf gegen meine inneren Wände, und die Wände stürzen nicht ein, ich erhalte sie selbst, ohne es zu wollen. Gott, bist Du da, bist Du ein Teil davon? Er antwortet nicht, und wenn ich Glück habe, schlafe ich wieder ein. Das rettet mich, mehr Schlaf, ein Verschwinden im Schlaf, dann ist wenigstens *alles vergessen*.

So, das kann man verstehen. Wie gut es sich anfühlte, wie stark und – ja gesund ich mich fühlte, als ich ohne auch nur eine Spur von einem Problem diesen Traum noch viele Stunden später rekapitulieren konnte. Ich jubelte vor dem ausgeschalteten Fernseher, während ich den Traum durchging, den Geschehnissen folgte, als wäre ich ein unsichtbarer Zuschauer und die Handlung würde von einer nichts ahnenden Schauspielertruppe aufgeführt.

Zuerst ist da nur Nebel, dicker, dicker Nebel und Feuchtigkeit, wenn man hineingeht. Aber das tat man in dem Traum nicht. Es war so ein Traum, in dem man selbst nicht von Beginn an teilnahm, er ähnelte eher einem Film mit einer überraschenden Schlusseinstellung. Aber der Nebel ist kein… richtiger Nebel, nein, er liegt nicht über dem Boden, er treibt nicht vom Meer ins Land hinein und es ist auch kein Morgennebel. Er ist eine Eröffnung, er ist ein Bild für etwas, er ist kein »Nebel«, sondern *Nebel*. Ein Symbol? Ja, er ist ein Symbol. Der Nebel reißt nach ein paar Sekunden auf, aber in dem Traum sind die Sekunden lang und das Aufklaren ersehnt, es wird hell. Hell wie Schnee im österlichen Gebirge. So starkes Licht! So unglaublich starkes Licht! Ein Mann tritt ins Licht vor, er hat Arme, er hat Beine, er hat einen Körper, ein Gesicht. So fühlte es sich im Traum an, man musste ihn benennen, ihn wie ein Skelett auf einer Tafel aufzeichnen, weil der Träumende fürchtete, dass ihm etwas fehlte. Dort kommt ein Mann, er hat Beine, er hat Arme, er hat einen Körper, ein Gesicht… Ihm fehlte nichts, wie er dort ins Licht trat. Der Nebel war verschwunden, aber man fühlte ihn noch, als wenn es gerade geregnet hätte. Ihm fehlte nichts, aber man fühlte es, man *fühlte es, als ob diesem Mann etwas fehlte*, man starrte ihn an, der Traum selbst starrte ihn an. Der Traum selbst starrte ihn mit seinen eigenen, erschrockenen Augen an und spürte ganz deutlich, dass diesem Mann, der da ins Licht trat, etwas fehlte. Dann öffnete er den Mund, er kam näher und näher, und während er auf uns zukam – ja, uns, uns – öffnete sich der Mund, sodass man glaubte, er würde etwas sagen, es würde etwas aus ihm herauskommen. Aber nein, der Mann kam lediglich näher und in einer winzigen Sekunde – im Nachhinein eine komische Sekunde, doch in diesem Moment dort eine gotische Sekunde – sah er aus wie ein Schauspieler in einem Schwarzweiß-Film, den wir als Kinder gesehen hatten. Er kam näher, der Mund öffnete sich noch weiter, und er schien die Helligkeit des Schnees um ihn herum mit seinen dunklen Kleidern noch zu verstärken. Jetzt war er unmittelbar vor uns, jetzt kam er näher, jetzt begann er, die Ränder zu verdecken, das Licht an den Seiten verschwand und einzig er war vor uns, einzig sein Gesicht. Dichter, dichter, er füllte das Ganze aus, nur sein Mund, schließlich war da nur sein Mund, und… gingen wir in ihn hinein? Riss er sich über uns auf? In der folgenden Sekunde waren wir hinter ihm. Wir sahen ihn einen Pfad entlanggehen, einen Kiesweg zu einem Holzhaus zu einem Staketenzaun und einer Pforte, die er öffnete, jetzt war es nicht mehr so hell, es gab keinen Nebel, jetzt war alles normal, *Normalität*. War das Musik? Licht, leise Musik. Er öffnete die Pforte in dem weißen Staketenzaun und schloss sie ordentlich hinter sich, schritt über den Kies. So begann es: Das war kein Albtraum, das war nicht schlimm, aber das war auch nicht gut. Wir bemerkten, dass es uns nicht gelang, dem Mann näher zu kommen, dass er sich von uns entfernte, weiter und weiter und der Kiesweg länger und länger und der Mann kleiner und kleiner wurde, bis er zum Schluss nur mehr ein Punkt war, der uns an eine Fliege erinnerte und wir zu weinen begannen – oder, was soll ich sagen? Der Traum begann zu weinen, weil… warum? Weil er im Begriff war, sich selbst zu verlieren? Ich weiß nicht, ich weiß nicht. Die Wende kam genau in dem Augenblick, als er nicht mehr zu sehen war und wir für eine Sekunde lang auf den nackten, weißen Staketenzaun starrten, die offene Pforte und den grauen Kies. Da kam die Wende: eine Hand. Wir waren eine Hand und die Hand hämmerte gegen eine Tür, sie hämmerte und hämmerte gegen eine Tür, lass mich hinein, lass mich hinein und ich spürte plötzlich, wie meine eigene Person den Traum betrat, jetzt war ich es: nur ich. Ich war diese Hand und diese Hand war die meine: Jakob. All diese »wir«, all diese »uns« waren verschwunden. Ich war Jakob und er stand da und hämmerte gegen eine Tür und es ging um Leben und Tod, aber Jakob war noch niemals zuvor dort gewesen. Ich hämmerte und klopfte gegen die Tür und ich wusste, niemand würde kommen und sie öffnen, ich wusste, niemand war dort: deshalb klopfte ich an, deshalb klopfte ich. Ich weiß nicht, ich habe versucht, einen Sinn in diesen Traum zu bekommen, aber er erscheint mir vollkommen und ohne Bedeutung. Am meisten freut mich, dass ich sagen kann, dass ich mich endlich an einen Traum erinnere und nicht darin umkam, nicht Zeuge von schlimmeren Dingen wurde, das tut mir gut. Das Einzige ist, dass ich gerne jemanden von denen wieder gesehen hätte, die mir fehlen, aber vielleicht kommt das noch, vielleicht war das der Anfang von etwas Wichtigem.

Ein Traum vom Glück? Sagte ich nicht, dass es ein »Traum vom Glück« war? Doch, und dazu stehe ich. Abrupt riss ich die Augen im Bett in Vaters Zimmer auf, es klopfte wild an der Eingangstüre unten im Erdgeschoss.

Der unglaublich kurze, aber chaotische Weg von einem Traum zum Tageslicht und der Realität kam wie ein Schock über mich, und ich war gezwungen, meinen Traum zu verlassen. Stattdessen reagierte ich wie auf einen Kommandoruf meiner Muskeln, nahm die Kleider vom Stuhl und zog mich an, rieb mir die Augen und rannte die Treppe hinunter. Es hörte auf zu klopfen, ich sah auf die Uhr, es war kurz nach zwölf, ich musste lange geschlafen haben. Auf dem Weg zur Tür sah ich Großmutters Gesicht vor mir und erinnerte mich, dass ich am Abend zuvor oben auf dem Boden gesessen und den Brief an Vater gelesen hatte. Jetzt weiß ich es, sagte ich zu mir selbst und öffnete die Tür.

Ein Mann ging über den Kies, er ging von unserem Haus weg. Dann hielt er an, drehte sich um und hob die rechte Hand zum Gruß. Ich kniff die Augen zusammen, als er auf mich zukam, wer war das, fragte ich mich. Er lächelte und sein Körper entspannte sich, als er näher kam, er trug eine grüne Regenjacke mit hochgeschlagenem Kragen. Ich schaute zum Himmel, Schneeregen. Jetzt kam der Schnee.

Wer ist das, dachte ich und versuchte das Lächeln zu erwidern, er stand jetzt direkt vor mir. Er wirkte bekannt, aber mein Gehirn stand wohl immer noch unter dem Einfluss des tiefen

Schlafes und konnte ihn zuerst nicht finden. Er war ein bisschen größer als ich und unrasiert.

Jakob.

Ja?

Erkennst du mich nicht mehr?

Nein…

Was? Du erkennst mich nicht?

Ich schaute ihn an, und doch natürlich, jetzt erkannte ich ihn wieder, ich lächelte, ich erkannte ihn wieder.

Svein, sagte ich. Bist du das, ja, nein, ich habe wirklich einen Augenblick gebraucht… Ich hielt inne und bemerkte, dass ich zu schwitzen begann. Svein, Katrines Bruder. Er kratzte mit den Füßen im Kies und schaute zum Meer hinunter.

Es ist lange her.

Ja, sagte ich und räusperte mich. Das ist lange her.

Habe ich dich geweckt?

Ich nickte, ja scheint so.

Ich habe dein Auto gesehen, als ich gestern hier vorbeigefahren bin, weißt du. Ja, das ist doch wohl deins, oder?

Ich blickte zum Polo hinüber und nickte.

Ich war gestern auch schon mal hier und habe geklopft, sagte er, aber du warst wohl irgendwo draußen. Auf dem Dachboden war Licht, aber, ja und… Er blickte mich an und unterbrach sich selbst: mein Beileid.

Danke, sagte ich.

Traurig, das Ganze.

Ja.

Er hatte sich nicht sonderlich verändert, das war es nicht, weshalb ich ihn nicht erkannt hatte, er war der, der er immer gewesen war, Svein. Aber trotzdem; ich hatte ihn nicht wiedererkannt. Ich sah in sein Gesicht, es war kantig und hart, mit Bartstoppeln, er war dünn und man konnte sehen, wie sich die Haut zwischen seinen Fingern spannte. Ich suchte in seinen Augen, in seinen Fingern, in seinen Wangen. Ich suchte nach ihr, nach Katrine, versuchte, in Erfahrung zu bringen, ob ich sie nicht in einem kurzen Schimmer sehen konnte, wie sie heute wäre, aber ich sah nur ihn, Svein. Aber hinter ihm, gleichsam hinter seinem Rücken, reihten sich Szenen und Bilder auf. Sie standen wie um Suppe an, die Mützen in den Händen. Ich zitterte etwas, der Schneeregen fiel auf uns herab und ich wusste, warum ich zitterte, warum sich meine Nägel zusammenzogen: Ich weiß, warum du hier bist, dachte ich. Komm herein.

Komm doch herein, sagte ich.

Ja, wenn du meinst.

Wir sollten bei dem Mistwetter nicht hier draußen stehen!

Er lächelte, trat in den Flur und schaute sich dabei neugierig um. Dann starrte er die Wand neben dem Telefontischchen an und hängte seine nasse Regenjacke über einen Kleiderhaken. Es war merkwürdig, ihn im Haus zu haben, als wenn etwas nicht stimmte, es war ein bisschen 1998 und gleichzeitig ein bisschen 1977, ich schloss die Augen und öffnete sie wieder, aber er verschwand nicht. Er schaute sich um.

Oh, ja, du bist vielleicht nie hier gewesen?

Natürlich bin ich *hier gewesen*, sagte er, das weißt du doch.

Ja, klar, natürlich, aber ich meine, nach dem…

Nach dem Tod deines Vaters?

Nach Vaters Tod.

Nein, sagte ich und ging über den Flur zur Stube, ich meine, nach dem Brand.

Er blieb stehen und schaute mich so merkwürdig an, als wollten seine Augen fragen *Brand?* und es nicht glauben.

Der Brand, ja, sagte er, und ich wurde immer verwirrter, was war das? Nein, seit dem Feuer war ich nicht mehr hier.

Ich bat ihn, sich zu setzen, während ich ging, um mich ordentlich anzuziehen. Das war eigentlich nicht nötig, aber ich tat es trotzdem. Ich setzte mich oben im Zimmer in der ersten Etage auf die Bettkante und fühlte mich unwohl, als wenn etwas zu geschehen drohte, ich aber nirgendwo den Druck ablassen konnte. War mir schwindelig? Nein, das war es nicht. Klopfte es in meinen Schläfen? Nein, ich war klar, aber es war so, als drückte mich jemand, wie wenn ich ein Knopf gewesen wäre und innen in mir eine Menge von Mechanismen ausgelöst werden sollten. Ich ging ins Bad und wusch mir das Gesicht mit kaltem, kaltem Wasser, das auf meiner Haut im Spiegel abperlte. Ich blickte auf den Duschkopf und ging die Treppe hinunter. Svein betrachtete eine Fotografie von Großmutter und Großvater aus den sechziger Jahren, die neben dem großen Fenster an der Wand hing. Ich stand ganz still und sah ihn an SIEHST DU MICH AN, er hatte den Kopf zur Seite gelegt, und ich trat einen Schritt vor. Wann wirst du es sagen?, dachte ich, Svein, wann wirst du es sagen? Von dem großen Fenster im Wohnzimmer kann man bis hinunter zum Meer schauen. Er drehte sich um.

Da bist du ja.

Tja, Du hast mich im Bett erwischt, weißt du, sagte ich und lächelte. Trinken wir einen Kaffee?

Ja, das wär jetzt gut.

Ein Kaffee kann nicht schaden.

Als ich ging, um Kaffee zu kochen, folgte er mir in die Küche, Vater hat keine Kaffeemaschine. Warum ging er mir nach? Stand hinter meinem Rücken und redete, während ich Kaffee mahlte und Wasser aufsetzte. Er sprach davon, dass es so aussah, als wollte es einen merkwürdigen Winter geben. Du arbeitest doch da in der Meteorologie, sagte er, findest du nicht auch, dass das ein merkwürdiger Winter zu werden scheint, so oft wie das Wetter wechselt. Ich nickte. Er stand hinter meinem Rücken, freundlich, er war so *freundlich*. Warum gehst du mir nach, dachte ich und sah die Fotografie von Katrine vor mir, die oben in der ersten Etage auf dem Nachtschränkchen lag. Wo war nur der Briefumschlag, in dem sie gelegen hatte? Wir setzten uns ins Wohnzimmer und es veränderte sich, während sich der Kaffee setzte. Als nur ich dort war, hatte alles in einer Dunkelheit gelegen, die immer wieder sagte *danach. Nach* Vaters Tod, *nach* meiner Heimkehr. Danach, danach, alles, was danach geschah. Aber als Svein dort mit mir zusammen saß, schien mir das alles nicht zu stimmen, 1998 und 1977 gleichzeitig, ich wurde unter seinen Augen immer kleiner. Ich wartete, ich war fügsam, aber bereit und erschöpft. Ich spürte es jetzt: Du bist erschöpft, Jakob. Ich ging hinaus, um den Kaffee zu holen. Dieses Mal folgte er mir nicht, sondern blieb im Wohnzimmer sitzen.

Wirst du lange bleiben?, fragte er, als ich zurückkam.

Wohl über Weihnachten, sagte ich, ich muss ein paar Dinge erledigen.

Ja.

Ja-a.

Hast du nicht daran gedacht, wieder nach Hause zu ziehen?, fragte er und knackte mit seinen Fingergelenken.

Ich goss uns beiden Kaffee ein, aber er trank nicht davon, sondern blies nur in seine Tasse. »Nach Hause.«

Hierher, meinst du? Dass ich wieder hierher ziehen soll?

Jaa, er zog das Wort in die Länge, nein, was weiß ich schon.

Daran habe ich nicht gedacht, erwiderte ich.

Ich konnte es ihm ansehen, er wollte etwas sagen. Und wusste ich nicht ganz genau, was er sagen wollte? Dann sag es doch, dachte ich, sag es. Sag, dass du es weißt. Dass du weißt, was ich getan habe. Ich blickte aus dem Fenster, der Schneeregen hatte aufgehört, jetzt schneite es. Er räusperte sich, rutschte in seinem Sessel hin und her.

Tja, sagte er. Ich wartete. Tja, es ist so…

Ja?

Dein Vater.

Vater?

Dein Vater sagte er.

Vater.

Ich habe vor zwei Wochen mit deinem Vater gesprochen. Er schaute zu mir auf, als wollte er fragen, ob er das erzählen dürfe, und plötzlich *erkannte ich ihn wieder*: Das war Svein, jetzt war das Svein.

Oh?

Ja, wir haben ihn in der letzten Zeit nicht viel gesehen, weißt du, aber vor ein paar Wochen kam er herüber zu uns. Er fragte nach

Katrine

Katrine, sagte er. Dein Vater fragte nach Katrine, du erinnerst… ja, das tust du wohl. Svein senkte seinen Blick und stellte die Tasse auf den Tisch. Er kam einfach abends, als wir vor dem Fernseher saßen zu uns herüber, zu Vater, Mutter und mir. Er sah erschöpft aus, dein Vater, aber er wollte unbedingt hereinkommen. Das Ganze war etwas merkwürdig, das kannst du dir wohl vorstellen, wir hatten ja nie richtig Kontakt und so, und da kam er einfach so und wollte über

Katrine

Katrine sprechen.

Ich sah ihn an, er strich mit dem Zeigefinger über die Armlehne, zögerte und schaute zu Boden.

Was wollte er da?, fragte ich. Bring es heraus, Svein, komm jetzt, dachte ich, sag, dass du es weißt, ich bin jetzt hier.

Nein, das ist es ja, sagte er. Das ist es ja eben.

Was?

Tja, wir hatten auch geglaubt, dass er etwas wollte, dass er uns etwas erzählen wollte. Mutter war es, glaube ich, nicht angenehm, über diesen Tag, diesen Unglückstag zu sprechen, aber dein Vater wollte unbedingt darüber reden. Svein schaute zu mir auf, ich goss mir Kaffee nach. Er blies noch immer in seine Tasse.

Ja?

Nein, ich weiß nicht, sagte er.

Das versteh ich nicht, sagte ich und wollte mich erheben. Was soll das, das Unglück?

Ich auch nicht. Das war das letzte Mal, dass ich deinen Vater gesehen habe, ich dachte, ich sollte dir das sagen. Aber dann…

Warte einen Augenblick, sagte ich und ging zur Tür.

Mach deinen Mund auf, Jakob, jetzt musst du endlich deinen Mund aufmachen, jetzt musst du ihn dazu bringen, es zu sagen. Warum tut er das? Warum sitzt er da und *streicht mit den Fingern über die Armlehne* und redet über Vater? Warum sagt er mir nicht, dass er mir die Fotografie geschickt hat, dass er weiß, was er weiß? Er begann einen Satz: Aber dann… warte einen Augenblick, sagte ich. Auf dem Weg, die Treppe hinauf, sah ich, wie meine Beine nach oben rannten, während ich so ruhig ging, wie ich nur konnte, ein Schritt nach dem anderen, aber meine Beine rannten, schleuderten die Fußsohlen auf die Stufen. Ich ging in mein Zimmer und zu dem Nachtschränkchen mit der Fotografie. Katrine schaute mich an, ihre dünnen Haare. Ich nahm die Fotografie und ging die Treppe wieder hinunter. Dieses Mal stand Svein vor dem Fenster und schaute in den Schnee hinaus, der den Boden noch nicht überall zugedeckt hatte, aber das würde nicht mehr lange dauern.

Schnee ist schön, sagte er, den Rücken zu mir gedreht.

Ich ging zu ihm hinüber, stellte mich neben ihn und schaute in den Schnee hinaus. Ja, Schnee ist schön, der Schnee bringt eine Art Frieden.

Das ist schön, sagte ich, und für ein paar Sekunden raste der Schnee über den Hügel, peitschte wie Hagel auf den Boden, STÜRZTE EIN und es klopfte und funkte in meinem Kopf – aber es hörte wieder auf. Ich hielt die Fotografie in der linken Hand, meine rechte war nur wenige Zentimeter von seiner Hüfte entfernt. Der Schnee war hinter dem Fenster. Und dahinter? War da jemand? Siehst Du uns? Ich drehte mich zu ihm, und er reagierte abrupt, ängstlich?, als ich die Hand mit dem Foto hochhielt.

Ja, da ist es ja!, sagte er.

Da ist es?

Da ist es. Ja, das ist wirklich ein gutes Bild. Er lächelte, setzte sich wieder hin und nahm einen Schluck von seinem Kaffee. Aber dann weißt du es ja!, sagte er.

Er sagte zu mir, dass ich es wusste.

Was weiß ich?

Dass dein Vater bei uns war.

Nein…

Es begann mir zu dämmern, etwas dämmerte mir, sickerte durch mich, aber war das richtig? Log er mich an? Nein, sagte ich, das wusste ich nicht.

Aber du hast doch das Foto?

Ich blickte auf die Fotografie, die ich in meinen Händen hielt, ich hatte meine Finger um sie geschlossen.

Ich habe das Bild mit der Post bekommen.

Ja, ja, das hat er gesagt. Svein nickte.

Er wollte mir klar machen, dass Vater darum gebeten hatte, eine Kopie des letzten Fotos, das sie von Katrine hatten, zu bekommen, weil ich darum gebeten hätte, ein Bild von ihr zu bekommen, *zum Andenken*, hatte er gesagt. Ich überlegte hin und her, was ich sagen sollte. Sollte ich sagen, dass das nicht stimmte? Ich glaubte ihm nicht, ich begann mich an ihn zu erinnern, Svein, der immer alles irgendwie verdrehte, Sachen in ein schiefes Licht setzte, um sie so zu bekommen, wie er sie haben wollte; ich glaubte ihm nicht, aber ich ließ es geschehen, um zu sehen, wohin er wollte.

Ja, sagte ich, ja, ich habe ihn darum gebeten… letztes Jahr, wenn nicht vorletztes!

Schon merkwürdig, dein Vater.

Vater?

Ich weiß nicht.

Oh, sagte Svein und lebte plötzlich auf, er knackte wieder mit seinen Fingern und lächelte kameradschaftlich, man weiß ja nie, was in den Köpfen dieser Leute so vor sich geht! Die mit Gehirnen und so was arbeiten.

Ja, da hast du Recht.

Ich schaute ihn an, er treibt ein Spiel mit mir, dachte ich, er treibt ein Spiel mit mir und ich bemerkte, dass meine Handflächen ganz klamm waren. Dann ging ich weiter auf ihn zu, GING AUF IHN ZU, und sagte es.

Ich hab eigentlich geglaubt, dass du mir das Bild geschickt hast.

Ich? Svein schüttelte den Kopf. Ich?

Ja, dass du es mir geschickt hast.

Warum sollte ich das tun?

Ich schaute ihn an. Lügst du nicht? Ich schaute ihn wieder an und plötzlich sah er aufrichtig aus, ja wie die Ehrlichkeit in Person, er ähnelte Katrine und ich begann zu zweifeln. Ich zuckte mit den Schultern.

Nein, warum solltest du das tun.

Für mich ist das, was geschehen ist, genug. Mir reicht das. Er starrte mich plötzlich hart an und sagte, wir haben dir nie Vorwürfe gemacht, weißt du, Jakob.

Ich schloss die Augen, aber als ich sie wieder öffnete, war er noch immer da.

Draußen fiel der Schnee in dichten Flocken, und bald würde er jede noch so kleine Fläche zudecken und am nächsten Tag würde er sich auf die Steine legen und wer konnte schon wissen, wie weit er es treiben würde. Ich wusste nicht, was ich glauben sollte, für mich wurde alles weiß wie das weißeste Weiß und ich spürte, wie ich damit verschmolz. Aber ich wusste es: Sie hatten mir nie Vorwürfe gemacht. Sie waren mir immer dankbar gewesen, dass ich alles, so gut ich nur konnte, versucht hatte, dass ich sie in meine Arme genommen hatte, meine schwachen, starken Arme und sie an Land gebracht hatte.

Wir werden immer, immer nett zueinander sein.

Dafür sind wir dir dankbar, Jakob, haben sie immer gesagt. Und tat ich ihnen nicht mehr Leid als sie sich selbst? Doch, sie trösteten mich, der Trost, den ich brauchte, aber nicht der gleiche, den sie geben wollten. Nur nicht Svein, dachte ich wieder und starrte ihn an, als könnte ich es herbeistarren, was immer es war, sein Spiel. Ich hatte immer gewusst, dass er *es wusste, dass er es verstand.*

Denkst du an sie?

Immer, sagte ich. Immer.

Ein liebes Mädchen.

Ein liebes Mädchen.

Das Telefon klingelte. Als mich das Klingeln des Telefons erreichte, sah ich Vaters Gesicht vor mir, und in diesem Moment begriff ich gar nichts mehr und wünschte mir nur, IHN FESTHALTEN ZU KÖNNEN, wen? IHN, wen? Einfach IHN FESTHALTEN ZU KÖNNEN, es mit ihm zu tun, es aus ihm herauszubekommen, alles, aus ihm selbst, und war es nicht Vaters Gesicht? Ich sah Vaters Gesicht vor mir, während ich Svein anschaute, dem ich glaubte, ich glaube dir, Svein. Aber Vater? Warum hast du mir die Fotografie geschickt? Warst du das? Du weißt es, Svein, du weißt, was geschehen ist. Das Telefon klingelte noch immer und ich ging auf den Flur. Hinter mir sah ich, wie Svein zum Tisch hinüberging, sich auf einen Stuhl setzte und sich zur Fotografie von Katrine vorbeugte, die auf der Tischplatte lag. Er nahm sie in die Hand. Nein, er nahm sie nicht, er drehte sie um.

Ja, bei Malde.

Jakob Malde?

Ja.

Es war das Krankenhaus, sie berichteten mir, dass Karen noch immer im Koma lag. Ich stotterte. Ja, und dann? Tja, sie wollten mich nur auf dem Laufenden halten, ich sollte ruhig anrufen, oder kommen. Kommen? Ja, vielleicht würde das helfen, sagte die Frau am Telefon, die Ärztin. Helfen? Ja, ihr helfen oder Ihnen. Ihr helfen, mir helfen, niemand hilft. Vielleicht hilft es, wenn jemand von der Familie hier ist, sagte sie. So etwas kann helfen, sagte sie, auch der Familie. Svein kam auf den Flur, er ging an mir vorbei zur Toilette, ich glaube, er lauschte, er ließ die Tür einen Spalt offen.

Sind Sie noch da?, fragte die Frauenstimme.

Ja, ich bin da.

Das kann helfen, sagte sie noch einmal.

Danke. Ich legte auf. Svein kam aus der Toilette.

Tja, sagte er, als wir uns wieder ins Wohnzimmer setzten. Ich sollte wohl langsam los.

Schon?

Tja, vielleicht noch einen Moment.

Bleib nur noch ein Weilchen hier, Svein, und erzähl mir, dass das, was du sagst, nicht wahr ist, erzähl mir, dass du es weißt, dass du es gesehen hast, dass du da warst.

Weißt du, sagte er plötzlich, er deutete auf mich und lachte; wir haben immer geglaubt, dass aus dir einmal ein Pfarrer würde.

In unserer Familie gibt es wohl schon genug Pfarrer.

Ja, das stimmt allerdings.

Ich erinnere mich, dass Svein mich damit immer aufgezogen

hat. Er ist drei Jahre älter als ich, er war immer drei Jahre älter als Katrine und ich, und es ist ihm nie richtig gelungen, sich mit der Tatsache zu versöhnen, dass er ihr kein richtiger großer Bruder sein konnte, weil es immer nur sie und mich gab. Sie und mich. Ich schaute aus dem Fenster, es schneite.

Wartest du auf jemanden, fragte er.

Nein, wieso.

Du schaust die ganze Zeit aus dem Fenster.

Tue ich das?

Tue ich das?

Ja, das tust du. Das wirkt so, als würdest du jemanden erwarten.

Nein. Ich bin wohl nur ein bisschen unruhig und beobachte den Schnee.

Wer war da am Telefon?

Zucke mit dem Kopf. Wer war da am Telefon.

Tante Karen, sagte ich.

Karen?

Ja, Tante Karen. Eine Tante von mir.

War das nicht ein… er brach ab. Ein Krankenhaus?

Nein, sagte ich hart, das war Tante Karen.

Oh, in Ordnung. Ich dachte, ich hätte etwas von einem Krankenhaus gehört. Er nickte, aber mir schien es so, als hätte er die Augenbrauen zusammengezogen. Er sagte, er könne sich nicht an sie erinnern, aber an Mutter und Großmutter und Großvater; ja, gibt es überhaupt jemanden auf dieser Insel, der sich nicht an sie erinnert, sagte er. Alle mochten deine Großmutter, sagte er. Sie war ein feiner Mensch. Und auch diese… hieß sie nicht Jorunn, sagte er und lachte laut.

Jorunn?

Ja, hieß sie nicht Jorunn, das Dienstmädchen.

Doch, Jorunn.

Sonst hatte hier draußen ja niemand ein Dienstmädchen.

Ich habe sie in der Stadt gesehen, am Lungegårdsvann, sagte ich. Sie ist älter geworden.

Das ist nicht so erstaunlich, sagte er und lachte.

Dann fragte Svein, ob ich mich an eine Sache 1978 oder 1979 erinnerte. Es war um Weihnachten herum, wie jetzt, und wir drei, Katrine, du und ich, wollten als Heischegänger gehen. Erinnerst du dich daran?

Ich zuckte mit den Schultern: Nein, das ist vielleicht zu lange her. Ich habe so ein schlechtes Gedächtnis. Das ist lange her.

Ja, du bist ja ein paar Jahre jünger als ich, sagte er und fuhr fort. Es war ein ganz anderes Weihnachten als das, was wir jetzt wohl bekommen werden, damals war es mild und der ganze Dezember war fast herbstlich und alle Kinder waren enttäuscht und traurig, weil es keinen Schnee gab und die Schlitten, Handschuhe und Mützen warteten voller Spannung in Garagen und auf Hutablagen. Jedenfalls gingen wir dann als Heischegänger. Und du hast ja so schön gesungen, du solltest ja in einen Chor gehen, sagte Svein, ist daraus eigentlich jemals etwas geworden?

Nein, der Stimmbruch hat alles kaputt gemacht, sagte ich.

Naja, wir gingen also los, sagte er voller Eifer, und – du kannst dich wirklich nicht daran erinnern?

Nein, nein, ich erinnere mich nicht.

Also, wir kamen unten an der Kirche und am Leuchtturm vorbei und dann zu dem großen gelben Haus, das da steht, ich weiß nicht mehr, wie die Leute da heißen, Bjørnvig? Nein, ist ja auch egal. Und die Tür stand offen, sie stand einen Spalt offen und Katrine sagte das dann.

Was denn?

Wir gehen einfach hinein, sagte sie. Ja wirklich, ihr wart da gerade erst sieben Jahre, da bin ich mir sicher, denn ihr wart ja wirklich vollkommen schockiert, ihr zwei. Kannst du dich wirklich nicht daran erinnern? Ich schüttelte den Kopf, musst du das immer fragen? Wir gingen hinein, sie voran, *typisch sie, das war typisch Katrine*, nicht wahr? Ich nickte: Daran erinnere ich mich. Wir gingen ins Wohnzimmer, Svein lächelte, als er das erzählte, und ich hatte ein schweres und übles Gefühl im Magen, lächle nicht, Svein, lächle nicht, dachte ich, als er erzählte, wie wir uns fast hinter ihr versteckten, als wir ihr in das

Haus mit der offenen Tür folgten. Alle drei trugen wir Nikolausmasken, nein, Moment, du hattest keine Maske! Du hattest dir nur das Gesicht angemalt, deine Großeltern hatten dir verboten, eine Maske zu tragen, und es war so schon erstaunlich, dass du mitgehen konntest! Svein kam darauf, als er die Geschichte erzählte, und ich wünschte mir nur, dass er bald fertig war, fertig, ich hatte so einen Druck im Bauch. Also, wir gingen hinter ihr her über den Flur und dann ins Wohnzimmer hinein, oh wie gut ich mich daran erinnere, ins Wohnzimmer hinein. Es war der zweite Weihnachtstag, nicht wahr?

Ja, sagte ich, und dann?

Da standen sie, sagte er.

Wer?

Er, Bjørnvig, oder wie er nun heißt, und seine Frau, er stand hinter ihr, sie hatte sich über den Wohnzimmertisch gebeugt und er nahm sie, weißt du, er nahm sie von hinten. Sie hatte ihr Gesicht in einem Kissen vergraben, glaube ich, ja, ich glaube, das war ein Kissen. Und er stieß einfach wild darauflos, nicht wahr, wie ein Stier! Superhart und superschnell und wir standen wie gebannt da und sie machte Geräusche, aber er *stieß einfach darauflos, nicht wahr* und wir standen da. Katrine, du und ich.

Ich goss Kaffee nach, seine Tasse war jetzt leer.

Nein, sagte ich, daran erinnere ich mich nicht. Svein lachte, ich aber lachte nicht.

Er räusperte sich. Hmm, das ist mir einfach wieder eingefallen, sagte er und trank seinen Kaffee in drei Schlucken. Ja, sagte er. Es war einfach wieder da, das ist aber auch ein gewaltiges Erlebnis, wenn man so klein ist. Ich weiß nicht mehr genau, was wir getan haben. Wahrscheinlich sind wir einfach gegangen, ja. Das war schon ein gewaltiges Erlebnis!

Ja.

Du erinnerst dich nicht?

Nein.

Nein, es ist schon erstaunlich, an was sich manche erinnern und andere nicht. Svein starrte zu Boden, ich schwieg.

Ich sah die Kaffeekanne vor mir in meinen Händen, sie wurde von meinen Händen angehoben und was geschah? Sie flog an SEINEN KOPF, sie lag in meinen Händen und knallte gegen seinen Kopf———————————knallte immer wieder gegen seine Schläfe ———— die Kanne zerbrach an seiner Schläfe ——————— und ich sagte es: Du weißt es, Svein, DU WEISST ES. Ich sah, wie sich der Stahl auf seinen Kopf legte, wieder und wieder, und er sank nieder auf den Teppich, draußen fiel der Schnee, er sank wie von der Kraft der Kaffeekanne zu Boden gedrückt nieder ———— es ging gegen SEINEN KOPF, oh ja, sie war sie und du bist er, ich habe das gesehen. Bist du hier? Ich öffnete die Augen.

Du siehst müde aus, sagte er und schlug sich mit seinen kräftigen Händen auf die Oberschenkel. Du hast vielleicht nicht so viel geschlafen.

Doch.

Ja? Aber in dieser Jahreszeit wird man so oder so schnell müde. Ich glaube, ich sollte mich langsam auf den Weg machen. Bist du krank?

Nein.

Sah ich müde aus? Ich fühlte mich nicht müde. Aber der Körper reagierte nicht. Ich schaute aus dem Fenster, ich suchte nach Spuren im Schnee, nach einem Schatten, lauschte, und dann sah ich mir seinen Kopf an, aber irgendetwas in mir schien nicht richtig zu wollen.

Er stand auf.

Danke für den Kaffee.

Nichts zu danken, das war doch gern geschehen, sagte ich und fixierte seine Schläfe mit den Augen, ich hob die Kaffeekanne. Er begann zur Tür zu gehen, ich ging ihm nach, folgte ihm auf den Flur zum Telefon und den Kleiderhaken. Ich spürte das Gewicht der Kanne in meiner rechten Hand – ich bin RECHTSHÄNDER. Er griff nach seiner Regenjacke, sie war grün und inzwischen trocken und dann starrte er an die Wand.

Hier… sagte er und stutzte, wobei er seinen Blick nicht von der Wand nahm. Warte, doch, …hier hing doch ein Spiegel.

Ja, sagte ich und ging noch einen Schritt näher auf ihn zu. Er drehte sich plötzlich um und lächelte.

Ich soll dir noch herzliche Grüße von Mutter und Vater sagen und, …ja, das nennt man wohl kondolieren.

Danke, sagte ich.

War ein guter Mann, dein Vater.

Ein guter Mann, Vater.

Er ging zur Tür. Svein ging zur Tür und ich stand da, die Kaffeekanne in der Hand, in der rechten Hand.

Du weißt es.

Hmm? Er drehte sich um.

Du weißt es, Svein. Du hast mir die Fotografie geschickt, und du weißt es.

Hmm? Was?

Nein, sagte ich und stotterte, tu nicht so! Du weißt es.

Svein stand vor mir. Seine Augen veränderten sich, sie wurden mild und weich, und seine Hand kam auf mich zu und legte sich auf meine Schulter. Seine Hand *tätschelte mich.*

Es ist schwer, das alles, Jakob, nicht wahr?

Was ist schwer?

Ich weiß, dass das schwere Zeiten für dich sind, Jakob. Du bist niemals darüber hinweggekommen, oder?

Du weißt es.

Diese Sachen, die nie aufhören, nicht wahr? Ja, sagte er und öffnete die Tür, so ist das. Es hört nie auf. Er blickte mich an. *Bist* du krank?

Krank, – nein krank?

Nein du, das war sicher dein Vater, der dir das Bild geschickt hat. Sieh zu, dass du ein bisschen Schlaf bekommst, Jakob, du siehst wirklich angeschlagen aus.

Der Schnee schlug uns entgegen, und das tat so gut. Svein trat in den Schnee hinaus. So gut! Mehr Schnee, dachte ich und sah ihn über den Weg gehen, er winkte, und ich dachte nur: Mehr Schnee! Mehr Schnee! Lass es tagelang schneien, lass es nie mehr aufhören zu schneien. Lass es weißer werden, lass es weißer werden, weißer als weiß, so weiß, wie die Farbe weiß nie zu träumen gewagt hat. Er aber war grün, er war ein Mann in einem grünen Regenmantel, der über den Weg ging und sich noch einmal umdrehte und winkte und dann oben auf der Straße verschwand. Alles andere war unvorstellbar weiß, alles mit Ausnahme der Kaffeekanne in der Hand – sie war rot.

Was bedeuteten diese Farbkombinationen? Nichts? Weiß, grün, weiß, rot, weiß.

Ich schloss die Tür und blieb im Flur stehen.

Vom Wohnzimmerfenster aus sah ich ihn über den Weg gehen. Wahn? Wahn.

Instinkt.

Ich glaube es war ein Instinkt, der mich die Treppe hinaufgehen und die Luke zum Dachboden öffnen ließ und mich noch einmal auf den Speicher trieb. Ich tat das vollkommen automatisch. Es war ein Instinkt. Ich war so über alle Maßen ratlos, ich hatte ihm geglaubt, er hatte das Antlitz der Wahrheit gehabt, aber dennoch. Glaubte ich ihm? Vater, kannst du das gewesen sein, dachte ich, kannst du mir wirklich diesen Brief geschickt haben? Nicht dass ich glaubte, die Antwort auf diese Frage läge auf dem Dachboden, aber dennoch: Dort lag wenigstens all das andere, all das, was mich am Abend zuvor meiner Familie so nah gebracht hatte, wie ich ihr niemals zuvor gewesen war. Nah? *Ja, ganz dicht.* Es war so, als läge ich zusammen mit Siren in einem Bett, und ich wollte mich gemeinsam mit ihr hinlegen, das wollte ich. Dass sich mein Vater, meine Mutter, Großmutter und Großvater und Siren und Aina, ja sogar mein verirrter Urgroßvater alle gemeinsam mit mir hinlegten, auf einem großen Haufen. Ich wollte, dass wir wie ein Garnknäuel verstrickt waren, sodass niemand uns berühren würde und wir eins waren, eins, und nur Gott über uns war. Ich ging auf den Speicher und war überrascht, dass alles noch so war wie zu dem Zeitpunkt, als ich es verlassen hatte. Ich versuchte es. Ich zog wieder Großvaters Strickjacke an und legte mich neben Vaters Angel auf den Boden. Ich versuchte es, und es funktionierte, mein Instinkt funktionierte, es wurde ruhig. Mein Herz schlug, mein Blut rann, und ich hatte sie alle in meinem Körper. Ich sah den Schnee nicht, als ich im Dunkeln mit Großvaters Strickjacke dalag, aber er fiel nieder auf die Erde.

Der Schnee legte sich auf die Felder.

N-n-neeeein: Ich schlief nicht ein, aber wenn mich jemand gesehen hätte, hätte er sich gefragt, wer das ist, der da liegt und schläft.

Der Schnee legte sich auf die Felder.

Dann kamen sie zu mir. Ich war eine Familie, ich stand da wie *er*, der er eine Familie ist. Und ich durfte aussprechen, ich durfte es ihnen sagen, während ich sah, wie der Schnee auf sie herabfiel.

War das nicht auch eine Art Gericht?

War das nicht ein Tribunal?

Auch ich hatte Anklagen vorzubringen. Ich sagte, die Gesellschaft kann dem Druck nicht standhalten, verehrtes Gericht. Sie schauten mich an, all die hohen Herren, alle, die sich im Saal eingefunden hatten, weinende Frauen, Kinder mit großen Augen und kurz geschnittenen Nägeln. Ich erhob meine Stimme: Verehrtes Gericht, es gibt keinen Ort, um den Druck abzulassen! Alle schauten mich verwundert an, aber ich fuhr fort: Die Gesellschaft und das Individuum verstehen einander nicht! Sie senkten ihre Blicke; alle Blicke und die Geschehnisse aller Blicke legten sich auf den Boden, sie hatten mich verstanden.

War nicht das, alles in allem, eine Art Unheil?

Nicht das jüngste Gericht, sondern das erste: mein Urteil über sie. Doch, so war es. Aber ich warte noch immer auf eine endgültige Entscheidung, und ich weiß, sie wird kommen, Er wird kommen.

Ich las Großmutters Brief an Vater noch einmal und sah, wie ich Frieden bekommen hatte, während Siren nur noch tiefer im Unrecht verankert worden war.

Dann ging ich ins Wohnzimmer hinunter und setzte mich vor dem Fernseher in den Ohrensessel. Ich griff nach der Fernbedienung, die neben der Kerze auf dem Wohnzimmertisch lag und tastete mich durch die Sender. Komödien, Nachrichten,

Liebesfilme, Nachrichten, ein Naturprogramm mit Antilopen, die Wiederholung einer Talk-Show, ein Kinderfilm und zuletzt ein Film über Weihnachten. Nichts über Sport. Ich schaltete aus, dort hatte ich nichts verloren.

Ich schloss die Augen und sah es vor mir. Wie wir auf die Tür zugingen, Katrine, Svein und ich. Wie wir dicht hinter ihr hergingen, hinein in das Wohnzimmer, wie sie plötzlich stehen blieb, einen Finger auf ihre Lippen legte und mit dem anderen zeigte. Wie er sich in sie hineinpresste, hinein und heraus aus ihr, und es stimmte nicht, was Svein gesagt hatte: Die Frau hatte nicht ihr Gesicht in einem Kissen vergraben, sie stützte sich mit den Ellbogen auf den Tisch, und man konnte ihre Brüste sehen, sie bewegten sich. Er presste sich in sie hinein, und das tat weh. Wo denn? In mir, in mir, nicht in ihnen. Und Du weißt, dass ich mich daran erinnere, natürlich erinnere ich mich, wir schlichen uns rückwärts wieder durch die Tür zurück. Danach redete Katrine unaufhörlich von diesem Erlebnis, sie war so über alle Maßen fasziniert. Ich sagte nichts, und ich erinnere mich, dass ich an diesem Weihnachten zum ersten und einzigen Male gedacht hatte, dass sie weit von mir weg war oder dass etwas Widerliches zwischen uns stand.

Ich legte die Fernbedienung beiseite und sah zu dem Bild von Katrine hinüber, das mit der Rückseite nach oben auf der Tischplatte lag. Ich lehnte mich im Ohrensessel zurück. Der Schnee legte sich draußen vor dem Fenster auf die Erde, auf die Steine und verschwand im Meer. Und in diesem Moment, als es langsam dunkel wurde und die Schneeflocken einen merkwürdigen Kampf mit der Dunkelheit um das Licht ausfochten, erinnerte ich mich an diesen Traum. Er kam einfach zu mir. Er fiel einfach über mich. Ich will nicht sagen, dass er wie Schnee auf mich herabrieselte, aber Gott weiß, dass es dem nicht unähnlich war.

Mohammed der ganzen Welt, stand auf der Titelseite einer alten Zeitung, die im Holzkasten neben dem Kamin im Wohnzimmer lag. Ich griff nach der Zeitung und schlüpfte dabei in den anderen Pantoffel. Es war ein berühmter *Boxer*, ein Sportler, Mohammed. Nach der Enttäuschung las ich dann weiter, dass er noch dazu ein blasphemischer Charakter war, der von sich behauptete, Allahs Bote zu sein, aber jetzt hatte er Parkinson. Unzufrieden warf ich die Zeitung weg und stellte mir vor, wie ich sie noch am gleichen Abend verbrennen würde, ja, ich würde Feuer machen, mich vor den Kamin setzen und zusehen, wie aus dem Boxer Anfeuerungsflammen wurden und Asche, die durch den Schornstein aufstieg und vom Schnee abgekühlt wurde.

Das tat ich auch, genau das, ich benutzte genau diesen Beitrag der Zeitungsbeilage über den Boxer mit dem betrügerischen Namen zum Anfeuern des Kamins. Aber das war erst ein paar Stunden danach, am späten Abend.

Es war mir gelungen, die Autoschlüssel zusammen mit den Gabeln in die Besteckschublade des Küchenschranks zu legen, sodass es mich eine ärgerliche Viertelstunde kostete, sie zu finden, bevor ich in den Schnee hinausgehen konnte, um den Polo freizuschaufeln, der seit meiner Ankunft am Montagabend ruhig und friedlich dagestanden hatte. Jetzt war es Mittwoch. War es Mittwoch? Ja, das muss so sein. Aber der Mittwochnachmittag war bei weitem nicht so gut wie der Montagabend, als ich über die Viehgitter herangerollt kam und in meinen Augen alles funkelte und glitzerte, so benebelt, wie ich war, als ich aus der letzten Fähre herausfuhr. Nein, gestern war nicht wie Montag, aber ich war nicht minder benebelt, eher noch mehr. Svein hatte mir einen Schreck eingejagt, und über viele Stunden hatte ich große Probleme, meinen eigenen Namen auszusprechen. Das ist zwar nichts, was man unablässig tun muss, aber wie jemand, der nach zehn Jahren als Scharfschütze mit einem Mal einsehen muss, dass er trotz Zielfernrohr nicht einmal mehr aus einem halben Meter ins Schwarze treffen wird, war ich zutiefst erschrocken, als ich einsah, dass ich im Begriff war, mich selbst zu verlieren, mein altes, wohlvertrautes Ich, ohne auch nur einen Hinweis darauf bekommen zu haben, wer für denjenigen kommen sollte, den ich so gut kannte und dem ich so lange vertraut hatte. Ich hatte so etwas schon mehrmals zuvor erlebt, aber da immer nur als kleine Brotkrumen, die vom Tisch der Verwirrung herabrieselten, und das kann man verkraften, das ist nur menschlich. Deshalb war es ein Glück, dass ich mich wieder ins Auto setzte, hinein in das alte Metall: In der Sekunde, in der ich mit dem Schafwollbezug der Polositze in Berührung kam, mit der Schafwolle in der Maschine, fiel ich wieder an meinen Platz zurück. Jakob Malde.

Im Nachhinein glaube ich, dass ich vielleicht deshalb auf die Idee gekommen war, eine Spritztour um die Insel herum zu machen, – man greift sich selbst vor, auch das ist ein Instinkt, den Gott uns gegeben hat.

Ich wollte alles wieder sehen. Ich war jetzt bereit dafür. Ich wollte sie alle sehen, die Tummelplätze meiner Kindheit, so nennt man das doch wohl?

Es dauerte eine Weile, den Wagen aufzuwärmen, der sicher glaubte, er sei in einem Kühllager, so kalt war er. Ich blieb auf dem Fahrersitz sitzen und wartete. Ich konnte es nicht vermeiden, an Sonntag zu denken, als ich auf die gleiche Weise draußen vor dem Motel gewartet hatte und mein Nachbar mit Bart, Bademantel und Pullover nach draußen kam, um sich noch ein wenig Ruhe und Frieden zu erbitten, bevor der Tag anbrach. Der Hausmeister – nach allem, was ich wusste, war er jetzt hier auf der Insel. Ich ließ meine Tage Revue passieren, die vergangenen Tage, aber es war schwierig für mich, sie in eine chronologische Reihenfolge zu bringen. Ich sah all das, was geschehen war, ich schaute auf meine Hände und sah, was sie getan hatten, aber die Reihenfolge war unklar. Was immer das bedeuten kann. Alles hat eine Bedeutung, es ist so leicht, bei der Bedeutungslosigkeit Zuflucht zu suchen, wenn man seine eigene Begrenztheit nicht einsehen will. Das Auto war warm, und ich fuhr genau in dem Moment los, als mir die dünne Bedienung in dem Café in den Sinn kam; ihre Brüste, sie waren es, die mir vor Augen waren, und es ging, da ich alleine war, etwas besser. Im Autoradio galten die gleichen alten Regeln, Pop-Musik, Pop-Musik, dieses Mal war es eine populäre Girl-Group mit ihrer neuen Single, einer Weihnachtssingle. Das kann mir ja wohl egal sein, dachte ich und schloss die Augen, als ich sah, dass meine Finger, die sich auf den Lautstärkeregler zubewegten, Arvids Fingern zu gleichen begannen – oder waren es Arves Finger? Glaubt bloß nicht, dass ich nicht weiß, was ich tue, sage ich zu denen, die auf mich zu deuten und zu sagen scheinen, der da, der ist verrückt. Ich sage es zu ihnen, und Gott ist mein Zeuge, glaubt bloß nicht, dass ich nicht genau weiß, was ich tue. Ich fuhr etwas schneller.

Siren, ich dachte an Siren. Ich versuchte, es mir vorzustellen, Urgroßvaters Hände in ihrem geöffneten Kopf, die Hände, mit denen er die Besessenheit entfernen wollte, es ging nicht.

Weihnachtsstimmung.

Es war dunkel geworden, als ich um die Klippe herum fuhr. In Höhe der Kirche und des Leuchtturms drosselte ich die Geschwindigkeit und sah die ersten Lichter des kleinen Zentrums auf der Ostseite der Insel. Schon die Kirche hatte mich an Weihnachten denken lassen und noch dazu hing an der Tür des Leuchtturmwärterhäuschens eine Getreidegarbe, allerdings ohne Vögel. Es waren fast keine Menschen auf den Straßen, ich konnte mir aber vorstellen, dass sie drinnen in den Häusern waren, hinter den hell erleuchteten Fenstern. Vielleicht backte jemand Weihnachtsplätzchen. Vielleicht saßen die Kinder da und bastelten Strohsterne. Und die Musikalischen übten vielleicht ihre Weihnachtslieder. Weihnachten hat immer diese Wirkung auf mich gehabt, mir wird warm ums Herz und ich vergesse alles andere. Trotz alledem, trotz alledem, das Klingen der Glocken ist schön. Aber wenn dann der Heilige Abend und die Feiertage einer nach dem anderen kommen, ergreift es, obgleich es doch darum geht, sich an eine Geburt zu erinnern, über deren Glorie ich höchst skeptisch bin, deren symbolischen Wert ich aber anerkenne – wenn also diese Tage kommen, nachdem das Drumherum über Wochen mein Herz erweicht hat, ergreift es plötzlich Besitz von mir. Das Gefühl, sie wieder vor mir stehen zu sehen, alle zusammen, diese Heuchler. Diese Heuchler. Ich fuhr weiter in Richtung Zentrum und der kleinen Straße mit dem Fotogeschäft, der Post, dem Einkaufscenter und dem Friseur. Dass der Friseur noch immer nicht Pleite gegangen war, wunderte mich. Und dass diese Poststelle in Ruhe gelassen wurde, war ebenso merkwürdig. Ich lehnte mich zur Windschutzscheibe vor und schaute nach oben. Ein Licht wurde im Glas reflektiert, es kam von der Tannenzweigdekoration, die quer über die Straße hing und all den farbenfrohen Glühbirnen, die an den grünen Zweigen baumelten. Die Weihnachtsstimmung wurde stärker. Ich konnte nicht erkennen, ob die Tannenzweige echt waren oder bloß eine Imitation aus Plastik. Ich hielt an und parkte vor der Post, die schon geschlossen hatte. Es war halb acht und durch das Fenster konnte ich einen Ständer mit Weihnachtspostkarten erkennen. Ich stieg aus dem Auto, blieb stehen und betrachtete die weihnachtlich dekorierte Straße.

Sie lag in völliger Ruhe da.

Fünf Kinder im Alter von zehn bis zwölf kamen durch den Schnee die Straße herunter. Sie hatten sich als Weihnachtsmänner verkleidet. Jetzt schon Heischegänger? Nein, das waren keine Heischegänger. Ich versuchte, locker ans Auto gelehnt dazustehen, aber ich konnte nicht vermeiden, die Aufmerksamkeit der Kinder auf mich zu ziehen – denn was hatte ein fremder, sechsundzwanzigjähriger Mann am Mittwoch, dem 16. Dezember 1998 abends um halb acht vor einer geschlossenen

Poststelle zu tun? Nichts, so sahen es jedenfalls die fünf Kinder, die mich von Kopf bis Fuß musterten, während sie näher kamen. Ich lehnte mich ans Auto und bewegte meine Füße. Sie hatten rot gemalte Wangen mit schwarzen Tupfen, trugen Nikolausmützen und rotschwarze Weihnachtsmannmäntel. Ich fror und es schneite auf uns, aber ihnen schien es überhaupt nicht kalt zu sein. Sie sahen warm aus und ich fragte mich, ob sie von einer Chorprobe kamen oder vielleicht von einer Zusammenkunft im Gemeindehaus, vielleicht hatten sie Waffeln gebacken und verkauft. Vielleicht war es ein Basar gewesen. Es waren zwei Mädchen und zwei Jungen und ein fünftes Kind, bei dem ich nicht erkennen konnte, ob es ein Junge oder ein Mädchen war; sie oder er hatte langes schwarzes Haar und dicke Augenbrauen, aber Babyhaut. Sie oder er sagte auch nichts, es war offensichtlich das schüchternste der Kinder, sodass ich es auch nie erfuhr. Die anderen vier waren dagegen alles andere als schüchtern, jedenfalls nicht das größte und älteste Mädchen, das plötzlich auf mich zuging. Zwölf Jahre, glaube ich, zwölf Jahre und ich konnte sie jetzt ja sehen, sehen wie sie – vorstanden! – in die Luft vor mir ragten, große, große, bei diesem Alter. Sie kam auf mich zu und ich dachte schnell, dass das jetzt schon das zweite Mal in nur enigen Tagen war, dass ein Mädchen einfach so auf mich zukam. Nur beim letzten Mal hatte eine ganze Schar anderer Kinder hinter dem Mädchen gestanden und zur Freude ihrer Betreuer Kinderlieder gesungen. Dieses Mal waren es vier hochnäsige und nicht wenig misstrauische Zehn-Zwölfjährige, die hinter dem Mädchen, das mit ihren unverzeihlich großen Brüsten im Marschtakt auf mich zukam, hergingen. Im Kopf ließ ich die Zeit rückwärts laufen und versuchte, mich an die Mädchen in der Schule zu erinnern, die zwölf Jahre alten Mädchen, konnten ihre Brüste so groß gewesen sein wie diese, fragte ich mich, aber ich bekam keine Antwort. Sie kam auf mich zu. Was wollte sie?, dachte ich und trat wieder von einem Bein aufs andere. Wer bist du? Sie hielt unmittelbar vor mir an. Ich sah einen ziemlich großen Zwischenraum zwischen ihren Schneidezähnen.

Was glotzt du denn so?

Was glotze ich denn so?

Hä? Hä?

Hinter ihr begannen die anderen zu lachen, und ich stammelte und spürte, wie sich der Schweiß in meine Handflächen drängte, was sollte ich sagen? Ich veränderte wieder meinen Stand.

Ja, was glotze ich denn so, tja.

Ja, sagte sie, warum stehst du da? Hä?

Nur ein bisschen in der frischen Luft entspannen, sagte ich.

Nur ein bisschen in der frischen Luft spannen, rief sie den anderen zu. Ich lächelte entschuldigend.

Sie lachten jetzt lauter, alle gemeinsam, und starrten mich nur an, sie starrten mich an, als wollten sie mich in den Neuschnee hinunterpressen. Ich wusste nicht, was ich sagen sollte, es war sonst niemand auf der Straße, kein Mensch und nichts, was ich tun konnte; das Auto war kalt und ich schwitzte. Sie blieb vor mir stehen, und ich sah, dass sie lange Beine hatte und tatsächlich größer als ich war. Sie erinnerte mich an die Mädchen, die Handball spielten. Wollte sie etwas von mir? Willst du etwas von mir? Bist Du da?, dachte ich und sah mich um. Die bunten Glühbirnen leuchteten noch immer von ihrem Platz in der Tannendekoration herab, die quer über die Straße gespannt war, und auf unseren Gesichtern konnte man das Farbenspiel sehen. Dann begannen sich meine Hände zu heben, sie HOBEN sich vor mir an, vor ihr, sie fuhren durch die Luft, auf sie zu, bis zu ihr vor. Dort. Dort spürte ich es. Ich habe das noch zuvor gespürt, wie weich das ist, wie warm das ist, wie ruhig und richtig das ist: wie vollkommen und total *anders als alles andere das ist*. Ich spürte es. Schloss ich die Augen? Ich spürte es, ich war auf der Innenseite eines dicken Pullovers. Sie waren weich und warm, alle beide, und innen, in der Mitte von beiden, war eine Art Zentrum, eine Markierung, die sich in die Mitte meiner Handflächen drückte, die etwas kälter war, aber entschlossen, herrschend und gut.

Oh mein Gott!

Sie schrie und riss sich von mir los, schlug auf mich ein, schrie und rannte weg. Meine Hände ragten vor mir in die Luft. Sie drehte sich um und zeigte auf mich, wütend, und ich glaube, sie weinte.

Oh mein Gott! Du Arsch, du bist so ein ekliges Arschloch!

Sie drehte sich zu den vier anderen um.

Habt ihr das gesehen? Habt ihr das gesehen? Er hat mich angefasst!

Sie nickten und riefen durcheinander, und einer der Jungen warf mir einen Schneeball in den Nacken, sodass mir Schnee in den Rücken rieselte. Kalt. Sie riefen mir Schimpfworte zu und ruderten mit den Armen. Ich versuchte zu lächeln, bemerkte aber, wie ich mich zurückzog, ein anderer Schneeball traf mich in den Magen, das Kind mit dem unbestimmbaren Geschlecht hatte ihn geworfen. Ich öffnete die Tür und setzte mich in den Polo. Sie brüllten und schrien und warfen Schneebälle gegen das Auto. Einer der Jungen schlug mit seinen Händen auf die Heckscheibe. Ich fuhr weiter, ohne mich umzudrehen, ließ die Nadel des Tachometers auf Fünfzig zeigen und stellte mir vor, wie weich alles hätte sein können, wie anders, wie *vollkommen und total anders alles hätte sein können*. Wenn… wenn was? Ich weiß nicht, aber es hätte weich sein können, warm und ruhig und gut. Und im Zentrum hätte es eine herrschende Markierung gegeben. Ich fuhr durch den Wald, der an die Berge grenzte, an dem verwaisten Fähranleger vorbei, der überdachten Bushaltestelle, dem Kolonialwarengeschäft bis ganz nach Hause. Bei den Eltern von Katrine und Svein war Licht. Das Auto begann zu husten und holpern und ich schaute auf die Benzinuhr. Ich fuhr jetzt auf Reserve, aber der Sprit sollte wohl reichen.

Entlang des Rückgrates spürte ich den Schnee, der nicht mehr der Schnee vom Schneeball der Kinder war, sondern kaltes Wasser, das das T-Shirt an den Körper klebte.

Erlösung oder Verdammnis?

Ich erinnere mich an die Fieberfantasien meiner Kindheit

über den jüngsten Tag, wenn ich vor der großen Pforte stehe. Wir stehen Schlange und wenn ich mich recht erinnere, stehen außer mir nur kleine Kinder dort, Kinder, die ich aus der Schule oder aus der Fußballmannschaft kenne. Einige tragen Trikots, andere ihre Sonntagskleider. Wir wurden einer nach dem anderen aufgerufen, aber nicht von einer Person mit einem Körper, sondern von einer tiefen Stimme. Es war immer purpurrot und feucht. Ich weiß noch, dass einige von uns flüsternd zu erkennen gaben, dass sie froren. Die Stimme ertönte im Raum, einer nach dem anderen, Name nach Name, und ich begriff, dass die Namen, die aufgerufen wurden, die Namen der Erlösten waren, und diejenigen, welche nicht aufgerufen wurden, zu den Verdammten gehörten. Katrine wurde immer zuerst aufgerufen und jedes Mal brachte ich mich selbst in Gefahr. Mein Name wurde immer ganz zum Schluss aufgerufen, es schien der Name des Zweifels zu sein, als ob sie sich nicht entschließen konnten, aber es war der Tag des Jüngsten Gerichts und eine Entscheidung musste fallen. Der Urteilsspruch über mich war die Erlösung, aber ich wusste, dass ich nur mit Zweifeln begnadigt worden war. Hinter der schweren Pforte weit dort hinten hörte ich Schreie und ein mechanisches Quietschen wie von schweren Rädern.

Wie ist das, Großvater? Wenn man das Jüngste Gericht vor sich hat und vor der himmlischen Pforte steht?

Großvater schaute mich an und bat mich, streng aber freundlich, danach zu streben, ein gottesfürchtiges Leben zu führen und dem Herrn das Urteil zu überlassen. Ja, damit war ich einverstanden, aber ich wollte es doch wissen, wie ist das, Großvater. Erlösung oder Verdammnis? Ewiges Leben? Großvater begann, von der Auferstehung zu reden, er sagte, ich solle niemals vergessen, dass wir Menschen nicht durch eine unsterbliche Seele geschützt seien, wie es manche wohl gerne hätten. Vergiss das nie, Jakob, tröste weder dich noch andere mit der Unsterblichkeit der Seele, sondern lebe nach Gottes Geboten und tue nur das, was Er von dir erwartet, nur so kannst du die Auferstehung erlangen. Er schaute mich an, freundlich, und legte seine Hand auf meinen Kopf, aber ich weiß nicht, ob ich damals so viel davon verstand, wo war der Unterschied? Auferstehung oder die Unsterblichkeit der Seele? Ein ewiges Leben war das so oder so. Aber ich verstand, was für ein Leben auf Erden er von mir erwartete, und das war ein Leben der Tat. Es ist ein Irrglaube, sagte Großvater, die menschliche Seele ist nicht unsterblich, Gott ist unsterblich: Er hält die Zügel in der Hand.

Also, was wird es werden, Erlösung oder Verdammnis? Mir schauderte und ich sah auf die Nadel der Benzinuhr und danach auf die nur schwach erleuchtete Straße vor mir. Ich ließ die Benzinnadel die Verdammnis sein und die Straße die Erlösung, Benzinnadel – Straße, Verdammnis – Erlösung, ich lächelte, aber es war ein Lächeln der Ernsthaftigkeit, das sich auf meinem Gesicht ausbreitete. Ich fuhr langsam nach Hause.

Als ich den Wagen parkte, kullerte ein Fläschchen unter meinem Sitz hervor, es war der Spiritus, den ich am Freitag gekauft hatte. Ich schüttelte den Kopf und ließ es liegen. Dann stieg ich aus dem Auto aus und ging zur Tür hinüber. Ich hängte meine Jacke ordentlich über den Kleiderhaken im Flur und starrte, wie Svein es getan hatte, auf die Stelle an der Wand, an der der Spiegel gehangen hatte. In der Küche setzte ich Wasser für einen Tee auf. Ich trank aus Seiner Tasse, der Teetasse Gottes. Auf dem Boden der Tasse lagen einige wenige Teeblätter: Es ist gut, dass ich nicht an Weissagungen glaube. Aber als ich das kochende Wasser hineingoss und den frischen Tee ziehen sah, konnte ich nicht anders, ich musste an Matthäus 25,35 denken – das Urteil: »Denn ich bin hungrig gewesen, und ihr habt mich gespeiset. Ich bin durstig gewesen, und ihr habt mich getränket. Ich bin ein Gast gewesen, und ihr habt mich beherberget…« Oh, nein, Du bist kein Fremder für mich, dachte ich, und verbrannte mir an dem kochend heißen Tee die Lippen.

Ich ging ins Wohnzimmer, trat ans Regal, und nahm mir Großvaters Predigtsammlung aus dem Jahr 1952. Ich blätterte in ihr, Großvaters Stil war wie er selbst, geordnet und geradlinig, fest und gut, mit starken Bildern und reiner Liebe. »Das Leben, welches wir leben, ist ein schwieriges, verwinkeltes und schmerzvolles Leben«, schrieb er, »und die Welt, in der wir leben, ist furchtbar, schlecht, unsicher und voller Risiko. Und das Schlimmste ist, dass die Welt nie anders sein wird, solange es in ihr noch die Sünde und die Sünder gibt. Aber die Sünder können dennoch ihre Sicherheit finden. Die gequälte und verirrte Seele kann Erlösung finden, Ruhe und Sicherheit. Wo?, fragt ihr. Wo? Ich werde euch sagen, wo: Nehmt Euer Herz mit zum verborgenen Versteck des Allermächtigsten. Wie sich Küken beim Gewitter oder beim Herannahen des Antichrists unter den Flügeln der Henne zusammenscharen, werdet ihr Schutz in der Zuflucht des Herrn finden. Ja, die tägliche Sünde lässt das Herz unruhig und missmutig werden, aber Er wird dem Sehnsüchtigen ins Ohr flüstern: »Meine Gnade ist dir gewiss.« Und dann werden wir, wir sehnsüchtigen Sünder, sehen, wie unsere purpurne Sünde langsam weiß wird wie Schnee, weil wir seine Gnade empfangen haben, weil wir in seiner Zuflucht Schutz gesucht und unsere schweren Sünden erkannt haben. So soll ich mich züchtigen lassen?, fragst du. »Denn welchen der Herr *lieb* hat, den *züchtigt* er; und er stäubt einen jeglichen Sohn, den er aufnimmt.« Hebr. 12,6. Gedenke dieser Worte, wenn du Gefahr läufst, vor deiner Verantwortung zu fliehen, und du wirst erkennen, dass deine Drangsal und dein Leiden das Licht der Seligkeit sehen werden.« Ich klappte Großvaters Buch zu und spürte einen wachsenden Frieden, als ich sein Gesicht vor mir sah.

Dann schlenderte ich zum Kamin hinüber, nahm die Zeitung und begann die Seiten über den Boxer aus der Beilage zu reißen und zusammenzuknüllen. Als ich die Schutzgitter zur Seite schob, sah ich, dass noch Asche im Kamin war; Vater hatte den Kamin angefeuert. Die Holzscheite waren groß und trocken. Sie würden lange reichen, sie sollten das Haus für den Rest des Tages aufwärmen. Dann begann ich, leicht zu zittern, es war aber nur die Kälte, die nach den Schneebällen in mich gekrochen war, und ich wickelte mir die Sofadecke um meine Beine und Füße und schaute aus dem Fenster. Es war vollkommen still im Haus. Ich trank den Tee in kleinen Schlucken. Es war eine eigentümliche Stille im Haus. Nach zwanzig Minuten spürte ich, wie sich die Wärme im Zimmer ausgebreitet hatte, sie war auf dem Weg in mich hinein, durch die Schichten meiner Haut, um sich um die tausend Knochen zu legen und um meine Muskeln zu rotieren. Was wird mir der morgige Tag bringen, dachte ich und versuchte, mit meinen Augen die Schneeflocken zu fixieren, die durch die Dunkelheit herabsanken. Jetzt war mir warm. Was wird mir der morgige Tag bringen?

Schon vierzig Zentimeter, und es soll noch mehr werden.

Es stimmt, wenn sich der Schnee so wie jetzt auf die Felder legt, sieht er aus wie eine Decke. Wenn er in Ruhe und Frieden dort liegen darf und einfach wächst. Auf der Erde heranwächst, die Steine zudeckt, die Felsen und Strände und sein weißes Gewicht auf die Äste der Nadelbäume legt. Wie schwer er wird. So schwer, dass die Äste schließlich nachgeben müssen. Aber niemand scheint darüber zu verzweifeln, dass es immer mehr wird, nicht einmal die Tannenzweige. Man schaut nach oben, und es fällt noch mehr Schnee vom Himmel, er legt sich auf die erst vor wenigen Monaten frisch gepflügten Äcker und sieht wirklich aus wie eine Decke. Eine weiße Decke, die nur eines im Sinn hat, alles weiß und ruhig werden zu lassen. Glücklicherweise ist es noch lang bis zum Frühling. Ohne darüber nachzudenken, spreche ich leiser, wenn es so schneit wie jetzt. Der Garten vor dem Wohnzimmerfenster ist jetzt vollkommen weiß, nur unten am Zaun, wo Vater immer seinen Gemüsegarten hatte, sehe ich ein paar Spuren im Schnee, Vogelspuren, vielleicht ein Spatz oder eine Kohlmeise. Ich bitte ihn, zu der Getreidegarbe hinunterzufliegen, die an der Tür des Leuchtturmwärterhäuschens hängt. Oben auf der Straße, hinter dem Kiesweg, darf der Schnee nicht in Ruhe liegen bleiben, dort wirbeln ihn die Autoreifen auf, und auch wenn es gar nicht viele sind, so lassen sie das Ganze doch ziemlich vergeblich werden.

Ich bin heute so früh aufgewacht, so merkwürdig früh, ich

bin wohl wieder in eine Art Rhythmus gekommen. Aber das muss ein unruhiger Rhythmus sein, denn ich atme unsauber.

Es wäre sicher eine schöne Aufgabe, diesen Garten wieder instand zu setzen.

Rettiche, Kohl, Möhren, ja was auch immer er dort unten hatte. Am ehesten wohl, um Ruhe und Frieden zu finden, glaube ich. Ich erinnere mich, dass er dort unten am liebsten alleine war. Ich durfte dabei helfen, das Haus zu streichen oder die Netze zu säubern, aber um den Gemüsegarten wollte er sich alleine kümmern. Kann ich dir helfen, Vater? Jaaa – er zog das in die Länge – ja, wenn du willst. Wir sahen ihn vom Wohnzimmerfenster aus, Großmutter und ich, seinen nackten, über die Rettiche gebeugten Rücken in der Sonne. Großmutter sagte, das macht deinem Vater Spaß, er hat es schon immer gemocht, für sich selbst zu arbeiten.

Ja, man sollte den Garten wieder in Schuss bringen.

Heute Morgen blätterte ich durch alte Fotoalben. Ich glaubte wohl, das würde mich beruhigen, ein feuchtes Tuch für meine Fieberstirn, aber ich spürte die Entbehrung nur umso deutlicher, – dass niemand von ihnen da war. Ich sah ein Bild von Mutter, sie saß auf einem Stuhl, der demjenigen, auf dem ich saß, ähnlich sah, und sie schaute in die Kamera. Ja doch, sie lächelte, aber viel zu höflich, so, dass man sehen konnte, wie sie sich anstrengte. Für was? Um so auszusehen, als wenn sie da gewesen wäre? Ich glaube, ja. Und in Mutters angestrengtem Gesicht konnte ich sehen, dass Vater das Foto machte, und dort im Inneren ihrer Augen sah ich, dass es ihr Leid tat, nicht bei uns zu sein. Ansonsten tat es natürlich gut, sie alle so wieder zu sehen, wie sie damals waren, Vater und Mutter, Großmutter und Großvater, und Tante Karen. Auf einem der Bilder nimmt mich Großmutter in den Arm, das ist ein schönes Bild. Sie steht hinter mir und ihre Arme liegen über meiner Brust. Aber dennoch, all diese Bilder rufen mir zu, dass keiner von ihnen mehr hier ist, nur ich und die Bilder. Ich fühle mich wie die, die gefragt wird: »Warum weinst du?«, und antwortet: »Ich weine, weil ich gelebt habe.« Keine Bilder von Katrine, das ist merkwürdig, so viel wie sie hier war. Ich klappte das Album zu und stellte es zurück ins Regal, und dann entdeckte ich zwei ältere Alben, an die ich mich nur schwach erinnerte, zwei Stück, vermutlich von Großmutter und Großvater. Ich verstehe nicht, warum ich sie niemals zuvor gesehen habe. Es gibt keine Bilder von Siren, aber einige von Urgroßmutter und Urgroßvater. Wenn ich mir sein Bild betrachte, das von Werner, sehe ich nichts, was die Geschichte einfacher werden lässt. Er sieht ganz einfach aus wie ein Mann, ein ganz gewöhnlicher Mann, und er kommt keinen Schritt näher. Auf einem der Fotos steht er zusammen mit drei anderen Männern vor dem Reichshospital in Oslo. Alle tragen Anzüge.

Die schönste Fotografie ist von Großmutter als Kind. Sie führt ein Fjordpferd an den Zügeln an einem Steinwall entlang und macht dabei ein Gesicht, als wolle sie allen sagen, dass sie gut zueinander sein sollten. Sie trägt ein langes Kleid, das ihr bis zu den Knöcheln reicht und eine weiße Bluse. Ihre Haare waren durcheinander gewirbelt. Das ist das schönste Bild in dem Album. Ich stellte auch diese Alben zurück ins Regal, und als ich anschließend auf den Stuhl sank, der dem, auf dem Mutter gesessen hatte, so ähnlich war, empfand ich das Wohnzimmer leerer als jemals zuvor. Es wird leerer und leerer. Ich bedeute weniger und weniger, denn es gibt hier niemanden, der mich einschätzen kann. Es gibt hier schlichtweg niemanden, der mich braucht. Dieses Selbstmitleid sieht mir nicht ähnlich, und während ich durch die Morgenzeitung blätterte, die noch immer gebracht wurde, weil niemand Vaters Abonnement gekündigt hat, dachte ich, dass ich etwas dagegen tun muss. Du kannst nicht hier sitzen und dich selbst bemitleiden, Jakob, das geht nicht.

Niemand braucht mich. Niemand braucht *mich*? Ich weiß, wie sehr ihr mich braucht, und das weißt auch Du, der Du mich sehen wirst. Aber geliebter Gott, lass daraus keinen Kampf zwischen uns werden, lass es sein, wie es ist, und greife ein, tue, was getan werden muss.

Ich schaute in den Schnee hinaus und dachte wie in dem

Psalm, dass er wichtig aussah: Ich sehe dich, Gott – wie ging das noch einmal? Ich ging zum Regal und suchte Vaters Psalmenbuch heraus, das war ein schöner Psalm. Ich sehe dich, Gott… ja da ist er: In jeder Blume, die wächst… wenn die Sonne sie mit ihrem güldenen Kranze krönet und der Schnee mit seinem Silber, das kein Auge zu schauen vermag… Das ist schön, aber die Sonne kommt noch nicht bis hierher, sodass alles ein bisschen grauer ist, aber ich sehe sie kommen.

Dann will ich nach draußen gehen. Ich will über die Felder gehen, ich will mich warm anziehen, mit Wolle und über die Felder hinuntergehen. Ich will so schrecklich gerne sehen, wie meine Füße in dem weichen Neuschnee, der wächst und wächst, versinken.

Als ich oben auf dem Dachboden gehockt und Großmutters Brief gelesen habe, da habe ich etwas verdrängt. Ich weiß es, da war etwas, das ich *verdrängte*, aber was? Ich ziehe mir dicke Socken an, um in den hohen Stiefeln warme Füße zu behalten, und bin mir nicht sicher, was ich dort oben auf dem Boden nicht sehen wollte. Vielleicht war es genau das – was ich jetzt, nachdem ich die Fotoalben durchgeblättert habe, empfinde; dass alles verschwindet, sogar ich. Aber Du bist doch wohl hier?

Es wird ein langer Tag werden, das kann ich spüren, ein langer Tag. Sei willkommen, du mein langer Tag. Ich trage Vaters Wollpullover, aber ich bin mir nicht sicher, ob es ein Selbstgestrickter ist – in diesem Fall wäre er von Großmutter – oder ob er ihn gekauft hat. Egal, er trägt sich gut.

Bist Du hier draußen?

Diese Kälte – sie ist gut.

Ich sehe wahrscheinlich so aus, als würde hier etwas übel riechen, so wie ich die Nase rümpfe und die kalte, klare Luft einsauge. Denn ich bekam Recht: es klarte auf, nur noch zehn Minuten, dann kommt die Sonne, diese Wolken sind zu dünn für die Sonne. Es wird ein Tag werden, der mit seinem Licht an Ostern erinnert. Es ist scharf und es ist gut und ich empfinde es so, als würde es den ganzen Körper reinigen, und jetzt, in diesem Moment, sind die vergangenen Tage in weite Ferne gerückt. Wirklich? Ja, sie sind weit weg, aber real. Wenn nur die Scham mit all dem Weiß um mich herum zu Boden schneien könnte, denke ich und versuche, mich wieder selbst zu betrügen. Es ist ein mieser Versuch, das ist mir klar, das Gewissen muss eine Last sein. Ich gehe nicht über den Weg, ich gehe querfeldein und meine Stiefel versinken in dem frisch gefallenen Schnee, es ist kalt. Ich komme zu dem ersten Hof, aber ich gehe nicht am Haus vorbei, sondern mache einen großen Bogen. Dort hinten, vor dem Leuchtturm und der Kirche, liegt der zweite Hof. Ich kann die Kirche jetzt schon sehen.

Ich drehte mich um und blickte zurück, aber nur meine eigene Spur zog sich durch den Schnee, geradlinig vom Haus aus über die Felder.

Wie viel Uhr ist es?

Ich muss die Uhr irgendwo abgelegt haben, vielleicht im Badezimmer, als ich geduscht habe. Ich habe es heute wieder in der Dusche versucht, das kann ich wohl eingestehen. Aber es ging nicht, das Wasser rann an mir herab und ich versuchte, bis dreißig zu zählen, aber sie kam nicht. Ich sehe sie nicht so deutlich, nein, weder sie noch Katrine sehe ich deutlich. Und ich bin so unruhig. Bin ich unruhig? Ja, ich sehe den weißen Schnee, ich spüre, wie er sich ruhig über mich und die Landschaft, durch die ich gehe, legt und seine Ruhe erzählt mir von meiner Unruhe. Ich glaube, es ist jetzt zwölf Uhr, vielleicht halb eins, wenn ich mir den Himmel so anschaue. Ja, ich tippe auf halb eins. Nach dem Aufstehen bin ich heute Morgen zuerst in den Keller gegangen und habe in Vaters Hobbyraum einen Zollstock geholt. Draußen auf der Treppe habe ich die Höhe des Schnees gemessen: vierzig Zentimeter. Und es ist schon wieder mehr geworden.

Es ist gut, dass es nicht so windig ist.

Da sehe ich den Bauern zur Scheune hinuntergehen, er sieht mich nicht. Nein, das ist bestimmt die Bäuerin. Ich warte einen Augenblick, bevor ich weitergehe. Ob sie sich an mich erinnert?

Da, da kommt die Sonne heraus.

Einerseits sieht es so aus, als würde die Sonne die Wolken beiseite schieben, andererseits könnte man aber auch glauben, die Wolken machten der Sonne Platz und spalteten sich in kleine, zuvorkommende Fetzen auf. Starkes Licht. Es wird schnell wärmer, ich spüre es bereits auf meiner Haut. Aber es ist eine gute, eine beherrschte Wärme.

Ich klettere über den Steinwall und komme auf das nächste Feld. Hier habe ich immer mit Katrine gesessen. Wir haben uns im Sommer ganz dicht an die Steine geschmiegt, sodass sie unsere Rücken wärmten, und Stroh gekaut.

Es ist ziemlich schwer, mit den hohen Stiefeln so weit durch den Neuschnee zu laufen, aber es tut gut. Ich weiß ja, wo ich jetzt bin. Das muss man sich überlegen, wie lange ist dieses Gefühl schon her. Fast fünfzehn Jahre und fünf Monate. Mitten auf dem Acker halte ich an und versuche, mir diesen hochsommerlichen Tag im Juli 1983 vorzustellen, aber das ist schwierig, mit all dem Schnee und der Kälte um mich herum. Dort oben ist das Haus und dahinter das Klohäuschen. Und hier, genau hier, wo ich jetzt stehe, war das Erdbeerfeld. Vielleicht habe ich genau hier gelegen, unter meinen Füßen, unter dem Schnee, unter der Kälte. Der kleine Jakob, mein elfjähriges Ich. Vielleicht gibt es hier im Sommer noch immer Erdbeeren. Ich muss fast pinkeln, so gut kann ich mich an alles erinnern. Jakobs rasche Finger, die tiefgrünen Erdbeerpflanzen, die großen, roten Beeren. Und da kam Er, quer über die Felder, ja, fast so wie ich jetzt. Es roch nach Zimt. Das war ein wichtiger Tag, endlich durfte ich Dich treffen, endlich durfte ich Dich sehen. An dieser Stelle gehe ich ganz langsam über das Feld, es ist dunkel im Haus, vielleicht ist er verreist. Nein, warte, hatte Gott nicht gesagt, dass der Bauer vor kurzem von uns gegangen war? Doch, Er hatte das gesagt, »sie ist jetzt alleine«. Vielleicht hockt sie alleine in ihrer Dunkelheit. Nein, sie ist doch zur Scheune hinuntergegangen. Ich kneife die Augen zusammen und blicke zum Haus, es ist vollkommen dunkel darin. Ich will über dieses Feld, dieses Erdbeerfeld, *mein Erdbeerfeld* gehen, langsam. Und dabei nähere ich mich auch dem Meer und dem Leuchtturm, ich kann es hören, auch wenn die Wellen nur ganz sacht auf und ab schwappen, weil der Wind so schwach ist.

Ab und zu schieben sich Wolken vor die Sonne, aber sie kommt immer genauso schnell wieder zum Vorschein, wie sie verschwindet. Und es schneit weiter.

Wird es dieses Jahr Eis auf dem Meer geben?

Ich bin gerade stehen geblieben, habe den Mund geöffnet, die Zunge hinausgestreckt, Schnee in den Mund geschleckt, bis er schmolz, und dann geschluckt. Das war gut. Ich habe das als kleiner Junge immer so gemacht, warum tut man so etwas nur, wenn man klein ist, und nicht auch als Erwachsener?

Dort ist das Klohäuschen.

Ich würde gerne hineingehen, aber ich weiß nicht, ob ich das kann. Ich empfinde es beinahe als verboten. Vielleicht sollte ich alles so lassen, wie es ist. Im Haus ist es vollkommen dunkel und nur wenige Spuren führen über den Hof, vielleicht wird sie das Haus verlassen, jetzt da er tot ist. Vielleicht reicht ihr das alles jetzt, ich könnte das verstehen. Ich möchte hinübergehen, die Tür dort vorne öffnen und in das alte Klohäuschen hineingehen, aber meine Hände sind so kraftlos. Wohin ist nur all meine Kraft, all die Kraft, die ich besessen habe, im Laufe dieser wenigen, letzten Tage verschwunden? Ich verkrafte das nicht. Der Schnee legt sich in einem Halbkreis auf das flache Dach des Häuschens und es sieht beinahe so aus, als wolle er *hineinstürzen*, als wolle alles einstürzen, aber das tut es wohl nicht. Es hat lange hier gestanden. Ob sich seine Frau wohl an mich erinnert, ich glaube, ihr Name war Valgjerd. Nein, sie erinnert sich bestimmt nicht.

Ich glaube, die Anfälle sind jetzt vorbei. Ich glaube, dass es nicht mehr in mir ist. Ja, ich glaube wirklich, dass es verschwunden ist. Und ich bin mir auch gar nicht mehr sicher, dass das, was ich in den letzten Tagen gehabt hatte, wirklich *Anfälle* gewesen sind. Ist es etwas anderes? Wenn ja, was dann? Was sollte das sein? Dinge, die einfach geschahen? Vielleicht sollte ich mich damit abfinden, dass manches einfach geschieht. Muss ich das? Nein, das musst du nicht akzeptieren. Schau dich um, Jakob! Schau dich um. Aber jetzt und hier, an diesem Ort, während der Schnee fällt und es nicht so aussieht, als wäre auch nur ein einziger Mensch hier, akzeptiere ich es. Es gibt hier jetzt nur uns.

Ich gehe am Klohäuschen vorbei und lasse es in Frieden. Hier sind Katrine und ich gemeinsam herumgerannt. Gerannt und gerannt.

Bin ich unsichtbar? Natürlich bin ich nicht unsichtbar, es fühlt sich nur so an. In meinen frierenden Fingern und in meinen, im Neuschnee versinkenden Füßen. Ich bin wie der, den sie im Abfallcontainer gefunden hatten, er hatte sich dort hingelegt, weil ja doch niemand nach ihm rief, ein kleiner, neunjähriger Junge, über den ich vor einer Weile in der Zeitung gelesen hatte. Aber ich werde das nicht tun, ich werde mich nicht, so wie er, ins Dunkle legen.

Unglaublich, es erscheint mir plötzlich als vollkommen unverständlich, dass sich die Erde, der Boden, dieser Acker im Jahresverlauf so sehr veränderte. Von Wärme und Leben zu Kälte und – zu was? Schlaf, Schnee wie Schlaf. Das sind einfach die Jahreszeiten.

Ich habe heute Morgen zu wenig gegessen, das spüre ich jetzt, ich hätte mehr als diese eine Scheibe Brot essen sollen, aber ich hatte keinen Hunger.

Da kommt sie wieder von der Scheune durch den Schnee zurück. Sie geht langsam, sehr langsam, bleibt stehen und sieht zu mir herüber. Ich erwidere ihren Blick.

Der Schnee fällt jetzt irgendwie in Intervallen, natürlich schneit es, aber dazwischen gibt es immer wieder Sonne. Trockener und guter Schnee, Schneeballschnee. Als ich vielleicht zehn Meter vom Klohäuschen entfernt bin, bücke ich mich und nehme ein bisschen Schnee in die Hände. Ich forme einen harten, runden Schneeball und werfe ihn an die Wand des Häuschens, er hinterlässt einen kleinen Abdruck. Der Schnee ist kalt an den Händen. Vielleicht sollte ich hier nach links abbiegen, hinunter zum Meer und auf der Rückseite des Leuchtturms vorbeigehen, der auf den Klippen auf einer kleinen Anhöhe steht.

Wenn ich wie jetzt zum Turm hinaufschaue – dann sieht er wirklich stabil und sicher aus. Obwohl er nicht benutzt wird. Trotzdem kann man sich vorstellen, wie gut es gewirkt haben muss, als er sein Licht auf das Meer warf und zu den Schiffen hinüber, die den Schären auswichen. Jedenfalls meistens. Ich kann mich an ein Schiff erinnern, das sank, als ich ein kleiner Junge war, fünf oder sechs Mann ertranken, allesamt Polen und wir, Katrine, Svein und ich, liefen an der Küste auf und ab und warteten darauf, dass die Körper an Land gespült wurden. Sie wurden es nicht.

Da kommt die Sonne wieder heraus, um gleich darauf wieder zu verschwinden.

Ist dort etwas hinter dem Fenster? Nein, ich kann nicht erkennen, was da ist. Vielleicht ist das ein Teil einer alten Lampe oder etwas Ähnliches, aber ich habe das noch niemals zuvor gesehen. Warum haben sie die Tür zur Wendeltreppe gesperrt, das ist ja blöd. Ist der Turm jetzt etwa nicht mehr für die Öffentlichkeit zugänglich, darf man nicht mehr hinaufgehen und die Aussicht über das Meer genießen? Das sollte doch so sein.

Auf der Rückseite des Leuchtturms hat man vom Boden aus einen der besten Ausblicke auf das Meer.

Hier oben vom Leuchtturmwärterhäuschen aus versperrt das Gebäude die Aussicht. An der Tür hängt eine Getreidegarbe für die Vögel, doch auch heute ohne Vögel.

Sieh an.

Ich drehe mich um, sieh an.

Ein Spaziergang an der frischen Luft, ja, ja, man muss sich schon mal die Beine vertreten.

Ich drehe mich um, sieh an.

Svein, jetzt hast du mir aber einen Schrecken eingejagt.

Ich sehe, dass Svein mit seinem Auto gekommen ist. Der weiße Ascona steht oben am Zaun, man darf nicht bis ganz nach unten fahren. Sitzt da nicht jemand im Auto? Nein, Svein steht vor mir, er lächelt. Wenn ich es bin, wegen dem er gekommen ist, werde ich keinen Widerstand leisten.

Oh, ich wollte ganz sicher niemanden erschrecken. Er hält einen Schlüssel in der Hand. Machst du einen Spaziergang?

Ja, ich will mir mal die alten Plätze anschauen, sage ich.

Klar, er klimpert mit den Schlüsseln.

Ja.

Ich habe die Aufsicht über den Leuchtturm, weißt du.

Oh, du bist das!, sage ich, nein ich rufe wohl fast, ohne zu wissen warum, ja, dann.

Das ist eigentlich nichts.

Nichts.

Nichts?

Nein, antwortet Svein, nur ein kleiner Nebenjob. Ich komme hier ein- oder zweimal in der Woche vorbei und überprüfe, ob alles so weit in Ordnung ist und niemand hier Unsinn macht. Das dauert bloß fünf Minuten, wenn überhaupt. Aber nur noch bis zum Sommer, dann wollen sie hier Führungen und so was anbieten. Kannst du dir das vorstellen, fragt er und lacht, als ob wir hier von Touristen überschwemmt würden.

Na klar.

Wir lachen und Svein sagt, dass ich heute wieder besser aussehe.

Tatsächlich?

Ja, sagt Svein, und blickt zum Himmel. So Tage wie heute sind selten, was?

Ja, wirklich, das kannst du wohl sagen, erwidere ich.

Erst schneit es, sagt er und zeigt nach oben, dann scheint die Sonne und dann schneit es wieder und immer so weiter, schön, nicht?

Ja.

Ich habe die Getreidegarbe da aufgehängt, sagt er und deutet zur Tür des Leuchtturmwärterhäuschens hinüber.

Schaut er mich nicht mit einem merkwürdigen Blick an? So, dass ich irgendwie *warten* muss. Warten, dass er etwas sagt. Dass er es weiß. Ja, so sag es doch. Ich bin müde.

Ich mache nur einen kleinen Spaziergang, sage ich. Schade, dass der Zugang zum Turm gesperrt ist, man sollte doch hochgehen können, um die Aussicht auf das Meer zu genießen.

Klar, das wäre gut, sagt Svein, aber so ist es halt, Vorschriften, weißt du, Vorschriften und das Budget.

Er wirft einen Blick auf seine Uhr und dann schaut er zum Auto.

Jah, also, ich hab wohl noch ein bisschen Zeit, ...willst du mal hinauf und dich umschauen?

Er fragt, ob ich in den Turm möchte und mich umschauen. Ja, gerne. Er *nickt zum Auto*, das oben am Zaun steht. Warum nickt er zum Auto?

Komm, sagt er und geht mit schnellen Schritten zum Leuchtturm. Steckt den Schlüssel ins Schloss. Wir gehen die Wendeltreppe hoch.

Hier oben ist der Wind etwas stärker.

Svein und ich sagen nicht viel. Wir stehen nur da und gucken über das mächtige Meer. Ich glaube, wir beide erinnern uns an so viel, und was mich betrifft, sind das gute Erinnerungen. Ich weiß nicht, wie es für ihn ist. Er dreht seinen Kopf vorsichtig in meine Richtung und zeigt über das Meer. Ich versuche zu erkennen, auf was er zeigt. Ein Schiff? Ich folge seinem Finger, aber ich kann kein Boot sehen.

Was gibt es da?

Siehst du es nicht?

Nein.

Da, sagt er.

Plötzlich habe ich einen Kloß im Hals, ich senke meinen Blick und begreife, dass er versucht, auf die Stelle zu zeigen, an der Katrine ertrunken ist. Ungefähr in der Mitte zwischen ihrem und unserem Haus, wenn man von der Strandlinie ausgeht. Ich schließe meine Augen für eine Sekunde. Er ist noch immer da, als ich sie wieder öffne.

Ja. Das sind so Sachen, an die man immer wieder denken muss, nicht wahr?

Ich sehe ihn an. Er lächelt so ein Lächeln, das man aufsetzt, wenn man sagen will »traurig, aber das ist jetzt Vergangenheit«, und genau das will er mir wohl auch sagen. Glaubt er immer noch, dass es für mich am schlimmsten war? Weiß er es nicht? Nein, ich glaube, er weiß es nicht.

Ja, sage ich, das kommt immer wieder.

Soll ich es sagen?

Ja, das kommt immer wieder.

Soll ich es sagen?

Aber was kann man machen, frage ich.

Nichts, antwortet Svein und richtet sich auf und dreht den Autoschlüssel langsam um seinen Finger. Nichts, das ist ja das Ungerechte.

Nichts, man kann nichts machen, kann man nichts machen?

Nein, sage ich.

Nein, er dreht seinen Kopf und schaut zu dem Auto auf dem Weg hinunter. Er nickt ihm zu und winkt.

Machst du dir selbst Vorwürfe, fragt er plötzlich.

Ja.

Tu das nicht, sagt er.

Wir stehen zusammen da, Svein und ich. Er hält den Schlüsselbund in der Hand und sieht ungeduldig aus, es liegt ihm etwas auf der Zunge, und ich schaue ihn mit einem Blick an, der ihn herausfordern soll, »es zu sagen«. Ja, er wird es jetzt sagen.

Du, das Feuer damals, beginnt er. Nachdem ich gestern bei dir war, musste ich wieder an das Feuer denken.

Ja.

Wann war das eigentlich?

Sechsundachtzig, sage ich, im Mai neunzehnhundertsechsundachtzig.

Ja, stimmt. Er hält inne, er will noch mehr sagen. Das war eine traurige Sache, ja.

Ja.

Erinnerst du dich daran?

Nein, nicht so gut, antworte ich ihm, ich weiß nur noch, dass ich danach zusammen mit Vater vor dem Haus gesessen und dem Feuer zugesehen habe.

Unglaublich, dass du dich da hast retten können. Das war gut.

Ja.

Nein, sagt Svein und macht einen Schritt auf die Wendeltreppe zu, alte Elektroanlagen sind wirklich nicht ohne. Das war es doch, oder?

Alte Elektroanlagen.

Ja, das war der Grund, sage ich.

Er hält inne und sagt, dass er ganz einfach daran denken musste und dass er noch weiß, wie er tags darauf in dem ausgebrannten Haus herumgelaufen ist. Warum sagt er mir das?

Svein schaut noch einmal auf seine Uhr, er scheint irgendetwas erreichen zu müssen. Aber dann lächelt er und beginnt zu lachen.

Ja, übrigens, sagt er, das muss ich dir noch erzählen. Er knackt jetzt mit seinen Fingern. Ja?

Also, ich war gestern auf einem Weihnachtsbesuch, gestern Abend.

Ja?

Drüben bei Onkel Jon, sagt er, also bei Onkel Jon.

Jetzt lacht er. Svein beginnt zu lachen und ich spüre, wie ein frischer Wind über seine Wangen weht.

Ich erinnere mich an ihn, sage ich, Jon.

Und da saß… nein, das ist eigentlich nicht zum Lachen, sagt er, tja, nein absolut nicht zum Lachen, also da saß meine Cousine Janne. Die, die du unten im Auto gesehen hast. Ich sollte mich jetzt wirklich beeilen.

Sie, die ich im Auto gesehen habe.

Hat da jemand im Auto gesessen?, frage ich.

Ja, du hast doch gesehen, dass ich ihr zugewunken habe. Aber ist doch egal, sie saß jedenfalls bei Onkel Jon, sie hockte da und weinte, und weißt du, wieso?

Weiß ich wieso? Wer sitzt da im Auto?

Nein, sagt er, so Sachen passieren einfach, sie ist erst zwölf, weißt du, und sie war am Abend bei einer Weihnachtsfeier von der Schule und ist dann durch das Zentrum nach Hause gegangen und da hat sie irgend so ein Verrückter angetatscht. Ja, er hat sie einfach direkt *angetatscht*, ihr an die Brüste gefasst. Ist einfach auf sie zugegangen, hat seine Hände unter ihren Pullover geschoben und sie angefasst! Was sagst du dazu? Sie einfach anzufassen! Na, Jakob, was sagst du dazu? Das ist doch krankhaft, oder?

Krankhaft?

Ja, stell dir das doch mal vor, einfach kleine Mädchen zu betatschen! Das ist doch vollkommen daneben! Zum Teufel mit dem Kerl! Tja, jetzt muss ich aber los.

Sitzt sie im Auto?

Ja, sie wartet im Auto. Svein wirft erneut einen Blick auf seine Uhr. Nein, jetzt habe ich wirklich keine Zeit mehr.

Ich höre, wie sich unten die Tür öffnet. Dann fällt sie wieder ins Schloss und gleich darauf klappern leichte Schritte die Wendeltreppe hinauf.

Das hab' ich mir gedacht, sagt Svein und lächelt. Sie meint wohl, sie hätte jetzt lange genug gewartet. Wir sind zu einem Essen eingeladen. Die Familie, weißt du.

Die Schritte bewegen sich mit Leichtigkeit die Treppe empor. Ich höre eine Mädchenstimme rufen. Sie ruft, und sie kommt näher.

Svein!

Jetzt wird die Stimme lauter, klarer und die Schritte kommen die Treppe herauf.

Svein! Soll ich da unten im Auto warten, bis ich schwarz werde, häh?

Svein sieht mich an und lächelt, er zwinkert mir zu.

Tja, dann lernst du sie also kennen.

Mein Blick schweift über das Meer. Ein leichter Wind weht hin und her. Hinter mir höre ich die Schritte stoppen.

Ja, also, das ist Janne

ich drehe mich um
und das ist ein Jugendfreund von mir
Ich habe mich umgedreht
er heißt Jakob.

Ich strecke ihr die Hand entgegen. Ich will sie begrüßen. Sie trägt jetzt keine Schminke mehr und weniger Kleider als gestern und so sind sie nur noch mächtiger geworden, dort unter dem Pullover.

Sie sieht mich an, ihre Kiefer beginnen zu zittern, ihr Gesicht schwingt in einem Bogen nach vorne und die Augen schließen sich. Sie atmet hektisch durch die Nase.

Janne?, fragt Svein, ist alles in Ordnung? Er nimmt sie in den Arm.

Das ist er, flüstert sie.

Wer? Ist dir schwindelig?

Das ist er.

Ja, das ist Jakob, ein alter Freund, sagt er.

Das ist er.

Er?

Svein dreht sich zu mir um, sein Mund geht auf und er wird schwarz, ganz schwarz über den Augen, seine Stirn wirft sich in Falten und er sieht mich mit schmalen Augen an. Ja, er sieht mich an.

Jakob?, sagt er. Hast du…

Der war's!, schreit sie und zeigt auf mich. Die Tränen beginnen ihr wie gestern über die Wangen zu rollen, nur dieses Mal stärker, noch trauriger. Sie ist nicht wütend, nein, sie ist traurig. Ich spüre das im Bauch. Ich muss die Augen schließen, es knistert in meinen Schläfen. Der war das!, schreit sie noch einmal. DER! DER HAT DAS GETAN!

Svein stampft mit seinem Fuß auf den Boden. Ich habe die Augen geschlossen und spüre eine Hand, die mich am Kragen packt und mich gegen das Geländer stößt, es ist seine Hand.

Zum Teufel, Jakob… Verdammt noch mal! Zum Teufel, du altes… Hast du das gemacht?

Ich schließe die Augen und höre Janne schluchzen.

Dass du so etwas… verdammt, was fehlt dir denn? Häh?

Svein steht unmittelbar vor meinem Gesicht, ich bin ruhig, ich warte einfach und höre, wie sie die Treppe hinunterrennt, Janne läuft nach unten.

Janne, warte! Er dreht sich noch einmal zu mir um. Was fehlt dir bloß? Häh?

Nichts, ich… aber ich wollte das nicht, sage ich. Es war das erste Mal, dass ich das gespürt hab'.

Fehlt mir.

Und du hattest wohl nicht vor, das jemandem zu sagen? Du wolltest hier einfach wie irgendein Besuch herumlaufen? Ja, du musst deinen Vater beerdigen, aber, verdammt noch mal, Jakob, so was, dass du so was tun kannst!

Svein ist richtig rot angelaufen, aber der Schnee legt sich auf seine Haare. Er stößt mich gegen das Geländer, mein Kopf schlägt nach hinten und ich sehe den Himmel über mich fallen.

Ich weiß nicht, warum, sage ich ihm. Es ist einfach geschehen, ich wollte das nicht, so was geschieht einfach von alleine. Mein Kopf kippt zum Himmel.

Einfach geschehen? *Einfach so?* Hast du dich denn nicht im Griff? Was? Herrgott, dafür wirst du dich verantworten müssen!

Das werde ich.

Hm?

Ich wusste, dass du es weißt, sage ich.

Hm?

Ich habe immer gefühlt, dass du es weißt.

Von was redest du?

Svein stößt mich noch einmal gegen das Geländer und lässt mich dann los.

Los komm, sagt er hart.

Wir gehen hinunter. Draußen kann ich sie nirgends sehen, ist sie nach Hause gegangen? Rennt sie jetzt über die Felder? Ich sehe mich um. Svein steht vor mir und schüttelt den Kopf. Herrgott noch mal, brummt er, Herrgott. Dann packt er mich und zieht mich zum Auto. Er hat mich im Nacken gepackt und drückt mich zum hinteren Fenster des Wagens hinunter. Janne sitzt auf dem Rücksitz und meine Hände werden heiß. Ich versuche, sie anzulächeln, aber sie ist wütend. Svein öffnet die Tür.

Entschuldige dich, du sollst dich entschuldigen! Er drückt mich zu dem geöffneten Fenster hinunter und brüllt, dass ich mich jetzt, verdammt noch mal, entschuldigen soll. Entschuldige dich! Ich blicke das Mädchen auf dem Rücksitz an und kann nichts für meine Gefühle; wie sie jetzt gewachsen ist, wie sie durch all das gewachsen ist. Sie wird mich nie vergessen, denke ich, und sie wird ein schlechtes Gewissen verspüren und langsam, ganz langsam wird sie der Bekehrung entgegengehen. Sie hat ihre Augen niedergeschlagen und die Kiefer zusammengebissen.

Entschuldige, Janne, sage ich. Sie wendet sich ab und ich sehe, dass auf ihrer Wange rote Flecken sind.

Dann spüre ich, wie er mich wieder im Nacken packt, dieses Mal noch härter, und mich vom Auto wegstößt. Ich lande mit dem Gesicht in Schotter und Schnee.

Da kannst du liegen, sagt er. Ja, da kannst du liegen und nach der Beerdigung kommst du zu ihnen nach Hause und entschuldigst dich.

Ich habe das immer gespürt, sage ich.

Was, zum Teufel, redest du da? Wird dein Vater morgen beerdigt?

Ja.

Ich drehe mich langsam im Schnee um. Es ist kalt und ich sehe, dass sich Svein noch immer über mich beugt.

Katrine, sage ich.

Katrine? Katrine? Willst du jetzt etwa über Katrine reden?

Ich hab' das nicht gewollt, sage ich.

Könnt ihr nicht, und du vor allem…, sagt er und geht zum Auto hinüber, kannst du Katrine nicht endlich in Ruhe lassen. Verdammt! Ich wusste doch immer, dass mit dir nicht alles stimmt!

Er lässt das Auto an, ich liege im Schnee.

Ich habe etwas im Auge. Ich drehe mich um und sehe ihn den

Weg hochfahren, er fährt schnell, aber ich sehe dennoch, dass sie sich umdreht und mir durch die Rückscheibe nachschaut. Sie wird mich nie vergessen. Ich habe etwas im Auge und ich glaube, ich werde hier eine Weile liegen bleiben, wenn mir nicht zu kalt wird.

Dunkel, und dann ein bisschen heller, und dann grell und weiß. Und gleich darauf ist es dann wieder dunkel, bevor es dann erneut wieder heller wird, grell und weiß. So geht das weiter. Obwohl der Wind nur schwach ist, jagen die Wolken gleichmäßig schnell am Himmel entlang. Der Schnee fällt auf uns herab und ich wäre gerne noch länger hier liegen geblieben, aber ich friere. Vor allem im Nacken. Ich sehe nur den Himmel, die Sonne und den Schnee, der aus den Wolken fällt, die aufziehen, die Sonne verdecken und sie dann wieder freigeben. Ich habe etwas ins Auge bekommen, doch der Schnee, der mir auf das Gesicht fällt, hilft mir. Stell dir nur vor, ich könnte jetzt wie die anderen werden, wie die Steine, die Erde, die Felsen, völlig bedeckt vom Neuschnee. Ich wäre sicher lange benommen.

Das Ganze erinnert an etwas. Ich verspüre eine Ähnlichkeit. Die Wolken gleiten am Himmel entlang, das Licht verändert sich, lodert auf, kommt und geht. Das Licht und die Farben verändern sich im gleichen Takt, während die dicken Schneeflocken auf mich herabfallen. Nein, ich weiß nicht, an was das erinnert. Doch – warte! Es ist der rote Schimmer, den ich bislang nicht habe zuordnen können. Es gibt einen weichen, rotrosa Schimmer, wenn die Wolken mit ihren Rändern die Sonne streifen, das dauert nicht lange an. Aber es gibt immer wieder kurze rötlich rosa Schimmer. Und genau so, genau so habe ich mir immer das eigentliche Morgenrot vorgestellt. Diese *Farbe* ist das und keine andere. Obgleich es Mittag ist – ja, bestimmt ist jetzt Mittag.

Mein Nacken ist kalt, noch immer glaube ich, das Brummen des Autos zu hören, aber das tue ich nicht. Auf jeden Fall nicht mit den Ohren. Ah, ich drehe mich um und knie mich hin, ich muss dieses Steinchen aus dem Auge bekommen.

Meine Knie werden nass.

Dort im Schnee auf dem Schotter kniend, fühle ich mich plötzlich wie die Klagemauer. So musste es für die Klagemauer sein, wenn sie Gefühle hatte und *sich* angeklagt fühlte. Der Schnee fällt auf mich herab und die Schneeflocken sind die weißen Repräsentanten der Anklage, sie sind all die Tränen und Worte, bitter, so bitter. Das ganze Unrecht und der ganze Unverstand der Welt wird auf mir abgeladen und ich kann nicht antworten. Nur entgegennehmen, nur stummer Trost sein. Das sieht mir nicht ähnlich, der, der hier im Schneetreiben im Schotter kniet, ich sehe mir in diesen Sekunden, in denen ich mich wie die Klagemauer fühle, nicht ähnlich, ich bin nicht wie Jakob, ich nehme nur entgegen.

Jakob! Wo bist du! Ich schaue mich um, aber ich sehe ihn nicht.

Dann löst es sich auf. Ich spüre wieder den Stein im Auge und flüstere, haltet den Mund, denn ihr wisst nicht, warum ihr weint – und bin wieder Jakob. Jetzt höre ich keine Autos mehr.

Es ist schwer, so schwer, den nicht wiederzuerkennen, der einen durchs Leben geleitet hat, der für das Wiedererkennen von allem anderen um einen herum verantwortlich ist, sich selbst. Wo war Gott, wenn das häufiger vorkam?

Meine Hände hoben sich zu meinem Gesicht empor.

Ich habe vergessen, Svein zu fragen, was er eigentlich macht, aber wenn ich mich recht erinnere, hat er ein Sportgeschäft im Einkaufscenter. Das würde passen, so schnell wie er war und so gut wie er Fußball spielte. Das Auto verschwand, ein weißer Ascona, und vor meinen Augen sehe ich, wie Svein durch das ausgebrannte Haus geht.

Ich friere jetzt. Ich kann hier nicht knien, ich muss aufstehen. Der Rücken kalt, die Knie ganz taub.

Die Kirche ist weiß wie Schnee. Ich gehe den Hang zur Kirche hinauf, zuerst werde ich mir die Gräber auf dem Friedhof anschauen und dann in die Kirche gehen, um mich aufzuwärmen.

Dort, ja. Liebe und Recht unlösbar verschlungen. Haben Dein Sein verklärend durchdrungen.

Ich knie nieder.

Pfarrer
Jakob Aron Malde
1906–1984
Therese Malde, geb. Jensen
1912–1988

Gut, dass sie zusammen dort liegen dürfen. Das ist gut. Vater hat das Grab gepflegt, er hat die Inschrift mit einem Pinsel nachgezeichnet und den Stein sauber gehalten. Es ist gut, dass ihr hier zusammen liegt.

Hier liegt Mutter. Elise Malde. 1951–1986. Von allen entbehrt. Ruhe in Frieden. Und es ist Platz für Vaters Grabstein gemacht worden, alles ist, wie es sein muss. Ich beuge mich hinunter und schüttle den Schnee von dem Rosenstrauch. Liegst du hier, Mutter? Ich konnte nichts für dich tun, es tut mir Leid, Mutter, aber es gab nichts, was ich für dich tun konnte. Ich habe nichts gewusst, Mutter, aber jetzt weiß ich es, und auch wenn ich dich nie besser kennen gelernt habe, verstehe ich dich jetzt. Ich habe dich immer geliebt, Mutter, ich wusste nur nicht, wie ich an dich herankommen sollte, damit du das wahrnehmen konntest. Ich bin hier, ich friere. Ich frage mich, was du heute über mich denken würdest. Würdest du zu mir halten? Es hat einfach gebrannt, Mutter, die Flammen haben sich ausgebreitet und ich konnte dich nicht finden. Ich habe dich gesucht, das sollst du wissen. Ich werde deinen Grabstein pflegen, Mutter, und jetzt kommt Vater. Vater kommt jetzt bald. Er kommt morgen. Ich weine, ohne dass man das sehen kann. Ich werde mich um die Rosen hier kümmern, Mutter, wenn der Frühling kommt und hierher kommen und mich dort vorne auf die Bank setzen und … nein, du bist nicht hier. Aber ich glaube, du hättest dich gefreut, Mutter, dass ich gekommen bin und dass sich der Schnee auf deinen Stein gelegt hat. Ich bin es, Jakob, flüstere ich.

Ich wische den Schnee von dem Grabstein.

Es ist ein schöner Friedhof, so friedlich. Man bekommt Frieden. Es tut gut, zwischen den Steinen umherzugehen und macht ein bisschen wehmütig. All die Jahreszahlen, all die Namen, die Worte, die ihre Menschen verbergen. Nein, nein, sie verbergen sie nicht, sie zeigen sie. Unserer kleinen geliebten Agnete, steht hier. Ganz am Ende des Regenbogens werden wir uns wieder sehen.

Meine Spuren im Schnee, es sieht aus, als würde jemand die Toten bewachen.

Ich gehe zur Vorderseite der Kirche hinüber.

In der Brusttasche der Regenjacke, Vaters grüner Regenjacke, stoße ich auf eine Schachtel süßer Drops. Diese Drops hatte Vater auch immer gehabt, als ich klein war, sie sind orange und klebrig, aber gut.

Es ist jemand hier gewesen, vielleicht ist noch immer jemand in der Kirche. Ich sehe Spuren im Kies, der Schnee durfte nicht in Ruhe dort verweilen. Aber – nein, es sind keine Autos auf dem Parkplatz und auf der Treppe liegen auch schon wieder ein paar Zentimeter Schnee. Wie groß diese Tür ist, und als ich klein war, da war sie noch viel größer. Ich drehe mich um und lasse meinen Blick für einen Augenblick lang über den Kirchenhügel schweifen.

Hier waren wir jede Woche, jeden Sonntag und auch an vielen anderen Tagen in der Woche. Sonntagvormittag folgten wir dem Läuten der Kirchenglocken, Großmutter redete mit den anderen Gemeindemitgliedern und ich stand da und hörte zu und hielt Mutter bei der Hand. Ja, das tat ich. Oft standen wir noch ein paar Minuten draußen, bevor der Gottesdienst begann, wie um uns zu sammeln, um uns näher zu kommen. Großvater war schon ein paar Stunden vor uns in die Kirche gegangen, um sich auf den Gottesdienst vorzubereiten, er ging immer zu Fuß. Die Pferde der Apostel, sagte er, die Pferde der Apostel, Jakob! Wir standen draußen vor der Kirche, während die Glocken läuteten. Natürlich war nicht das ganze Jahr über Winter, aber jetzt, in diesem Augenblick, in dem ich hier stehe und über den Kirchenhügel und den grauweißen Kies schaue, empfinde ich es so, als wäre an diesen Sonntagen immer Winter gewesen.

Und kalt, Menschen in dicken Mänteln, Frauen in Capes und einige mit Pelz. Großmutter redete mit allen und drückte ihnen die Hände.

Ich schaue hinunter auf meine Füße, in den Stiefeln. Sie sind müde. Meine Hände hängen neben den Beinen herab. Auch sie sind müde. Und meine Augen? Sie sehen. Ich reibe sie.

Es ist kalt hier, ein über das andere Mal sozusagen, wenn die Sonne hinter einer Wolke verschwindet.

Die schweren Türen sind offen. Das Gestell mit den Gesangbüchern steht aus irgendeinem Grund auf dem kleinen Vorflur, normalerweise steht das doch hier drinnen, ganz hinten, hinter der letzten Bankreihe an der Wand. Ja, dort hat es früher auf jeden Fall immer gestanden. »1795« steht über der Tür, die Kirche wurde 1795 erbaut, das ist lange her. Da saßen sie hier, die wenigen Menschen, die hier draußen wohnten. Und damals kamen sie wohl alle, nehme ich an, alle, die hier wohnten. Sie kamen heim. Ob sie das so empfanden?

Als ich den Raum betrete, wasche ich meine Hände vorsichtig im Taufbecken, sie sind schmutzig. Ebenso vorsichtig wasche ich mir auch das Gesicht und der Stein, oder war es ein Staubkorn, verschwindet aus meinem Auge.

Ich war hier schon einmal, aber das ist jetzt viele Jahre her und meine Erinnerungen daran sind sehr monoton. Gleichmäßig, gut, aber undramatisch. Es war nicht hier, wo ich die größten Erleuchtungen erlebt hatte, es war nicht hier, wo Er zu mir gekommen war, nein, das hier verbinde ich eher mit Sicherheit, die Höhe der Decke. Und obwohl die biblischen Worte nie das Wichtigste für mich gewesen waren, sehe ich die Bilder vor mir, und es sind die Bilder meiner Kindheit, die Gleichnisse meiner Kindheit, Josef in dem Brunnen, Jephthas Tochter in der Tür, die Arche, den brennenden Dornbusch. Nur die Musik, nur die Musik fehlt hier, es ist ganz still, und vielleicht, vielleicht empfinde ich es deshalb nicht als richtig warm hier drinnen. Ich finde auch, dass es ein bisschen zieht. Ich gehe an der Wand entlang und setze mich in die erste Reihe. Hier, genau hier, haben wir immer gesessen, Großmutter, Vater, Mutter und ich. Genau hier, auf dieser Bank. Ich baumelte mit den Beinen und war vollkommen still. Großvater stand auf der Kanzel. Vater sang leise und geniert, Großmutter laut und schön und fast, ohne in das Gesangbuch zu schauen, Mutter sang nicht, glaube ich. Oder hat sie gesungen? Doch, sie hat – oder nicht? Ich drehte mich gerade nach rechts, denn dort hatte Mutter immer gesessen, als ob ich sie sehen könnte, ihren Mund und – doch, er sang.

Dort oben ist die Orgel, dort hinten.

Ich kann mich tatsächlich nicht daran erinnern, diese Treppe zuvor schon einmal emporgestiegen zu sein, aber natürlich habe ich das getan. Ich weiß, dass ich es getan habe, aber ich kann mich nicht daran erinnern. Doch macht das einen Unterschied? Oh ja. Die Orgel ist alles andere als alt, sie ist neu und modern. Der Hocker ist tief und hart und im Grunde passt er zu mir. Wie gut, dass die Tasten schwarz und weiß sind, genau so muss es sein, stell dir nur vor, sie wären rot und grün, das ging doch nicht. Ich habe Wasser in dem einen Stiefel.

Sie müssen schwarz und weiß sein, das ist ganz richtig so.

Ich schlage ein F an.

Warum in aller Welt ist das nur der schönste Ton? Ich glaube, weil er sich nicht fertig anhört. Und wenn das der Grund ist, dann ist das merkwürdig, denn ich mag doch alles, was fertig ist, abgeklärt und ruhig. Und dennoch glaube ich, dass das der Grund ist. Ich muss die Lautstärke hier drosseln, wenn das denn geht, denn sonst dröhnt es ja durch die ganze Kirche. Ich kann nicht spielen, nur klimpern. Dort, dort ist ein Knopf. Ich kenne mich mit all den Pedalen nicht aus und lasse es deshalb sein. Manchmal war das mit den Organisten verwirrend, denn einige von ihnen schienen sich uns, die wir sangen, widersetzen zu wollen, als wussten sie, wie wir den Psalm sangen und dennoch darauf bestanden, ihn anders zu spielen.

Was ist das für ein Geruch?
Irgendetwas hier drinnen riecht doch.
Ich schlage noch ein F an, und dann ein D.

Die hatte ich ganz vergessen! Ich kann sie und beginne, die Melodie zu singen und dabei langsam mit einem Finger mitzuspielen. Das ist so schön, es ist der schönste Psalm, den ich kenne, und ich kenne alle Strophen und muss mir auf die Lippen beißen, so schön ist das, aber ist das verwunderlich? Nein, das ist nicht im Geringsten erstaunlich. Alles rinnt durch mich, alles, was ich erlebt habe, all die Tage, an die ich mich nie erinnern werde, ich spüre, wie sie durch mich rinnen, wachse ich? Ja, ich wachse.

Jetzt verstehe ich besser, wie das ist, Organist zu sein, auf jeden Fall an diesem Ort, wenn man hier sitzt und der Gemeinde den Rücken zuwendet.

> Gott ist unsre Zuversicht und Stärke,
> eine Hilfe in den großen Nöten,
> die uns getroffen haben.
>
> Darum fürchten wir uns nicht,
> wenn gleich die Welt unterginge,
> und die Berge mitten ins Meer sänken.
>
> Wenn gleich das Meer
> wütete und wallte,
> und von seinem Ungestüm
> die Berge einfielen.
>
> Der Herr Zebaoth ist mit uns;
> Jakobs Gott ist unser Schutz.

Was riecht hier drinnen nur so? Was ist das für ein Geruch?

»Jakobs Gott ist unser Schutz«. Das war mein Psalm, viel mehr mein, als die Personen, die in der Bibel den Namen »Jakob« trugen, meine Personen waren. Es war mein persönlicher, und darin wurde von meinem Gott gesungen und von mir, und es war mein Gott, der sie behüten solle, alle. »Uns«. »Gott ist unsre Zuversicht«. Abends schloss ich die Augen und es war mein Gott, Du warst mein Gott.

»Sie«, »Die« – nein, ich habe keine Angst. Kommt ihr herbeigefahren? Ich habe keine Angst vor euch, im Gegenteil, ich erwarte euch.

Heute Morgen habe ich im Krankenhaus angerufen, niemand hat es bemerkt. Tante Karen liegt noch immer im Koma, und niemand hat es gesehen. An der Stimme der Ärztin am Telefon hörte ich, dass ich ihr Leid tat. Ich! Haben Sie es nicht gesehen, wollte ich fragen, können Sie nicht sehen? Sie liegt im Koma, sagen sie, aber heute Nacht ist sie für einen kurzen Augenblick aufgewacht.

»Aufgewacht?«, fragte ich mit stockendem Atem nach.

Ja, aber nur ganz kurz. Sie haben mich gebeten, nicht allzu optimistisch zu sein.

Was ist das für ein Geruch?

Was riecht hier so?

Die Tür zur Sakristei ist verschlossen, aber dort habe ich auch nichts verloren.

Vorsichtig steige ich auf die Kanzel. Jetzt bin ich wie Großvater, auch wenn keine Gemeinde hier ist. Aber ich lasse meinen Blick über die Bankreihen schweifen und sehe – *sehe* – ich sehe Massen, so scheint es mir, Menschenmassen. Nein, sie sind nicht hier. Trotzdem, wenn ich hier stehe und wehe, wie Großvater ein wenig höher als die Gemeinde gestanden und uns seine Worte verkündet hat, spüre ich, etwas sagen zu müssen. Etwas sagen zu müssen. Was soll ich sagen? Was hätte ich gesagt, wenn die Menschenmassen hier gewesen wären?

Lebt ihr?

Es hört sich leer und sonderbar an und hallt bizarr von den Wänden wider. Vielleicht habe ich es zu leise gesagt.

Lebt ihr? rufe ich und jetzt hört es sich besser an, ja, es hört sich gut an. Lebt ihr? Nein, ihr lebt nicht, rufe ich, ihr lebt nicht! Hinaus! Hinaus mit euch, verschwindet hier! Ihr verdient es nicht, sage ich leiser, bevor ich dann nur noch flüstere, so leise, dass mich die Massen nicht hätten hören können. Tränen stecken mir im Hals, und ich flüstere es. Ihr verdient Ihn nicht.

Ich gehe von der Kanzel hinunter und an den Wänden entlang, fahre mit meinen Fingern über die Wände.

Ich habe das Gefühl, nach Hause gekommen zu sein. Alle sollten ein sicheres und gutes Zuhause haben.

Auch wenn ich an Svein denke, wie er über mich gebeugt stand, nachdem er mich in den Schnee gestoßen hatte, glaube ich, zu Hause zu sein.

Dort hängt er – Gottes menschlicher Sohn – an einem Kreuz. Ist das nicht ein hölzernes Kruzifix, doch, so ist es. Ich berühre es. Er hat die Augen geschlossen und trägt eine Dornenkrone, wie immer. Ich vertraue dir nicht ganz, nein, das kann ich nicht. Aber ich fühle mit dir. Ist es das Kruzifix, das so riecht? Ich rieche daran und mein Kopf berührt seine Füße. Nein, es riecht nur schwach nach Holz und etwas stärker nach irgendeinem Mittel, wahrscheinlich einem Holzschutzmittel. Er hat Wunden in den Füßen. Ich vertraue dir nicht ganz. Meine Knie zittern wohl ein bisschen, und ich muss mich setzen. Ich drücke auch meine Lippen auf seine Füße. Ja, ich küsse ihn. Ich lege die Lippen auf das Holz und küsse ihn. Ja, du bist wie ich, flüstere ich. Ich mag diese Kirche, sie ist einfach und stark, wie Er. Der Altar ist schön. Ich glaube, das wird ein langer Tag werden.

Es kommt mir so vor, als würde der Geruch immer stärker und stärker, aber das ist wohl nur eine Täuschung. Eine Täuschung? Wer will mich täuschen? Was riecht hier so? Es will mir auch nicht richtig warm werden, nicht richtig. Und erst jetzt merke ich, wie nass meine Kleider sind.

Mein Rücken schmerzt ein wenig. Vielleicht ist das eine verspätete Reaktion auf den Anfall im Auto oben auf der Vidda, noch immer drückt sich der Schaltknüppel in meinen Rücken hinein. Oder habe ich mich vielleicht gestoßen, als Svein mich unten am Leuchtturm in den Kies geworfen hat? Ich finde auch, dass es hier drinnen zieht, und der Geruch wird wirklich stärker. Musik? Ich blicke zur Orgel hinauf, nein. Ich lächle, reiß dich zusammen, Jakob, das ist keine Musik. Aber es zieht hier drinnen.

Riecht es verbrannt?

Ja, ich glaube, es riecht verbrannt und ich schaue mich um, brennt es? Es riecht so stark nach brennendem Holz, dass ich meine Nase an die hölzerne Bank drücke, um sicher zu sein, dass sie nicht brennt, ohne dass ich es sehe, aber nein. Auf der Rückseite der Rückenlehnen ist eine kleine Leiste, ein schmales Brettchen, auf dem man während des Gottesdienstes das Gesangbuch ablegen kann.

Warum riecht es verbrannt, wenn hier doch gar nichts brennt? Hier drinnen brennt es nicht, aber der Geruch ist so stark, so stark. Er kommt von innen, jetzt erkenne ich, dass er von innen kommt. Woher? Aus meinem Inneren, ich schließe die Augen. Wer ist da? *Nein, nein, nein, nein.* Jemand sagt *nein, nein, nein, nein* das ist Mutter, Mutter, warum sagst du nein. Zu wem sagst du das? Sie sagt es zu mir *nein, nein, nein, nein* ich stehe im Vorraum eines Kellers, ich bin klein, ich bin erst vierzehn, was tue ich da in diesem Raum? Mutter steht in der Türöffnung: Was machst du da, Jakob? Ich sehe sie an, es ist Mutter und sie sieht ängstlich aus. Was tue ich, es riecht so verbrannt, wie von verbranntem Holz und ich sehe es, ich sehe, was ich in den Händen halte, ein Streichholz: *nein, nein, nein, nein, was tust du da, Jakob?* Ich sehe sie an und sage, jetzt müssen wir rennen, Mutter, jetzt müssen wir rennen, lauf los, Mutter! Dann reiße ich das Streichholz an, ich stehe vor dem alten Sicherungskasten und rufe – nein, flüstere Mutter zu, sie steht oben auf der Treppe und während das Streichholz entflammt, flüstere ich ihr zu, dass sie jetzt laufen muss, lauf jetzt, Mutter, ich komme nach. Das Streichholz ist in meiner Hand, es riecht hier so verbrannt, hier tief im Inneren, und ich öffne den Sicherungskasten mit der anderen Hand. *Jakob! Jakob!* – ich aber öffne den Sicherungskasten, und was ist das? Er ist voll mit Tüchern, nassen Handtüchern, voll gestopft mit nassen Handtüchern, und *auf der schwarzen Matte unter den Pedalen liegt eine Plastikflasche,* vor meinen Füßen steht eine Plastikflasche. Ich stehe im Keller und rufe: bitte, Mutter, bitte! Lauf! LAUF MUTTER; LAUF, bitte, ich komme nach, ich muss das hier nur noch erledigen, dann wird alles ruhig werden, alles richtig, alles friedlich und dann können wir einen neuen Anfang machen, alles, sage ich, alles wird jetzt anders, LAUF! Meine Hand wirft das Streichholz in den Sicherungskasten, aber nicht Mutter rennt, sondern ich, ich renne, es knistert hinter mir, es knallt und ich renne, warum ich? Warum nicht du, Mutter? Die Treppe hinauf, wo nur bist du geblieben, Mutter, sie steigt hinter mir die Treppe herab, sie geht auf das Knistern zu, das Knallen, das Auflodernde, ich aber bin schon im ersten Stock, und es knallt, Flammen lodern auf und breiten sich im Keller aus, Mutter? Ich ——— hangele mich am Rettungsseil hinunter.

Ich öffne die Augen.

Kopf, sitzt du auf dem Hals? Arme, hängt ihr an meinem Körper? Stimme, flüsterst du in meinem Mund?

Ich sehe mich um. Ich bin in der Kirche. Es riecht nicht mehr verbrannt. Meine Kiefer zittern, habe ich geträumt? Das kann nicht geschehen sein, kann das so gewesen sein? Ich bin es, der hier sitzt, aber war ich das auch dort im Keller? Das war er, Jakob. Um mich herum ist es vollkommen ruhig, nicht ein Geräusch erklingt in der Kirche, nicht ein Mensch – nur ich. Es riecht nicht verbrannt, aber es riecht noch immer nach irgendetwas.

Zimt.

Das ist Zimt.

Bist Du hier? Herr, mein geliebter Gott, bist Du hier?

Ich stehe auf, wird das ein langer Tag?

Ja, Du bist hier, ich spüre, dass Du hier bist.

Wenn ich mich jetzt hinlege, den Kopf auf den Boden lege, neben meinen eigenen Händen, wirst Du mir dann über den

Kopf streicheln? Wenn ich mich jetzt hier hinlege, auf den Boden, werden Deine Hände dann zur mir kommen? Mich trösten? Tröste mich. Tröste mich. Sag, dass es jetzt ruhig ist, dass es jetzt vorbei ist, dass es geschehen ist, zu Ende ist. Ich kann mich hier auf den Boden legen und dann kannst Du zu mir kommen, mich trösten und sagen: Jetzt, jetzt ist es vorbei, mein lieber Junge.

Der Geruch wird immer stärker und stärker.

Ich blicke mich um. Ich stehe zwischen den Reihen der Bänke auf dem Kirchenfußboden. Dann wende ich mich zum Altar, aber ich kann Ihn nicht sehen. Bist Du da? Ich wende mich zum Ausgang. Bist Du da? Es zieht hier drinnen, aber mir wird schon noch warm werden. Ich weiß, dass Du jetzt hier bist. Du kommst jetzt. Ist das jetzt der Moment, in dem alles ruhig wird, und richtig? Werden wir verschmelzen, wie der Schnee dort draußen? Ich gehe ein paar Schritte zwischen den Bankreihen weiter. Zeig Dich doch, flüstere ich, trete hervor, sprich mit mir. Du bist doch hier. Ich weiß, dass Du hier bist, ich kann das fühlen. Mein Rücken tut weh. Siehst Du mich nicht, hast Du nicht gesehen, was ich getan habe? Bitte, zeig Dich und erzähl mir, was geschehen ist. Sag mir, dass es zu etwas nütze, dass es gut war. Erzähl mir von einer besseren Zeit nach der diesen. Sag mir, was ich tun soll. Ist das ein Verfahren? Ist das jetzt das Urteil? Ich gab Dir zu trinken, als Du durstig warst, Du hast bei mir gesessen. Ich kann mich auf den Boden legen.

Es zieht hier drinnen, mir wird einfach nicht warm.

Ich gehe noch zwei Schritte weiter, jetzt stehe ich genau in der Mitte der Kirche.

Eine leise Musik spielt, aber sie ist in mir. Einen Augenblick lang dachte ich, dort vorne bei dem Altar einen Schatten zu sehen, aber den Schatten zweier kleiner Mädchen. Nein.

Ich knie mich hin, aber das bin nicht ich, *etwas in mir kniet sich hin*, zieht mich wie eine Unterströmung hinab, und meine Knie sacken zu Boden. Die Kniescheiben schlagen auf. Es tut weh, mein Rücken schmerzt, genau in der Mitte. Ich habe keine

Angst. Hörst Du, ich habe keine Angst! Die Knie fallen zu Boden. Der Raum bewegt sich jetzt, die Bankreihen stürzen auf mich ein. Nein, ich knie noch immer hier auf dem Boden mit Schmerzen im Rücken und in den Knien, es drängt sich in mich hinein. Es geht langsam. Wo bist du? Ich habe keine Angst. Es riecht hier so stark, so stark nach Zimt, nicht mehr verbrannt, aber es zieht hier, und mir ist warm.

Mein Ellbogen, mein rechter Ellbogen geht zu Boden – und der Arm, der Oberarm und die Schultern folgen ihm. Werde ich zerschmettert? Das bin nicht ich, der da zu Boden geht. Werde ich jetzt zerschmettert, zu Boden geschlagen? Da fällt der Kopf zu Boden, die Stirn klatscht auf, aber ich bin hier. Ich kann denken, ich kann sehen. Ich öffne die Augen, die Kirche wölbt sich schräg über mich, ich sehe an die Decke. Aber ich *kann mich nicht erheben*, ich klebe wie festgenagelt am Boden, nichts in meinem Körper kann sich mehr erheben. Der Boden ist eben. Decke mächtig. Sind das Füße vor mir? Bist Du hier? Warum kannst Du nicht mit mir sprechen? Bitte, kannst Du nicht mit mir sprechen? Mir scheint es so, als *fielen meine Augen jetzt zusammen*, sie fallen ein. Ich habe es getan, ich weiß, was ich getan habe, und ich habe es für Dich getan, auf dass Du auf starken Armen getragen würdest. Auf dass bessere, klarere und stärkere Zeiten kommen. Auf dass die Elenden und Gottlosen zu den Guten werden. Ich *kann mich nicht erheben* – und ich will es nicht. Ich will nicht. Ich liege zwischen den Reihen der Bänke, Knie, Hände und Kopf zu Boden gebeugt. Komm jetzt zu mir, das ist Jakob, geh zu ihm! Geliebter Gott, ich bitte Dich, komm zu mir. Mein Rücken schmerzt, meine Arme, mein Kopf, es hämmert in meinen Schläfen, aber das ist keine Elektrizität, ich rieche Zimt. Sieh da, ich kann die Augen nicht öffnen. Ich kann den Boden unter mir nicht spüren.

Jetzt ist es ruhig. Ich spüre, dass es ruhig ist. Ich glaube, draußen hat es aufgehört zu schneien, ich hätte jetzt gerne die Sonne am Himmel gesehen.

Glaubst Du, dass Du mich nach draußen tragen kannst? Wenn ich noch einen letzten Wunsch habe, dann wünsche ich mir, dass Du mich in den Garten trägst. Kannst Du das tun, geliebter Gott? Ich möchte so gerne, dass Du mich in Deine Arme nimmst und hinaus in den Schnee trägst. Leg mich im Garten unter die Steine. Das wäre gut, das wird gut sein. Jetzt ist es richtig. Alles wird jetzt anders werden. Werde ich nach Hause kommen? Ja, ich werde nach Hause kommen.

EINS

Du wolltest einen langen Tag haben, Jakob?

Nein, du wolltest einen kurzen Tag. Ruhe und Frieden, das ist es, was du wolltest. Ich trage dich auf meinen Armen, ich trage dich in den Schnee hinaus.

Für deine Hingabe, Jakob, und für deinen Willen trage ich dich in den Schnee hinaus. Für deine Sehnsucht nach Handlung trage ich dich hinaus, nicht für deine eigentlichen Taten, deine allzu heftigen Hände, sondern für deinen Willen, für deinen Glauben und für unsere zahlreichen, aufrichtigen Tage. Ich vergebe dir nicht, ich werde dich weder verlassen noch werde ich dir meine Vergebung zuteil werden lassen. Aber ich werde dich hinaustragen, Jakob, und dich zur Ruhe betten. Ich lege dich hier in den Schnee zu deiner Mutter. Und morgen wird auch dein Vater hierher zu euch gelegt werden.

Zwei Korrekturen, ansonsten ist Jakobs Darstellung im Großen und Ganzen richtig – wenn auch nicht immer in den richtigen Farben. Sie stimmen nicht, aber siehe: es sind die Farben der Persönlichkeit, und auch das sind die Farben der Wahrheit.

Der Brief mit der Fotografie von Katrine wurde Jakob nicht von seinem Vater geschickt. Sein Vater hat ihm das Bild besorgt, wie von Katrines Bruder richtig gesagt wurde, aber noch bevor er es mit der Post aufgeben konnte, erlitt er den Schlaganfall. Ich musste es für ihn abschicken.

Die andere Korrektur betrifft Katrines Tod, es war ein Unglück. Ein ebenso großes Unglück wie Jakobs Vorstellung darüber, was an diesem 18. Juli 1980 geschah. Die Darstellung ist korrekt bis zu dem eigentlichen fatalen Geschehnis: Sie ertrank nicht unter seinen Händen. Er versuchte alles, was in seiner Macht stand, aber er erreichte sie nicht. Sie selbst war ein Stück zu weit hinausgeschwommen. Das habe ich Jakob gesagt, aber er hat es nie gehört.

Mit Ausnahme dieser zwei Änderungen kann Jakobs Bekenntnis so stehen bleiben. Etwas muss noch in Verbindung mit Sirens Geschichte erwähnt werden. Alles, was in dem Brief von Therese Malde an ihren Sohn steht, ist wahr. Aber die Ärzte haben etwas nicht bemerkt, was das Ganze in ein noch kritischeres Licht setzt. Abgesehen von ihrem heftigen Epilepsie-Leiden war Siren dabei, einen Hirnschaden zu entwickeln. Sie wäre mit sieben Jahren gestorben.

Jakobs Darstellung von mir ist etwas verzeichnet und selbstverständlich geprägt von Spekulationen und etwas, das man als persönliche Annahmen unter starkem mentalem Druck bezeichnen könnte. Aber was Ort und Zeit unserer Begegnungen angeht, sind sie größtenteils korrekt. Er kannte mich gut: ein derart starker Wille und ein solch fester Glauben stärkt und heilt. Vergeben tue ich ihm nicht, aber ich verstehe ihn, ja, sogar seinen Wunsch, mich herauszufordern. Er hat mich berührt, aber jetzt ist er zur Ruhe gebettet worden. Und das war sein eigentlicher Wunsch.

Wenn Karen Malde am Nachmittag des 5. Januars 1999 erwacht, wird sie sich an nichts von dem, was geschehen ist, erinnern. Auch die Polizei wird diese Tat nicht mit den anderen Todesfällen in Verbindung bringen – ich habe ein bisschen eingegriffen, um Karen Malde in Ruhe zu lassen. Jakob Malde wird niemals gefunden werden, sein Name wird nie in Verbindung mit den Mordfällen gebracht werden und seine Tante wird ihn sehr vermissen. Seine Gebeine werden mit denen seiner Mutter verschmelzen und die seines Vaters wiederum mit den ihren.

Mensch, höre mein Bekenntnis. Ich spreche aus der Tiefe der Zeit, die die meine ist.

Du bittest mich, einzugreifen, wie Jakob mich gebeten hat, einzugreifen. Du nennst mich stumm, wie auch Jakob der Meinung war, ich ließe die Welt zu sehr in Frieden. Du findest, das Unrecht ist zu groß. Oh, ich höre dich rufen, ich höre dich flüstern, ich sehe die Angst über deinem Auge, wenn du schläfst, sie legt deine Stirn in Falten. Siehe, ich verstehe dich in deiner Verzweiflung und Wut – siehe, du wirst geliebt. Die Richtschnur ist das Verständnis und das Verständnis ist das Gesetz. Ich sehe euch alle, aber jeden für sich.

Verstehe, dass ich dich liebe, Mensch, deshalb wandelst du auf Erden. Für dein Lachen, für dein Weinen, ja für deine Unvollkommenheit liebe ich dich. Wenn du dich selbst sehen könntest, nicht in meinem Bild, sondern in deinem eigenen, was würdest du dann sehen? Dann würdest du erkennen, wie sehr du geliebt wirst. Lieber Jakob – lieber Mensch – du ruhst in meinen Armen und diese Arme lieben dich. Es ist die Liebe des Verständnisses, die nie vergibt, die nie vergisst, aber versteht. Wenn du mich hörst, mein Mensch, dann bitte ich dich, wie du mich gebeten hast, zu erkennen, wie sehr du geliebt wirst für das, was du bist.

Für deine Sünden? Ja, für all das, was du bist.

Hasst du, was du bist? Beklagst du dich über die Schöpfung? Mensch, du brauchst eine Welt, in der du leben kannst, einen Körper, der dich zusammenhält – und hättest du nicht deine starken Gefühle, dann wärest du kein Mensch. Dann könntest du nicht lieben, dann würdest du nicht geliebt.

Sieh dich doch um. Ich liebe dich, wenn du dich umsiehst.

Mensch, *du bist das Verständnis*, das ist das Feuer, das in dir brennt und das Bild, in dem du erschaffen bist.

Das gleiche Bild, in dem auch der Junge erschaffen wurde, den ich auf meinen Armen trage.

Jetzt gehen wir in den Schnee hinaus, ich bin bei ihm.

Es wurde kein langer Tag, Jakob, aber der letzte: Es muss so sein.

All meine Liebe, Jakob. Hörst du mich?

Er atmet nur schwach in meinen Armen, aber er wird den

Schnee spüren, der ihm auf die Stirn und die Wunden fällt, die er auf der Schläfe hat. Hörst du mich, Jakob? Die Augenlider bewegen sich schwach. Er hört mich. Ich lege ihn hier nieder, in den frischen Schnee auf dem Kirchhof.

All meine Liebe, Jakob. All meine Liebe, Mensch.